NE T'ARRÊTE PAS

EXPÉRIENCE NOA TORSON#1

NE T'ARRÊTE PAS

MICHELLE GAGNON

Traduit de l'anglais par
Julien Chèvre

Éditeur : François Doucet
Traduction : Julien Chèvre
Révision linguistique : Katherine Lacombe
Correction d'épreuves : Nancy Coulombe
Conception de la couverture : Matthieu Fortin
Photo de la couverture : © Thinkstock
Mise en pages : Sébastien Michaud
ISBN papier 978-2-89752-891-1
ISBN PDF numérique 978-2-89752-892-8
ISBN epub 978-2-89752-893-5
Première impression : 2015
Dépôt légal : 2015
Bibliothèque et Archives nationales du Québec
Bibliothèque Nationale du Canada

Éditions AdA Inc.
1385, boul. Lionel-Boulet
Varennes, Québec, Canada, J3X 1P7
Téléphone : 450-929-0296
Télécopieur : 450-929-0220
www.ada-inc.com
info@ada-inc.com

Diffusion
Canada :   Éditions AdA Inc.
France :   D.G. Diffusion
                Z.I. des Bogues
                31750 Escalquens — France
                Téléphone : 05.61.00.09.99
Suisse :   Transat — 23.42.77.40
Belgique :   D.G. Diffusion — 05.61.00.09.99

Imprimé au Canada

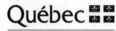

Crédit d'impôt livres   **Gestion SODEC**
Participation de la SODEC.
Nous reconnaissons l'aide financière du gouvernement du Canada par l'entremise du Fonds du livre du Canada (FLC) pour nos activités d'édition.
Gouvernement du Québec — Programme de crédit d'impôt pour l'édition de livres — Gestion SODEC.

Catalogage avant publication de Bibliothèque et Archives nationales du Québec et Bibliothèque et Archives Canada

Gagnon, Michelle, 1971-

   [Don't Turn Around. Français]
   Ne t'arrête pas
   (Expérience Noa Torson ; 1)
   Traduction de : Don't Turn Around.
   Pour les jeunes de 13 ans et plus.
   ISBN 978-2-89752-891-1
   I. Chèvre, Julien. II. Titre. III. Titre : Don't Turn Around. Français.

PZ23.G33Ne 2015   j813'.6   C2015-941821-6

À Taegan

Un narcisse parmi les belles fleurs ordinaires,
si différent de toutes les autres ! Elle tira,
pour tirer plus fort se courba —
quand, surgissant des entrailles de la terre
sur son terrible chariot
étincelant, il réclama son dû.
C'est fini. Personne ne l'a entendue.
Personne ! Elle s'est trop éloignée du troupeau.

(Souviens-toi : va directement à l'école.
C'est important, ne traîne pas en chemin !
Ne parle pas aux inconnus. Tiens la main
de tes camarades. Garde les yeux au sol.)
Voilà comment le gouffre s'ouvre.
Voilà comment l'on perd pied.

Rita Dove, « Persephone, Falling »
(« La chute de Perséphone »),
poème extrait de *Mother Love*,
W. W. Norton & Co., New York, 1995.

CHAPITRE UN

Lorsqu'elle se réveilla, la première chose qui frappa Noa Torson, c'est qu'elle avait froid aux pieds — ce qui était bizarre, vu qu'elle dormait toujours en chaussettes. Elle ouvrit les yeux et fut aussitôt éblouie par la lumière. Elle détestait dormir dans une pièce éclairée et avait même installé un rideau épais dans la seule fenêtre de son appartement pour s'assurer que la lumière du matin ne pénètre pas dans la pièce. Elle essaya de comprendre où elle se trouvait, tandis que ses yeux s'accommodaient à la luminosité. Elle avait la sensation que son crâne avait doublé de volume et, malgré ses efforts, n'avait pas la moindre idée de la façon dont elle avait atterri ici — où qu'elle puisse être.

Elle crut un moment qu'elle était de retour à la prison pour mineurs. Mais non, sans doute pas, l'endroit paraissait trop calme. Là-bas, on avait toujours l'impression d'être au beau milieu d'une fête foraine. Il y régnait un vacarme permanent, entre le martèlement des bottes des gardiens dans les escaliers en fer, les jacassements des filles qui parlaient ensemble, le grincement des lits superposés et le claquement des portes métalliques. Noa y avait passé suffisamment de temps pour être capable de reconnaître les lieux les yeux fermés. Elle aurait même pu dire dans quelle unité on l'avait flanquée rien qu'à l'oreille.

Des voix se frayèrent un chemin jusqu'à son cerveau embrumé — celles de deux hommes qui semblaient parler tout bas. Noa essaya de se redresser, mais retomba aussitôt en sentant une douleur fulgurante irradier dans sa poitrine, comme si elle était coupée en deux. Elle avait également mal à la main droite. Elle tourna précautionneusement la tête sur le côté en grimaçant.

Sur son poignet était fixé un tube qui remontait jusqu'à une poche de perfusion suspendue à un pied en métal. Elle se rendit compte qu'elle était allongée sur une table d'opération en acier, au-dessus de laquelle brillait une lumière blanche. Elle en déduisit qu'elle devait être à l'hôpital. Pourtant, elle ne sentait pas l'odeur caractéristique des hôpitaux, des relents de sang, de sueur et de vomi mêlés à des effluves d'ammoniaque.

Noa leva la main gauche et constata que son bracelet de jade, qu'elle n'enlevait jamais, avait disparu. Cette découverte dissipa les derniers voiles de brouillard qui enveloppaient son esprit.

Elle se redressa prudemment sur les coudes avant de froncer les sourcils. L'endroit ne ressemblait en rien à un hôpital classique. Elle était dans une pièce vitrée d'environ quatre mètres sur quatre dont les murs étaient opaques avec une porte tout au bout. Le sol était en béton. Près d'elle se trouvaient des chariots chargés de matériel médical et, dans un coin, elle aperçut une poubelle rouge avec la mention « DÉCHETS MÉDICAUX » en grosses lettres sur le couvercle.

Noa remarqua qu'elle portait une sorte de tunique en tissu, mais aucun nom n'y figurait. Elle tenta de rassembler ses esprits. Elle n'était pas en prison, ni à l'hôpital. Tout ça ne lui disait rien qui vaille.

Les voix se rapprochèrent, devenant plus distinctes. Noa avait passé les dix dernières années de sa vie à se débrouiller toute seule et elle avait appris à ne pas se fier aux figures d'autorité, qu'il s'agisse de policiers, de médecins ou d'assistantes sociales. Et elle n'allait certainement pas faire confiance à qui que ce soit dans une situation aussi étrange. Elle fit basculer ses jambes par-dessus la table, arracha sa perfusion et se laissa glisser sur le sol. Elle eut l'impression de poser les pieds sur un glacier tant le ciment était gelé et réprima un frisson.

Les voix s'arrêtèrent juste derrière la porte. Noa tendit l'oreille et parvint à saisir quelques bribes :

— … réussi… l'appeler… ce qu'on… n'arrive pas à croire qu'on ait enfin…

Mais la dernière partie, prononcée d'un ton résigné, était parfaitement claire :

— Ils s'occuperont d'elle. Désormais, ce n'est plus notre problème.

Noa serra les dents pour les empêcher de claquer et parcourut la pièce des yeux d'un air affolé. Elle repéra des instruments médicaux sur le plateau de l'un des chariots. Avant qu'elle ait pu l'atteindre, la porte s'ouvrit. Deux hommes vêtus de blouses blanches franchirent le seuil. Le premier était mince et des mèches de cheveux blonds dépassaient de son calot de chirurgien. L'autre était de type latino, plus jeune et plus trapu, avec une moustache hirsute qui recouvrait sa lèvre supérieure. En voyant Noa debout, ils se figèrent.

— Où suis-je ? lança-t-elle en se rapprochant du chariot.

Sa voix était plus faible que d'ordinaire, comme si elle n'avait pas parlé depuis très longtemps.

Passé l'effet de surprise, les deux médecins échangèrent un regard. Le blond hocha la tête et l'autre sortit de la pièce en trombe sans même refermer la porte.

— Il va où ? demanda Noa.

Elle n'était plus qu'à quelques centimètres du plateau métallique. Le blond joignit les mains devant lui d'un air rassurant.

— Tu as eu un grave accident, Noa, annonça-t-il d'une voix douce. Tu es à l'hôpital.

— Ah ouais? rétorqua-t-elle sur la défensive. Quel hôpital?

— Ça va aller, mais il se peut que tu te sentes un peu désorientée au début, reprit le médecin avant de jeter un coup d'œil par-dessus son épaule.

— Et quel genre d'accident?

L'homme marqua une pause et son regard vacilla tandis qu'il cherchait une réponse. Noa sut aussitôt qu'il mentait. La dernière chose dont elle se souvenait, c'était d'être sortie de chez elle et d'avoir marché vers la gare de Newton Centre. Elle comptait aller acheter une nouvelle carte vidéo pour son MacBook Pro à Boston. Elle avait tourné à droite dans Oxford Road et longé Weeks Fields. C'était le début de l'automne et elle sentait sur sa peau la caresse du soleil, dont la lumière filtrait entre les arbres qui commençaient déjà à perdre leurs feuilles dans une débauche de rouges et d'orange éclatants. Elle se rappela qu'elle s'était sentie heureuse comme elle ne l'avait pas été depuis longtemps, peut-être même plus heureuse que jamais.

Et puis plus rien. Le trou noir.

— Un accident de voiture, finit-il par répondre, une intonation triomphante dans la voix.

— J'ai pas de voiture et je ne prends jamais de taxi, répliqua Noa.

— Ce que je veux dire, c'est que tu as été renversée par une voiture.

Le médecin, de plus en plus nerveux, jeta un nouveau coup d'œil derrière lui. L'autre était allé chercher des renforts, c'était clair. Autrement dit, Noa n'avait plus beaucoup de temps devant elle.

Elle tomba brusquement en avant, comme prise d'un malaise. Le blond s'élança instinctivement pour la rattraper. D'un geste vif, Noa saisit un scalpel sur le plateau et l'appliqua contre le cou du médecin, qui en resta bouche bée.

— Si tu me fais pas sortir d'ici, je t'égorge, lâcha-t-elle d'un ton ferme. Et t'as pas intérêt à crier.

— Je t'en prie, implora l'homme d'une voix rauque. Tu ne comprends pas. Tu ne peux pas sortir, c'est pour ton...

— La ferme! le coupa Noa en entendant des pas lourds qui se rapprochaient.

Elle le poussa devant elle, la lame toujours appuyée contre son cou, traversa la pièce avec lui et s'arrêta sur le seuil. Cet endroit n'était pas du tout un hôpital, mais un entrepôt géant, de la taille d'un hangar d'avion. La chambre vitrée était entourée de hautes piles de boîtes en carton et de classeurs à tiroir de métal qui formaient des allées.

Elle approcha sa bouche de l'oreille de l'homme. Par chance, ils faisaient à peu près la même taille tous les deux — environ un mètre soixante-quinze.

— Comment on sort d'ici? lui murmura-t-elle.

Le médecin hésita avant de tendre un doigt vers la droite.

— Par là, mais la porte est reliée à une alarme.

Noa repéra l'étroit passage qu'il désignait et l'entraîna dans cette direction. Tandis qu'ils s'engouffraient entre les boîtes, elle entendit une voix derrière eux aboyer des ordres, puis la porte de la chambre s'ouvrir à toute volée. Les cris s'amplifièrent quand on s'aperçut de sa disparition. Il devait bien y avoir cinq ou six personnes à ses trousses.

L'allée était longue et étroite, et des boîtes empilées à hauteur d'épaule délimitaient les côtés. Au-dessus d'eux, l'un des néons se mit à vaciller, produisant une lumière stroboscopique. Noa continua d'avancer en tentant d'ignorer la douleur dans sa poitrine et la boule d'angoisse qui l'oppressait.

Après une vingtaine de mètres, l'allée faisait un coude sur la droite. Ils arrivèrent face à une grande porte en acier, fermée par des chaînes.

— Il n'y a pas d'alarme, dit-elle, presque pour elle-même.

— Ne me fais pas de mal, bredouilla le médecin. Tu ne peux pas sortir, il ne te laissera jamais t'échapper.

Près d'elle, une boîte était ouverte. De sa main libre, elle en saisit le bord et la pencha pour y risquer un coup d'œil. Elle contenait seulement des bassins hygiéniques en métal, rien qui lui permette de briser un cadenas. Elle était prise au piège. Noa réprima l'envie de hurler de frustration. Au milieu du hangar, elle avait cru pouvoir s'enfuir. Mais cette fois, elle était faite comme un rat. Tout au plus lui restait-il quelques minutes avant qu'ils ne la rattrapent.

— Déshabille-toi, ordonna-t-elle soudain à l'homme.

— Quoi? Mais, je...

— Discute pas! insista-t-elle en pressant plus fort la lame contre sa gorge.

Un instant plus tard, le médecin était en sous-vêtements, tout tremblant, pendant que Noa finissait d'enfiler ses sabots en plastique et mettait le masque chirurgical sur son visage.

Heureusement que c'est lui qui est resté... La blouse du Latino aurait été trop juste pour moi.

— Ça ne marchera pas, lâcha le médecin.

En guise de réponse, Noa lui asséna un double uppercut en pleine mâchoire — un coup qu'elle avait appris le jour où elle en avait elle-même fait les frais. La tête de l'homme bascula en arrière et il tomba lourdement par terre, entraînant plusieurs boîtes de carton dans sa chute. Il ne se releva pas.

— J'ai horreur des pessimistes, marmonna-t-elle.

Presque aussitôt, le Latino surgit dans l'allée et s'immobilisa devant elle. Noa plongea la main dans la boîte.

— Jim ? lança-t-il avant d'écarquiller les yeux en voyant Noa se ruer sur lui.

En arrivant à sa hauteur, elle brandit un bassin hygiénique et l'abattit sur lui de toutes ses forces. L'homme leva les mains pour protéger son visage, mais le bassin lui heurta la tempe avec un bruit sourd. Ses yeux se révulsèrent et il s'effondra à côté de son collègue.

Noa remonta précipitamment l'allée, puis s'arrêta subitement. Elle avait toujours le scalpel, mais ses poursuivants étaient sûrement armés de couteaux, peut-être même de pistolets. L'entrepôt était faiblement éclairé, ce qui jouait en sa faveur. De plus, il était vaste, ce qui avait dû les obliger à se séparer. Elle pourrait sans doute les tromper de loin avec la blouse et le masque, mais ça ne marcherait pas longtemps. Ils allaient découvrir les deux médecins inanimés d'une minute à l'autre. Il fallait qu'elle trouve un moyen de sortir de là.

Elle longea prudemment la pièce vitrée, en prenant soin de rester dans l'ombre, et remarqua rapidement une ouverture située à une dizaine de mètres : l'entrée d'une autre allée. Certes, il était possible qu'elle débouche sur une nouvelle porte verrouillée. Mais de toute façon, Noa n'avait aucune chance si elle restait là.

Elle s'élança aussi vite que possible vers le passage, avec l'espoir que, de loin, on la prendrait pour le médecin blond. Les sabots ne lui facilitaient pas la tâche, ils raclaient le béton et l'empêchaient de courir, mais c'était tout de même mieux que d'être pieds nus. Au moins, elle ne sentait plus le sol gelé.

Elle avait presque atteint le couloir quand une voix derrière elle la coupa dans son élan :

— Hé !

Noa se retourna lentement et se retrouva face à un homme corpulent à l'air empoté. On aurait dit qu'un enfant avait bourré de pâte à modeler un uniforme d'agent de sécurité XXL, puis s'était amusé à lui ajouter un gros nez et des oreilles. Il avait un pistolet à la main.

— J'ai déjà vérifié ce coin, indiqua-t-il en désignant le passage avec le canon de son arme. Inutile de perdre votre temps, docteur.

Noa acquiesça d'un hochement de tête, en espérant que l'homme ne serait pas surpris qu'elle garde le silence. Mais il tourna les talons et marcha vers l'allée suivante, au bout de laquelle gisaient les deux médecins. Noa allait se glisser dans le passage quand un cri résonna dans l'entrepôt :

— Arrêtez-la !

Elle aperçut alors le médecin blond, dont le torse nu semblait presque luire dans la pénombre. Il tendait vers elle un doigt accusateur.

L'agent de sécurité se tourna vers elle, les sourcils froncés. Leurs regards se croisèrent, et Noa détala.

Peter Gregory s'ennuyait. La plupart du temps, il passait la fin de semaine à l'université de Tufts avec sa petite amie, Amanda. Mais en ce moment, elle travaillait d'arrache-pied sur un énorme travail de session et elle lui avait fait très clairement comprendre que ce n'était même pas la peine de penser à venir la déranger. Quant à ses parents, ils étaient partis dans le Vermont pour fêter leur trentième anniversaire de mariage dans le genre de chambre d'hôtes qu'ils affectionnaient, où la seule différence avec un hôtel classique était la présence d'une quantité inquiétante de tissu à fleurs.

Au début, Peter avait été emballé à l'idée d'avoir une fin de semaine entière pour lui tout seul, sans devoir faire d'efforts pour qui que ce soit. Il allait pouvoir passer son temps en ligne, à surveiller les projets mis en œuvre sur son site, /ALLIANCE/. La veille, un membre croate avait annoncé qu'il était sur le point de localiser le gamin qui avait posté une vidéo où il mettait le feu à un chat — tentative particulièrement horrible, mais hélas pas si rare sur Internet, de récolter quinze minutes de gloire. Peter avait espéré toute la journée qu'il y aurait du nouveau, mais en vain. À vrai dire, il n'y avait quasiment personne sur /ALLIANCE/ en ce moment.

Peut-être qu'ils sont tous en train de jouer à World of Warcraft, pensa Peter en souriant.

Il se voyait un peu comme un shérif et se plaisait à considérer ces pirates informatiques vigilants comme ses adjoints. Le site Internet clandestin qu'il avait créé un an plus tôt avait vraiment pris de l'ampleur. Apparemment, Peter n'était pas le seul que l'hypocrisie ambiante agaçait. Ensemble, ils avaient fini par constituer une communauté de pirates informatiques étroitement liés, partageant une même mission : punir les tyrans du Net, les persécuteurs d'animaux, les prédateurs sexuels et, de manière générale, tous ceux qui se rendaient coupables d'abus de faiblesse. La seule règle fixée par Peter était de ne jamais recourir à la violence. Il voyait /ALLIANCE/ comme un moyen de faire régner la justice en se jouant des méchants et, jusqu'ici, ça fonctionnait plutôt bien. Les membres d'/ALLIANCE/ pouvaient effacer les données bancaires ou exposer les secrets de n'importe qui en quelques clics, ce qui s'avérait bien plus efficace qu'un passage à tabac.

Peter avait déjà parcouru plusieurs fois la maison de long en large, allumant machinalement les lumières avant de les éteindre, ce qui l'avait occupé un certain temps, car il vivait dans une vaste résidence moderne de plus de mille deux cents mètres carrés. Il finit par atterrir dans le bureau de son père. Il se laissa tomber sur le fauteuil à roulettes et fit quelques tours sur lui-même avant de poser les pieds sur le bureau en inclinant le siège en arrière. Derrière la baie vitrée, la pelouse s'étirait en ondoyant, telle une vague qui déferlait jusqu'à la rue bordée d'ormes imposants.

On était samedi soir et Peter était tout seul chez lui. Il y avait bien une fête chez son copain Blake, mais ça ne lui disait trop rien. Depuis qu'il fréquentait les soirées de l'uni avec Amanda, celles du secondaire lui paraissaient une totale perte de temps. Mais ce n'était pas une raison pour ne pas s'amuser un peu. Son père gardait une bouteille de bourbon vingt ans d'âge dans le dernier tiroir de droite de son bureau, et il n'était pas à quelques gorgées près.

Peter entra un code et le tiroir s'ouvrit avec un petit bruit sec. C'était ridicule d'imaginer qu'une simple combinaison à trois chiffres pourrait l'empêcher d'y accéder. Peter secoua la tête en débouchant la bouteille. Non, vraiment, c'était limite vexant.

Il avala une lampée et remarqua quelques mots griffonnés sur l'étiquette : «Pour Bob Gregory, avec toute ma gratitude». La signature était illisible. Sans doute encore un abruti à qui son père avait graissé la patte pour qu'il accomplisse une sale besogne.

C'était en partie à cause de lui que Peter avait créé /ALLIANCE/. Celui qui se qualifiait lui-même d'«investisseur de bienfaisance» était le genre de type à s'afficher au volant d'une Prius mais qui ne s'embêtait pas à jeter sa bouteille de Pellegrino dans le bac de recyclage. C'était le même homme qui pouvait, en public, glisser avec ostentation un billet de cinq dollars dans le chapeau d'un itinérant, alors qu'il finançait une campagne destinée à laisser le malheureux à la rue. Et la mère de Peter ne valait pas mieux. Avocate aux honoraires élevés, elle passait son temps à faire en sorte que les truands les plus dangereux de Boston ne voient jamais l'intérieur d'une cellule de prison. Peter soupira d'un air songeur.

Ils sont vraiment faits l'un pour l'autre. Pas étonnant qu'ils aient tenu trente ans ensemble.

Tout en se grattant le menton avec le goulot de la bouteille, Peter se rappela qu'il n'avait pas vérifié ce que trafiquait son père depuis un petit moment. C'était l'occasion d'y jeter un coup d'œil.

Il saisit les dossiers qui se trouvaient dans le tiroir, les étala sur le bureau et se mit à les feuilleter. La plupart étaient sans intérêt : rapports boursiers, déclarations d'investissement, brochures de divers fonds spéculatifs. L'un d'eux était plus épais que les autres. Peter reconnut l'écriture soignée de son père sur l'onglet, qui portait la mention «AMRF» en lettres capitales, et il fronça les sourcils. Il passait le tiroir en revue assez régulièrement et il n'avait jamais vu ce dossier auparavant.

Il examina les documents qu'il contenait : encore des rapports trimestriels, des comptes rendus de réunions remplis d'abréviations incompréhensibles. Le nom de son père figurait dans l'en-tête à la fois comme membre du conseil d'administration et comme conseiller financier, ce qui n'était guère surprenant. Bob ne ratait jamais une occasion de faire partie de l'équipe dirigeante, et les «conseillers financiers» devaient certainement toucher toutes sortes de pots-de-vin.

Peter prit une nouvelle gorgée de bourbon, puis observa la bouteille. S'il en buvait davantage, Bob risquerait de s'en apercevoir. Il la reboucha à contrecœur.

Alors qu'il s'apprêtait à remettre les documents en place dans le tiroir et la bouteille par-dessus, son regard s'arrêta sur une ligne indiquant «Projet Perséphone». C'était assez inhabituel pour une société financière. En général, ce type d'entreprise optait plutôt pour des noms qui sentaient la testostérone, comme «Maximus» ou «Primidius». Peter parcourut la page, mais tout ce qu'il découvrit, c'était que le Projet Perséphone, quoi qu'il puisse être, engloutissait une grosse part de l'important budget annuel de l'AMRF — presque la totalité, en fait. Il y avait toutefois quelque chose dans ce nom qui lui semblait familier. Peter démarra l'ordinateur de Bob et entra le mot de passe — la date de naissance de sa mère, évidemment. Il lança une recherche rapide avec le terme « Perséphone » et se rappela où il avait déjà croisé le nom : quand ils avaient étudié la mythologie grecque. Perséphone est la déesse enlevée par Hadès, qui l'emmène avec lui aux Enfers et pour qui sa mère avait obtenu un accord l'autorisant à revenir sur terre six mois par an, au printemps et en été.

Peter se cala dans le fauteuil, l'air perplexe. Son regard tomba sur la pendule. Il était presque 19 h 30, l'heure du journal des sports. Les Bruins, l'équipe de hockey de Boston, venaient de disputer un match, et Peter voulait en voir les temps forts. Il était à deux doigts de refermer le tiroir et de passer à autre chose, mais cette histoire le turlupinait. Il soupira, ramena ses doigts sur le clavier et lança une recherche avec pour mot-clé « AMRF ».

Il tomba sur toute une série d'organismes correspondant à cet acronyme, dont l'Algalita Marine Research Foundation, une fondation œuvrant pour la préservation de l'environnement marin, et l'Americans Mad for Rad Foosball, un club de mordus de hockey sur table. Il examina la liste sans rien repérer qui puisse ressembler au genre d'entreprise dans laquelle Bob était susceptible d'investir. Après quelques hésitations, Peter décida d'approfondir ses recherches. Il éteignit l'ordinateur portable de son père et alla chercher le sien.

Vingt minutes plus tard, il était presque certain d'avoir trouvé le bon site. Apparemment, il s'agissait d'un institut de recherche médicale — mais impossible de connaître l'objet de ses études, caché sous un tas de noms de code. Il creusa plus avant, mais la majorité des fichiers étaient protégés par un pare-feu qu'il ne parvenait pas à contourner. Peter savait qu'en y passant du temps, il en viendrait forcément à bout — par le passé, il s'était déjà introduit incognito dans les bases de données du Pentagone, du FBI et de Scotland Yard. Mais franchement, Bob pouvait-il être impliqué dans quoi que ce soit qui vaille la peine de se donner du mal ?

Ça m'étonnerait, pensa Peter avant de refermer son ordinateur en bâillant.

Une minute plus tard, la porte d'entrée volait en éclats.

CHAPITRE
DEUX

Noa se retrouva dans un long couloir semblable à celui où elle avait laissé les deux médecins. Elle s'y élança à la hâte, tandis que résonnaient derrière elle les pas lourds de l'agent de sécurité auxquels s'ajoutaient ceux des autres hommes à ses trousses. Elle finit par se débarrasser de ses sabots qui la ralentissaient à un coude de l'allée. Mieux valait avoir froid aux pieds que de se faire prendre.

Elle jeta un coup d'œil en arrière et aperçut le vigile qui ahanait, le visage cramoisi, au tournant. Elle se retourna et arriva face à deux portes battantes. Elles n'étaient pas fermées par des chaînes, mais surmontées d'un panneau rouge indiquant que la sortie était protégée par une alarme.

Noa l'ignora et poussa les portes, déclenchant la sirène qui se mit à hurler derrière elle.

Dehors, la nuit tombait. Noa fut aussitôt saisie par le vent glacé qui s'insinuait à travers sa blouse. Elle balaya rapidement du regard l'espace qui l'entourait. C'était un vaste ensemble d'entrepôts décrépits couleur rouille qui bordaient une route étroite. La chaussée était accidentée et parsemée de nids-de-poule. Elle ne vit aucun véhicule ni personne à l'horizon.

Noa traversa la route et courut vers un long passage entre deux bâtiments. Derrière elle, les portes battantes claquèrent contre le mur, et elle entendit l'agent de sécurité pousser un cri.

L'allée n'était guère plus large qu'une voiture. Noa longea plusieurs bennes à ordures, puis passa en trombe devant des portes identiques à celles par lesquelles elle venait de s'échapper. Elle jugea qu'il serait trop dangereux d'entrer dans un bâtiment — elle avait plus de chances de s'en sortir en restant dehors.

La partie de son cerveau focalisée uniquement sur sa survie lui criait de courir sans s'arrêter. C'était une voix qu'elle connaissait bien et qui lui avait déjà permis de se tirer de situations délicates par le passé. Elle décida de se concentrer sur cette seule voix et de ne pas prêter attention aux autres — celles qui lui disaient qu'il pouvait y avoir, dans chacun de ces entrepôts, d'autres personnes comme elle, allongées sur des tables d'opération en acier.

Soudain, Noa ressentit un vif élancement dans le pied droit et faillit s'étaler par terre. Elle tituba jusqu'au bâtiment le plus proche et s'appuya contre le mur, puis retira un tesson de bouteille fiché dans son talon. Elle se mordit la lèvre en voyant la plaie saigner. Derrière elle, les autres se rapprochaient. Bravant la douleur lancinante dans son pied et celle non moins aiguë dans sa poitrine, elle se remit à courir.

L'allée coupait une nouvelle route avant de continuer entre deux autres entrepôts. Tout semblait abandonné, il n'y avait toujours pas le moindre signe de vie. Noa se demanda encore une fois où elle pouvait bien être.

Elle risqua un coup d'œil par-dessus son épaule. Elle avait distancé le premier vigile, mais quatre ou cinq autres, vêtus du même uniforme, et qui avaient l'air bien plus athlétiques, étaient lancés à sa poursuite. Elle sentit une vague de découragement l'envahir. Elle ne savait même pas si elle était à Boston. Et ce complexe d'entrepôts semblait sans fin.

Elle repoussa ces pensées. Elle n'était pas du genre à baisser les bras, même quand ça paraissait être ce qu'il y avait de plus raisonnable à faire. Ignorant la douleur et les cris derrière elle, elle longea encore plusieurs bâtiments, séparés par d'autres allées étroites, et se figea presque sur place en débouchant tout à coup sur un espace à ciel ouvert.

Maintenant qu'il n'y avait plus rien pour couper le vent, elle était transie de froid. Il flottait dans l'air une odeur tenace, un mélange d'iode et d'essence. Devant elle s'étendait un gigantesque stationnement à l'asphalte si brillante qu'on aurait dit un étang gelé. Il était rempli à perte de vue de rangées de bateaux perchés sur des remorques.

Noa comprit qu'elle se trouvait devant un parc d'hivernage, sur un chantier naval. Elle fut soulagée de reconnaître, au loin, la silhouette de Boston, avec ses immeubles brun foncé trop petits pour mériter le titre de gratte-ciel, qui s'amenuisait en allant vers l'ouest.

Au même moment, un avion sur le point d'atterrir passa en grondant à quelques centaines de mètres au-dessus d'elle. Son cœur s'emballa. Elle était donc au sud de Boston, près de l'aéroport de Logan, une zone qu'elle connaissait assez bien après avoir passé six mois en famille d'accueil dans le quartier de City Point.

Revigorée par cette découverte, Noa se précipita entre les rangées étroites de bateaux. Elle croisa des chalutiers défraîchis dont la coque était couverte d'algues et de bernacles. Plus elle avançait, plus les embarcations montaient en gamme, et elle se faufila bientôt entre divers voiliers et bateaux de plaisance. Elle constata avec soulagement qu'elle avait réussi, au moins pour le moment, à semer ses poursuivants, dont les voix semblaient s'être quelque peu dispersées. Leurs recherches devaient les ralentir et ils ne pourraient sans doute pas inspecter chaque bateau.

De toute façon, elle n'était plus en mesure de continuer à courir. Maintenant qu'elle avait épuisé ses réserves d'adrénaline, ses muscles commençaient à protester violemment. Elle se sentait faible, et même exténuée. La douleur dans sa poitrine s'était accrue au point que chaque respiration devenait un supplice, et son pied la faisait atrocement souffrir. Elle jeta un coup d'œil à sa blessure : ça saignait encore, mais ce n'était pas trop méchant. En revanche, elle était toujours aussi frigorifiée. Malgré l'échauffement qu'avait provoqué sa course, elle tremblait. Il était temps qu'elle trouve de quoi se couvrir et un endroit où se cacher. Si elle continuait à se déplacer, elle risquait de tomber nez à nez avec l'un de ses poursuivants.

Noa scruta les bateaux et en repéra un qui correspondait à ce qu'elle cherchait : un mini-yacht avec une coque rouge et lisse et une plateforme à l'arrière. Elle se rua dans sa direction avant d'agripper le premier barreau de l'échelle menant à la plateforme. Puis elle se hissa par-dessus bord et resta allongée sur le pont, sans bouger, l'oreille aux aguets.

Soudain, elle perçut un bruit de pas qui s'approchaient. Ils s'arrêtèrent brusquement, juste trois mètres en dessous d'elle, et elle bloqua sa respiration.

— Bon sang, mais où elle est passée ? lâcha une voix essoufflée.

— J'aimerais bien le savoir, répondit une autre, grave et rauque, avec un accent du Rhode Island. Sacrément rapide, la gamine. Comment elle a fait pour s'échapper ?

— Jim était censé la surveiller.

— Ah, ben j'comprends mieux.

— Cole va péter un plomb quand il va apprendre ça.

Puis les voix se turent.

Du coin de l'œil, Noa remarqua une trace de sang à l'endroit où elle avait franchi la rambarde. Elle avait dû en laisser d'autres sur le sol et sur l'échelle. Elle pria intérieurement pour que les deux hommes ne s'en aperçoivent pas.

Un émetteur radio crépita.

— Je le prends, marmonna l'homme à l'accent du Rhode Island.

Il y eut un bip électronique, puis il reprit la parole :

— Ouais ?

— Les renforts sont arrivés. Ralliement au bout du quadrant Est.

La voix provenant du talkie-walkie était ferme et autoritaire, celle de quelqu'un avec qui il valait mieux ne pas plaisanter. Noa supposa que c'était le dénommé Cole.

— Reçu, répondit l'homme.

Un nouveau bip résonna, et il émit un petit rire.

— Non mais tu l'as entendu ? reprit-il. « Ralliement au bout du quadrant Est », comme si on était encore chez ces saletés de barbus !

— Laisse tomber, fit l'autre. Bon sang, j'espère qu'on n'en aura pas pour trop longtemps. Je voudrais pas rater la fin du match.

Les voix commencèrent à s'éloigner. Noa attendit encore quelques instants, puis relâcha son souffle. Elle fit deux ou trois mètres en rampant jusqu'à la porte de la cabine principale et se redressa pour tourner la poignée. C'était fermé à clé. Elle se remit à plat ventre et serra les dents.

Évidemment, ça aurait été trop simple que la porte soit ouverte...

Elle chercha autour d'elle de quoi forcer la serrure. Elle savait d'expérience que sur les bateaux, les verrous servaient davantage à décourager les petits délinquants que les cambrioleurs expérimentés. Heureusement pour elle, elle appartenait aux deux catégories.

Le pont était vide, à l'exception d'une petite boîte de pêche glissée sous l'un des bancs qui bordaient le bastingage. Elle la tira aussi doucement que possible et l'ouvrit. En fouillant à l'intérieur, elle trouva un petit hameçon. Ce n'était pas l'idéal, mais ça ferait l'affaire.

Il lui fallut cinq bonnes minutes pour venir à bout de la serrure. En temps normal, elle était plus rapide, mais la douleur l'empêchait de se concentrer, sans compter qu'elle opérait dans une position inconfortable, couchée par terre avec le bras en l'air, pour ne pas se faire remarquer. Par deux fois, elle dut s'interrompre au passage d'autres hommes à proximité du bateau.

Noa attendit une minute en tendant l'oreille pour s'assurer qu'il n'y avait personne dans les parages, puis elle ouvrit doucement la porte de la cabine et se faufila à l'intérieur avant de la refermer derrière elle.

Les stores étaient tirés sur les vitres teintées et elle se retrouva dans la pénombre. Elle pouvait seulement distinguer un luxueux ensemble de salon : des fauteuils en cuir et une table robuste qui semblaient tout droit sortis d'un catalogue d'ameublement haut de gamme — à ceci près que tout était solidement fixé au sol.

Noa descendit quelques marches jusqu'au pont inférieur, desservi par un étroit couloir. Elle compta quatre portes latérales et une cinquième, tout au bout. Elle ouvrit la première sur sa gauche — une porte en accordéon — et découvrit une minuscule salle de bain. Là, elle repéra une armoire à pharmacie. Par chance, elle était abondamment remplie. Apparemment, les propriétaires n'avaient pas pris la peine de vider entièrement le bateau. Elle s'assit sur le siège des toilettes et examina son talon. L'entaille était longue, mais ne semblait pas profonde. Elle le posa tant bien que mal sur le lavabo et versa dessus une solution antiseptique en serrant les dents. Puis elle appliqua un désinfectant antibactérien sur la plaie et la banda avec de la gaze.

Après quoi, elle prit une profonde inspiration, ce qui lui causa un nouvel élancement, et se résolut à ouvrir sa blouse. Noa avait aperçu un pansement sur sa poitrine lorsqu'elle s'était changée, mais elle n'avait eu ni le temps ni le courage de le décoller. Il était très grand, de forme rectangulaire, et un peu plus foncé que sa peau. Elle se força à en soulever un coin.

Elle eut le souffle coupé par ce qu'elle découvrit. Au milieu de sa poitrine s'étirait une incision verticale de sept ou huit centimètres de long, bordée de chaque côté par de petites traces rouges qu'elle reconnut, pour en avoir déjà eu auparavant, comme les marques laissées par des points de suture. Une croûte s'était formée le long de l'entaille, mais les contours étaient encore rouges et boursouflés.

Noa remit délicatement le pansement en place et referma sa blouse. Elle grimaça en voyant son reflet dans le miroir. Dans la lumière du néon, sa peau semblait encore plus pâle que d'habitude. Elle avait des poches sombres sous les yeux, les joues creusées et les lèvres gercées. Elle passa la main dans ses cheveux noir de jais et sentit qu'ils étaient gras, comme si elle ne s'était pas lavée depuis plusieurs jours.

Elle se demanda un instant si ce qu'avait dit le médecin était vrai. Elle avait peut-être réellement été renversée par une voiture. Puis elle secoua la tête : non, ça n'avait aucun sens. Si ça avait été le cas, elle se serait réveillée dans un vrai hôpital et elle n'aurait pas eu des hommes à ses trousses. Non, il s'agissait d'autre chose.

Mais elle n'avait guère le temps de s'y attarder pour le moment. Il fallait d'abord qu'elle trouve un moyen de sortir de cet endroit — ce qui n'était pas une mince affaire, puisqu'elle ne savait même pas où était la sortie. Et elle ne pouvait pas se permettre de la chercher en marchant au hasard.

Noa s'aspergea le visage d'eau froide et s'essuya avec un coin de sa blouse. Elle se sentait légèrement mieux. Elle boitilla jusqu'à la pièce attenante, une petite chambre dont les hublots étaient masqués par des rideaux couleur taupe. Il n'y avait ni drap ni couverture sur le grand matelas appuyé contre la cloison. Noa fouilla les tiroirs encastrés dans le mur, mais ils étaient tous vides.

Elle eut plus de chance dans la chambre suivante. Elle était tout aussi dépouillée, mais la penderie contenait un vieux chandail à capuche décoloré, un pantalon de survêtement baggy noir et une paire de bottes en caoutchouc. À en juger par l'odeur, il devait s'agir là de la tenue dont le propriétaire se servait pour aller à la pêche. En explorant les tiroirs, elle mit la main sur des chaussettes de sport dépareillées et un bonnet noir. Ce ne serait sans doute pas suffisant pour affronter le froid, mais c'était toujours mieux que ce qu'elle portait. Elle se changea rapidement, puis s'assit au bord du lit pour réfléchir à ce qu'elle allait faire ensuite.

Si elle restait à bord du mini-yacht, ils allaient finir par la découvrir. Certes les voix des agents de sécurité s'étaient éloignées pour le moment, mais des renforts avaient été appelés, et ils allaient sans doute se mettre à fouiller chaque bateau.

La vraie question, c'était de savoir pourquoi ils déployaient autant d'énergie pour la retrouver. Elle tâta machinalement le pansement sur sa poitrine.

Qu'est-ce qu'ils m'ont fait?

Comme tous les enfants passés par les foyers d'accueil, Noa avait entendu parler de rumeurs — leur version du croquemitaine : des histoires de gamins des rues drogués par un inconnu qui se réveillaient avec un rein en moins, ce genre de choses. Elle n'y avait jamais tellement cru. Et quand bien même cela aurait été vrai, elle s'était toujours estimée suffisamment maligne et expérimentée pour n'avoir rien à craindre de tel.

Apparemment, elle avait eu tort. Elle avait bien été enlevée, et elle ne se rappelait même pas quand ni comment. Elle se demanda quel organe on avait bien pu lui prélever. Noa se dit que tout cela importait peu pour le moment, tant qu'elle était coincée à l'intérieur du chantier.

Bon, elle avait quand même réussi à sortir de l'entrepôt. Peut-être la chance était-elle de son côté, se dit-elle en reprenant confiance. Elle se leva et retourna dans le couloir. La quatrième pièce était une autre chambre vide avec des lits superposés. Quant à la porte du fond, elle donnait sur le poste de pilotage, rempli d'un assemblage complexe d'appareils de navigation. Mais hélas, nulle trace de téléphone ni d'ordinateur.

C'est alors que ses yeux se posèrent sur la radio maritime. Elle tourna un bouton et le cadran s'éclaira, faisant naître un sourire sur son visage.

Peter étouffait. Il avait la bouche pleine de poils de laine. L'un des hommes qui avaient fait irruption dans la maison avait un genou appuyé dans son dos et lui maintenait la tête contre le tapis. Le goût douceâtre de shampoing pour tapis lui donnait des haut-le-cœur — ce qui lui permit au moins de retrouver un peu ses esprits.

— Qu'est-ce que vous voulez ? articula-t-il en essayant de ne pas laisser transparaître sa peur. Il n'y a pas d'argent ici.

Aucune réponse.

Il essaya de se débattre. L'homme penché au-dessus de lui accrut sa pression au point que Peter eut la sensation qu'on lui enfonçait la tête dans le sol comme un clou et qu'elle allait traverser le tapis. Il cessa de gesticuler. Il repensa, terrifié, à des histoires d'agression dont il avait entendu parler, et notamment à celle vécue par à un de ses amis, chez qui deux hommes armés s'étaient introduits. Ils avaient tenu sa famille en joue pendant toute la nuit avant de forcer son père, au petit matin, à les aider à cambrioler la banque où il travaillait. Est-ce que ça pouvait être quelque chose de ce genre ? Ces hommes n'avaient pas l'air d'amateurs, ils savaient ce qu'ils faisaient. À moins qu'il ne s'agisse d'un enlèvement… Après tout, les parents de Peter étaient riches, et il savait que les kidnappings n'arrivaient pas que dans les films. Le plus inquiétant, c'est qu'il n'était pas certain que ses parents seraient prêts à payer une rançon pour le récupérer…

Même si Peter n'y voyait pas grand-chose, il était à peu près sûr qu'il y avait trois hommes dans la pièce, tous habillés en noir. Lorsqu'ils avaient débarqué, ils étaient armés de pistolets, mais il lui semblait qu'ils les avaient rengainés depuis. Au moins, ils ne l'avaient pas tué, ce qui était probablement bon signe. Il y avait d'autres individus dans la maison. Il les entendait se déplacer de pièce en pièce en communiquant à voix basse. On aurait dit qu'ils attendaient quelque chose — ou quelqu'un.

— Lâchez-moi, à la fin ! tenta-t-il encore, d'une voix étouffée.

Une paire de mocassins en cuir, parfaitement lustrés, entra alors dans son champ de vision. Il repéra le bas d'un pantalon de costume noir, dont les ourlets tombaient de façon impeccable au ras des talons — clairement l'œuvre d'un tailleur de luxe. Peter leva les yeux et distingua un homme grand, vêtu d'un costume trois pièces et d'une cravate rouge, qui se penchait au-dessus de lui. Il songea que ça pouvait être un avocat, car il ressemblait tout à fait aux gens qui travaillaient dans le cabinet de sa mère. Cette pensée lui apporta un certain réconfort. Un avocat ne permettrait jamais qu'on lui fasse du mal. Du reste, ce type avait l'air d'être le responsable des opérations, car l'atmosphère s'était subtilement modifiée quand il était entré dans la pièce.

Néanmoins, il semblait contrarié, comme si Peter était un désagrément dont il se serait bien passé, comme un morceau de gomme à mâcher qu'on découvre collé sous sa chaussure. Il avait une trentaine d'années, les cheveux bruns coupés court et les yeux gris et froids.

— Laissez-le, ordonna-t-il.

Peter sentit la pression exercée sur lui se relâcher. Il se leva, tentant de maîtriser ses tremblements. Une vive douleur persistait dans son dos, à l'endroit où l'espèce de brute avait tenu son genou enfoncé.

— Fichez le camp de chez moi ou j'appelle la police ! lança-t-il d'une voix qui se voulait assurée.

L'homme en costume le dévisagea.

— Alors, c'est toi le fils, dit-il au bout d'un moment.

Sa voix donna la chair de poule à Peter. Elle était monocorde, sans la moindre intonation, complètement dépourvue d'émotion.

— Pour la dernière fois, allez-vous-en ! insista Peter.

Il se dirigea vers le bureau et décrocha le combiné du téléphone tout en retenant son souffle, persuadé que quelqu'un allait intervenir pour l'arrêter.

— Tu n'auras pas de tonalité, indiqua l'homme en costume, le sourire aux lèvres. Nous avons coupé la ligne.

Peter appuya sur une touche pour s'en assurer et constata que c'était vrai. Il fouilla sa poche pour prendre son téléphone cellulaire qui, par chance, ne s'était pas cassé quand on l'avait plaqué au sol.

L'homme leva la main pour lui signifier que c'était peine perdue.

— Tous les signaux sont brouillés, expliqua-t-il.

Bloquer le signal des téléphones cellulaires, ce n'était pas rien. D'après ce que Peter en savait, cela nécessitait un équipement militaire auquel seul le gouvernement avait accès. Il renonça à utiliser son téléphone.

— Qui êtes-vous ? demanda-t-il.

— Y a-t-il d'autres personnes dans la maison, à part toi ? répliqua l'homme en ignorant sa question.

Peter hésita. Ça ne lui semblait pas une bonne idée de mentir. De toute façon, ils étaient en train de fouiller les lieux, donc ils connaissaient sûrement déjà la réponse.

— Non, je suis tout seul, admit-il.

— Et je suppose que cet ordinateur est à toi ? reprit son interlocuteur en s'approchant du bureau.

Peter se déplaça de l'autre côté pour rester hors d'atteinte, mais l'homme en costume ne parut pas y prêter attention. Il ouvrit l'ordinateur, attendit qu'il redémarre et jeta un regard vers Peter.

— Mot de passe ?

Peter bomba le torse.

— Hors de question que je vous le dise, rétorqua-t-il d'un air de défi.

L'autre haussa les épaules. Puis il débrancha le câble d'alimentation et tourna les talons, l'ordinateur sous le bras.

— Hé, attendez! s'écria Peter. Vous ne pouvez pas faire ça!

— Tu crois? lâcha l'homme sans même se retourner.

Peter s'élança derrière lui et le suivit dans l'entrée, sous le regard des types en noir, tandis qu'il avançait d'un pas décidé, comme s'il était attendu quelque part.

— C'est à moi, insista Peter. Si vous l'emportez, j'appelle la police.

L'homme en costume s'immobilisa et pivota pour faire face à Peter.

— Tu n'en feras rien, déclara-t-il, la mine grave.

— Et pourquoi ça?

— Parce que sinon, on va revenir, répondit-il en plissant les yeux d'un air menaçant. Et la prochaine fois, c'est toi qu'on emmènera.

Peter marqua un temps d'arrêt. Après tout, c'était juste un ordinateur. Et toutes ses données étaient automatiquement sauvegardées sur un serveur externe. Néanmoins, son comportement l'agaçait au plus haut point. On aurait dit qu'il agissait de plein droit et que c'était Peter qui était en tort.

— Vous allez avoir des ennuis avec mes parents quand ils vont savoir ce qui s'est passé, lâcha-t-il.

L'homme esquissa un sourire.

— Transmets bien mes amitiés à Bob et Priscilla. Et dis à ton père de m'appeler dès que possible.

Peter resta quelques instants interloqué par le fait qu'il connaissait ses parents — et plutôt bien, apparemment.

— Qui êtes-vous ?

— Je m'appelle Mason. J'enverrai quelqu'un réparer la porte d'entrée.

Sur ces mots, il sortit et disparut dans la nuit.

— Puisque je vous dis que c'est un domaine privé !

— Oui, monsieur, j'ai bien compris. Mais on nous a signalé un incendie et nous ne partirons pas d'ici tant que nous n'aurons pas inspecté les lieux.

Tapie sous une remorque de bateau à une quinzaine de mètres de là, Noa observait l'affrontement entre les deux hommes. Un camion de la brigade de pompiers de Boston était garé devant l'entrée du chantier naval. La sirène avait été coupée, mais le gyrophare continuait de tourner, baignant la scène dans une lumière rouge intermittente. Les pompiers se tenaient en retrait pendant que leur chef parlementait à travers la grille avec un agent de sécurité.

— Qui vous a prévenus ?

— Le capitaine du port.

— Eh ben, il s'est trompé.

— Avec tout le respect que je vous dois, nous n'avons pas besoin de votre autorisation pour entrer, déclara le chef des pompiers d'un ton ferme.

— Désolé, mais j'ai des ordres stricts, répondit le vigile en tirant sur le col de sa chemise, comme s'il commençait à étouffer. Je ne peux laisser passer personne.

— Écoutez, quand on est appelés quelque part, on y va. C'est quoi, le problème ? C'est un chantier naval, ici, pas une centrale nucléaire.

— Vous voyez de la fumée quelque part ? rétorqua le vigile en tendant le bras derrière lui.

Le chef de la brigade jeta un coup d'œil dans la direction qu'il lui indiquait, puis se racla la gorge.

— Ben ouais, justement.

L'agent de sécurité se retourna. Au milieu du parc d'hivernage montait une colonne de fumée noire.

Noa poussa un soupir de soulagement. Si les pompiers avaient fait demi-tour sans chercher à pénétrer à l'intérieur du chantier, tous ses espoirs d'évasion se seraient envolés. Elle avait attendu qu'ils arrivent pour improviser un départ de feu avec quelques mèches de bougie nouées ensemble et reliées à un tas de chiffons imbibés d'essence. C'était ce qu'elle avait pu faire de mieux avec ce qu'elle avait trouvé sur le bateau.

Dès que l'étincelle avait pris, tous les gardes étaient devenus fous, se pilant sur les pieds pour trouver la source de la fumée. Ils étaient passé en trombe quelques allées plus loin de l'endroit où elle s'était caché. Elle avait attendu que la majorité des gardes soient passé, puis elle avait couru aussi vite que possible vers les lumières rouges. Son plan paraissait avoir marché — la première partie, du moins.

Le chef des pompiers adressa un grand sourire au vigile.

— Alors? lança-t-il. On vous laisse vous débrouiller ou vous voulez qu'on intervienne? Parce que moi, ce que je vois, c'est plusieurs millions de dollars de bateaux sur le point de partir en fumée. Après quoi, le feu devrait se propager jusqu'aux entrepôts. Cela dit, vous aurez de quoi faire un sacré barbecue!

À la mention des entrepôts, le vigile devint blême. Il s'éloigna pour bredouiller quelques mots dans son talkie-walkie, avant de revenir sur ses pas et d'ouvrir le portail en faisant signe au camion d'entrer.

Le chef des pompiers lui envoya joyeusement la main alors qu'il passait. Le vigile le regarda passer devant lui en marmonnant, les mains sur les hanches. Puis il referma la grille et retourna se poster dans sa petite guérite.

Noa resta accroupie dans sa cachette en suivant le camion des yeux. Elle avait repéré quatre caméras braquées sur l'entrée, de part et d'autre du portail. Il n'était donc pas question de sortir par là à pied, même si elle réussissait à distraire l'attention du vigile. Ils devaient bien se douter qu'elle avait allumé le feu pour tenter de s'évader, et quelqu'un surveillait forcément les écrans de contrôle.

De l'autre côté de la grille s'étirait une longue route entre des espaces de stationnement délimités par de hauts grillages. Au bout d'environ un kilomètre, elle obliquait sur la droite. Ça faisait une sacrée distance à parcourir et l'espace était totalement à découvert.

Heureusement, Noa avait remarqué que les caméras étaient orientées vers le bas, et ce détail lui avait permis d'élaborer un plan B.

La nuit était tombée, et les vêtements sombres qu'elle portait désormais lui permettaient de se déplacer de façon plus discrète. Elle zigzagua entre les bateaux, à l'affût du moindre signe de la présence d'un de ses poursuivants. La plupart d'entre eux s'étaient repliés vers les entrepôts quand les pompiers étaient arrivés. La présence d'un grand nombre d'agents de sécurité pour un simple chantier naval aurait risqué d'éveiller les soupçons, songea-t-elle.

Le camion s'était arrêté. Cachée derrière le bateau le plus proche, Noa observa les pompiers qui se précipitaient vers le yacht en flammes en déroulant derrière eux un long tuyau blanc qui rebondissait sur l'asphalte. Le feu avait bien pris — Noa en sentait la chaleur de là où elle se trouvait — et le vent faisait voler des cendres noires dans l'air.

L'un des pompiers était posté le long du camion, le regard rivé vers l'endroit où le reste de sa brigade avait disparu. Ils avaient dû lui faire un signe, car il se dirigea soudain vers un volant qu'il dévissa avec dextérité. Le long tuyau se tendit immédiatement.

Noa l'observa avec une inquiétude croissante. Elle n'avait pas imaginé que l'un d'entre eux pourrait rester à côté du camion. Il allait falloir qu'elle trompe sa vigilance pour que son plan fonctionne.

Elle avait bien envisagé de s'adresser directement aux pompiers pour leur demander de l'aide. Mais cela risquerait d'entraîner un tas de problèmes qu'elle n'était pas prête à affronter. Ils contacteraient les services sociaux, et Noa se retrouverait encore face à des assistantes sociales, des juges et des policiers. Or elle refusait de redevenir prisonnière du système après tous les efforts qu'elle avait déployés pour s'en extraire.

Évidemment, si elle n'avait pas d'autre choix pour sortir du chantier naval…

Elle fronça les sourcils en réfléchissant. Il y avait forcément une solution. Elle avait encore des allumettes dans la poche de son chandail. Elle pourrait peut-être déclencher un autre incendie...

Soudain, une voix cria un ordre depuis le yacht qui brûlait. Le pompier redressa la tête.

— J'arrive! répondit-il.

Aussitôt, il ouvrit un panneau sur le côté du camion, attrapa quelque chose et se précipita vers ses collègues.

Noa n'hésita pas plus d'une seconde. Elle ignorait combien de temps il allait s'absenter et se doutait que le feu ne tarderait pas à être éteint. Elle longea le bateau derrière lequel elle s'était cachée et jeta un coup d'œil de chaque côté de l'allée principale. Apparemment, la voie était libre. Elle ne pouvait distinguer que les ombres des pompiers perdus dans une colonne de fumée à une trentaine de mètres de là. Elle prit une profonde inspiration.

Bon, c'est maintenant ou jamais.

Elle s'élança vers le camion en ne posant que la pointe de son pied blessé au sol, puis grimpa tant bien que mal l'échelle fixée sur le côté et atterrit lourdement sur le toit contre lequel elle se plaqua. Le souffle coupé, elle tendit l'oreille pour savoir si quelqu'un l'avait vue.

Une minute s'écoula, puis une autre. Rien.

Au bout d'un temps qui lui parut durer une éternité, elle entendit la voix du chef des pompiers :

— Allez, on remballe, les gars !

Noa resta parfaitement immobile pendant que les hommes rangeaient leur attirail tout en moquant la bêtise du vigile qui les avait accueillis. Elle pria intérieurement pour qu'ils n'aient rien à mettre sur le toit. Finalement, le moteur démarra en gémissant et le camion recula le long de l'allée principale en direction du portail.

De chaque côté du toit, Noa repéra une barre de métal qui le bordait. Elle y cala ses mains et ses pieds et dut serrer les dents pour ne pas crier de douleur. Mais cette précaution lui semblait nécessaire pour ne pas être projetée dans les airs si le camion accélérait brutalement ou roulait trop vite.

Enfin, le véhicule franchit le portail sans que les caméras de surveillance ne puissent détecter la présence de Noa. Après un demi-tour en trois temps, il se retrouva face à la route et se mit à rouler tranquillement, tandis que Noa voyait s'éloigner les spirales de fil barbelé qui surmontaient le grillage du chantier.

Quand il parvint à hauteur du virage, il ralentit et elle en profita pour descendre du toit par l'arrière. Dès que son pied blessé toucha le sol, elle sentit une douleur fulgurante remonter jusqu'à son mollet et s'effondra par terre. Elle resta ainsi quelques instants, couchée en boule au milieu de la route, tandis que le camion poursuivait son chemin.

Après deux cents mètres, il fit halte à une intersection avant de rejoindre le flot des véhicules qui rentraient vers la ville. Noa rassembla ses dernières forces pour se relever et se mit à courir à petites foulées jusqu'au croisement, craignant à tout moment qu'une voiture surgisse derrière elle. Puis elle tourna à droite et continua sa course pendant encore quelques minutes avant de s'arrêter. Elle regarda autour d'elle et reconnut les environs. Il y avait une station de métro pas loin.

Elle mit sa capuche, dissimulant ainsi son visage dans l'ombre, et glissa ses mains dans la poche avant de son chandail. Puis, les épaules rentrées à cause du froid, elle traversa la rue et partit vers la station en boitillant.

Peter faisait les cent pas dans le bureau de son père, entre les étagères remplies de livres reliés en cuir et le bureau où se trouvait encore son ordinateur une demi-heure plus tôt. Il ne savait absolument pas quoi faire.

Les hommes en noir étaient partis en même temps que Mason. Aucun d'entre eux n'avait semblé s'inquiéter de lui, et Peter avait vite compris pourquoi. Ils avaient coupé non seulement la ligne du téléphone, mais aussi le câble, rendant ainsi le réseau inutilisable. Ce n'était pas si grave en soi : Peter pouvait toujours se servir de la connection Internet par satellite. Néanmoins, après s'être connecté sur l'ordinateur de son père, il s'était rendu compte qu'il ne savait même pas qui rejoindre. Auparavant, il avait vérifié son téléphone cellulaire et constaté qu'il avait de nouveau du réseau. Peter voulait en priorité parler à ses parents. Le ton familier avec lequel Mason avait mentionné leurs noms lui avait fait froid dans le dos, et il avait la certitude que quelque chose d'horrible leur était arrivé. Il les avait appelés trois fois, mais aucun d'eux n'avait décroché, ce qui était franchement mauvais signe. Priscilla et Bob ne se séparaient jamais de leurs téléphones. Peter leur disait toujours que si la fin du monde survenait, ils seraient tous les deux trop occupés à téléphoner pour s'en apercevoir. Ils passaient leurs journées à discuter avec un Bluetooth greffé à l'oreille. Une fois sur deux, Peter croyait qu'ils s'adressaient à lui avant de comprendre, après quelques phrases, qu'ils étaient en ligne avec quelqu'un. C'était l'une des choses qu'il détestait le plus chez eux.

Et voilà que la seule fois où il avait désespérément besoin de les joindre, ils ne décrochaient pas.

Peter composa une nouvelle fois le numéro de son père et atterrit sur la messagerie.

— Ouais, Papa, c'est encore moi, dit-il. Écoute, il s'est passé un truc… assez grave et il faut vraiment que je te parle. C'est important. Rappelle-moi.

Il soupira de frustration. Il fut tenté un instant de contacter Amanda, mais il savait d'avance la tournure que prendrait leur échange. Elle lui reprocherait aussitôt de ne pas avoir appelé la police et elle raccrocherait en insistant pour qu'il le fasse.

Il y avait pensé, bien sûr, mais il avait le sentiment que ça ne ferait qu'empirer les choses. Et de toute façon, ils ne croiraient sans doute pas ce qu'il leur raconterait. Des hommes armés étaient entrés dans la maison par effraction et ils avaient emporté son ordinateur sans rien prendre d'autre — pas même celui de son père, pourtant de plus grande valeur. C'est vrai que ça paraissait fou. Le seul signe qui témoignait de leur venue, c'était la porte d'entrée défoncée — et encore, plus pour longtemps puisque Mason avait dit qu'il enverrait quelqu'un la réparer. C'était d'ailleurs ce détail qui avait retenu Peter d'appeler la police. De vrais cambrioleurs ne faisaient pas ce genre de proposition.

Qui peuvent bien être ces gens ?

Peter fit le tour du bureau et s'affala sur le fauteuil. Il rouvrit le tiroir et avala une gorgée de bourbon, sans plus se soucier que son père s'en rende compte.

Soudain, son cellulaire sonna. Peter bondit pour l'attraper et faillit le faire tomber dans sa précipitation à répondre.

— Allô ?

— Peter ? Que se passe-t-il ? demanda son père.

Peter poussa un soupir de soulagement.

— Oh, papa, je suis tellement…

— Qu'est-ce qu'il dit?

Peter reconnut la voix de Priscilla, en fond.

— Je le saurai si tu me laisses lui parler, rétorqua son père.

Il semblait agacé, comme toujours. Bob était du genre à croire dur comme fer que le monde entier était engagé dans un vaste complot pour lui compliquer la vie en permanence. Peter n'avait jamais pu comprendre pourquoi. La vie de son père lui paraissait, au contraire, marcher comme sur des roulettes.

— Peter, je croyais avoir été clair : tu ne nous appelles qu'en cas d'urgence. Nous fêtons notre anniversaire de mariage et nous n'avons pas envie d'être dérangés.

— Mais c'est une urgence, répliqua Peter, sur la défensive. Des types se sont introduits dans la maison.

— Quoi? Quand ça?

— Ce soir. Ils viennent à peine de partir.

— Tu as appelé la police?

— Pas encore.

— Et qu'est-ce que tu attends? Ils ont pris quoi?

C'est sympa de vous inquiéter pour moi, pensa Peter.

Pas de «Comment tu vas?» ni de «Tu es blessé?».

Cela dit, ça ne le surprenait pas le moins du monde.

— Seulement mon ordinateur, répondit-il avant de marquer une pause. L'un des types a dit qu'il s'appelait Mason. On aurait dit qu'il vous connaissait, maman et toi.

Son père ne répondit rien.

— Papa?

— Bon, on fait les valises et on rentre. Ne bouge pas de la maison. Et n'appelle pas la police, ajouta Bob fermement, d'une voix où pointait l'inquiétude, voire la peur. Je ne plaisante pas, Peter, ne parle de tout ça à personne.

— Mais, papa…

— Nous serons là dans quelques heures. Et souviens-toi, pas un mot.

Peter entendit sa mère protester, puis plus rien. Bob avait raccroché.

Il approcha la bouteille de bourbon de ses lèvres avant de se raviser : il fallait qu'il garde les idées claires. Il la remit dans le tiroir et, au moment où il le refermait, son regard se posa une nouvelle fois sur le dossier de l'AMRF. Il n'avait passé que quelques minutes à tenter de contourner le pare-feu de l'organisme quand une armada d'hommes de main, semblant tout droit sortis d'un film d'action, avait fait irruption dans la maison. Ça ne pouvait pas être une coïncidence.

Peter se demanda ce que pouvait bien être l'AMRF et ce que cette organisation tenait tant à cacher. Il n'y avait qu'un moyen de le savoir : il fallait s'attaquer directement au pare-feu — mais discrètement, cette fois. Le problème, c'est que les hommes en noir avaient emporté son ordinateur. Et il ne pouvait évidemment pas se servir de celui de Bob pour faire ça. Les menaces de Mason avaient été parfaitement claires, et Peter préférait ne pas savoir ce qui se passerait si on le surprenait à nouveau en train de fouiner dans les affaires de l'AMRF.

Pour autant, il n'avait nullement l'intention de laisser tomber. Il se mit à pianoter sur le bureau en réfléchissant. Il fallait qu'il trouve quelqu'un pour l'aider et qu'on ne puisse pas faire le lien avec lui — quelqu'un que même ces types ne soient pas en mesure de localiser.

Et il savait exactement à qui faire appel.

Il se rendit sur /ALLIANCE/. Après tout, c'était son site, et même s'ils surveillaient l'ordinateur de Bob, il n'y avait rien de surprenant à ce qu'il s'en occupe. Il remarqua qu'une nouvelle vidéo avait été postée depuis sa dernière connexion, mais il n'avait pas le temps de la regarder pour le moment. Il naviga sur le site pour accéder aux messages plus anciens.

Peter avait conçu /ALLIANCE/ de manière à garantir l'anonymat de ses membres. Des groupes similaires avaient déjà fait l'objet de poursuites judiciaires par le passé aux États-Unis, tout comme en Suède où les autorités tentaient d'identifier et de sanctionner les pirates. Mais il y avait toujours un risque que des membres un peu trop révolutionnaires sortent du cadre de la mission qu'il avait fixé. C'est pourquoi Peter gardait toujours un œil sur les contributeurs réguliers. Il s'assurait ainsi qu'il ne s'agissait pas de taupes du gouvernement ayant infiltré le site ou de personnes cherchant à assouvir une vengeance personnelle à l'égard de quelqu'un. Et il pouvait entrer en contact avec n'importe lequel d'entre eux s'il le souhaitait.

Il décida d'envoyer un courriel au membre répondant au pseudo de Rain. En guise de titre, il écrivit simplement «Recherches pour exposé» afin de ne pas éveiller les soupçons au cas où l'ordinateur serait surveillé. Puis il rédigea un court message :

Faudrait qu'on reparle de l'exposé de ce trimestre. On se retrouve plus tard dans la cour.

Peter hésita avant de l'envoyer. En impliquant Rain, il allait peut-être le mettre en danger. Certes, à en juger par ses anciens posts, il avait plutôt l'air du genre coriace. Mais le risque était bien réel.

Peter repensa alors au genou appuyé dans son dos et à l'expression arrogante de Mason lorsqu'il avait quitté la maison, son ordinateur sous le bras. Il cessa de tergiverser et cliqua sur « Envoyer ». Puis il se cala dans le fauteuil et attendit.

CHAPITRE TROIS

Noa grimpa les escaliers à la hâte. Elle était descendue à Copley Station, l'arrêt le plus proche de l'Apple Store, à Boylson Street. Il restait un bon quart d'heure avant la fermeture de la boutique.

Elle avait gardé la tête baissée pendant tout le trajet, mais personne n'avait eu l'air de la remarquer. C'était presque trop facile de resquiller dans le métro. Noa s'efforçait néanmoins de payer quand elle le pouvait pour respecter le système basé sur la confiance en cours à Boston, où il n'y avait ni contrôleurs ni portillons dans les transports. Mais dans des moments comme celui-ci, c'était bien pratique. Un peu plus tôt, la rame s'était arrêtée tout près de son appartement. Quand les portes s'étaient ouvertes, elle avait été tentée de sortir pour rentrer chez elle. Peut-être avait-elle été choisie par hasard, sans que ses ravisseurs sachent où elle habitait. Elle aurait pu prendre une douche, mettre ses propres vêtements et se blottir sous la couette — même si elle n'éprouvait pas de réelle fatigue malgré tout ce qui lui était arrivé. Mais elle avait jugé que c'était trop risqué. Il fallait d'abord qu'elle en sache un peu plus.

Lorsqu'elle se retrouva entre les murs blancs de l'Apple Store, elle se sentit aussitôt apaisée. C'était là l'effet étrange qu'avait sur elle la simple vision du grand logo représentant une pomme croquée. Pour la plupart des gens, le mot « maison » évoquait un toit et quatre murs. Mais pas pour Noa. « Mère » lui faisait penser à « carte mère » et clé à « clé USB ». Rien n'était plus réconfortant pour elle que le ronronnement d'un disque dur.

À cette heure-ci, la boutique était presque déserte. Noa fut accueillie par un genre de geek d'environ vingt-cinq ans au visage grêlé et aux cheveux hérissés avec du gel.

— Bienvenue à l'Apple Store qu'est-ce que je peux faire pour vous on ferme dans cinq minutes, débita-t-il d'un seul trait avec un sourire forcé.

— Quinze, rectifia Noa.

— Quoi ?

— Vous fermez à 21 h. C'est dans quinze minutes.

Le jeune homme ouvrit la bouche comme s'il allait répondre quelque chose, mais Noa l'avait déjà abandonné pour rejoindre le rayon des ordinateurs portables, au fond de la boutique. À côté d'elle, quelques personnes regardaient les iPad, mais aucune d'entre elles ne lui prêta attention tandis qu'elle pianotait sur le clavier d'un modèle d'exposition.

Une minute plus tard, elle se dirigea vers la caisse. Un deuxième employé, à l'air renfrogné, tendit un sac au client qui la précédait avant de lui faire signe d'avancer jusqu'au comptoir.

— Je viens chercher un ordinateur que mon père a commandé pour moi, déclara-t-elle.

— Quel nom?

— Latham. Nora Latham.

Les Latham étaient la famille d'accueil que Noa avait inventée pour tromper les services sociaux. Après diverses expériences de placement assez déplorables, elle en était arrivée à la conclusion qu'il valait mieux qu'elle fasse cavalier seul. Elle avait donc ouvert un compte bancaire au nom de Nora et un autre au nom de Ted, sur lequel étaient versés les salaires de son prétendu tuteur. Aux yeux de ses clients, elle était Ted Latham, un consultant informatique brillant qui vivait en reclus. Il exerçait à son compte, essentiellement pour une entreprise basée sur la côte Ouest du nom de Rocket Science.

Ses employeurs tenaient le travail de Ted en si haute estime qu'ils faisaient très souvent appel à ses services et s'accommodaient de ses excentricités, comme son refus de venir sur place. Ted avait un numéro de sécurité sociale, une boîte postale et un excellent indice de solvabilité. Et il était extrêmement généreux avec la fille dont il avait la garde, puisque chaque mois il transférait quasiment tous ses revenus sur son compte. De plus, lui et sa femme Nell croyaient fermement aux vertus de l'enseignement à la maison. Autrement dit, adieu l'école. C'était sans conteste les meilleurs parents que Noa ait jamais eus.

— OK, tout est en ordre, annonça l'employé après avoir vérifié la commande sur son poste. On vous apporte ça dans quelques instants, si vous voulez bien patienter.

Tandis qu'elle attendait son nouveau MacBook Pro, elle eut un pincement au cœur en pensant à son précédent ordinateur. Elle l'avait eu avec elle quand elle avait été enlevée, et sa perte était presque aussi douloureuse que celle de son bracelet de jade. Jamais elle n'avait possédé quoi que ce soit d'aussi cool. Elle venait d'acheter un modèle similaire, mais légèrement plus petit — treize pouces au lieu de quinze. Mieux valait prévoir léger, car elle risquait fort de devoir le transporter partout avec elle pendant un bon bout de temps.

Un troisième employé sortit de la réserve avec une boîte entre les mains. Il avait le même style que celui qui l'avait accueillie, boutons d'acné inclus, mais avec les cheveux plus foncés.

— Nora? lança-t-il en souriant.

— Ouais, acquiesça-t-elle avant de tendre les mains pour saisir la boîte.

— J'ai le même chez moi, indiqua-t-il sans le lui donner. Très bon choix.

— Je sais, répondit Noa sèchement.

— On va fermer, mais si vous voulez un coup de main pour la configuration, il y a un Starbucks juste au bout de la…

— Non merci.

— Bon, euh… très bien, balbutia-t-il, un peu vexé, en lui remettant la boîte.

Noa le glissa sous son bras et tourna les talons sans un mot.

Une fois dans la rue, bien que brûlant d'impatience d'ouvrir la boîte, elle se força à attendre d'avoir parcouru quelques centaines de mètres. À cette heure de la soirée, le centre-ville était désert. Elle repéra le Starbucks ouvert près de Back Bay Station. Elle y entra et alla s'installer à une table dans un coin, en tâchant d'ignorer le regard appuyé de la serveuse. Noa s'étonnait de ne pas avoir faim. Toutefois, l'odeur du café torréfié lui donnait envie de boire un café moka.

Par ailleurs, elle était toujours frigorifiée, comme si son corps entier n'était qu'un bloc de glace. Elle se frotta les mains pour essayer de se réchauffer.

Noa sortit l'ordinateur de sa boîte et le démarra. Sa priorité était d'avoir accès à son argent et, pour cela, il lui fallait au minimum une carte de retrait. Elle se connecta sur son compte bancaire, puis étudia les offres de cartes de crédit. Le délai le plus court pour en obtenir une nouvelle était de vingt-quatre heures, ce qui voulait dire qu'elle allait devoir rester à la rue jusque-là. Bon, ce n'était pas si grave. Plus que le confort, ce que Noa souhaitait surtout pour le moment, c'était être seule. Postée derrière la caisse, la serveuse continuait de la fixer. Noa lui décocha un regard noir. La jeune fille baissa les yeux puis se détourna, soudain très intéressée par l'étal de muffins. Satisfaite, Noa ne put s'empêcher de sourire avant de reporter son attention sur son ordinateur.

C'est alors qu'elle aperçut la date du jour dans un coin de l'écran. Elle fronça les sourcils. Il devait y avoir une erreur. Elle se pencha pour attraper un exemplaire froissé du journal local qui traînait sur la table voisine et vérifia la date.

— Oh, c'est pas vrai, lâcha-t-elle.

On était le 25 octobre. D'après ses souvenirs, elle avait été enlevée le 3.

On lui avait volé trois semaines de sa vie.

Noa s'adossa à la banquette, abasourdie. Elle se mit à toucher machinalement l'endroit de sa poitrine où la cicatrice battait sourdement. Il fallait à tout prix qu'elle trouve un endroit tranquille pour essayer de comprendre ce qui lui était arrivé. Autrement dit, elle allait devoir prendre sur elle et faire ce qu'elle détestait le plus au monde : demander de l'aide à quelqu'un.

Elle se connecta sur sa boîte de réception et parcourut ses nouveaux messages. Elle en avait reçu plusieurs de Rocket Science lui proposant divers contrats et dont le ton devenait de plus en plus sec en l'absence de réponse de Ted. Le reste, c'était des factures électroniques. Aucun courrier personnel.

Noa avait disparu pendant trois semaines sans manquer à personne. Sans doute aurait-elle dû s'en attrister, mais au contraire, elle s'en réjouissait. Cela signifiait qu'elle avait su se faire oublier — ce qui était précisément son but.

Toutefois, pour le moment, le fait de n'avoir aucune relation extérieure compliquait un peu les choses. Elle repensa aux Wilson, une famille d'accueil correcte — en tout cas moins détestable que les autres — chez qui elle avait été placée quelques années auparavant, et tenta d'imaginer comment ils réagiraient en la voyant se présenter à leur porte.

Tandis qu'elle pesait le pour et le contre, un nouveau message apparut. Elle reconnut le pseudo de l'expéditeur — Vallas —, mais son message la plongea dans la perplexité. Il faisait allusion à un exposé. Or elle n'avait pas mis les pieds dans un établissement scolaire depuis plus d'un an, lorsqu'elle avait réussi à échapper au système.

Intriguée, elle décida de répondre :

OK. On se voit là-bas.

Puis elle se connecta sur La Cour, un forum quasi introuvable, car il n'était répertorié sur aucun moteur de recherche. Il fallait être coopté pour pouvoir en faire partie : c'était une communauté assez fermée, regroupant seulement la crème de la crème des pirates informatiques. Noa avait été aux anges le jour où elle avait reçu son invitation. C'était une des rares fois dans sa vie où elle avait eu le sentiment d'avoir sa place dans un groupe.

Elle avait choisi « Rain » comme pseudo. Quelques années auparavant, désireuse d'en savoir plus sur les origines de son prénom, elle avait découvert qu'il était relativement fréquent en Scandinavie. D'après un site, Noa était un dérivé d'Odin, le principal dieu de la mythologie nordique. Au Danemark, on utilisait le terme «Noa-skeppet» pour décrire un type de formation nuageuse annonciatrice de pluie. C'est ce qui avait donné à Noa l'idée de son pseudo. Il lui convenait d'autant mieux qu'elle aimait bien la pluie.

Elle attendit que Vallas se connecte avant de l'inviter à un chat privé.

Quoi de neuf? écrivit-elle.

J'ai besoin d'aide pour une recherche sur l'AMRF, répondit-il.

Noa connaissait Vallas par l'intermédiaire d'un groupe d'hacktivistes qu'elle fréquentait nommé /ALLIANCE/. En général, elle se tenait à l'écart de ce genre de militants, en bonne solitaire qu'elle était. La plupart d'entre eux cherchaient tout au plus à dénoncer des canulars puérils, mais derrière certains pseudonymes anodins se cachaient parfois de véritables criminels — et Noa n'avait aucune envie d'attirer l'attention de la police. Cependant /ALLIANCE/ lui avait paru différent. L'ambition du site, notamment de pourchasser les pervers et les sadiques, faisait vibrer chez elle une corde sensible. C'est pourquoi elle avait participé à certaines de leurs opérations au cours des mois précédents.

Cela dit, pour le moment, Noa était déjà bien trop occupée avec ses propres problèmes pour prendre part à la vendetta de quelqu'un d'autre.

Excuse, pas le temps.

Après quelques secondes, la réponse de Vallas s'afficha :

C'est important. Je peux payer.

Noa s'apprêtait à décliner son offre quand elle se dit qu'il lui proposait exactement ce dont elle avait besoin. Sans papiers d'identité, elle ne pouvait pas passer par un organisme de transfert d'argent en espèces — sinon, elle aurait déjà effectué un retrait sur son compte. En revanche, elle savait que Vallas était du coin, car il avait plusieurs fois mentionné des détails que seul un habitant de Boston pouvait connaître. Elle se demanda si elle pouvait lui faire confiance pour autant.

Alors en liquide. Ce soir, écrivit-elle.

Combien ?

Mille, pour commencer.

Je peux retirer cinq cents.

Noa sourit. Ça lui suffirait amplement pour tenir vingt-quatre heures. En admettant qu'il n'y ait pas de cafouillage avec la banque, elle devrait ensuite pouvoir avoir accès à son propre compte.

OK, répondit-elle. **On se retrouve où ?**

Peter s'était connecté sur La Cour depuis son téléphone intelligent avec l'idée que ce serait davantage sécurisé que s'il utilisait l'ordinateur de son père. Les informations y étaient plus difficilement accessibles, du moins en théorie. Et de toute façon, le forum était l'œuvre de certains des plus éminents informaticiens. La Cour n'était rien de moins que la version virtuelle d'une forteresse médiévale.

Peter était quelque peu nerveux à l'idée de rencontrer Rain en personne. Il ne connaissait ni son âge, ni même son sexe. D'après les statistiques sur /ALLIANCE/, il y avait plus de chances que ce soit un garçon, mais ça ne prouvait rien. Ils s'étaient donné rendez-vous à Back Bay Station, près du kiosque de burritos, à 22 h 30. La gare serait sûrement déserte à cette heure-là.

Peter prit son portefeuille et sortit de chez lui. Trois quarts d'heure plus tard, il était arrivé à destination, après s'être arrêté en route pour faire le retrait maximal autorisé sur son compte. Cinq cents dollars représentaient une sacrée somme, mais Rain était sans conteste l'un des meilleurs pirates informatiques qui fréquentaient /ALLIANCE/ — il était même probablement meilleur que lui. Et puis, l'argent n'était pas vraiment un problème pour Peter. Bob et Priscilla n'avaient aucune notion de ce qu'un jeune de son âge était en droit d'espérer comme argent de poche et ils lui donnaient beaucoup plus que ce que recevaient ses amis.

Peter s'inquiétait davantage de la réaction qu'aurait son père s'il ne le trouvait pas à la maison à son retour.

Il avait donc pris la voiture plutôt que le métro pour pouvoir rentrer au plus vite de son rendez-vous.

Il se gara dans un stationnement à proximité de Back Bay Station et réfléchit quelques instants à ce qu'il s'apprêtait à faire : retrouver un parfait inconnu à la gare, à la nuit tombée, et lui remettre discrètement une somme d'argent. Il y avait quelque chose d'excitant dans cette perspective digne d'un roman d'espionnage. Cette soirée s'avérait bien plus intéressante que ce qu'il avait imaginé.

Il consulta sa montre : il était un peu en avance. Il descendit de voiture et traversa la rue en direction de la gare. Quelques itinérants étaient regroupés près de l'entrée dans des abris de fortune faits de paniers d'épicerie et de vieilles couvertures sales. Peter fit un écart pour les éviter et tenta d'adopter une démarche assurée. Il regretta de ne pas avoir mis autre chose qu'un jean et une veste en polar. Il avait l'impression de faire tache dans le décor, qu'on ne voyait que lui. Officiellement, le quartier où il habitait faisait partie de la ville, mais en réalité, c'était plutôt une sorte de banlieue chic. Certes, depuis qu'Amanda était entrée à Tufts, il avait passé davantage de temps à Boston même, mais en général ils restaient sur le campus.

Il se sentit soudain envahi par une vague d'angoisse en songeant à la liasse de billets qu'il avait sur lui. Il essaya de se rassurer. Après tout, il était seulement à Back Bay Station, pas au fond d'une ruelle sombre. Il devait y avoir des policiers dans les parages — même s'il n'en voyait aucun.

Peter entra dans la gare et fut surpris par les dimensions du lieu. C'était beaucoup plus grand que dans son souvenir, et il se rendit compte qu'il n'avait aucune idée de l'endroit où se trouvait le kiosque de burritos.

Il se résolut donc à inspecter les différents quais, les uns après les autres. Il croisa quelques voyageurs à l'air las, qui fixaient le sol, perdus dans leurs pensées, mais personne qui semblait guetter sa venue.

Il remonta les escaliers, puis parcourut le vaste bâtiment où ses pas résonnaient, mais sans plus de succès. En voyant l'heure — presque 23 h —, il sentit la frustration le gagner. Il était à deux doigts de laisser tomber.

— Vallas?

Peter se retourna et, bien que ne sachant pas à quoi s'attendre, il fut véritablement pris de court. Devant lui se tenait une jeune fille aux cheveux noirs et au teint diaphane, avec de grands yeux bleu-vert. Elle semblait avoir le même âge que lui, peut-être un peu moins, et tenait la boîte d'un MacBook Pro sous le bras. Malgré la tenue bizarre qu'elle portait, Peter ne put s'empêcher de la trouver très belle. Il déglutit, la bouche soudain très sèche.

— Rain ?

— Qui d'autre pourrait t'appeler Vallas ? rétorqua-t-elle de but en blanc.

Peter sentit qu'elle aussi était surprise — et pas dans le bon sens — par celui auquel elle avait affaire.

— D'ailleurs, ça sort d'où, un nom pareil ? ajouta-t-elle.

— C'est le nom de mon avatar dans WoW.

— Dans quoi ?

— World of Warcraft, expliqua Peter en se sentant un peu bête.

— Ah, le jeu vidéo, acquiesça-t-elle en levant les yeux au ciel.

— C'est plutôt un jeu de rôle en ligne, corrigea Peter, sur la défensive.

Sur le forum, de nombreuses discussions étaient consacrées à l'univers de WoW. Peter avait juste-ment choisi de baptiser son site /ALLIANCE/ parce qu'il savait que cela attirerait les gens ayant reconnu la réfé-rence. Tous les pirates informatiques qu'il connaissait passaient plusieurs heures par jour à prendre part à la bataille opposant l'Alliance à son pendant maléfique, la Horde — tous sauf un, apparemment, pensa-t-il, déconcerté.

— Je suis un Elfe de la nuit, ajouta-t-il gauchement.

— Génial, répondit Rain, que le sujet ne semblait décidément pas passionner. Tu as l'argent ?

— Oui, bien sûr.

Peter saisit son portefeuille après avoir jeté un coup d'œil alentour — mais personne ne semblait leur prêter attention. Il tendit rapidement les billets à Rain qui les fourra dans la poche de son chandail.

— Je t'ai aussi apporté ça, au cas où tu n'en aurais pas en stock, indiqua-t-il en lui donnant une clé USB qu'elle rangea au même endroit.

— Merci, glissa-t-elle avant de tourner brusquement les talons.

— Je ne suis pas un gros geek accro à WoW, tu sais, lança Peter en lui emboîtant le pas.

— Ouais, ouais. Bon, c'est quoi, l'AMRF ?

— Je ne sais pas vraiment. Mais je te conseille d'être prudente. J'ai tenté d'infiltrer leur base de données dans la soirée et quelques minutes plus tard, une bande de types armés a débarqué chez moi.

À ces mots, Rain se figea sur place et le dévisagea avec curiosité.

— Ils étaient habillés comme des agents de sécurité ?

— Non, ils étaient tout en noir, plutôt comme un genre de commando.

— Ah, fit-elle, l'air déçue. Bon je ferai attention. Autre chose ?

— Oui, l'AMRF travaille sur un projet du nom de Perséphone. J'ai un lien, je peux te l'envoyer par SMS si tu veux.

— J'ai pas de téléphone.

— Sérieux ?

Peter n'en revenait pas. Il ne connaissait personne de sa génération qui n'ait pas de cellulaire.

— Je préfère les courriels.

— OK, alors je t'enverrai ça par courriel.

— Très bien.

Ils étaient arrivés sur le parvis de la gare, face au stationnement. Peter sentait bien que Rain essayait de se débarrasser de lui le plus vite possible et il fut soudain pris de peur. Il prit conscience qu'il n'avait aucune garantie qu'elle n'allait pas l'arnaquer, prendre l'argent et ne plus donner de nouvelles. Il avait été vraiment idiot de tout lui donner directement comme ça.

— Alors, c'est bon, je peux compter sur toi, hein ? demanda-t-il.

— Comment ça ?

— Eh bien, cinq cents dollars, c'est quand même une sacrée somme et c'est vrai que je ne te connais pas.

— Quand je m'engage à faire quelque chose, je le fais, déclara-t-elle. C'est tout ce que tu as besoin de savoir.

Elle commença à s'éloigner.

— Hé, attends! lança Peter derrière elle. Excuse-moi, je ne voulais pas, euh... Je peux te déposer quelque part?

Rain ne répondit pas. Elle continua à marcher sans même prendre la peine de se retourner.

Peter la suivit du regard jusqu'à ce qu'elle disparaisse au coin de la rue. Il était contrarié. Il aurait très bien pu trouver de l'aide auprès d'un autre membre d'/ALLIANCE/ — et probablement sans avoir à dépenser un sou. Il avait agi dans l'urgence et n'avait pas eu le réflexe de laisser tomber quand elle lui avait demandé autant d'argent. Désormais, il n'avait plus qu'à croiser les doigts en espérant qu'elle allait faire ce qu'elle avait dit et pas l'escroquer. Par ailleurs, il ne comprenait pas pourquoi elle l'avait autant troublé. Il avait déjà une petite amie, et Amanda était clairement plus jolie qu'elle.

Peter consulta sa montre. Il fallait qu'il se dépêche s'il voulait être rentré avant ses parents. Il chassa l'étrange jeune fille de ses pensées et rejoignit sa voiture au pas de course.

CHAPITRE QUATRE

Noa referma la porte derrière elle et s'y adossa en soupirant. Elle s'était installée dans une chambre d'hôtel à dix minutes à pied de Back Bay Station. L'endroit était vraiment miteux, mais ce n'était pas cher, ils acceptaient les espèces et ils ne demandaient pas de papiers d'identité. Pour le moment, elle n'avait pas besoin de plus. Et après ce qu'elle avait vécu au cours des dernières heures, ça valait tous les palaces du monde.

Bon, c'était quand même assez sinistre. Le couvre-lit était maculé de taches, il y avait des barreaux aux fenêtres et un trou dans l'osier de l'unique chaise de la chambre. Noa osait à peine jeter un coup d'œil à la salle de bain. Mais c'était sans doute ce qu'elle pouvait trouver de mieux pour quarante dollars et sans qu'on lui pose aucune question.

Elle repéra une prise électrique qui paraissait en état de marche, près d'une table. Elle installa son ordinateur et le brancha pour recharger la batterie. Puis elle prit un oreiller, le plaça sur la chaise et s'installa face à l'écran.

Tous les réseaux sans fil disponibles étaient protégés par des mots de passe, mais c'était un jeu d'enfant pour elle de déjouer les systèmes de sécurité. Au bout de quelques minutes, elle surfait en étant connectée au réseau dont le débit était le plus élevé.

Elle concentra d'abord ses recherches sur le chantier naval dont elle s'était échappée. Ce n'était guère plus compliqué d'infiltrer le service des archives de la ville que de se brancher sur un routeur wifi. En vérité, la plupart des sites publics, locaux ou nationaux, n'avaient pas le budget suffisant pour se protéger et on pouvait accéder à leurs données avec une facilité déconcertante. Les organismes privés étaient généralement plus difficiles à pirater, car ils prenaient la peine d'engager des gens comme Noa pour sécuriser leurs réseaux.

Elle découvrit que les entrepôts et le chantier naval appartenaient au même groupe : ANG import-export. Jusque-là, rien d'alarmant. Elle tenta d'en savoir plus sur cette société, mais il s'avéra qu'elle appartenait à une autre entreprise basée aux Bahamas, laquelle était détenue par une autre, dont la seule trace était une demande d'inscription à un statut fiscal particulier.

Noa remonta ainsi la piste d'une dizaine de structures successives dont chacune semblait n'avoir pour seul but que de dissimuler la suivante. Elle poussa un soupir de frustration. C'était comme des poupées russes, sauf que dans le cas présent, elle avait le sentiment que c'était sans fin.

Sur l'écran, l'horloge indiquait 1 h du matin. Noa se frotta les yeux. Elle se sentait épuisée physiquement, mais, curieusement, elle n'avait pas du tout sommeil. Les minces rideaux tirés devant les fenêtres n'empêcheraient probablement pas la lumière du jour de filtrer, et elle risquait donc de se réveiller à l'aube. Il valait peut-être mieux qu'elle aille se coucher.

Noa regretta de ne pas avoir acheté quelques articles de toilette. Elle avait un drôle de goût métallique dans la bouche et elle aurait aimé nettoyer son visage crasseux. Heureusement, elle n'avait toujours pas faim, car son hôtel n'était certainement pas du genre à disposer d'un distributeur de chips. Elle aurait déjà de la chance si elle trouvait un reste de savon dans la salle de bain.

Elle enleva le couvre-lit du bout des doigts. Elle avait beau être gelée, il n'était pas question qu'il entre en contact avec la moindre partie de son corps. Puis elle se glissa sous les draps et fixa le plafond avant de s'autoriser enfin à réfléchir à ce qui lui était arrivé — ou plutôt, à ce qui aurait pu lui arriver, pensa-t-elle en frissonnant.

Elle glissa une main hésitante sous son chandail et décolla prudemment un coin du pansement avant de tâter pensivement la cicatrice. Elle partait du centre de sa cage thoracique et descendait légèrement en biais vers la droite sur sept ou huit centimètres. La croûte formait une ligne très fine autour de laquelle la peau paraissait plus froide qu'ailleurs. Noa remarqua avec étonnement qu'elle ne percevait presque plus aucune douleur. Un peu plus tôt, elle avait eu l'impression d'avoir les côtes cassées, et la cicatrice elle-même lui causait de violents élancements. Mais désormais, elle ne sentait quasiment plus rien, et même son pied lui faisait moins mal. Elle ôta la bande de gaze pour jeter un coup d'œil à sa blessure : elle était à peine visible.

Bizarre. L'entaille était sans doute plus superficielle que je ne le croyais.

Malgré l'épuisement qu'elle ressentait, Noa n'arrivait vraiment pas à trouver le sommeil. C'était comme si elle ne savait plus comment faire. Ce n'était certes pas inhabituel chez elle : elle avait longtemps souffert d'insomnie, en particulier au Foyer, où dormir profondément signifiait s'exposer à des risques. Mais les choses s'étaient arrangées quand elle avait eu son propre appartement. Pour la première fois depuis bien longtemps, elle avait été capable de faire des nuits de huit, neuf, parfois même dix heures. Le sentiment de sécurité changeait considérablement la donne.

Allongée sur le lit, Noa laissa son esprit vagabonder tout en scrutant les taches d'humidité au plafond, ainsi que des traces suspectes plus sombres sur les murs qui ressemblaient à des éclaboussures de sang. Elle fit la moue en repensant à sa rencontre avec Vallas. Sa vision d'/ALLIANCE/ en était complètement chamboulée. Ce n'était pas tellement le fait qu'il soit jeune, comme elle — bien que les gens de son âge lui aient toujours paru sans intérêt, elle avait rencontré suffisamment d'exceptions pour ne pas tirer de conclusions hâtives. Non, ce qui la dérangeait, c'était qu'il s'agissait, à l'évidence, d'un fils de riche. Et puis, le fait qu'il insinue qu'elle puisse l'escroquer l'avait franchement agacée. Au lieu d'essayer de comprendre qui avait pu l'enlever, elle se retrouvait obligée de perdre du temps pour un truc probablement dérisoire. Il avait beau avoir affirmé que c'était « important », elle imaginait bien ce qu'il pouvait considérer comme tel : savoir s'il avait obtenu sa préadmission à Harvard ou si tel laboratoire testait des shampoings sur des lapins.

Bien sûr, elle était contre ce type d'expériences, mais Noa ne s'était pas inscrite sur / ALLIANCE / pour défendre les animaux. Ce qui avait suscité son intérêt, c'était les opérations qu'ils menaient contre le genre d'individus dont elle avait été la victime par le passé.

Et puis, cette histoire d'Elfe de la nuit, vraiment, c'était d'un ridicule...

Tout cela la contrariait. Noa décida qu'elle rembourserait Vallas dès qu'elle aurait de nouveau accès à ses comptes. Il était hors de question qu'elle soit redevable à ce bon à rien qui habitait sûrement dans une maison immense dans la banlieue huppée de Boston.

Malgré l'heure tardive, Noa sentait qu'elle ne parviendrait pas à s'endormir. Elle se leva en soupirant et ralluma son ordinateur. Sa propre enquête étant dans l'impasse, elle se résolut à lancer une recherche au sujet du «Projet Perséphone» sur Google. Elle obtint une série de liens vers des sites et des livres consacrés à la mythologie grecque, mais rien qui semblât avoir trait à un quelconque «projet». Elle ouvrit sa boîte de réception et trouva un message de Vallas. Il lui avait envoyé un lien accompagné d'un seul mot : «Merci».

— Ouais, ouais, marmonna-t-elle.

Elle repensa à cette histoire de commando qui avait débarqué chez lui par effraction. Ça lui paraissait assez invraisemblable, mais elle décida qu'il valait mieux prendre quelques précautions, au cas où. Grâce à des serveurs proxy internationaux, il était possible de surfer sous le couvert de l'anonymat. Souvent utilisés pour dissimuler des magouilles financières ou du partage de pornographie, ils étaient par ailleurs devenus une sorte d'autoroute pour les pirates informatiques. Noa passa d'un serveur au Colorado à un autre en Virginie, puis au Royaume-Uni, en Russie, en Chine, en Inde, au Texas, au Brésil, au Mexique, au Japon... jusqu'à être à peu près certaine qu'il soit impossible de la localiser. C'était un peu comme si elle créait une vaste toile d'araignée, mais beaucoup plus complexe. Même si des enquêteurs parvenaient à suivre la moitié des fils, ils n'arriveraient jamais à remonter jusqu'à elle avant qu'elle ait fini son piratage et qu'elle se soit déconnectée. Car si Vallas n'avait pas menti pour l'impressionner, la dernière chose dont elle avait besoin était de se retrouver de nouveau confrontée à des hommes armés. Après avoir recouru à plus d'une dizaine de serveurs, le dernier étant situé en Hongrie, un pays où Internet était peu encadré, Noa se connecta enfin au serveur central de l'AMRF.

Elle fut aussitôt bloquée par un pare-feu. Il n'y avait là rien de surprenant : aujourd'hui, toute entreprise digne de ce nom disposait d'un bon pare-feu. La légende prétendait que le seul que les pirates informatiques n'avaient jamais réussi à contourner était celui de Coca-Cola. Le groupe dépensait soi-disant une fortune pour garder sa recette secrète.

Noa commença par les protocoles standard, ce qui revenait à tenter de planter une épingle dans un ballon de baudruche sans le faire éclater : il fallait s'y prendre par tâtonnements prudents pour éviter qu'il vous explose au visage. De nombreux sites activaient un verrouillage automatique s'ils détectaient une tentative de piratage. Elle était bien placée pour le savoir : c'était principalement pour mettre en place ce type de protection que Rocket Science l'employait — et, en cas de violation des systèmes de sécurité, pour limiter les dégâts et faire en sorte que ça ne se reproduise pas.

L'astuce, c'était d'agir comme si on faisait partie de la boîte mais en cafouillant un peu, à l'image d'un gars ivre qui n'arrive pas à glisser sa clé dans la serrure pour rentrer chez lui. Dans chaque entreprise, il y avait un tas d'employés habilités à accéder au serveur mais qui avaient du mal à mémoriser les mots de passe et qui se trompaient souvent. C'était de cette façon que procédaient les pirates informatiques les plus brillants, en attendant que le serveur lâche des indices.

Celui-ci s'avérait cependant sophistiqué. Nul doute que ceux qui l'avaient installé savaient ce qu'ils faisaient. Noa ne put s'empêcher d'être intriguée, malgré les doutes qu'elle nourrissait à l'égard de Vallas. Quoi que ce groupe cherche à cacher, il ne s'agissait probablement pas d'informations sur les admissions universitaires.

Elle poursuivit ses efforts des heures durant. Le soleil se leva et la lumière commença à filtrer à travers les minces rideaux, mais elle était si absorbée par ce qu'elle faisait qu'elle ne s'en rendit même pas compte. Il était 8 h passées quand elle parvint à faire une percée et que son écran fut inondé de données. Noa se cala contre le dossier de sa chaise tandis que tout un tas de dossiers apparaissaient sur le moniteur — bien plus qu'une clé USB ne pouvait en contenir. Il y en avait des milliers, liés au Projet Perséphone ou à d'autres programmes aux noms tout aussi sibyllins.

Noa se sentit contrariée. Vallas aurait dû être plus précis quant à ce qu'il cherchait. Elle ne pouvait pas récupérer une telle quantité de données. Elle décida d'effectuer une sélection, en espérant que cela serait suffisant. De toute façon, elle ne comptait pas lui faire payer son travail. Elle n'avait rien contre le fait de donner un coup de main gratuitement à un autre pirate informatique de temps en temps, même s'il se révélait être un enfant gâté. Et puis, Vallas avait fait pas mal de bonnes choses avec /ALLIANCE/.

Elle se mit à cliquer sur divers dossiers au hasard et à les déplacer sur la clé USB. Une vingtaine devrait suffire. Si ce que Vallas cherchait n'était pas dans le lot, tant pis pour lui. Elle avait d'autres chats à fouetter.

Elle en avait déjà transféré un bon nombre quand elle se pétrifia à la vue du suivant, intitulé «Sujets de test : Boston».

Mais ce n'était pas cela qui avait attiré son regard. Le troisième sous-dossier qu'il contenait avait pour titre : «Noa Torson».

Comme bien souvent quand il était nerveux, Peter martelait machinalement le sol avec son talon. Il ne pouvait pas s'en empêcher. C'était un tic qu'il avait depuis tout petit, mais il savait que cela avait le don d'irriter son père. Pourtant, cette fois-ci, Bob ne lui en fit pas le reproche. Assis sur une chaise, il se pencha en avant, posa les coudes sur ses genoux et joignit les mains, avant de regarder son fils droit dans les yeux.

— Répète-moi exactement ce que Mason t'a dit, lui demanda-t-il.

— Mais je viens de le faire! s'exclama Peter. Il m'a demandé de vous transmettre ses amitiés, à toi et à maman. Et il a ajouté qu'il enverrait quelqu'un pour réparer la porte et aussi qu'il fallait que tu l'appelles.

— Il a précisé quand? insista Bob.

— «Dès que possible», précisa Peter en s'affalant sur sa chaise, sans cesser de faire trembler sa jambe. Ce sont ses propres mots.

Ses parents échangèrent un regard. Ils étaient arrivés quelques minutes après lui et l'avaient aussitôt conduit dans le bureau de Bob.

Peter avait les yeux rivés sur l'empreinte d'une longue botte sur le tapis, près du fauteuil à roulettes. La porte d'entrée avait déjà été réparée lorsqu'il était rentré, et cette marque était désormais la seule preuve tangible qu'il n'avait pas imaginé toute cette histoire.

Il n'avait cependant eu aucun mal à convaincre ses parents. Et pourtant, ils le traitaient comme s'il avait fait quelque chose de mal.

Sa mère tripotait nerveusement son collier de perles, appuyée contre le bureau de Bob. Elle portait ce qu'elle appelait sa tenue « décontractée » : un survête-ment Gucci à mille dollars. Elle avait des traces de maquillage au coin des yeux et à la commissure des lèvres, et ses cheveux étaient en bataille, comme si elle y avait négligemment passé la main.

Peter ne les avait pas vus aussi inquiets depuis long-temps. On aurait dit qu'il se tramait une catastrophe et qu'ils ne pouvaient rien faire pour l'empêcher. C'était assez perturbant. Ils avaient également l'air très stressés, mais cela faisait des années que c'était le cas.

— Et il n'a pas dit pourquoi ils ont défoncé la porte ? reprit Bob d'un air soupçonneux.

— Non, fit Peter.

— Qu'est-ce que tu fabriquais ? intervint sa mère.

— Rien de spécial.

— Tu as bien dû faire quelque chose, soupira Bob avec un ton désapprobateur.

— Mais non ! Bon sang, je n'en reviens pas ! Une bande de tarés débarque par effraction à la maison et vous voulez que ce soit ma faute...

— Personne n'a dit ça, répondit calmement sa mère avant de jeter un nouveau regard à Bob. C'est juste que, eh bien... M. Mason n'est pas du genre à agir sans raison.

— M. Mason ? répéta Peter. Mais c'est qui, ce type, au juste ? Et comment vous le connaissez ?

— C'est sans importance, lâcha son père.

— Au contraire, ça m'a l'air très important, vu que j'ai droit à un interrogatoire en règle.

Ses parents restèrent silencieux.

— Bon, je monte me coucher, reprit Peter en se levant. Désolé, mais ça m'a épuisé de me faire tabasser...

Son père pointa vers lui un index menaçant.

— Nous n'avons pas fini de...

— Laisse-le, le coupa Priscilla. Il est minuit passé.

— Nous reprendrons cette discussion demain matin, céda Bob, visiblement crispé.

— Génial, j'ai hâte, marmonna Peter.

— Bonne nuit, mon chéri, murmura sa mère sans le regarder.

Elle continuait de fixer Bob. Peter détestait quand ils faisaient ça, comme s'ils communiquaient entre eux par télépathie, en l'excluant de la conversation. Il sortit du bureau en secouant la tête. Ses parents ne lui disaient jamais rien et continuaient de le considérer comme un gamin de huit ans.

Il monta les escaliers jusqu'à sa chambre, qui donnait sur la piscine, à l'arrière de la maison. Comme par réflexe, il se dirigea jusqu'à son bureau avant de se souvenir qu'il n'avait plus d'ordinateur. Il lâcha un juron exaspéré et se laissa tomber sur son lit, puis il envoya un SMS à Amanda :

Encore debout ?

Il attendit quelques minutes, mais ne reçut aucune réponse, ce qui signifiait qu'elle dormait déjà ou qu'elle travaillait encore sur son travail de session et ne voulait pas être dérangée. Elle était de moins en moins joignable ces derniers temps. Depuis qu'elle n'habitait plus chez ses parents, leur légère différence d'âge était devenue beaucoup plus flagrante. Ça ne leur avait guère importé lorsqu'ils étaient tous les deux au secondaire, un an de différence entre eux. Mais désormais, on aurait dit qu'elle avait pris une longueur d'avance sur lui, qu'elle avait rejoint le monde des adultes pendant que lui était toujours coincé à la table des enfants.

Peter observa la photo qu'il avait prise d'Amanda à son insu la fin de semaine précédente, quand ils avaient dîné dans un café, près du campus. Elle était en train de regarder par la fenêtre. Quand il lui avait demandé à quoi elle pensait, elle avait répondu qu'elle espérait seulement qu'il allait enfin s'arrêter de pleuvoir. Mais il y avait eu dans ses yeux ce drôle de regard que Peter connaissait bien. Amanda était quelqu'un de secret. Elle n'était pas comme ces filles qui passent leur temps à raconter des choses futiles. Elle prenait toujours tout au sérieux — c'était justement ce qui avait tout de suite séduit Peter. Et lorsqu'elle lui accordait son attention pleine et entière, quand elle concentrait sur lui son énergie si intense, il était au paradis.

Néanmoins, sur la photo, elle semblait à des kilomètres. Pire, son expression laissait supposer qu'elle aurait préféré être ailleurs. Peter ne s'en était pas rendu compte sur le moment, mais désormais, chaque fois qu'il observait cette image, il ne voyait plus que ça.

Il rangea son téléphone en soupirant. Il avait déjà rempli un dossier de préinscription pour Harvard en se disant qu'ainsi, Amanda et lui pourraient passer pas mal de temps ensemble. Et il était quasiment certain d'être accepté. Son père et son grand-père avant lui y avaient fait leurs armes, et Bob avait versé une somme indécente à l'université au fil des ans pour compenser les piètres résultats de son fils.

Mais maintenant, Peter se demandait s'il ne ferait pas mieux de s'inscrire ailleurs, à Stanford par exemple. Après tout, la Silicon Valley était la capitale technologique du monde et il comptait bien s'orienter dans ce domaine après son diplôme. Il s'endormit en songeant à la perspective de plus en plus tentante que représentait le soleil de la Californie, si loin de Boston.

CHAPITRE CINQ

Noa fixait l'écran de son ordinateur, la souris pointée sur le dossier à son nom, sans se décider à l'ouvrir. Même si on était dimanche, il n'était pas impossible que des utilisateurs se connectent sur le serveur, rendant sa présence beaucoup plus facilement détectable. Elle repensa à ce que Peter lui avait raconté sur les types qui avaient débarqué chez lui. Il n'avait peut-être pas exagéré.

Elle se résolut à cliquer sur le dossier et parcourut plusieurs documents. Il y avait là des schémas, des diagrammes et des pages et des pages de jargon médical auquel Noa ne comprenait pas grand-chose. Tout ce qu'elle pouvait en tirer, c'était qu'il était question d'une expérience.

D'un geste machinal, elle palpa à nouveau la blessure en travers de sa poitrine en se demandant pour la énième fois si elle avait servi de cobaye et si on lui avait prélevé un organe ou autre chose. Si tel était le cas, ça ne semblait pas être quelque chose d'essentiel. En vérité, elle se sentait plutôt bien. Néanmoins, l'idée qu'un étranger l'ait déshabillée et lui ait ouvert le corps pour trafiquer Dieu savait quoi lui glaçait le sang.

Allez, ressaisis-toi.

Il fallait qu'elle fasse abstraction de son implication et qu'elle considère tout ça comme une mission à remplir, un problème sans le moindre rapport avec elle et dont elle devait trouver la solution.

Elle passa la main dans ses cheveux et prit une profonde inspiration. Il était évident que ceux qui avaient accès à ces fichiers connaissaient le contexte de l'expérience. Il ne s'agissait là que de résultats de tests.

Elle se pétrifia en découvrant une photo d'elle, allongée sur la table d'opération, prise d'en haut. Elle reconnut la perfusion et les chariots placés tout près d'elle, tels de simples spectateurs. Il n'y avait personne d'autre. Sa peau semblait encore plus pâle que d'habitude, presque teintée de bleu. On aurait dit un de ces clichés de la morgue qu'on voit parfois dans les séries télé. Noa frissonna et ferma le fichier, puis s'assura que les documents la concernant ne figuraient pas sur la clé USB destinée à Vallas. Après une brève hésitation, elle envoya sur son compte courriel une copie du dossier à son nom.

Elle se déconnecta du serveur, puis retourna se coucher. Elle avait beau se sentir plus fatiguée qu'elle ne l'avait jamais été de sa vie, elle était convaincue qu'elle n'arriverait pas à dormir. De toute façon, il était presque 9 h et elle était censée rendre la chambre dans deux heures. Elle avait d'abord pensé payer deux nuits d'avance, puis s'était ravisée. Ça semblait plus judicieux de ne pas rester trop longtemps au même endroit. Et puis elle pourrait peut-être trouver quelque chose de mieux, ou au moins de plus propre.

Il fallait également qu'elle se procure un téléphone, pensa-t-elle tout en se demandant à quel moment elle avait intérêt à contacter Vallas. Maintenant qu'elle avait découvert que le projet avait un lien avec ce qui lui était arrivé, elle n'était pas franchement emballée à l'idée de lui remettre la clé USB. Tout dépendait de ce qu'il comptait faire de ces informations. Peut-être voulait-il en faire une des nouvelles révélations à mettre au crédit d'/ALLIANCE/? À moins qu'il n'ait prévu de donner une leçon à ceux qui l'avaient enlevée?

De toute façon, pour elle, ce ne serait pas suffisant. Noa décida qu'elle pouvait faire patienter Vallas un jour de plus. Elle n'aurait qu'à lui dire qu'elle n'avait pas encore réussi à contourner le pare-feu.

Elle se connecta à sa boîte de réception. Outre le message contenant le dossier à son nom, il y en avait un nouveau de Vallas. Il avait l'air impatient et lui demandait ce qu'elle avait trouvé. Elle s'apprêtait à lui répondre quand un nouveau message apparut. Le pseudo de l'expéditeur, A6M0, lui était inconnu, mais il était rare qu'un pourriel passe au travers du système de filtrage. Le courriel avait pour titre : «Incendie au chantier naval».

Après quelques secondes d'hésitation, elle l'ouvrit. Il y avait une photo dans le corps du message. D'après l'angle de la prise de vue, elle avait été réalisée au niveau du portail du chantier. On y voyait le camion des pompiers au moment où il sortait, avec Noa sur le toit. L'une des caméras était donc orientée suffisamment haut pour qu'elle apparaisse dans le champ. Comparée à la masse imposante du camion, sa silhouette semblait minuscule, formant un X entre les rails latéraux, et on devinait son regard terrorisé.

Noa eut soudain l'impression que la boule de panique qu'elle était parvenue à contenir depuis qu'elle s'était réveillée sur la table d'opération était en train d'exploser.

Son cœur battait à tout rompre, lui rappelant l'incision dans sa poitrine. Elle tenta de maîtriser sa respiration saccadée, mais elle tremblait de tous ses membres. Elle recula au fond de sa chaise en essayant de retenir les sanglots qui montaient.

Pourquoi s'acharnaient-ils à la poursuivre ? Et comment connaissaient-ils son adresse courriel ? C'était déjà perturbant d'avoir été enlevée en pleine rue, mais le monde virtuel était le sien, celui où elle avait l'habitude de se sentir en sécurité, à l'abri du danger. Elle avait pris toutes les mesures nécessaires, y compris dans la création de son compte courriel, pour y être quasiment introuvable. Cela dit, si la plupart des pirates informatiques n'avaient pas son niveau, il était sans doute possible que certains puissent remonter sa trace s'ils y étaient déterminés.

Elle était si troublée par l'image qu'elle ne vit pas tout de suite le lien qui figurait au bas du message. Malgré l'appréhension qui la gagnait, elle cliqua dessus, puis fronça les sourcils. C'était le site Internet d'une marque de shampoing.

Perplexe, elle ferma la fenêtre, cliqua à nouveau sur le lien et atterrit au même endroit.

Bon, on verra ça plus tard.

Dans l'immédiat, elle n'avait pas l'intention d'attendre pour voir si on pouvait la localiser dans cette chambre d'hôtel. Elle éteignit son ordinateur, le rangea rapidement dans sa boîte et quitta la chambre en remontant sa capuche.

— C'est à n'y rien comprendre, déclara Amanda.

— C'est bien ce que je te disais, répondit Peter.

Il avait filé en douce de la maison tôt dans la matinée. Il avait mal dormi et n'avait aucune envie de poursuivre la discussion avec Bob et Priscilla. Il avait donc donné rendez-vous à Amanda près du campus de Tufts, dans le café où ils s'étaient retrouvés la dernière fois, et lui avait raconté tout ce qui lui était arrivé.

Peter regarda Amanda qui picorait son bol de flocons d'avoine. Lui-même n'avait quasiment pas touché au sien, mais ce n'était pas pour les mêmes raisons. Il avait commandé ça uniquement pour ne pas la froisser, alors qu'il rêvait d'œufs au plat bien baveux. Ce n'était pas facile tous les jours de sortir avec une végétarienne. Amanda ne l'obligeait à rien, mais l'expression qu'elle affichait quand il mangeait un steak parlait pour elle.

— Qu'est-ce que tu comptes faire ? reprit-elle.

— J'ai demandé à quelqu'un de m'aider à en savoir plus sur ce groupe, indiqua Peter. Un membre d'/ALLIANCE/.

— Ah oui, /ALLIANCE/, soupira-t-elle en levant les yeux au ciel.

— Qu'est-ce qu'il y a ? Tu n'avais rien contre quand on s'est occupés de ce labo qui faisait des tests sur des animaux.

— C'est vrai, admit-elle. Mais ce n'est pas pour autant que j'aime ce nom.

Peter haussa les épaules. Il détestait quand elle prenait ce petit ton supérieur. Elle était avec lui quand il avait eu l'idée de fonder cette communauté et qu'il avait choisi ce nom. À l'époque, elle n'avait pas eu l'air de trouver ça idiot. Mais bon, c'était avant qu'elle ne devienne une « étudiante universitaire ».

— J'ai créé ce site, je peux bien lui donner le nom que je veux.

— Arrête, lâcha-t-elle en le pointant de sa cuillère.

— Quoi ?

— Ne te fâche pas. Excuse-moi, il est très bien, ce nom. C'est juste que je suis stressée. J'ai passé presque toute la nuit à travailler sur mon travail de session.

Peter en déduisit qu'elle était encore debout quand il lui avait envoyé un message.

— C'est pour quel cours ? demanda-t-il.

— Histoire du féminisme et littérature. C'est passionnant. Ça me donne envie de me spécialiser dans ce sujet.

— Je pensais que tu voulais privilégier la sociologie et devenir assistante sociale.

— Je peux le prendre pour ma mineure. De toute façon, la matière principale n'a pas tant d'importance que ça. Je peux tout à fait être diplômée en art et travailler à Wall Street. C'est fou, non ?

— Oui, oui, acquiesça Peter, agacé qu'Amanda soit déjà de nouveau le centre de la conversation. En tout cas, pour mon affaire, j'espère qu'elle va trouver quelque chose.

— Elle ? répéta Amanda en levant un sourcil. Il y a des filles sur /ALLIANCE/ ?

— Oui, évidemment.

— Mais je croyais que toute ton organisation était fondée sur l'anonymat, objecta-t-elle. Comment tu sais que c'est une fille ?

— Je l'ai vue hier soir.

— Quoi ?

Peter fut ravi de déceler une pointe de jalousie dans sa voix.

— Je lui ai donné de l'argent pour qu'elle m'aide.

— Tu es sérieux ? Mais qu'est-ce qui t'a pris, voyons ! Combien ?

— Pas beaucoup, répliqua-t-il, sur la défensive. De toute façon, il existe un code d'honneur entre pirates informatiques. Je sais qu'elle ne cherchera pas à m'escroquer.

— Mais oui, bien sûr, fit Amanda en secouant la tête. Tu sais, Peter, des gens qui profitent des autres, j'en vois tous les jours au Refuge.

— Comment peux-tu comparer des pirates informatiques avec une bande de drogués qui vivent dans la rue ?

En voyant Amanda se raidir et son regard s'embraser, Peter regretta aussitôt sa dernière phrase. Il venait de toucher son point faible. Son frère Marcus avait fugué à l'âge de quinze ans et on l'avait retrouvé sur un banc, mort d'une overdose, quelques mois plus tard. Dès qu'elle avait eu l'âge requis, Amanda s'était engagée comme bénévole au Refuge, un centre d'accueil spécialisé dans la réinsertion de jeunes sans-abri. De toutes les causes qu'elle défendait, c'était celle qui lui tenait le plus à cœur. Peter se maudit d'avoir été aussi maladroit.

Amanda enfila rapidement son long manteau de laine, puis ses mitaines sans doigts.

— Attends, je ne voulais pas…

— Ce n'est pas grave, Peter. De toute façon, on est crevés, tous les deux, soupira-t-elle en posant un billet de vingt dollars sur la table. Il vaut mieux qu'on rentre et qu'on aille se reposer.

Peter crut comprendre qu'il n'allait pas passer la journée avec elle dans sa chambre universitaire, et la mine sévère qu'elle affichait le lui confirma.

— Laisse, c'est pour moi, dit-il en prenant son portefeuille.

— C'est mon tour, insista-t-elle. C'est toi qui as réglé la dernière fois.

— Oui, mais…

Amanda l'interrompit d'un geste.

— Je sais que tu as plus d'argent que moi. Mais je préfère qu'on paye chacun son tour.

— D'accord, céda Peter. Le prochain coup, je t'invite.

— OK, OK, lança Amanda qui se dirigeait déjà vers la sortie du café.

Quand elle fut dehors, Peter la suivit du regard à travers la vitre. Le vent faisait voler ses cheveux blond cendré derrière elle. Elle resserra son foulard autour de son cou avant de disparaître au milieu d'un groupe d'étudiants. Il soupira tristement.

Il n'y a pas si longtemps, elle se serait retournée. Elle m'aurait peut-être même soufflé un baiser.

La serveuse s'approcha de la table pour prendre le billet, mais Peter mit sa main dessus.

— En fait, je n'ai pas terminé. Je peux avoir des œufs au plat et des saucisses, s'il vous plaît ?

— Vous êtes sûre que vous ne voulez rien essayer ? demanda la vendeuse, l'air sceptique.

— Pourquoi ? Je connais ma taille, répliqua Noa.

— Ben ça alors, murmura la jeune femme en secouant la tête, faisant tinter ses boucles d'oreilles pendantes. C'est fou, vous êtes entrée il y a à peine deux minutes. Moi je n'achète jamais rien sans essayer.

Noa ne répondit pas. Elle n'était vraiment pas douée pour faire la conversation et n'avait aucune patience pour ça. De toute façon, elle n'avait choisi que des articles qu'elle avait déjà achetés précédemment : des chaussettes noires, un soutien-gorge, des culottes, trois t-shirts, un chandail à manches longues en laine, un jean, un sac à bandoulière, un foulard à carreaux noir et blanc, un blouson d'aviateur à capuche en similicuir — ceux en cuir véritable étaient trop chers — et une paire de longues bottes noires en solde.

— Je vais régler en espèces, indiqua-t-elle.

— OK, fit la vendeuse, légèrement froissée, puis elle se mis à enregistrer les articles que Noa avait entassés sur le comptoir.

Elle avait parcouru méthodiquement chaque rayon pour prendre de quoi tenir au moins trois jours. En même temps, à bien y réfléchir, elle n'avait jamais possédé tellement plus de vêtements que ça. Il y avait une laverie automatique juste en face de son appartement, ce qui lui permettait de se débrouiller avec une garde-robe assez réduite. Elle avait pris cette habitude au Foyer, où celle-ci devait tenir dans un tiroir.

Le Foyer était une sorte de lieu de transit où les enfants restaient entre deux familles d'accueil. C'est là que Noa avait passé l'essentiel de sa vie. Là-bas, les tiroirs n'avaient pas de verrou. À force de se faire voler ses affaires, elle avait appris à ne pas trop s'y attacher.

La seule exception, c'était son bracelet de jade. Il n'avait rien de sophistiqué, ni une grande valeur marchande, c'était un simple anneau sans fioriture, un bracelet d'enfant qui la serrait un peu désormais. Mais c'était la seule chose qui lui restait de sa vie d'avant, le dernier souvenir qui la reliait à ses parents.

Noa se rendit compte qu'elle se frottait le poignet comme si elle pouvait encore sentir la marque laissée par le bracelet. Elle se força à arrêter.

Ce n'était qu'un objet, ça ne vaut pas la peine de s'en faire pour ça.

De toute façon, ses parents l'avaient laissée tomber. C'était stupide de sa part de s'accrocher à quelque chose qui la faisait penser à eux.

— Ça fera deux cent quatre-vingts dollars et cinquante-six cents, annonça la vendeuse.

Noa lui tendit trois billets de cent dollars avec une pointe de regret. Il aurait sans doute été plus raisonnable d'aller dans une friperie. Mais elle avait porté des vêtements de seconde main presque toute sa vie et elle se refusait à s'y résoudre à nouveau, même dans la situation compliquée qui était la sienne.

Et puis, elle possédait une petite fortune qui dormait sur un compte. Il fallait juste qu'elle trouve un moyen d'y accéder. Avant de venir acheter des vêtements, elle s'était arrêtée en chemin dans une des agences de sa banque. On lui avait confirmé qu'on ne pouvait lui envoyer une nouvelle carte de retrait que sous vingt-quatre, voire quarante-huit heures, et, pour un remplacement immédiat en urgence, il fallait présenter des papiers d'identité. Noa avait prétendu avoir oublié son portefeuille chez elle et avait commandé une nouvelle carte. Puis elle avait filé avant qu'on lui pose trop de questions. L'employé avait semblé déconcerté par cette jeune fille crasseuse qui se baladait avec un ordinateur portable dernier cri et dont le solde bancaire était largement créditeur.

Noa était quelque peu inquiète à l'idée de récupérer sa nouvelle carte. Elle n'avait pas la clé de sa boîte postale et, selon la personne qui serait au guichet, il se pouvait qu'on lui demande des papiers pour pouvoir accéder à son contenu. Mais c'était un risque qu'elle allait devoir prendre, car il ne lui restait plus beaucoup de liquide. Après quoi, il serait probablement judicieux qu'elle se fabrique une nouvelle identité. Le type à qui elle avait fait appel pour enregistrer les Latham à la sécurité sociale purgeait une peine de trois ans à la prison de Concord. Il lui faudrait lancer quelques perches sur La Cour pour trouver un autre contact.

Autrement dit, elle allait devoir tenir encore deux jours avec moins de deux cents dollars. Cela aurait été possible dans d'autres circonstances, mais Noa avait vraiment envie de se cacher ailleurs que dans un hôtel de passe.

— Voilà pour vous, dit la vendeuse en lui rendant la monnaie.

— Merci. Je peux me changer ici ?

— Si vous voulez, acquiesça la jeune femme. Les cabines sont au fond du magasin.

Noa suivit la direction qu'elle lui avait indiquée, entra dans la cabine la plus à l'écart et tira le rideau. Elle se débarrassa de ses vêtements sales et enfila ceux qu'elle venait d'acheter avant d'étudier son reflet dans le miroir. Elle était en noir des pieds à la tête et fut soudain surprise de se reconnaître. À part son teint encore plus pâle que d'habitude parce qu'elle était restée enfermée, elle paraissait quasiment la même que le jour où elle avait été enlevée.

Noa fourra son ordinateur et le reste de ses achats dans le sac à bandoulière, abandonnant dans la cabine la boîte du MacBook et ses anciens vêtements. Au dernier moment, elle ramassa le bonnet. Il ne sentait pas très bon, mais elle l'aimait bien quand même. Et puis, ça pouvait toujours servir.

Elle sortit du magasin sans jeter le moindre regard en arrière et trouva un café non loin de là avec, en vitrine, une pancarte annonçant « Accès wifi gratuit ». Elle commanda un grand café noir. Tandis qu'elle parcourait le menu, elle se rendit compte qu'elle n'avait pas mangé depuis qu'elle s'était réveillée sur la table d'opération... Et qui savait à quand remontait son dernier repas avant cela. Bien qu'ayant toujours été très mince, elle flottait plus que d'habitude dans ses vêtements.

Elle commanda un sandwich à la dinde et des chips pour accompagner son café. En attendant d'être servie, elle frotta pensivement son poignet à l'endroit où avait été branchée la perfusion. Il n'y en avait plus la moindre trace, pas même une petite gale. D'ailleurs, maintenant qu'elle y pensait, elle n'avait plus du tout mal à la poitrine, ni même au pied. Mais elle se rappela qu'en général, elle cicatrisait vite.

Noa récupéra son plateau et se dirigea vers une table dans un coin, près d'une prise électrique. Elle brancha son ordinateur, se connecta sur Internet et commença par chercher un lieu d'hébergement réservable et payable en ligne, où on ne lui demanderait ni carte de crédit ni papiers d'identité. Quelques instants plus tard, elle était sur un site qui proposait des locations entre particuliers pour de courts séjours. Le loyer ainsi que la caution de garantie pouvaient être réglés directement par virement bancaire. Le risque, c'était que l'opération allait laisser une trace.

Noa hésitait. Sur l'écran, l'endroit semblait parfait : un studio situé à Cambridge, dans la banlieue nord de Boston, disponible immédiatement, et qui coûtait cinq cents dollars la semaine, un prix plutôt raisonnable pour le quartier. Elle pourrait s'y terrer le temps de déterminer qui était à ses trousses et pourquoi.

Elle se demanda si elle serait vraiment en sécurité. Tout dépendait de ce qu'ils savaient d'elle, pensa-t-elle, soudain assaillie de questions. Avait-elle été enlevée au hasard dans la rue ou l'avaient-ils espionnée auparavant ? Ils connaissaient son nom, mais étaient-ils au courant de la famille fictive qu'elle s'était créée ? Connaissaient-ils aussi son adresse ? Pouvaient-ils entrer dans son appartement ? Peut-être même surveillaient-ils sa boîte postale, sachant qu'elle finirait tôt ou tard par avoir besoin d'y accéder ?

L'idée de consulter à nouveau le dossier à son nom lui faisait froid dans le dos, mais c'était sûrement là que se trouvaient les informations qu'ils détenaient sur elle. Surmontant sa peur, elle serra les dents et s'y replongea.

Une fois encore, elle ne comprit pas grand-chose au jargon médical et scientifique qu'il contenait et regretta de n'avoir pas été plus attentive pendant les cours de biologie qu'elle avait suivis pendant quelques mois avant d'abandonner. Elle passa en revue une vingtaine de documents avant d'en trouver un qui mentionnait des informations personnelles. Son cœur bondit dans sa poitrine à la vue de son adresse. Elle avait donc bien fait de ne pas rentrer chez elle. Son poids, sa taille et son âge étaient également indiqués, ainsi que d'autres données du genre de celles que recueillait le Foyer lors des visites médicales.

En revanche, elle ne vit aucune trace de ses références bancaires ou de sa boîte postale. Mais ces informations pouvaient très bien se trouver ailleurs, car il y avait plus de trois cents documents dans son dossier.

Tout en pesant le pour et le contre d'une location de courte durée, elle mordit dans son sandwich. Aussitôt, le goût lui fit froncer le nez et elle réprima un haut-le-cœur. La dinde était un peu sèche et la salade flétrie, mais il y avait autre chose. Elle ouvrit le sachet de chips et en prit une poignée pour faire passer le goût du sandwich, mais elle eut la même réaction. C'était comme si son corps manifestait un dégoût immédiat à la moindre bouchée. C'était d'autant plus étrange qu'elle adorait ces chips saveur sel et poivre.

Noa goûta prudemment son café. Aucune réaction. Elle en reprit une gorgée et attendit, mais rien d'anormal ne se produisit.

Bon, c'est peut-être juste un contrecoup tardif de tout ce qui m'est arrivé.

Elle reporta son attention sur le studio qu'elle avait trouvé. Son instinct lui disait de tenter le coup. Même si son compte bancaire était sous surveillance, la transaction ne serait visible que dans vingt-quatre heures. Noa se résolut donc à le réserver pour une nuit en demandant à pouvoir retirer les clés auprès du gardien.

En attendant la confirmation, elle consulta sa boîte de réception. Il y avait un nouveau message de Vallas : il semblait de plus en plus contrarié. Elle lui répondit en une seule phrase :

Je suis dessus.

En revanche, il n'y avait pas d'autre courrier de son mystérieux correspondant, A6M0.

Elle rouvrit le message qu'il lui avait envoyé et cliqua à nouveau sur le lien. Le shampoing mis en avant sur le site lui était familier. Sur la page d'accueil, une de ces jeunes chanteuses pop dont elle détestait la musique souriait à pleines dents, le visage encadré par de longs cheveux noirs et brillants. Noa leva les yeux au ciel, puis cliqua sur diverses rubriques. C'était un site promotionnel tout ce qu'il y avait de plus classique. Elle le parcourut, sachant que certains pirates informatiques échangeaient des messages cachés dans la mise en forme

HTML, mais ne trouva aucune trace de code source inhabituel.

Tandis qu'elle continuait de boire son café, Noa se mit à réfléchir. Pourquoi lui avait-on envoyé ce lien ? Et surtout, si quelqu'un l'avait vue s'échapper du chantier naval, pourquoi n'avait-il pas cherché à l'arrêter ? Est-ce qu'A6M0 faisait partie de l'organisation qui l'avait enlevée ?

Elle gardait les mains serrées autour de sa tasse de café pour essayer de se réchauffer. Elle avait toujours étrangement froid et s'attendait presque à voir des petits nuages de vapeur sortir de sa bouche à chaque expiration. Peut-être que c'était lié à une sorte d'état de choc.

Elle jeta un regard dehors à travers la vitre et aperçut un jeune homme adossé au bâtiment d'en face, de l'autre côté de la rue. Il devait avoir à peu près son âge, portait un jean et un chandail dont il avait rabattu la capuche sur sa tête. Noa ne pouvait donc pas vraiment distinguer ses traits, mais il lui semblait qu'il la fixait. Elle soutint son regard pendant près d'une minute, avant qu'un bus ne s'arrête juste devant lui. Elle ne le vit pas y monter, mais lorsque le bus redémarra, il avait disparu.

Noa se sentit gagnée par l'inquiétude. Mieux valait qu'elle ne traîne pas trop en ville. Elle glissa le sandwich et les chips dans son sac, au cas où elle aurait faim plus tard, rangea son ordinateur et sortit dans le froid de la rue.

CHAPITRE SIX

Assis devant un écran dans la bibliothèque publique de Boston, Peter bouillonnait d'impatience. Il avait recommencé à taper du talon. La connexion était affreusement lente et l'ordinateur qu'il utilisait était un modèle bas de gamme qui datait d'au moins dix ans. Mais il supposait que les hommes qui avaient fait irruption chez lui la veille n'oseraient pas en faire autant ici.

Peter balaya du regard la salle faiblement éclairée par des néons au plafond. La lumière d'automne qui filtrait à travers les grandes fenêtres n'améliorait guère les choses. Les autres postes étaient occupés par des personnes âgées, toutes penchées sur leur écran qu'elles observaient d'un œil inquiet. De temps en temps, elles appuyaient sur une touche d'un air méfiant, comme si l'ordinateur risquait de leur sauter dessus à la moindre erreur.

Cela dit, hier soir, j'ai plus ou moins appris que c'était possible, pensa amèrement Peter, tandis que ses doigts dansaient sur le clavier.

Cette fois, il avait décidé de se montrer plus prudent pour couvrir ses traces. Mais cela ralentissait d'autant plus sa progression et il lui fallut deux fois plus de temps pour pouvoir accéder au premier pare-feu.

Un peu plus tôt, en sortant du café, Peter s'était baladé sur le campus de Tufts et il avait croisé plusieurs groupes d'étudiants pressés. Les garçons portaient des jeans et des parkas, et les filles étaient habillées dans le même style qu'Amanda, avec des chandails en laine colorés, des jupes longues, des collants brillants, des bottes, des bonnets et des gants. La plupart avaient des sacs à dos sans doute remplis de livres. Ils avaient tous l'air mûrs et sûrs d'eux, et Peter s'était senti encore plus nul et plus seul. Il avait alors sauté dans un métro direction le centre-ville avant de rejoindre la bibliothèque. Les mots d'Amanda l'avaient blessé, mais elle avait peut-être raison sur un point : rien ne lui garantissait que Rain n'allait pas le duper. Faire appel à un autre pirate informatique pour obtenir des informations lui avait paru une bonne idée sur le moment, mais désormais ça lui semblait complètement idiot.

Il sentit son téléphone vibrer : encore Bob. C'était son troisième appel de la matinée. Il le bascula directement sur le répondeur. Quelques instants plus tard, il reçut un SMS :

Rentre à la maison immédiatement.

Peter préféra l'ignorer et repensa à celui qu'il avait envoyé à Amanda deux heures auparavant. Il avait simplement écrit « Désolé », mais elle ne s'était toujours pas manifestée, alors qu'en général elle lui répondait très vite. Peut-être aurait-il dû être moins bref et lui expliquer qu'il n'avait pas voulu lui faire de la peine. Ou peut-être qu'il aurait mieux fait d'attendre et de la laisser se calmer avant d'envoyer quoi que ce soit. Il détestait ces histoires de couple où il fallait sans arrêt essayer de deviner ce que l'autre pensait.

Il n'avait jamais eu de véritable petite amie avant Amanda. Ce n'était pas faute d'avoir eu des occasions. Dès la sixième année, il avait commencé à avoir du succès auprès des filles, malgré sa passion pour l'informatique. Le fait qu'il fasse partie de l'équipe de soccer et de tennis semblait compenser son côté geek. Il avait donc commencé à sortir avec des filles à douze ans. Mais tout avait changé lorsqu'il avait rencontré Amanda. Pour la première fois, il avait compris de quoi il était question dans toutes les chansons ringardes. Et il avait découvert ce que c'était d'attendre devant le téléphone.

Peter chassa ces pensées de sa tête. Il ne devait pas laisser le silence d'Amanda le troubler. Il remobilisa son attention sur ce qu'il était en train de faire. Cette fois, il se servait d'un VPN, un réseau privé virtuel, pour tenter d'accéder aux données de l'AMRF. Les VPN étaient surtout utilisés par les entreprises pour fournir à leurs employés un accès sécurisé aux réseaux internes. Mais ils permettaient aussi de surfer anonymement sur Internet, car ils s'appuyaient sur des serveurs proxy qui cryptaient les données. Peter pouvait ainsi se connecter facilement, et seul serait visible son accès au serveur VPN — et non à celui de l'AMRF. L'inconvénient des VPN, c'est qu'ils étaient horriblement lents.

En attendant le chargement des données, Peter consulta ses courriels sur son téléphone. Aucune nouvelle de Rain depuis son message laconique dans la matinée. Et l'activité d'/ALLIANCE/ semblait au point mort. Il se rendit sur la page d'accueil du site et fut accueilli par un message d'erreur : « 404 — *Page not found* ».

Peter fronça les sourcils d'un air perplexe. Il recommença, tenta de rafraîchir la page, mais obtint chaque fois le même résultat. Quelqu'un avait désactivé son site.

Pire, un message indiquait que le nom de domaine était disponible, ce qui était impossible puisqu'il en avait acheté les droits pour les dix prochaines années.

Il sentit une vague de colère monter en lui. Heureusement, il avait mis en place un wiki de sauvegarde pour ce genre d'incidents. Il s'y rendit afin de poster un message pour avertir les membres de ce qui se passait et les encourager à se tenir prêts à riposter… Mais, à sa grande surprise, le wiki était désactivé lui aussi.

Peter s'affala sur sa chaise. Il était plus furieux qu'il ne l'avait été depuis longtemps, plus furieux même que la veille. Certes, on était entré chez lui par effraction, mais la destruction de l'espace virtuel qu'il avait créé lui paraissait bien pire. Et stupide, de surcroît, car il existait des tas de forums où il pourrait faire passer le message à ses membres. Une fois qu'ils seraient au courant, ils se montreraient sans pitié vis-à-vis des responsables.

Par le passé, /ALLIANCE/ avait déjà accompli plusieurs opérations d'hacktivisme d'une certaine envergure. Quand Amanda avait entendu parler d'un fabricant de shampoing bio qui expérimentait en secret ses produits sur des chiens et des chats errants, Peter avait organisé une mission nocturne au cours de laquelle des membres d'/ALLIANCE/ avaient infiltré la base de données de l'entreprise et détruit la ligne de production, transformant l'usine en un gigantesque bain de mousse.

Et il comptait bien mettre au point un plan encore plus diabolique pour se venger de ceux qui s'acharnaient contre lui. Mais il fallait d'abord qu'il découvre qui ils étaient.

Constatant que le chargement était terminé, Peter pianota sur le clavier, cherchant un moyen de contourner le pare-feu. Il comprit très vite que ça allait être plus compliqué qu'il ne le pensait. Cracker un système nécessitait rigueur et patience, un peu comme quand on joue aux échecs. Il y avait des milliers de combinaisons et chacune pouvait produire un résultat différent.

Il redoubla de concentration. Un pare-feu en disait long sur une entreprise. Celui-ci avait été conçu par un pro. Peter éprouva même une pointe d'admiration. Il y avait là des dispositifs de sécurité qu'il n'avait jamais rencontrés auparavant, ce qui était rare.

Les heures se mirent à défiler. À côté de lui, les personnes âgées finirent par s'en aller les unes après les autres, réunissant leurs affaires sans la moindre discrétion, avant que des étudiants ne viennent prendre leur place. Mais Peter s'en rendit à peine compte.

Lorsque son téléphone vibra, il fit un bond sur sa chaise. Il saisit l'appareil en supposant qu'Amanda s'était enfin décidée à lui répondre. Il avait reçu un SMS, mais le numéro de l'expéditeur lui était inconnu. Le message tenait en deux mots :

Lève-toi.

C'était sûrement un pourriel. Il en recevait de plus en plus souvent ces derniers temps. Peter songea qu'il lui faudrait trouver un moyen de bloquer ce type de messages quand il aurait le temps de se plonger dans le code de programmation de son téléphone — autrement dit, un autre jour.

Il était en train d'essayer une stratégie différente pour venir à bout du pare-feu quand son téléphone vibra de nouveau. C'était encore un SMS du même numéro. Cette fois, il disait :

Lève-toi ou je vais devoir t'y obliger.

Peter regarda autour de lui et ne vit que des adultes penchés sur des livres, des ados qui chuchotaient en rigolant et un vieil homme dans un coin. Personne ne semblait lui prêter attention et personne ne semblait capable de l'obliger à quoi que ce soit.

Après un instant d'hésitation, il tapa « Va te faire foutre » et appuya sur « Envoyer ». Puis il reprit son travail face à l'écran en plissant le front.

Quelques secondes plus tard, une main lui agrippa l'épaule.

Noa s'étira sur le canapé, l'ordinateur posé en équilibre sur son ventre. Le studio de Cambridge s'était révélé encore plus chouette que ce qu'elle avait imaginé : des meubles tout neufs, une télé dernier cri et un lit, certes petit, mais incroyablement confortable. Et pas recouvert de bric-à-brac. C'était encore mieux que chez elle — mais à cent cinquante dollars la nuit, c'était la moindre des choses.

Le gardien n'avait pas sourcillé quand elle était venue récupérer les clés et s'était contenté de lui indiquer l'ascenseur. Une fois dans l'appartement, Noa avait rangé le reste de son sandwich au frigo, réglé le chauffage sur 27 °C, retiré ses bottes et s'était emmitouflée dans une couverture. Puis elle s'était installée sur le canapé pour reprendre l'étude de son dossier.

Elle avait dû lutter pour rester concentrée, tant le jargon scientifique qui remplissait la plupart des pages la faisait bâiller. Il y avait là tout un lot de tableaux et de graphiques : tension artérielle, rythme cardiaque, température corporelle, et un truc qui s'appelait « SpO2 ». Les dates des mesures s'étalaient sur un peu plus de trois semaines.

Noa était capable de passer des heures à lire du code informatique, qu'elle comprenait intuitivement, mais là, elle ne saisissait pas grand-chose. De nombreux fichiers semblaient correspondre à des scans de notes manuscrites rédigées par des médecins. À part la date indiquée en haut de page, tout le reste était illisible. Elle avait passé dix minutes à loucher sur un seul mot sans parvenir à le déchiffrer. Les autres documents n'étaient guère plus clairs. La moitié des symboles lui étaient parfaitement inconnus et Internet lui en avait fourni des centaines d'interprétations possibles.

Après quelques heures, Noa renonça à en lire davantage. Elle avait mal aux yeux et sentait un début de migraine. Au moins, elle avait fini par se réchauffer. Elle referma l'ordinateur et se dirigea vers le frigo, toujours enveloppée dans sa couverture. Elle renifla le sandwich mais n'avait toujours pas faim. Elle se servit seulement un verre d'eau qu'elle but en regardant par la fenêtre.

Le studio se trouvait à environ cinq cents mètres de Harvard Square, au quatrième étage d'un vieux bâtiment en briques dans Trowbridge Street. Le reste de la rue était surtout constitué de maisons individuelles, dont l'architecture variait du style colonial aux influences grecques. La chaussée goudronnée était bordée de trottoirs aux pavés roses, telles les berges d'une rivière.

Dehors, on aurait dit que l'hiver était arrivé. Tout semblait revêtu d'un voile blanchâtre, comme si la rue et les immeubles étaient décolorés. Noa sentit un trouble mêlé de tristesse. Elle avait l'impression d'avoir raté l'automne tout entier, en plus de son anniversaire. Certes, ce n'était pas vraiment un événement qu'elle fêtait — en tout cas, plus depuis longtemps. Le premier de chaque mois, au Foyer, on servait à ceux nés le mois précédent un gâteau insipide acheté au supermarché. Voilà tout ce à quoi elle avait eu droit, la plupart du temps. L'une de ses familles d'accueil avait bien tenté d'organiser une fête dans le sous-sol un jour, mais Noa ne vivait chez eux que depuis quelques semaines et elle n'avait eu aucun ami à inviter. Au final, son anniversaire s'était révélé encore plus déprimant qu'au Foyer. Elle revoyait encore le grand sourire de la mère lui demandant si elle se sentait différente une fois qu'elle avait soufflé les bougies.

« Ouais, avait répondu Noa, ça craint encore plus d'avoir quatorze ans. »

Désormais, elle en avait seize. Et, étrangement, cette année, elle se sentait bel et bien différente.

Elle observa la rue en contrebas. Il n'y avait personne, à part un homme qui promenait son chien. En sortant du café, Noa avait volontairement suivi un itinéraire compliqué pour rejoindre le studio. Elle avait pris le métro, puis plusieurs bus, revenant souvent sur ses pas pour s'assurer qu'elle n'était pas suivie. Mais peut-être devenait-elle un peu parano.

Elle savait qu'elle serait fixée le lendemain, quand elle tenterait d'accéder à sa boîte postale. Elle avait prévu d'arriver tôt sur place, bien avant l'ouverture. Juste à côté de l'agence où elle louait sa boîte se trouvait un café d'où elle pensait pouvoir surveiller la porte d'entrée. Si quelqu'un rôdait dans les parages, elle le verrait tout de suite.

La nuit tombait et Noa sentit qu'elle avait enfin sommeil. Elle finit son verre d'eau, baissa les stores et alla se coucher.

Peter se retourna. Le type en costume de la veille, Mason, se tenait juste derrière lui. Cette fois encore, il avait l'air plus contrarié que véritablement en colère. Peter remarqua à quel point ses yeux étaient étranges, d'un gris presque aussi pâle que le blanc entourant ses pupilles.

— Suis-moi, ordonna-t-il sans lui lâcher l'épaule.

— Je n'ai pas fini, rétorqua Peter en faisant un geste vers l'ordinateur. Je travaille sur un exposé.

Mason jeta un regard vers l'écran avant de plisser les yeux.

— Tu es du genre têtu, on dirait.

— Et vous du genre collant. Lâchez-moi, fit Peter en secouant l'épaule.

Mason s'exécuta avant de se pencher vers lui.

— J'ai laissé quelques amis chez toi pour tenir compagnie à Bob et Priscilla, lui glissa-t-il à l'oreille. Ils nous attendent.

Peter se figea sur place et sentit son cœur s'emballer. Il y avait un ton de menace très clair dans la voix de Mason. Et même s'il n'était pas très proche de Bob et Priscilla, c'était tout de même ses parents, et il n'avait aucune envie qu'il leur arrive quoi que ce soit, surtout par sa faute.

Peter songea qu'il serait plus judicieux de tenter quelque chose ici. Une fois qu'ils seraient tous à la maison, il serait coincé. Il regarda autour de lui. Il avait été tellement absorbé par sa tâche qu'il ne s'était pas aperçu que la salle s'était vidée. Il n'y avait plus que quelques jeunes, au bout de sa rangée, rivés à l'écran de leur ordinateur, et le vieil homme qui somnolait dans un fauteuil, près des rayonnages, un journal posé sur la poitrine. Peter se rappela avoir croisé un agent de sécurité en arrivant, mais il n'était évidemment pas armé.

— Je te conseille de te tenir tranquille, lui murmura Mason, comme s'il lisait dans ses pensées. Si tu essaies de faire le malin, tes parents auront des ennuis.

Peter repensa à l'inquiétude de Bob et Priscilla, la veille. « M. Mason n'est pas du genre à agir sans raison », avait dit sa mère.

Bon sang, dans quoi sont-ils allés se fourrer, tous les deux ?

— Laissez-moi réunir mes affaires, dit-il.

Mason hocha la tête et recula d'un pas sans quitter Peter des yeux, visiblement prêt à intervenir s'il esquissait le moindre geste brusque.

— Et ça, dit-il en désignant l'ordinateur quand Peter eut rangé ses affaires dans son sac à dos.

Peter ferma sa session, puis se leva, son sac à l'épaule. Il constata que Mason était à peine plus grand que lui — il devait faire un mètre quatre-vingts — alors qu'il lui avait paru bien plus imposant la veille, et cela lui redonna un semblant d'assurance.

— Je dois aller récupérer ma voiture, indiqua-t-il.

— Nous l'avons déjà ramenée chez toi, répliqua Mason.

— Quoi? Comment saviez-vous où elle était?

Peter l'avait garée près du café où il avait donné rendez-vous à Amanda.

Mason se contenta de lui adresser un sourire arrogant.

— Ton téléphone, s'il te plaît.

Peter plongea la main dans sa poche, où il avait rangé son iPhone, et sembla hésiter.

— Si tu me le donnes maintenant, je ne serai pas obligé de le casser, ajouta Mason.

Peter obtempéra. Tandis que Mason le guidait vers la sortie de la bibliothèque, il se repassa mentalement le film de sa journée, essayant de se rappeler le moindre détail singulier. Il se demanda s'il avait été suivi pendant tout ce temps ou si on l'avait équipé d'un mouchard à son insu. Il était furieux contre lui-même. Alors qu'il avait pris tant de précautions pour couvrir ses traces sur

Internet, l'idée qu'il pouvait faire l'objet d'une filature ne lui avait même pas effleuré l'esprit.

Mason pressa le pas en descendant les marches de pierre qui donnaient dans la rue. Un VUS noir dont le moteur tournait était stationné sur la zone de livraison. La portière arrière s'ouvrit. Mason poussa Peter à l'intérieur, puis alla s'installer à l'avant et verrouilla les portes.

Un véritable malabar était assis à côté de Peter, sur la banquette arrière, où il prenait presque toute la place. Peter n'aurait su dire avec certitude s'il était avec ceux qui avaient fait irruption chez lui la veille, car ils se ressemblaient tous, mais il portait le même uniforme : une chemise et un pantalon noirs, et un revolver dans un étui fixé à la ceinture. L'homme lui jeta un regard mauvais, comme s'il le mettait au défi de tenter le moindre geste imprudent.

— Un Ford Explorer noir ? lâcha Peter. Vous ne trouvez pas que ça fait un peu cliché ?

À l'avant, Mason émit un petit rire sec pas franchement rassurant.

— Dommage, tu es un garçon fort sympathique, dit-il sans se retourner.

Peter se tut. Il préférait ne pas savoir pourquoi c'était dommage — du moins, pas pour le moment.

Son voisin finit par se tourner vers la fenêtre, estimant sans doute qu'il n'allait pas leur causer de problème. Peter regarda défiler le paysage familier tandis qu'ils serpentaient à travers les petites rues du centre-ville, avant de rejoindre la bretelle d'accès qui menait chez lui.

Lorsqu'ils arrivèrent, trois quarts d'heure plus tard, Bob et Priscilla étaient assis sur le canapé du salon. Chacune des deux portes était gardée par un homme armé. Quand Peter entra, escorté par Mason, sa mère commença à se lever. Mais Bob la saisit par le coude pour l'en empêcher et, après un instant d'hésitation, elle se rassit. Peter sentit quelque chose dans son regard qu'il n'arrivait pas à identifier — était-ce de la culpabilité ou de la tristesse?

— Ça va, mon chéri? lui lança-t-elle avec un faible sourire.

— Non, putain, ça va pas.

— Pas de gros mots! répliqua-t-elle, comme par réflexe.

— Mais qu'est-ce qui t'a pris? tempêta Bob d'une voix où Peter crut pourtant déceler une sorte de vacillement. Tu nous déçois beaucoup, tu sais?

Ni lui ni sa mère n'avaient fait allusion à la présence de Mason et de ses acolytes. Ils se comportaient comme s'il s'agissait d'une discussion familiale ordinaire. Mason s'était adossé à un mur et observait la scène en silence. On aurait dit qu'il assistait à une pièce de théâtre, jouée pour le divertir.

— Je vous *déçois* ? répéta Peter, excédé. Je vous signale que c'est la deuxième fois en deux jours que je me bute à ces abrutis.

— Peter ! intervint Priscilla sur le ton du reproche.

Bob, qui s'était levé du canapé, passa la main dans ses cheveux clairsemés, ce qui donna à ses mèches éparses un air désordonné.

— Je t'avais demandé d'être là ce matin pour qu'on discute de tout ça, s'écria-t-il. Mais tu n'écoutes jamais ! Je n'exige pourtant qu'une chose, c'est que tant que tu vis sous ce toit, tu aies l'obligeance de faire ce qu'on te dit de…

— Calme-toi, Bob, le coupa sa femme.

— Je n'ai aucune envie de me calmer ! explosa-t-il avant de pointer Peter du doigt. Ce gamin a tout ce qu'il veut, un ordinateur, une voiture, que sais-je encore. Il passe la nuit dehors ? Très bien, on laisse faire. Il oublie ton anniversaire ? On ne dit rien. Mais la seule fois où on lui demande quelque chose, il se fiche de nous. Tout ça, c'est ta faute, tu l'as trop gâté !

— Comment ça, je l'ai gâté ? s'indigna Priscilla en se levant à son tour.

Peter se balança d'un pied sur l'autre, mal à l'aise. C'était comme si ses parents avaient complètement oublié sa présence.

— Et tu sais très bien que j'étais contre! reprit Bob, le visage rouge. Je t'avais dit qu'il fallait essayer de continuer à vivre comme avant. Mais non, tu préférais qu'il ait tout ce qu'il veut. Comme si ça pouvait compenser ce qui est arrivé à Jeremy et…

La voix de Bob se brisa et il ne termina pas sa phrase. Priscilla parut suffoquer et se laissa tomber sur le canapé.

— Comment oses-tu…, murmura-t-elle.

— Pardon, chérie, répondit doucement Bob. Je suis désolé, je ne voulais pas…

Il se rassit à côté d'elle et tenta de l'attirer contre lui. Mais Priscilla s'était raidie et elle repoussa son étreinte, avant d'enfouir son visage dans ses mains, tandis que Bob lui caressait les cheveux.

Peter les observait, littéralement pétrifié. On aurait dit que le temps s'était arrêté. Il existait entre eux trois une sorte de règle tacite : on ne parlait *jamais* de ce qui était arrivé à son frère. C'était la première fois que cet accord était rompu.

— Excusez-moi, intervint Mason d'une voix douce.

Les parents de Peter sursautèrent et se ressaisirent presque aussitôt. Priscilla passa machinalement la main sur son pantalon, comme si elle chassait quelque poussière imaginaire, et se cala un peu plus loin de son mari dans le canapé.

— Désolé, fit Bob d'un ton bourru.

Mason reprit calmement la parole, comme si de rien n'était :

— Aujourd'hui, ma principale préoccupation est que nous parvenions à nous entendre. Je crains de n'avoir pas été suffisamment clair avec Peter. Peut-être que s'il comprenait mieux les... *conséquences* de ses actes, il serait plus à même de modifier son comportement.

— Quel genre de conséquences ? demanda Peter avant de désigner l'un des hommes armés d'un hochement de tête. Il va nous descendre, c'est ça ?

— Peter, ça suffit ! le réprimanda sa mère.

— Je crois que je vais laisser à tes parents le soin de t'expliquer tout ça, répondit Mason avec un léger sourire. J'espère que c'est la dernière fois que nous nous voyons, Peter.

Sur ces mots, il inclina légèrement la tête et quitta le salon. Mais ses acolytes restèrent à leur place.

Un long silence s'installa.

— Il se passe des choses, Peter, finit par lâcher Priscilla. Des choses que tu ne pourrais sans doute pas comprendre.

— Pourquoi ? Je suis trop bête ?

— Viens donc t'asseoir.

— Non, déclara Peter en croisant les bras.

Il avait un peu l'impression de réagir comme un enfant capricieux. Mais en même temps, le fait que ses parents fassent comme si tout était normal, comme si c'était un dimanche soir ordinaire, l'agaçait au plus haut point.

— Comme tu voudras.

Ses parents échangèrent un regard. Bob semblait inquiet à l'idée de dire quoi que ce soit, comme s'il craignait de laisser échapper une nouvelle parole déplacée. Priscilla se racla la gorge et se tourna vers Peter.

— M. Mason nous a dit qu'il t'avait surpris en train de fouiller dans les papiers de ton père, hier soir.

— Il ment, se défendit Peter. Je travaillais sur mon ordinateur portable. D'ailleurs, ils l'ont emporté, je te rappelle.

Priscilla plissa les yeux et adopta ce qu'il avait coutume d'appeler sa « voix d'avocate » :

— Ne joue pas sur les mots, Peter. Tu as fureté dans le tiroir de ton père et tu as vu quelque chose que tu n'aurais pas dû voir. Ça a éveillé ta curiosité et tu t'es mis à faire des recherches sur Internet. Est-ce que tu veux bien reconnaître ces simples détails et arrêter de nous prendre pour des imbéciles ?

— Oui, bon, d'accord, finit par admettre Peter en haussant les épaules.

— Bien. Apparemment, aujourd'hui, M. Mason t'a trouvé en train de faire la même chose à la bibliothèque.

— Mais comment savait-il que j'étais là-bas ? Et qui sont ces gens, d'abord ? Ils m'ont suivi ?

— Probablement, intervint Bob. Ils nous surveillent sans doute tous les trois.

— Et ça ne vous fait rien ? s'exclama Peter en dévisageant ses parents.

— Il faut que tu comprennes qu'il y a une bonne raison à ça, répondit sa mère. Nous n'aurions pas accepté les risques si…

Elle ne termina pas sa phrase.

— Si quoi ? la relança Peter. Pourquoi seriez-vous d'accord pour laisser ces types nous espionner ?

— Écoute, Peter, reprit son père. Tout ce que tu dois savoir, c'est que si tu continues à fouiner comme tu le fais avec, tu sais, tes trucs d'informatique, bredouilla-t-il en faisant un geste circulaire avec la main — les nouvelles technologies n'étaient pas son fort —, eh bien, il va arriver des choses très graves. Et pas seulement pour nous, mais aussi pour d'autres personnes.

— Et si vous aussi, vous arrêtiez de me prendre pour un imbécile et si vous me disiez ce qui se passe ? Bon sang, je vais avoir dix-huit ans, j'entre à l'université l'année prochaine et vous me traitez toujours comme un gamin !

— Nous ne pouvons rien te dire, tu dois nous croire, répondit sa mère d'un ton presque suppliant. Je préférerais qu'il en soit autrement, mais voilà, ce n'est pas possible.

— Pourquoi ? insista Peter. Si je suis déjà en danger, est-ce que je ne mérite pas au moins de savoir pourquoi ?

Devant le silence de ses parents, il décida de se montrer plus incisif.

— C'est quoi, le Projet Perséphone ?

À ces mots, Priscilla blêmit et Bob serra la mâchoire d'un air sévère avant de se lever.

— Fini les recherches, un point c'est tout, dit-il d'un ton implacable. Et tu es puni. Pas de sortie, pas de voiture, pas d'ordinateur, pas de téléphone.

— Merde.

Peter se souvint que Mason avait gardé son iPhone.

Je parie que ce tordu est en train de lire mes échanges avec Amanda, pensa-t-il.

— Et si jamais on découvre que tu nous as désobéi, c'est terminé, reprit son père. Tu prends la porte.

— Bob…

— Quoi ? fit Peter, sidéré. Vous me jetteriez dehors ?

— Parfaitement. J'en ai par-dessus la tête de tes histoires. Si tu veux jouer à ça, tu n'as qu'à aller voir ailleurs. Ici, tu fais ce qu'on te dit.

— Ton père ne pense pas vraiment ce qu'il dit, tenta d'intervenir Priscilla.

— Ne t'en mêle pas, lui lança Bob, le menton relevé. Tu veux qu'on te traite comme un adulte, Peter? Très bien. À toi de voir ce que tu veux faire de ta vie.

— Mais, papa…

— Et tu sais quoi? poursuivit-il d'un ton soudain glacial. Ton frère n'aurait jamais agi comme tu l'as fait.

— Bob! s'exclama sa mère, horrifiée.

— Tu sais très bien que c'est vrai, lui répondit-il. Ce n'est pas lui qu'on aurait dû perdre.

Priscilla ouvrit de grands yeux ronds.

— Ce n'est pas… pas ce qu'il voulait… dire, Peter, balbutia-t-elle.

— Oh que si! s'obstina Bob, le visage empourpré de colère, en se tournant vers son fils. Allez, sors d'ici, je ne supporte plus de te voir!

Peter eut l'impression que tous ses organes étaient devenus liquides et que, s'il faisait le moindre mouvement, ils allaient s'échapper de son corps. Il avait les yeux embués de larmes, et l'image de ses parents était devenue trouble. Il s'était déjà accroché avec son père, mais jamais à ce point. Bob semblait s'être statufié, son visage était dépourvu de toute émotion, au point que Peter le reconnaissait à peine.

Derrière lui, sa mère avait l'air sonnée. Elle secouait lentement la tête, le regard dans le vide, s'efforçant de retenir ses larmes. Mais elle ne dit pas un mot de plus.

Peter tourna les talons et se dirigea vers la porte. L'homme de main de Mason le laissa passer sans esquisser le moindre geste. Quand il fut dans le hall, Peter entendit une sorte de sanglot étouffé de sa mère, puis les voix de ses parents qui se disputaient de nouveau. Mais il n'en avait plus rien à faire.

Il monta jusqu'à sa chambre, au premier étage, et claqua violemment la porte. Une sorte de grondement pareil au passage d'un train résonnait dans sa tête, le privant de toute capacité de raisonnement. De rage, il donna un coup de poing dans le mur de toutes ses forces. La douleur le ramena à la réalité. Il secoua la main et s'effondra sur son lit. Mais il était bien trop agité pour rester immobile. Il se releva et se mit à faire les cent pas dans sa chambre en repensant à ce qui venait de se passer.

Le pire, c'était l'expression de culpabilité qu'il avait lue dans les yeux de sa mère. Il avait tout de suite compris que ses parents en avaient discuté ensemble, qu'ils étaient secrètement tombés d'accord. Il les imaginait, prenant leur déjeuner en tête à tête, en train de se lamenter sur le fait que ce n'était pas le bon fils qui était mort.

Peter attrapa un sac de sport au fond de sa penderie et y fourra des affaires sans réfléchir. Comme il n'arrivait pas à le fermer, il enleva quelques vêtements et tira la fermeture éclair d'un coup sec avant de le jeter sur son épaule. Il portait encore les chaussures et le blouson qu'il avait en rentrant. Son sac à dos était resté en bas, mais il n'avait pas besoin de ses livres scolaires puisqu'il ne comptait pas retourner en cours le lendemain. Il tâta le fond de sa poche pour s'assurer qu'il avait bien son portefeuille, puis il prit une profonde inspiration et ouvrit la fenêtre de sa chambre, qui donnait sur l'arrière de la maison. Un treillage en bois descendait jusqu'au sol. Quand il était plus jeune, il s'en était servi plusieurs fois pour faire le mur.

Sauf que cette fois, il partait pour de bon. Peter jeta un dernier regard à sa chambre, puis il se glissa dehors.

CHAPITRE SEPT

Les rares fois où Noa rêvait, elle faisait toujours le même cauchemar. Il y avait de la fumée, des flammes, des cris, des lumières rouges et orange qui dansaient et comme une affreuse odeur de brûlé.

Elle était en train de dormir quand l'accident s'était produit. C'était l'événement le plus important de sa vie, et elle ne s'était réveillée que peu de temps avant la fin. À l'époque, elle avait un sommeil de plomb. Son père la taquinait souvent avec ça. Il l'appelait « mon petit ours » et disait qu'elle entrait en hibernation toutes les nuits.

Ils rentraient de vacances, roulant de nuit sur une route sinueuse, en plein hiver, dans le Vermont. La dernière chose dont elle se souvenait, c'était sa mère fredonnant une chanson un peu mièvre qui passait à la radio cette année-là. Noa était confortablement installée à l'arrière, dans un siège enfant, et dodelinait de la tête au gré des virages. La voiture tout entière semblait danser en rythme avec la voix de sa mère. Sur le refrain, son père se joignait à elle avec son timbre dissonant. Elle s'en amusait et chantait alors plus fort en lui caressant l'épaule.

C'était le Jour de l'an. Noa se rappelait vaguement s'être couchée tard la veille. Un groupe d'enfants plus âgés couraient dans tous les sens dans une vaste maison, et elle s'était sentie un peu impressionnée. Elle était encore trop petite pour jouer avec eux tout en n'ayant plus l'âge de rester avec les bébés. Mais ça ne la dérangeait pas. Étant fille unique, elle avait l'habitude de passer du temps toute seule.

Elle avait saisi, sans rien y comprendre, quelques bribes des conversations des adultes, puis l'un des papas, qui parlait trop fort, avait été emmené hors de la pièce. Il y avait eu un décompte, puis des cris, et tout le monde s'était embrassé. Noa était restée là pendant des heures, l'œil hagard, trop fatiguée pour s'endormir, au milieu d'un brouhaha constant de discussions. Puis son père l'avait portée entre ses bras puissants et l'avait mise au lit. Elle se souvenait de son épaule rassurante sous sa tête, et du doux baiser de sa mère au moment où ses yeux se fermaient. Cette nuit-là, elle avait dormi sur un vieux matelas gonflable, dans une pièce pleine d'enfants, bercée par leurs respirations irrégulières. Il flottait dans l'air une odeur de renfermé, d'alcool éventé et de chien mouillé.

Le lendemain, au déjeuner, les voix des adultes étaient beaucoup plus atones. De temps à autre, l'une d'elles s'élevait pour gronder un enfant qui pleurait ou se disputait avec un autre. La mère de Noa avait dit plusieurs fois qu'elle voulait rentrer, mais ils étaient finalement restés jusque tard dans la soirée. Son père avait estimé qu'ils n'étaient pas pressés, qu'ils n'avaient que quelques heures de route à faire et ajouté que, s'ils partaient tard, Noa pourrait toujours dormir dans la voiture.

La chanson à la radio. Les yeux qui se ferment. Et puis le feu.

Dans son rêve, Noa avait les yeux rivés sur les arbres qui se découpaient à travers la vitre brisée du toit ouvrant. Ils semblaient rougeoyer en rythme avec les battements de son cœur. À l'intérieur de la voiture, il y avait un monstre en colère qui rugissait en dévorant tout sur son passage. Sa mère criait en essayant de lui échapper. Son père ne disait rien, il avait déjà été vaincu. Noa ne voyait pas le monstre, car elle ne pouvait pas bouger la tête. Mais elle l'entendait qui s'en prenait à ses parents avant de venir s'occuper d'elle. Puis elle sentait ses doigts brûlants caresser ses jambes, s'approcher de ses cheveux, comme s'il cherchait à la serrer contre lui. On aurait dit un serpent géant qui s'enroule autour de sa victime avant de l'avaler. Elle croyait alors voir une bête couverte d'écailles ouvrant une gueule énorme...

Au dernier moment, Noa était arrachée aux griffes du monstre. Elle se retrouvait brutalement cernée par un froid vif, presque aussi insupportable que la chaleur. Il y avait d'autres cris et elle sentait des mains sur elle, fraîches cette fois, mais elle n'y voyait toujours rien, car ses yeux étaient noyés de larmes.

Quelquefois, son rêve se prolongeait jusque-là, mais en général elle se réveillait lorsque le monstre se dressait devant elle. Chaque fois, elle espérait pouvoir modifier l'histoire et faire en sorte qu'elle aussi soit dévorée. Ça aurait simplifié bien des choses.

Cette nuit-là, elle ouvrit les yeux au moment où elle atterrissait dans la neige. Elle se redressa d'un coup, déroutée par l'étrange décor qui l'entourait et le fait qu'elle était tout habillée. Puis elle reprit ses esprits et se souvint où elle était.

Elle frissonna, malgré les trois couvertures en laine et la couette empilées sur le lit et le chauffage, toujours réglé sur 27 °C. Elle serra l'une des couvertures autour de ses épaules et se leva pour augmenter encore le thermostat. Puis elle passa devant le frigo, mais le sandwich lui faisait encore moins envie qu'avant.

L'horloge du four affichait 3 h. Noa s'étira. Elle avait dormi environ cinq heures, mais elle avait l'impression que ça faisait beaucoup plus longtemps. Elle alla s'installer sur le canapé avec son MacBook. Elle pensa à Linux et se demanda ce qu'il était en train de faire. Après son emménagement, elle n'avait pas tardé à remarquer ce chat de gouttière un peu pouilleux qui venait souvent sur le rebord de la fenêtre de son appartement. Il y restait des heures et semblait la regarder avec un air mécontent. Noa en avait déduit que le précédent locataire devait le nourrir. Elle s'était donc mise à en faire autant. Il venait se remplir l'estomac, faire la sieste quand il faisait beau, mais ne cherchait jamais à entrer. Une fois, il s'était même laissé caresser.

Noa songea que Linux était un battant, comme elle, et qu'elle n'avait pas à se faire de souci pour lui. Malgré son poil hirsute, il y avait sûrement d'autres personnes dans le quartier qui lui donnaient à manger.

Noa ouvrit sa boîte de réception. Aucune nouvelle de Vallas. Il avait dû laisser tomber ou bien il était trop énervé par sa lenteur à lui répondre. Elle se mordilla la lèvre en se demandant si elle devait ou non lui envoyer un message. Elle aurait pu lui transmettre les fichiers de la clé USB, mais elle s'inquiétait de ce qu'il comptait en faire au sein d'/ALLIANCE/. Il fallait d'abord qu'elle en sache davantage et, pour ce faire, qu'elle finisse d'examiner le contenu du dossier à son nom.

Elle avait pris soin de classer les différents documents en sous-dossiers au fur et à mesure, pour éviter de relire deux fois le même. Elle avait nommé l'une des catégories « Statistiques », une autre « Notes » (pour toutes celles, illisibles, griffonnées par les médecins) et une troisième « Divers ». Cette dernière était la plus prometteuse.

Néanmoins, 99 % de son dossier était rédigé dans un jargon scientifique incompréhensible. Mais Noa était persuadée que si elle parvenait à en déchiffrer une partie, elle pourrait avoir une idée de ce qui se passait.

Après avoir parcouru de nouveaux documents, elle tomba sur le résumé dactylographié d'une expérience. Elle ne comprit pas tout, déroutée par des mots comme « histopathologie », « encéphalopathie », « cervidisés », « hémizygote » ou « homozygote », mais en gros, il était question d'une opération qui avait été pratiquée. Le texte faisait référence à divers tableaux et, sur la dernière ligne intitulée « Résultats », il était écrit : « Pos/Nég : voir note ».

Hélas, la note en question devait se trouver ailleurs. Noa marmonna un juron. Sur le serveur principal de l'AMRF depuis lequel elle avait effectué des copies de sauvegarde, les fichiers étaient stockés en vrac, sans aucune organisation. Ils étaient sans doute rangés dans un ordre cohérent sur un réseau séparé.

Elle ouvrit un autre document relatif à une étude sur des souris transgéniques quand une alerte apparut sur l'écran, lui indiquant qu'elle avait reçu un nouveau message. Elle retourna sur sa boîte de réception et fit la grimace : c'était un envoi d'A6M0. Il avait pour titre : « FILE IMMÉDIATEMENT ».

Noa sentit une boule d'angoisse se former dans son ventre.

Elle cliqua pour lire le message :

Tu n'es pas en sécurité ici. Va-t'en tout de suite !

Elle se demanda qui pouvait bien être ce mystérieux expéditeur et pourquoi il la tourmentait de la sorte.

Elle se leva, s'approcha de la fenêtre et souleva un pan du rideau. La rue en contrebas n'était éclairée que par quelques lampadaires espacés et Noa n'y voyait pas grand-chose, mais apparemment il n'y avait personne. Elle resta plantée là, irrésolue sur la conduite à tenir. Près de la porte d'entrée se trouvait toujours le sac qui contenait toutes ses affaires — excepté son ordinateur, son blouson, ses chaussures et les vêtements qu'elle portait sur elle. Elle pouvait sortir rapidement, mais la nuit était glaciale et elle avait déjà froid. C'était sûrement quelqu'un qui cherchait à lui flanquer la trouille ou bien à l'obliger à traîner dans les rues pour avoir plus de chances de la trouver.

Elle décida d'ignorer l'avertissement et retourna sur le canapé. Entre-temps, elle avait déjà reçu un nouveau courriel du même expéditeur. Le titre était l'adresse du studio. Noa se mit à trembler, au point qu'elle eut toutes les peines du monde à cliquer sur le message pour l'ouvrir. En découvrant son contenu, elle se figea d'effroi. C'était la photo d'un immeuble, la nuit. Dans l'encadrement de la seule fenêtre allumée, elle reconnut son visage, en partie caché derrière le rideau.

Cette photo avait été prise à l'instant. Autrement dit, quelqu'un la surveillait en ce moment même.

Noa ferma l'ordinateur d'un coup sec, traversa la pièce en courant et le fourra dans son sac. Elle enfila ses bottes tant bien que mal en remerciant le ciel de n'avoir pas pris un modèle à lacets. Puis elle mit son blouson, jeta un dernier regard au studio et sortit.

Au moment où elle refermait la porte derrière elle, Noa entendit l'ascenseur s'arrêter. Elle se précipita aussitôt vers l'escalier de secours, au bout du couloir. Quelqu'un cria. Elle jeta un coup d'œil par-dessus son épaule et aperçut un groupe d'hommes habillés tout en noir. Elle poussa la porte et se rua dans l'escalier tandis qu'ils s'élançaient à sa poursuite.

Peter sonna une nouvelle fois à l'interphone de la résidence universitaire. Il avait déjà essayé de joindre Amanda sur son téléphone, mais elle ne décrochait pas, alors qu'il n'était pas très tard. Son silence l'inquiétait. Se pouvait-il qu'elle lui en veuille encore de la gaffe qu'il avait faite?

Il consulta sa montre : il était un peu plus de minuit. Peter avait mis un temps fou pour arriver jusque-là. Les mots de Bob le traitant d'enfant gâté résonnaient encore à ses oreilles et il avait donc préféré laisser sa voiture chez ses parents. Il avait marché quelques kilomètres pour rallier la station de métro la plus proche et avait ensuite attendu pendant une éternité. Il avait commencé à penser qu'il y avait un problème sur la ligne quand il avait enfin vu une rame arriver. Ensuite, il avait encore effectué deux changements et, chaque fois, il avait dû patienter au moins une demi-heure. Maintenant, il était mort de faim, complètement épuisé, tant physiquement qu'émotionnellement, et frigorifié. Il faisait un froid de canard, et du frimas s'était formé à la surface de la chaussée où des feuilles éparses couraient, balayées par le vent, tels des patineurs pressés.

Peter entendit des rires derrière lui. Il se retourna et distingua deux silhouettes, un garçon et une fille, qui marchaient le long de l'allée menant à la résidence. Le sol était glissant, mais la fille se cramponnait bien plus que nécessaire au bras du garçon. Celui-ci pencha la tête et lui glissa quelque chose à l'oreille. Elle leva les yeux vers lui en éclatant de rire et Peter sentir son cœur se serrer.

C'était Amanda.

Quand ils ne furent plus qu'à quelques mètres de lui, elle s'aperçut de sa présence. Le garçon le dévisagea et elle lui murmura quelque chose tout en continuant à marcher.

Peter mit les mains dans ses poches. Il sentit son estomac se nouer au moment où Amanda s'arrêta devant lui.

— Qu'est-ce que tu fais là, Peter ? lui demanda-t-elle.

— J'ai essayé de t'appeler, mais ton téléphone devait être éteint, répondit-il.

— J'avais une session d'étude en groupe, indiqua-t-elle en lâchant prestement le bras du garçon qui l'accompagnait, comme si elle venait tout juste de s'en rendre compte.

Peter l'examina. Il devait faire un peu plus d'un mètre quatre-vingts, il avait les cheveux bruns, les yeux bleus et la mâchoire carrée. Il portait un jean et une canadienne. Il avait tout à fait le profil du futur roi du bal des finissants, le genre de gars qui est quart arrière dans l'équipe de football, participe au journal du campus et sortira major de sa promotion — tout ce que Peter détestait. Il baissa instinctivement le regard vers ses pieds : il portait des mocassins. Comment Amanda pouvait-elle supporter un type qui portait des mocassins ?

— Moi, c'est Peter, déclara-t-il en lui tendant la main. Le petit ami d'Amanda.

— Et moi Drew, répondit celui-ci avec un sourire crispé avant de lui serrer la main. Je ne savais pas qu'Amanda avait un petit ami.

Ils tournèrent tous les deux les yeux vers Amanda. En son for intérieur, Peter se régalait de la voir se tortiller d'un air gêné.

— Eh bien, euh… Peter et moi, on est…

— On est quoi ? intervint Peter en voyant qu'elle ne finissait pas sa phrase.

— C'est quoi, ce sac ? demanda-t-elle pour changer de sujet. Tu vas quelque part ?

— Bon, c'est pas tout ça, mais on gèle, ici. Il faut que je rentre, dit Drew.

— Bonne idée, acquiesça Peter. À plus.

Amanda hésita un instant, puis elle passa sa carte devant le lecteur pour déverrouiller la porte d'entrée. Peter s'avança pour la pousser et la lui tenir ouverte.

— Bon, on se voit demain, Amanda, lança Drew en s'éloignant.

— OK, salut, fit-elle.

Puis, sans un mot, elle s'engouffra dans le hall de la résidence et l'attendit sans pour autant oser le regarder dans les yeux. Elle se dirigea vers l'escalier, Peter sur ses talons. Amanda avait une chambre individuelle au sein d'un petit appartement qu'elle partageait avec une autre étudiante.

— Diem s'est absentée pour la semaine, indiqua-t-elle en passant près du lit défait. Je crois qu'elle a un nouveau petit ami.

Peter ne répondit rien. Elle fila droit dans sa chambre et alluma une lampe dont l'abat-jour était recouvert d'un foulard pour tamiser la lumière. Puis elle se laissa tomber sur son lit et retira ses bottes. Elle n'avait toujours pas croisé le regard de Peter.

Il déposa son sac, mais resta debout. La pièce était petite, mais la décoration la faisait paraître encore plus exiguë. Amanda avait disposé des tapis au sol et suspendu de grandes tentures pour masquer les horribles panneaux du plafond. Les murs étaient garnis d'affiches des différents organismes qu'elle avait ralliés au fil des ans, que ce soit pour la défense des droits des animaux, des femmes, de la communauté LGBT ou bien pour la réinsertion des jeunes en difficulté. Il y avait de grands coussins par terre et une chaise en toile orange Ikéa dans un coin. Au-dessus du lit était accroché le célèbre portrait de Che Guevara — Peter aurait parié qu'on en donnait un à chaque étudiant le jour de l'inscription. La première fois qu'il était venu dans la chambre d'Amanda, il s'était amusé à la surnommer « la fumerie d'opium über-radicale ».

Mais désormais, au lieu de lui sembler colorée, exotique et accueillante, la pièce le rendait presque claustrophobe.

Comme Amanda restait silencieuse, il finit par oser lui poser la question qui le taraudait :

— Tu sors avec ce type ?

— Non, c'est juste un ami.

— Ah ouais ? Parce que vous aviez l'air…

— Je te dis que c'est juste un ami, insista Amanda.

Elle se leva et s'approcha d'une petite table sur laquelle était posée une bouilloire électrique. Elle l'agita pour vérifier qu'elle était remplie, puis appuya sur un bouton pour l'allumer.

— Pourquoi es-tu venu, Peter ? lança-t-elle sans le regarder.

— Mes parents m'ont fichu dehors.

— Quoi ? fit-elle en se retournant brusquement, la mine grave. Mais pourquoi ?

— Je ne sais pas. Ils étaient furieux que j'aie essayé d'en savoir plus sur cette société dont je t'ai parlé ce matin.

Amanda parut perplexe, et Peter se demanda un instant si elle l'avait vraiment écouté quand ils étaient au café.

— Ils t'ont mis à la porte parce que quelqu'un a volé ton ordinateur portable ? avança-t-elle.

— On ne me l'a pas volé, il m'a été… Enfin, bref, ce n'est pas pour ça que je suis venu.

— Attends, laisse-moi deviner, fit-elle avant de croiser les bras sur sa poitrine. Tu veux passer la nuit ici.

— Oui. Pourquoi, ça pose un problème ?

— Non, non, c'est juste que je… j'ai un cours de bonne heure demain.

— Eh ben c'est pas grave, on va dormir, répondit Peter.

Il repensa à la façon dont elle avait regardé Drew.

Drew.

Même son prénom le dégoûtait.

— Très bien, dit Amanda en s'étirant. Je vais me brosser les dents. Si tu veux du thé, sers-toi.

Elle prit ses affaires de toilette, enfila une paire de babouches et sortit de la chambre.

Peter se laissa tomber sur le lit. Il n'avait pas la moindre envie de boire du thé. À vrai dire, il ne savait pas s'il allait pouvoir dormir, même s'il se sentait complètement lessivé. Tout ce dont il avait envie pour le moment, c'était de se coucher et de pleurer — même si ça faisait des années qu'il n'avait pas versé une seule larme.

Il s'allongea entre les oreillers, les mains croisées derrière la tête, et fixa un pan de cachemire que le souffle du chauffage faisait onduler. La pièce entière exhalait une vague odeur de lavande et de patchouli que Peter associait toujours à Amanda. Sur la table de nuit se trouvait un petit cadre. Amanda devait avoir une douzaine d'années sur la photo, et un garçon un peu plus vieux avec des broches la tenait par les épaules. C'était Marcus, son frère. Ils avaient tous les deux l'air heureux et en bonne santé. Amanda avait un jour dit à Peter que c'était la dernière bonne photo qu'elle avait de son frère. Il était tombé dans la drogue peu de temps après et, sur les plus récentes, sa déchéance était flagrante. Puis il avait fugué et avait alors complètement disparu de l'album de famille.

Le fait de connaître tous les deux la douleur de perdre un frère avait créé un lien entre eux. Peter se demanda si Drew avait la moindre idée de ce que cela pouvait être.

Probablement pas. Ça a plutôt l'air du genre de gars qui n'a jamais vécu le moindre drame, pour qui tout est facile dans la vie.

Peter se tourna sur le côté, face au mur. Quand Amanda revint, il fit semblant de s'être déjà endormi.

Noa dévala les escaliers à toute vitesse. Son sac rebondissait durement contre sa hanche, et la douleur dans sa poitrine s'était réveillée — apparemment, l'incision n'avait pas suffisamment cicatrisé pour l'autoriser à piquer un sprint. Mais Noa poursuivit sa course, propulsée par la panique. Derrière elle, elle entendit la porte s'ouvrir avec fracas et le martèlement des bottes sur les marches en béton. Cette fois, cependant, ses poursuivants ne criaient pas, ce qui les rendait encore plus effrayants.

Noa se demanda sur quoi l'escalier pouvait déboucher, le hall d'entrée ou peut-être la rue, et si quelqu'un était posté en bas. Ceux qui étaient lancés à ses trousses semblaient gagner du terrain. Elle chassa les pensées qui l'assaillaient pour concentrer toute son énergie sur sa course. En arrivant au bas des marches, elle vit une porte en bois ordinaire. Elle la poussa énergiquement et s'élança en avant…

Elle rentra de plein fouet dans un autre homme en noir qui écarquilla les yeux en la voyant.

Ils tombèrent tous les deux au milieu du hall d'entrée et Noa s'écrasa lourdement sur lui, en se cognant la tête contre sa clavicule. Pendant les quelques secondes qu'il fallut à l'homme pour comprendre ce qui lui arrivait, elle se dégagea et parvint à se relever. Il la dévisageait d'un air hébété, la respiration sifflante. Noa pensa qu'il s'était peut-être brisé une côte, car elle avait perçu un craquement quand il avait heurté le sol. Sans perdre un instant, elle se remit à courir et traversa le hall, tandis que la porte de l'escalier s'ouvrait derrière elle.

— Hé ! cria une voix.

Noa sortit de l'immeuble. Dehors, la température avait chuté et le froid la saisit brutalement. Elle glissa sur une plaque de glace et faillit s'étaler, mais son talon s'accrocha dans un pavé à la dernière seconde et elle retrouva son équilibre. Elle prit à droite, vers l'angle le plus proche, en espérant pouvoir semer ses poursuivants dans les petites rues mal éclairées. Elle cherchait un espace entre les édifices où elle pourrait se faufiler dans une cour arrière, mais tout était clôturé.

Noa connaissait mal le quartier, et c'était d'ailleurs pour ça qu'elle l'avait choisi. Elle s'était dit qu'on ne la chercherait pas ici. Cambridge abritait le campus de Harvard, et la plupart des habitations qui bordaient la rue étaient occupées par des étudiants. Mais à cette heure-là, il n'y avait aucune fenêtre allumée et personne dehors.

Noa tourna une nouvelle fois à droite en haletant. Elle entendait ses poursuivants à sa suite. Elle n'avait jamais couru très vite, même lorsqu'elle était en forme, et savait qu'elle ne pourrait tenir ce rythme qu'une minute ou deux. Elle avait la poitrine en feu, et l'air froid ne faisait qu'aggraver les choses. Elle avait l'impression que chaque inspiration lui tailladait les poumons.

Elle s'engouffra dans une autre rue et longea une rangée d'imposants bâtiments en briques, entourés par une grille en fer forgé. Elle repéra un grand portail ouvert : c'était l'une des entrées de Harvard Yard, le parc de l'université de Harvard. Elle se précipita à l'intérieur et suivit une allée goudronnée qui s'étirait entre des pelouses soigneusement entretenues. Elle repéra un passage entre deux édifices qui semblaient surgir au milieu de la pénombre et s'y engagea en espérant que ce n'était pas une impasse. Derrière elle, elle entendait toujours les hommes qui la poursuivaient.

Elle déboucha sur un vaste espace arboré où s'entre-croisaient d'autres allées. L'endroit était désert, mais elle remarqua quelques fenêtres éclairées aux alentours. Elle coupa à travers le terrain gazonné. Ce dernier était dur sous ses pieds, le gel ayant figé l'herbe. Noa se dirigea vers la porte la plus proche. Elle tenta de l'ouvrir, mais cette dernière refusa de coopérer : elle était barrée.

Noa risqua un regard par-dessus son épaule et dénombra six individus. Dès qu'ils l'aperçurent, ils se déployèrent pour l'encercler. Noa sentit une vague de découragement l'envahir, mais elle serra les dents.

Pas question que je retourne sur la table d'opération.

Elle partit au pas de course tout en longeant l'édifice. Au coin, elle tourna à gauche. L'espace entre les bâtiments était plus exigu, et elle pria pour ne pas tomber sur une impasse.

Noa entendit des voix au-devant d'elle et se mit à courir dans leur direction en coupant à travers la pelouse. Elle aperçut alors deux silhouettes qui descendaient une grande volée de marches au bas d'un majestueux bâtiment néoclassique — la célèbre bibliothèque Widener. Les immenses fenêtres de la façade étaient éclairées. Noa grimpa les marches quatre à quatre et tira la porte d'un coup sec.

Elle se retrouva dans un vaste hall surplombé par un plafond démesurément haut. Ses bottes résonnèrent sur le sol de marbre tandis qu'elle s'avançait vers une petite cabine vitrée où se trouvait un agent de sécurité aux cheveux blancs à moitié endormi. À la vue de son uniforme, elle repensa aux vigiles du chantier naval et se raidit. Mais le sien était bleu marine avec des empiècements bordeaux sur les épaules et ressemblait davantage à un uniforme de policier — non que ce fût tellement plus rassurant. Derrière lui se trouvait un portique de sécurité équipé d'un détecteur de métaux. Le gardien cligna paresseusement des yeux en la voyant approcher.

— J'peux voir votre carte d'identité ? marmonna-t-il.

Noa jeta un œil par-dessus son épaule. À travers les grandes vites des portes de cuivre, elle pouvait distinguer un groupe de personnes qui la dévisageaient. Elle se retourna vers le garde.

— Je l'ai… oubliée, bredouilla-t-elle, encore à bout de souffle.

— Ben j'peux pas vous laisser entrer, décréta le vieil homme avant de se retourner vers un petit poste de télévision d'où s'échappaient des cris métalliques et des bruits d'applaudissements.

— S'il vous plaît, insista Noa d'une voix désespérée. C'est important.

— Vous et vos travaux de mi-session, grommela-t-il. On dirait toujours que c'est une question de vie ou de mort. Pourquoi vous pouvez pas rester dans vos chambres pour étudier ?

— Il y a quelqu'un qui me suit, lâcha-t-elle.

— Ah ouais ? fit le gardien, soudain intrigué. Un ex-petit ami, quelque chose comme ça ?

— Pas vraiment.

Noa entendit la porte s'ouvrir et tourna la tête. L'un des hommes en noir venait d'entrer. Malgré ses efforts pour avoir l'air naturel, il dénotait clairement dans le décor. En l'apercevant, le gardien se leva.

— C'est vous qui embêtez cette jeune fille ? lança-t-il.

— Pas du tout, monsieur, répondit l'autre d'une voix posée en levant les mains en signe d'apaisement.

Il n'était pas beaucoup plus grand que Noa, mais il était taillé comme un culturiste. Il avait une coupe militaire et une balafre le long de la joue droite. Il n'avait pas l'air armé, mais sa voix résonna comme une menace lorsqu'il s'adressa à elle :

— Allez, Noa, il faut que tu viennes avec moi.

— Je vous en prie, implora-t-elle le gardien.

— J'aimerais bien comprendre ce qui se passe ici, répondit celui-ci en plissant les yeux.

Le balafré leva la tête et regarda autour de lui. Quand Noa comprit qu'il cherchait à savoir s'il y avait des caméras de surveillance, elle n'hésita plus un instant, bondit devant le gardien et franchit le portique de sécurité dont l'alarme se mit à sonner.

— Hé ! s'écria le vieil homme dans son dos.

Elle ne se retourna même pas, fila vers la gauche et se retrouva face à une multitude d'étagères couvertes de livres.

Elle n'était jamais entrée dans une bibliothèque comme celle-là. Avant de pouvoir s'acheter son premier ordinateur, elle se rendait régulièrement à celle qui se trouvait près du Foyer. Mais c'était juste une bibliothèque de quartier qui se résumait à une grande pièce ouverte avec quelques livres et deux ou trois ordinateurs dans un coin.

En comparaison, celle-ci était impressionnante, et Noa se figea un instant. Ce n'était pas du tout ce à quoi elle s'attendait. Les rayonnages étaient en métal, d'un

froid presque clinique, et s'étiraient sur trente ou quarante mètres vers le fond de la salle. Il y en avait plus
d'une dizaine, alignés comme des rangées de dominos.
Elle s'élança dans une allée et, à mi-chemin, repéra un
petit escalier de fer qui montait à l'étage supérieur. Elle
s'y précipita et entendit au même moment des pas derrière elle — ceux de plusieurs personnes, à en juger par
le bruit. Elle grimpa les marches qui résonnèrent sourdement sous ses bottes, mais elle ne pouvait rien y faire.
De toute façon, ils l'avaient sans doute déjà localisée.

Elle déboucha au milieu d'une nouvelle série de longs
rayonnages. Non loin d'elle se trouvait un autre escalier,
identique au premier. Elle s'y rua sans réfléchir, aboutit
dans un décor similaire et grimpa encore deux étages de
la même façon. Il fallait qu'elle trouve un endroit où se
cacher.

L'alarme du portique de sécurité cessa brusquement
de hurler. Noa se fraya un chemin entre des rangées de
livres et parvint dans un couloir faiblement éclairé
dont le sol était couvert de tapis. Les murs étaient
ornés de portraits à l'huile de vieux messieurs qui
semblaient la regarder de travers. Elle remarqua plusieurs tables vitrées dans lesquelles étaient exposés des
ouvrages anciens. Le couloir était bordé de nombreuses
portes sombres. Noa tenta d'ouvrir la première : elle était
fermée à clé. Elle décida de toutes les essayer.

Elle n'entendait plus personne derrière elle, mais ça ne voulait rien dire. Peut-être le gardien avait-il fini par les arrêter. À moins qu'ils n'aient décidé de l'attendre à l'extérieur en se disant qu'elle était coincée. D'ailleurs, ils avaient peut-être raison : elle ne savait même pas s'il existait une autre sortie dans le bâtiment.

Son sac pesait lourd, mais elle n'osait pas s'en débarrasser. Elle ne se voyait pas se débrouiller avec les seuls vêtements qu'elle portait, et de toute façon, elle avait besoin du MacBook.

La dixième porte dont elle actionna la poignée n'était pas verrouillée. Noa l'ouvrit : elle desservait un autre long couloir mieux éclairé et flanqué de portes étroites. Elle essaya à nouveau chaque poignée, en vain. Parvenue au bout du couloir, elle s'adossa au mur, dépitée. Elle était encore essoufflée et elle avait mal partout. Elle regrettait de ne pas avoir acheté des souliers de course. Ses bottes lui serraient les pieds et elle sentait un début d'ampoule derrière ses talons.

Elle crut alors distinguer un bruit familier et tendit l'oreille. Quelqu'un pianotait sur un clavier, non loin de là. Au milieu du couloir, elle aperçut un rai de lumière sous l'une des portes. Elle hésita un instant, puis décida qu'elle n'avait rien à perdre. Elle s'avança et frappa quelques petits coups secs. Le martèlement des touches s'interrompit.

— Désolé, Caleb, mais c'est mon tour, cette nuit, lâcha une voix masculine de l'autre côté.

— C'est pas Caleb, murmura Noa en guise de réponse.

Elle s'écarta légèrement en voyant la porte s'ouvrir. Dans l'embrasure se tenait un étudiant grand et mince, avec de longs cheveux blonds, un bouc hirsute et des yeux verts cerclés de lunettes. Il portait un t-shirt, un jean et il était en chaussettes. Il dévisagea Noa d'un air perplexe avant de lui adresser la parole :

— Euh, salut. T'as perdu la clé de ton local d'étude ?

— Non, dit-elle. Je peux entrer ?

— Ben, en fait, euh… je travaille, là, balbutia-t-il en désignant l'espace derrière lui.

C'était une pièce exiguë, à peine plus grande qu'un placard à balais, avec un petit bureau encastré dans un mur et une bibliothèque contre la paroi opposée. Il y avait des documents éparpillés partout, jusque sur le sol.

Noa poussa le jeune homme à l'intérieur et pénétra dans la pièce à son tour.

— J'en ai pour une minute, chuchota-t-elle d'un ton pressant.

— Pour quoi faire ? demanda-t-il, de plus en plus interloqué, tandis qu'elle refermait derrière elle. Est-ce que c'est Caleb qui…

— Chut ! fit Noa.

Elle entendit une porte s'ouvrir au bout du couloir — celle par laquelle elle était passée. Elle vérifia que le verrou de la cabine était tiré, puis appuya sur l'interrupteur pour éteindre la lumière.

— Hé! protesta le jeune homme. Mais qu'est-ce que tu...

— Chut! lui répéta Noa à voix basse.

Elle trouva son bras dans l'obscurité et le serra. Il laissa un petit gémissement, mais n'ajouta rien d'autre.

Elle perçut des bruits de pas qui avançaient lentement et des cliquetis à intervalles réguliers. Elle retint son souffle.

Il fait comme moi, il est en train d'essayer toutes les portes.

Noa n'était qu'à quelques centimètres de l'étudiant. Son haleine sentait la pizza. Sans doute avait-il compris qu'elle était en danger. En tout cas, il avait décidé de lui faire confiance et se tenait tranquille, sans dire un mot.

Les pas se rapprochèrent. La poignée de leur salle d'étude remua et Noa ne put s'empêcher de frémir. Elle ferma les yeux en priant pour que le verrou résiste. Il lui sembla qu'une éternité s'écoulait avant que les pas se dirigent vers la porte suivante. L'homme testa encore cinq portes avant de s'arrêter complètement.

Noa sentit le jeune homme bouger à côté d'elle. Elle l'entendit inspirer et devina qu'il allait dire quelque chose. Elle trouva son visage à tâtons et lui plaqua la main sur la bouche. Ses lèvres étaient sèches et chaudes.

Celui qui la cherchait rebroussait maintenant chemin d'un pas plus décidé. Il repassa devant leur porte, puis les pas s'éloignèrent peu à peu. La porte du couloir s'ouvrit dans un grincement avant d'être claquée lourdement.

Noa reprit enfin son souffle et retira sa main de la bouche du garçon avant de rallumer la lumière.

— Bon sang, mais qui es-tu ? chuchota-t-il.

— Merci, soupira Noa, exténuée, en allant s'effondrer sur la chaise face au bureau.

— Euh, ça va ? lui demanda l'étudiant d'un air préoccupé.

— Ouais, fit-elle, soudain assoiffée. Tu n'aurais pas de l'eau par hasard ?

— Euh, ouais.

Il tendit le bras vers son sac à dos, pendu à un crochet fixé sur la porte, et en sortit une petite bouteille.

— Elle est neuve, précisa-t-il en la lui tendant.

Noa l'ouvrit et la but d'un seul trait.

— Merci, fit-elle.

— Ouah, tu avais drôlement soif ! commenta le garçon en s'appuyant contre la porte, les mains dans les poches. Alors, c'était quoi, cette histoire ?

— Je ne sais pas. J'étais suivie par un type.

— Tu devrais faire un signalement. Ils prennent la sécurité très au sérieux sur le campus, tu sais. T'es en première année?

Elle hocha la tête.

— Dans quel dortoir? ajouta-t-il en baissant les yeux. Non, parce que j'allais justement partir, donc je peux te raccompagner si tu veux.

Noa repensa au groupe d'hommes qui la pourchassaient et les imagina en train de l'attendre devant la bibliothèque.

— Est-ce qu'il y a une autre issue? À part l'entrée principale, je veux dire?

— On dirait que t'as pas beaucoup mis les pieds à Widener, j'me trompe? plaisanta le jeune homme. Remarque, moi non plus, je ne venais pas souvent à la bibliothèque en première année. Mais ça ne me dérange pas de faire le trajet avec toi, t'inquiète. De toute façon, ça m'étonnerait que ce type soit encore là…

— Il sera là, tu peux me croire.

— Bon, ben, si tu en es si sûre, on peut appeler le service de sécurité du campus pour qu'ils t'escortent jusqu'à ta chambre.

Noa se dit qu'un agent de sécurité comme celui qu'elle avait vu au rez-de-chaussée ne pèserait pas lourd face à ses poursuivants.

— Non, ça ira, dit-elle. À vrai dire, j'ai du boulot à finir… et ma camarade de chambre dort…

— Ah, c'est dur, la mi-session, acquiesça-t-il avant de jeter un coup d'œil aux piles de documents qui encombraient la pièce. Tu peux rester ici, si tu veux. Mais ferme bien la porte quand tu auras fini. Et essaie de ne pas trop déplacer mes papiers. Je sais que ça a l'air en pagaille, mais je t'assure que ça répond à une logique bien précise, ajouta-t-il avec un sourire gêné. Au fait, comment tu t'appelles ?

— Nora, dit-elle en lui tendant la main.

— Enchanté, répondit-il en la lui serrant. Moi, c'est Otis. Ravi d'avoir pu secourir une demoiselle en détresse.

Noa sourit à son tour. C'était bien la première fois qu'elle se faisait considérer comme une demoiselle en détresse.

— Merci encore.

— De rien, fit Otis avant de se frotter la nuque. Oh, je suis tellement claqué que j'ai l'impression de dormir debout… Je ne suis pas en train de rêver tout ça, au moins ?

— Va savoir…

Il se mit à rire.

— Bon, j'y vais. À la prochaine, demoiselle imaginaire.

Il enfila son manteau North Face, attrapa son sac à dos et ouvrit la porte.

— Merci beaucoup, Otis, glissa Noa. Sincèrement.

— Pas de souci, dit-il avant de s'éclipser.

Noa posa ses coudes sur le petit bureau et se prit la tête entre les mains en soupirant. Elle avait encore très soif et regretta de ne pas avoir une autre bouteille d'eau. Il y avait sans doute des abreuvoirs quelque part à l'étage, mais elle n'osait pas sortir.

Elle se mit à réfléchir à la situation. Les hommes lancés à ses trousses étaient incroyablement tenaces et ils avaient l'air de savoir ce qu'ils faisaient. Noa se doutait qu'ils ne renonceraient pas de sitôt. Ils semblaient déterminés à la rattraper coûte que coûte. Elle se demanda ce que l'homme à la cicatrice avait bien pu dire au garde de sécurité.

Heureusement pour elle, le bâtiment était gigantesque. Ils ne pourraient sans doute pas le fouiller de fond en comble. Elle envisagea de rester cachée jusqu'au matin avant de filer discrètement en se mêlant au flot des étudiants. Mais rien ne les empêcherait de la suivre et de l'enlever à la première occasion. Elle devait trouver mieux que ça.

Noa sortit son ordinateur de son sac et se connecta sur le serveur de Harvard avec une facilité déconcertante en songeant qu'ils feraient bien d'engager quelqu'un pour sécuriser leur système. Elle se rendit sur sa boîte de réception et rouvrit le message d'A6M0. En voyant l'heure qu'il était, elle constata qu'il s'était seulement écoulé quarante-cinq minutes depuis qu'elle l'avait reçu.

Noa observa d'un air pensif la photo d'elle-même derrière la fenêtre. Celui qui l'avait envoyée ne travaillait pas pour les hommes qui la recherchaient, sinon il ne l'aurait pas prévenue de leur arrivée. Si elle s'était encore trouvée dans l'appartement à ce moment-là, elle n'aurait eu aucun moyen de leur échapper. Fallait-il en déduire qu'il y avait deux groupes à sa poursuite ou était-ce une tout autre histoire ?

Elle se demanda s'il était prudent de sa part de rester connectée, avant de se rassurer. Ils savaient déjà qu'elle était quelque part dans le bâtiment. Même s'ils essayaient de suivre son adresse IP, la géolocalisation ne leur fournirait qu'un périmètre de recherche insuffisant pour déterminer son emplacement exact. Au fond, elle n'avait rien à perdre.

Elle envoya une demande de chat à A6M0.

Au bout d'une minute, une fenêtre de dialogue s'ouvrit.

Content que tu t'en sois tirée, écrivit son mystérieux correspondant.

Qui es-tu?

Un ami.

Noa scruta fixement l'écran. Elle n'avait pas d'amis. À l'époque où elle vivait au Foyer, elle ne voyait pas l'intérêt de créer des liens avec des gens qui ne tarderaient pas à partir dans une famille d'accueil. Elle avait bien fait quelques tentatives de socialisation quand elle était plus jeune, mais avait vite appris que ça n'en valait pas la peine, car la plupart de ses soi-disant « amis » avaient fini par la trahir d'une façon ou d'une autre.

Qu'est-ce que tu me veux? demanda-t-elle.

Seulement t'aider.

Prouve-le.

Comment?

Fais-moi sortir d'ici.

Les minutes passèrent. Noa commençait à s'impatienter quand A6M0 écrivit :

Tiens bon, j'ai presque fini.

Elle se mit à pianoter nerveusement sur le bureau. Sa fatigue s'était dissipée, et elle se sentait de nouveau parfaitement alerte, comme si elle venait d'avaler un double expresso.

Il était presque 4 h du matin quand des sirènes retentirent à l'extérieur. Noa se raidit. S'était-elle, sans le savoir, jetée dans la gueule du loup?

Un nouveau message apparut à l'écran :

Pars dans deux minutes. Au bout du second couloir, il y a un escalier sur la gauche. Descends deux étages. Tu verras une passerelle qui mène à la bibliothèque voisine. Vas-y, puis prends les escaliers pour monter jusqu'au toit.

Il y avait également un lien vers un fichier PDF. Noa cliqua dessus et découvrit un plan des lieux avec la mention « Bibliothèque Widener » en caractères gras. Un itinéraire fléché y était dessiné, reprenant les indications qu'elle venait de lire.

Noa se mordilla la lèvre, en plein désarroi. Elle se demanda si elle avait bien fait de contacter A6M0. Il était peut-être en train de lui tendre un piège. Elle pouvait toujours rester là où elle était pour la nuit, le temps de trouver elle-même un moyen de s'échapper incognito.

Fais-moi confiance, insista-t-il.

Qu'est-ce qui me dit que je peux ?

Gerbi royal.

À la vue de ces deux mots, Noa écarquilla les yeux. C'était une référence que seuls pouvaient connaître les enfants qui avaient eu droit à ce que le Foyer qualifiait pompeusement de « repas de fête ». Une fois par mois, on leur servait un horrible mélange gluant de dinde et de pommes de terre recouvert d'une sauce qui avait goût d'amidon. Un jour, un gamin avait baptisé le plat « Gerbi royal », et le nom était resté.

Bon, A6M0 était donc passé par le Foyer. Mais ça ne voulait pas dire que Noa pouvait se fier à lui pour autant. En même temps, elle ne pouvait pas vraiment négliger un allié potentiel dans sa situation.

C'est quoi, les sirènes? demanda-t-elle.

C'est la police. Je me suis dit qu'ils feraient évacuer le bâtiment et que ça te permettrait de t'enfuir. Ceux qui sont après toi se sont repliés. Mais ils surveillent les issues. C'est pour ça qu'il faut que tu ailles sur le toit.

Et après? insista Noa, à qui l'idée de rester bloquée sur un toit par une nuit aussi froide ne paraissait pas un plan très valable.

Tu verras. Maintenant, vas-y!

Noa ferma les yeux quelques secondes. Son instinct lui disait de ne pas rester plus longtemps dans la salle d'étude. Peut-être que ses poursuivants arrêtaient tous ceux qui sortaient de la bibliothèque et qu'ils interrogeaient Otis en ce moment même. Qui savait quelle histoire ils pourraient inventer la concernant pour le faire parler. Elle imagina un commando d'hommes armés en train de grimper les étages pour venir la chercher.

Sans plus hésiter, Noa fourra son ordinateur dans son sac, ouvrit doucement la porte et jeta un coup d'œil au-dehors. La voie était libre. Elle remonta le couloir aussi discrètement que possible avant d'arriver dans le second, tout aussi désert. Elle s'élança vers l'escalier que lui avait indiqué A6M0, descendit deux étages et se retrouva face à une longue passerelle étroite. Elle était vitrée de toutes parts, avec un plafond arrondi, un peu comme dans un aquarium.

Elle la traversa à toute vitesse, se sachant totalement visible de l'extérieur, et aboutit dans un nouveau couloir tout en boiseries décoré d'autres portraits de vieillards sinistres.

Bon sang, mais c'est un vrai labyrinthe, cette uni.

Elle repéra l'escalier de service indiqué sur le plan et le gravit avant d'ouvrir une porte qui donnait directement sur le toit. Noa sortit et fut aussitôt saisie par le froid, d'autant que la bibliothèque était surchauffée.

Contrairement à la façade de briques, le toit semblait étonnamment moderne, recouvert d'un matériau gris clair qui luisait dans l'obscurité. Des ventilateurs en émergeaient çà et là, telles d'étranges fleurs métalliques. À l'autre bout, elle aperçut des panneaux solaires légèrement inclinés.

Noa s'approcha du bord. Le premier bâtiment dans lequel elle était entrée se dressait au-dessus d'elle, beaucoup plus haut que le toit où elle se trouvait maintenant. Néanmoins, elle était encore à trois étages au-dessus du sol et elle ne voyait aucune échelle de secours.

Je suis coincée.

Elle sortit son ordinateur de son sac et s'accroupit. La lumière de l'écran semblait trop brillante, et Noa eut l'impression d'avoir un projecteur braqué sur elle. Elle se reconnecta et envoya un message à A6M0 :

Qu'est-ce que je fais maintenant ?

Tu descends.

Noa fit la grimace. Elle se savait sujette au vertige. Néanmoins, elle se força à regarder en bas. Au-dessus de chaque fenêtre se trouvait un rebord en marbre qui semblait juste assez large pour qu'elle y pose les pieds. Mais il y avait au moins deux mètres cinquante de hauteur entre chaque niveau et très peu de prises.

Il me prend pour Spider-Man ou quoi ?

Elle retourna à l'ordinateur et écrivit :

Même pas en rêve.

Va voir du côté des panneaux solaires.

Elle serra la mâchoire pour empêcher ses dents de claquer et releva la capuche de son blouson avant de se diriger vers l'autre côté du toit, en emportant son ordinateur avec elle. Elle jeta un coup d'œil en contrebas. Il y avait un toit situé un étage en dessous — ce qui en faisait encore deux à descendre. Noa remarqua de grands arbres à proximité dont les branches semblaient à portée, une fois sur le toit inférieur.

Elle rangea son ordinateur dans son sac, serra la bandoulière au maximum et s'agenouilla, dos au parc. Les bras en appui au bord du toit, elle mit une jambe dans le vide, puis l'autre, et laissa doucement glisser son corps, jusqu'à se retrouver suspendue au rebord, à environ un mètre cinquante du toit inférieur. Elle ferma les yeux et se laissa tomber.

Elle ressentit l'impact de la plante de ses pieds jusque dans ses tibias et ne put réprimer un cri de douleur. Elle roula sur le côté et grimaça en se tenant le pied droit. Le choc semblait avoir rouvert la coupure de son talon. Elle reprit son souffle avant de vérifier l'état de ses chevilles. Elle n'avait ni fracture, ni entorse, ce qui en soi était un petit miracle. Son sac avait également heurté le toit assez violemment. Elle espéra que son ordinateur n'était pas abîmé. De toute façon, elle n'avait pas le temps de s'en préoccuper.

Elle se releva et boitilla jusqu'à la branche la plus proche. Elle avait l'air suffisamment solide pour supporter son poids. Malgré la pénombre, il lui sembla en distinguer d'autres en dessous, disposées à intervalles réguliers le long du tronc.

Elle prit quelques minutes pour observer les alentours. L'arbre se trouvait au bord d'une place entourée de bâtiments en briques de formes et de tailles diverses. Il n'y avait pas le moindre signe de mouvement, plus aucun écho des sirènes de police : le campus semblait totalement endormi. Noa rassembla ses forces. Si elle s'arrêtait trop longtemps, ses muscles risquaient de se tétaniser et la descente n'en serait que plus difficile. Et de toute façon, ça ne pouvait pas être pire que ce qui l'attendait si elle retombait entre les mains des médecins qui avaient rédigé les notes de son dossier.

Elle prit une profonde inspiration, puis agrippa la branche des deux mains et enroula ses jambes autour. Elle progressa en se dandinant jusqu'au tronc, dont elle sentait l'écorce rugueuse sous ses doigts, tandis que de petites ramifications lui griffaient le visage. Tout son corps était parcouru de frissons, mais elle savait qu'elle ne pouvait pas se permettre de laisser sa peur la dominer.

Il ne faut pas que je regarde en bas.

La descente lui parut interminable. À plusieurs reprises, elle faillit tomber dans le vide et se rattrapa de justesse à la branche la plus proche, le cœur battant à tout rompre. Lorsqu'elle arriva à la dernière, sa peur atteignit son paroxysme, car l'obscurité l'empêchait d'estimer la hauteur qui la séparait du sol. Elle ne voyait même pas s'il était en ciment ou si c'était de l'herbe. Elle resta suspendue un long moment, comme paralysée, tout en sachant qu'elle risquait de finir par se faire remarquer.

Elle se résolut à lâcher prise et atterrit sur du gazon. Cette fois, elle se fit moins mal, peut-être parce que la surface était moins dure ou parce qu'elle avait mieux négocié sa chute. Elle ne bougea pas pendant une minute, s'attendant presque à voir des hommes surgir dans la pénombre et fondre sur elle pour l'emmener.

Mais rien ne se produisit. Elle se redressa, traversa la place en prenant soin de rester dans l'ombre et disparut dans les rues de la ville.

CHAPITRE HUIT

D'ordinaire, Peter n'avait aucun mal à trouver le sommeil. Il lui suffisait de fermer les yeux et il s'endormait aussitôt, pour ne se réveiller que huit heures plus tard, quasiment à la minute près.

Pourtant, cela faisait des heures qu'il fixait le plafond de la chambre d'Amanda. Ils étaient allongés côte à côte dans son petit lit une personne. Amanda lui tournait le dos. D'habitude, ils entrelaçaient leurs pieds et elle se lovait contre lui. Peter passait son bras autour d'elle et s'endormait avec l'odeur de lavande de ses cheveux qui lui chatouillaient le visage. Mais cette nuit-là, malgré l'étroitesse du matelas, il n'y avait pas le moindre contact entre leurs corps.

Si les tapis avaient été plus épais, Peter aurait proposé de dormir par terre. Il ne cessait de repenser à la façon dont Amanda avait regardé Drew. Il y avait encore peu, c'était lui qu'elle regardait comme ça.

Ils s'étaient rencontrés lors d'une fête interécoles. Les écoles privés du secteur étaient de petites structures — la promotion de Peter comptait seulement soixante-dix élèves et c'était l'une des plus nombreuses —, c'est pourquoi ils regroupaient leurs effectifs quand ils organisaient des soirées.

Le Bal d'hiver avait traditionnellement lieu dans la salle de réception d'un hôtel du centre-ville. La décoration était invariablement la même d'une année à l'autre — des ficus en plastique ornés de petites guirlandes lumineuses et des flocons de neige en carton pendus au plafond — et il y avait toujours un DJ, installé dans un coin, qui passait de la musique complètement démodée. C'était nul, mais c'était ce qu'on attendait d'une telle soirée. Ça n'aurait pas été drôle si on n'avait pas pu s'en moquer.

La cavalière de Peter s'appelait Mackenzie Sullivan. Ils étaient plus amis qu'autre chose, même si Peter savait que Mackenzie l'aimait en secret. Il s'était dit qu'après quelques verres, ils pourraient peut-être finir la soirée à la fête de Donnie Laurelli et flirter un peu.

Et puis, il avait vu Amanda à l'autre bout de la pièce et en était resté littéralement ébahi. Presque toutes les filles étaient vêtues de robes de satin bouffantes rouges, noires ou blanches, mais Amanda portait une simple robe à bretelles mauve avec un décolleté arrondi. Ses cheveux blond foncé étaient bouclés et elle portait des talons hauts et des bas longs de couleur noire. Elle semblait s'ennuyer. Parmi la mer de filles de secondaire qui semblaient toutes n'être qu'une variation de l'autre, elle semblait briller.

Peter, qui avait la réputation d'être à l'aise avec les filles, avait bien mis cinq minutes pour trouver le courage d'aller à sa rencontre et, une fois près d'elle, il n'avait pas su quoi dire.

Elle avait fini par remarquer sa présence et s'était tournée vers lui. Il portait un costume sombre et des chaussures noires. Mais il avait troqué la chemise et la cravate réglementaires contre un t-shirt, déniché dans une friperie, où elles étaient imprimées. C'était censé être ironique, mais il s'était soudain demandé, en la voyant hausser les sourcils, si ça ne lui donnait pas plutôt l'air immature, voire franchement débile.

— Salut, avait-il bredouillé.

— Salut.

Elle avait bu une gorgée de punch, puis tourné les yeux vers la piste de danse. Ceux qui s'y trouvaient semblaient bouger sans enthousiasme, comme s'ils s'interdisaient de s'amuser sur des chansons aussi ringardes. Peter regrettait de ne pas avoir pris un verre avec lui, car il avait soudain la bouche incroyablement sèche.

— Moi, c'est Peter.

— Amanda.

Elle lui avait répondu sans même le regarder, et il n'en avait été que plus décontenancé. Les rôles étaient inversés par rapport à ce qu'il vivait d'habitude.

— T'es de quelle école ? avait-il demandé.

— Brookline Girls.

— Il n'y a que des filles, là-bas, non ?

— C'est pour ça que ça s'appelle Brookline Girls, avait-elle rétorqué d'un air consterné.

— Oui, je le savais, avait marmonné Peter avant d'enfoncer maladroitement les mains au fond de ses poches. Et sinon, vous devez porter un uniforme ?

— Oui, avait-elle répondu au bout d'une minute.

— Ah, c'est poche. Moi je suis à Country Day. C'est mixte et il n'y a pas d'uniforme.

— Hmm.

Amanda semblait se tordre le cou pour trouver quelqu'un d'autre à qui parler. Peter avait bien vu qu'il faisait un véritable fiasco, ce qui était une première pour lui. Il avait jeté un coup d'œil aux alentours pour s'assurer que personne ne s'en était rendu compte, puis avait balbutié :

— Tu vas à une fête, après ?

— Je ne pense pas.

— Pourquoi ?

— Ce n'est pas trop mon genre. Et puis je dois me lever tôt demain.

— Ah bon ? Pour quoi faire ?

— Du bénévolat.

— Ah, avait dit Peter en hochant vivement la tête comme un idiot. Mais tu sais, les après-bal ne commencent pas très tard. Et vu que cette soirée est encore plus pourrie que celle de l'année dernière, les gens ne devraient pas tarder à y aller.

— Oui, c'est assez nul, avait concédé Amanda en prenant une nouvelle gorgée de punch. Je n'y étais pas l'an dernier.

— Ben, le DJ était meilleur. Enfin, il était plate aussi, mais moins.

Ils étaient restés côte-à-côte encore une minute, pendant que Peter cherchait désespérément quelque chose à dire. Puis le visage d'Amanda s'était éclairé et elle avait fait signe à quelqu'un à l'autre bout de la pièce.

— C'était bien de discuter avec toi, avait-elle lâché avant de le planter là.

Peter, abasourdi, l'avait regardée s'éloigner et se joindre à un groupe de filles. Une fois avec elles, elle était devenue exubérante, s'exprimant en agitant les bras, riant à gorge déployée. C'était l'antithèse absolue de la fille avec qui il avait échangé quelques mots, comme s'il avait eu affaire à un automate qui venait seulement de s'animer. Peter s'était demandé si elle parlait de lui, mais en avait conclu que non en ne voyant aucun regard se tourner dans sa direction. D'une certaine façon, c'était encore pire, comme si elle avait déjà oublié qu'elle l'avait rencontré.

Il avait été d'une humeur exécrable tout le reste de la soirée, si bien que Mackenzie était partie de l'après-bal avec une copine en faisant la tête. Il s'en était voulu, mais n'avait pas pris la peine de lui envoyer un message pour s'excuser. Ensuite il avait trop bu et avait fini par s'effondrer sur le canapé de Donnie.

Après ça, il avait souvent traîné dans les lieux où sortaient les filles de Brookline Girls, espérant y croiser Amanda, mais rentrant toujours bredouille.

Et puis un jour, au début du printemps, en sortant de l'Apple Store, il s'était retrouvé au milieu d'un attroupement. Alors qu'il tentait de se frayer un chemin à travers la foule pour accéder au stationnement, énervé à l'idée de ne pas pouvoir déplacer sa voiture avant un bon moment, il avait senti qu'on l'agrippait par le bras. Il s'était retourné, prêt à se fâcher, et était tombé nez à nez avec la fille du Bal d'hiver. Et cette fois, elle lui souriait.

— Salut, lui avait-elle glissé en s'approchant tout près de lui pour qu'il puisse l'entendre.

— Salut, avait répondu Peter en tâchant de reprendre ses esprits.

— Il n'y a jamais de garçon, d'habitude. C'est bien que tu sois là.

Elle tenait une pancarte sur laquelle le nom d'une organisation féministe était inscrit en grosses lettres.

— Ouais, c'est une cause qui me tient particulièrement à cœur, avait-il répondu avec aplomb.

— C'est génial. Viens, avait-elle ajouté en l'entraînant avec elle, je ne veux pas rater le premier discours.

Quelques mois plus tard, alors qu'ils étaient officiellement en couple, Peter avait avoué à Amanda qu'il n'était pas vraiment là pour assister à la rencontre. Elle avait ri et lui avait gentiment reproché de l'avoir séduite par des faux-semblants. Au fil du temps, c'était devenu une plaisanterie entre eux.

Peter avait du mal à croire que cela avait eu lieu seulement un an et demi plus tôt.

Il écouta la respiration d'Amanda sans pouvoir dire si elle dormait ou non.

— Amanda? chuchota-t-il.

— Hmm ?

— Tu dors ?

— Plus maintenant, fit-elle d'une voix agacée. Je te rappelle que j'ai un cours de bonne heure, demain.

— Je sais. Mais je pense qu'il faudrait qu'on parle.

Elle ne répondit pas et Peter sentit son corps se raidir près de lui.

— Qu'est-ce qui se passe avec ce Drew, là ? reprit-il.

— Je te l'ai dit, c'est juste un ami.

— Ce n'est pas l'impression que j'ai eue.

— Tu te fais des idées.

— Bon, alors on est toujours ensemble ?

Un long silence s'installa.

— Je n'en reviens pas que tu me laisses pour un type pareil, finit par dire Peter.

Elle se retourna brusquement et se redressa en s'appuyant sur un coude. Un rai de lumière qui passait entre les stores éclairait son visage contrarié.

— Qu'est-ce que tu veux dire ? s'indigna-t-elle. Tu ne le connais même pas !

— Oh que si. On voit tout de suite que c'est le gars parfait. Je suis sûr qu'il est président du bureau des élèves et qu'il fait partie de la chorale et de l'équipe d'aviron. Avant, tu te serais foutue de sa gueule !

Amanda resta muette et Peter sut qu'il avait vu juste. Il éclata de rire.

— Sérieux, ne me dis pas qu'il chante !

— Il prépare un diplôme de droit, répliqua-t-elle, sur la défensive. Il veut s'engager dans le militantisme associatif et être sur le terrain pour défendre les plus faibles. Vous avez bien plus de choses en commun que tu ne le crois.

— Ah ouais ? Comme quoi ?

Amanda marqua une pause, comme si elle savait qu'elle risquait de regretter ce qu'elle s'apprêtait à dire.

— Sa sœur est morte de la PEMA, elle aussi, lâcha-t-elle finalement.

Un silence de plomb s'installa entre eux. Peter eut l'impression de suffoquer, comme si sa cage thoracique s'était soudain resserrée autour de ses poumons et les comprimait pour en expulser l'air.

— Peter…, murmura Amanda.

Il l'ignora, se leva et ramassa son pantalon.

— Où vas-tu ? Tu ne vas pas partir au milieu de la nuit !

Peter enfila rageusement son chandail à manches longues par-dessus son t-shirt avant de chercher à tâtons sa veste en polar parmi les vêtements entassés sur la chaise. Il sentait le regard d'Amanda posé sur lui, mais elle n'osa plus dire un mot.

— Je t'aimais vraiment, Amanda, marmonna-t-il.

— Moi aussi, je…

— Non, s'il te plaît.

Il sauta dans ses souliers sans les attacher, jeta son sac sur son épaule et sortit en trombe de la chambre sans se retourner.

Noa parvint au Long Wharf Marriott aux premières lueurs de l'aube. Elle avait découvert cet endroit quelques années auparavant, lors de sa deuxième ou troisième fugue du Foyer.

L'hôtel était très calme à cette heure de la matinée. Les portes vitrées s'ouvrirent en silence. Noa garda la tête baissée en passant devant le réceptionniste qui bâillait. Il lui jeta un bref coup d'œil avant de se replonger dans son journal tandis qu'elle filait droit vers les ascenseurs.

Pour s'introduire en douce dans un hôtel, Noa avait appris qu'il suffisait d'avoir une tenue correcte et de se comporter comme si on faisait partie des murs. La seule fois où ça n'avait pas marché, c'était quand elle s'était présentée avec un œil au beurre noir — un petit cadeau de la fille avec qui elle partageait un lit superposé, au Foyer.

Bien sûr, ce n'était pas évident de se faufiler dans une chambre, surtout à cette heure-là. Les femmes de ménage ne sillonnaient pas encore les couloirs avec leurs chariots, où elles cachaient leur passe entre des rouleaux de papier toilette. Une fois, Noa avait ainsi réussi à se glisser dans une suite de luxe. Elle avait eu deux pièces immenses et une salle de bain gigantesque rien que pour elle jusqu'à 11 h, heure à laquelle ils changent les serrures électroniques. Elle avait pris un bain, regardé des films à la demande et vidé le mini-bar.

Noa avait essayé d'autres hôtels, mais le Marriott était son refuge de prédilection et celui où elle avait systématiquement de la chance. Lors d'une précédente incursion, elle avait découvert un endroit où elle pouvait se cacher pendant plusieurs heures sans être dérangée. Elle savait qu'il était difficile d'y dormir, mais après ce qui lui était arrivé, elle avait encore tous les sens en alerte. Elle comptait se connecter sur Internet et reprendre contact avec A6M0. Son mystérieux ange gardien avait l'air de savoir ce qui se passait, et Noa commençait à se lasser de ses cachotteries.

Elle sortit de l'ascenseur au dernier étage et traversa le couloir. Dans un recoin, derrière la machine à glaçons, se trouvait une porte métallique cabossée. Elle tenta de l'ouvrir et soupira de soulagement en voyant qu'elle n'était pas verrouillée. À vrai dire, elle l'était rarement. Elle donnait sur une petite pièce sans fenêtre au prélart crasseux, avec une table bancale, trois chaises et une poubelle. C'était une salle de repos pour les employés, mais elle était sans doute trop mal située ou trop sinistre pour qu'ils en fassent usage. Noa, elle, s'en contrefichait. L'endroit était calme, chauffé et elle savait que personne ne viendrait l'y chercher.

Elle s'assit et brancha son ordinateur. Elle aurait préféré laisser la batterie se vider complètement une première fois, mais comme elle n'avait aucune certitude d'avoir accès à des prises de courant par la suite, elle jugeait préférable de la recharger au maximum dès que possible.

Elle croisa les doigts en ouvrant son ordinateur et ne put s'empêcher de sourire quand l'écran s'alluma, signe qu'il fonctionnait encore malgré les chocs subis lors de sa périlleuse évasion de l'université.

Noa repensa en frissonnant au contact rugueux de l'écorce sous ses doigts et au froid qui lui avait glacé l'échine. Mais bon, elle s'en était sortie, c'était le principal. Et elle ne devait son salut qu'à l'intervention d'A6M0.

La fenêtre de chat était restée ouverte depuis qu'elle s'était connectée sur le toit de la bibliothèque. Elle tapa un seul mot :

Merci.

Au bout de quelques minutes, une réponse apparut :

De rien.

Pourquoi tu m'aides?

C'est compliqué. Mais c'est cool que tu t'en sois tirée.

Pourquoi ils sont après moi ?

A6M0 renvoya alors le lien vers le site du shampoing.

Je vois pas le rapport, écrivit Noa.

Ça viendra, répondit A6M0 avant de se déconnecter.

Noa regarda fixement l'écran. Elle se demanda si elle devait essayer de remonter la trace d'A6M0 sur Internet, mais elle pressentait que ce serait une perte de temps. Seul un pirate d'une certaine envergure avait pu la guider à distance pour s'enfuir de la bibliothèque. Sans compter que ce ne serait pas très élégant de sa part de chercher à le localiser alors qu'il était venu à son secours.

Noa posa ses pieds sur le bord de la chaise et serra ses genoux contre elle. Elle était trop fatiguée pour dormir et en serait probablement incapable de toute façon dans une pièce aussi éclairée — c'était le seul inconvénient de cette cachette : il était impossible d'éteindre la lumière.

Elle ne savait pas quoi faire. L'agence où elle louait sa boîte postale se trouvait à Brookline, à environ une demi-heure de métro. Elle ouvrait à 8 h 30, et Noa avait prévu de s'y rendre au moins une heure avant pour surveiller les alentours, ce qui lui laissait environ trois heures à tuer.

Elle consulta sa boîte de réception. Vallas semblait avoir lâché l'affaire, car il n'avait pas envoyé de nouveau message. À part les siens et ceux d'A6M0, tous les autres courriels étaient des courriers en rapport avec le travail ou des pourriels. Cette fois, Noa en éprouva un pincement au cœur. Si elle était morte sur la table d'opération, personne ne s'en serait rendu compte.

Peut-être est-ce pour ça que j'ai été choisie...

En grandissant, les enfants revenaient de moins en moins souvent au Foyer. La plupart finissaient à la prison pour mineurs ou fuguaient pour de bon et vivaient dans la rue. Au fil des ans, Noa en avait croisé certains qui mendiaient dans le métro. Elle était sûre qu'ils l'avaient reconnue, mais, comme elle, ils avaient fait mine de ne pas la voir — c'était une sorte de code tacite entre eux.

Noa avait certes réussi à s'extraire des rouages de l'administration. Elle vivait en marge du système, quasiment invisible, depuis près d'un an. Mais pour les services sociaux, c'était une gamine placée qui avait multiplié les fugues — ce qui n'était pas rare à son âge. Peut-être ses ravisseurs l'avaient-ils enlevée parce qu'ils savaient que personne ne se soucierait de sa disparition.

Noa se demanda si les fugueurs étaient répertoriés quelque part. Elle avait déjà piraté la base de données des services de protection de l'enfance pour modifier son dossier et ajouter sa famille fictive. Elle rédigeait également scrupuleusement des rapports de visite favorables tous les trimestres. Les travailleurs sociaux semblaient vite s'épuiser. Depuis qu'elle avait échoué dans le système de placement en famille d'accueil à l'âge de six ans, Noa avait eu affaire à plus d'une dizaine de référents successifs. Ils croulaient toujours sous les dossiers et se les échangeaient souvent entre eux. Elle était quasi certaine que personne n'avait remarqué quoi que ce soit de particulier la concernant.

Mais elle avait pourtant attiré l'attention de quelqu'un. Et vu que la base de données de l'AMRF contenait plusieurs centaines de dossiers, elle n'avait sans doute pas été leur seul cobaye.

Une demi-heure plus tard, elle avait accédé à son dossier sur le serveur de l'administration et l'épluchait attentivement. Il y avait toute une série de familles d'accueil répertoriées sur une page. Chacune était mémorable à sa façon, même si, pour la plupart, elles ne lui avaient pas laissé de bons souvenirs. Deux séjours à la prison pour mineurs étaient également mentionnés, l'un de plusieurs semaines, l'autre de quelques mois.

Elle continua de faire défiler les pages avant de trouver ce qu'elle cherchait. Dans la marge, à côté des coordonnées de la famille chez qui elle avait vécu un mois à l'âge de quatorze ans, quelqu'un avait griffonné le mot «fugue».

C'est un peu réducteur, pensa Noa.

C'est vrai, elle avait fugué, mais seulement parce que son nouveau «papa» avait essayé de la brûler avec une cigarette.

Cette fois aussi, elle avait fini dans la petite salle de repos du Marriott. Puis elle avait traîné dans les rues quelque temps avant de se lier avec un groupe de jeunes qui vivaient sous un pont routier, près d'un skatepark. Lors de sa troisième nuit avec eux, l'un des skateurs avait essayé de la violer. Elle avait dû se battre pour lui échapper et s'était enfuie avant de manquer de se faire renverser par une voiture de police. Et comme elle avait cassé le bras du garçon dans la bagarre, elle avait été incarcérée à la prison pour mineurs pendant trois semaines.

Après ça, elle avait été renvoyée au Foyer. Noa avait compris les règles pour y survivre dès l'âge de huit ans, à peu près à la même époque que quand elle avait cessé de s'enthousiasmer les jours où de futures familles d'accueil venaient en visite. Dès lors, l'idée que celles-ci puissent être intéressées par autre chose que la pension mensuelle de mille dollars qui allait de pair avec son placement avait été reléguée, dans son esprit, dans la même catégorie que le Père Noël et le lapin de Pâques.

Mais le Foyer avait sans cesse besoin de libérer des places et finissait toujours par se débarrasser d'elle. Si elle n'avait pas été aussi douée en informatique, elle serait sûrement encore en train de faire la navette entre le Foyer et des familles — ou pire.

Noa posa son menton sur ses genoux. Elle était sans conteste une exception à la règle. Quand ils atteignaient son âge, la plupart des orphelins avaient trouvé une famille assez supportable pour y rester jusqu'à leur majorité, ou vivaient dans la rue de façon permanente.

Elle essaya de se rappeler les noms de ceux qui s'étaient ainsi coupés du système : Dulcie Patrick, qui avait fugué peu après son quinzième anniversaire ; Jenny Fulton, qui avait partagé son lit superposé pendant près d'un an quand elle avait douze ans ; Randy Quinn, l'un des jeunes qu'elle avait vus mendier dans le métro. Elle consulta le dossier de suivi de chacun d'eux dans la base de données des services sociaux et repéra systématiquement la mention « fugue » cochée au bas de la page. Le fait que les fugues soient suffisamment fréquentes pour qu'une rubrique spéciale ait été créée la découragea. Après ça, il n'y avait plus rien. En même temps, il n'y avait guère de moyens de savoir ce qu'ils étaient devenus.

Noa repensa aux rangées d'entrepôts du chantier naval et se demanda si d'autres adolescents s'y trouvaient, allongés sur des tables d'opération. Cette idée lui donnait la chair de poule.

Elle rebrancha la clé USB que lui avait remise Vallas. Elle avait pris soin de ne pas y faire figurer son dossier, mais il y en avait des dizaines d'autres. Jusqu'ici, elle les avait mis de côté pour se concentrer sur ce qui lui était arrivé. Mais il était temps qu'elle examine le reste de ce qu'elle avait téléchargé.

De nombreux dossiers portaient des titres compliqués et elle en déduisit qu'il devait s'agir de données scientifiques. Elle ouvrit certains d'entre eux où figuraient des noms, mais ils ne contenaient que d'autres scans de notes de médecins illisibles.

Elle continua de faire défiler la liste quand un nom lui sauta aux yeux : Alex Herbruck.

Elle se souvenait bien d'Alex, un gamin d'origine écossaise aux cheveux roux, aux yeux verts et au visage constellé d'autant de taches de rousseur que de boutons. Il compensait sa faible carrure par une extrême agressivité. Ils s'étaient retrouvés plusieurs fois au Foyer en même temps et s'étaient toujours bien entendus. Un jour, il avait essayé de l'embrasser, mais quand elle l'avait repoussé, il ne l'avait pas mal pris et s'était contenté de la traiter de lesbienne avant de tenter sa chance auprès de Dulcie Patrick.

Noa aimait bien Alex — du moins autant qu'on pouvait aimer quelqu'un là-bas. Elle ouvrit son dossier et y trouva tout un tas de fichiers, comme dans le sien. Elle les classa par types pour pouvoir s'y retrouver un peu et remarqua aussitôt une série d'images. C'était étrange, car son dossier à elle n'en contenait qu'une, celle où elle ressemblait à un cadavre gisant sur une table d'opération.

Elle cliqua sur l'une d'entre elles et la photo apparut en plein écran.

C'était bien Alex. Et il était mort, aucun doute là-dessus. Ses yeux étaient fermés, mais sa bouche pendait, entrouverte. La pâleur de son visage faisait ressortir ses taches de rousseur. Il avait l'air encore plus petit que dans son souvenir, comme si la table l'engloutissait.

Mais ce n'était pas ça, le pire. Son torse était ouvert en deux, et chaque moitié était maintenue écartée par une sorte de pince métallique, révélant des entrailles d'un rouge vif. La partie droite de sa cage thoracique avait été coupée et on apercevait un poumon noirâtre. Noa se rappela qu'Alex était un gros fumeur. Elle le revoyait tirant sur des cigarettes quand ils n'avaient que dix ou onze ans. Une fois, il avait même été surpris en train de voler des paquets dans le casier d'un gardien et avait failli écoper d'une peine de prison.

Noa referma l'image d'une main tremblante. Malgré le retour au fond d'écran standard représentant une nuit étoilée, il lui semblait encore voir la photo d'Alex, comme si chaque pixel s'était gravé pour toujours dans sa mémoire.

Elle fit défiler plusieurs pages de dossiers en se concentrant sur les noms, mais aucun autre ne lui parut familier. Après en avoir lu une bonne cinquantaine, elle cessa de les compter et se cala contre le dossier de sa chaise.

Est-ce qu'il a pu y en avoir autant ? Et est-ce qu'ils sont tous morts ?

Il n'y avait qu'un moyen de le savoir. Elle se redressa, remonta au début de la liste et ouvrit le premier dossier.

CHAPITRE NEUF

Peter s'installa en bâillant devant un ordinateur dans la salle informatique de l'université de Tufts. Il n'avait quasiment pas dormi de la nuit. Après avoir quitté la résidence d'Amanda, il était venu directement à la bibliothèque, ouverte toute la nuit en période de mi-session. Heureusement pour lui, le campus n'était pas soumis à des mesures de sécurité très strictes. Pour entrer, il lui avait suffi de traîner quelques minutes devant le bâtiment en attendant qu'un étudiant arrive et passe sa carte devant le panneau d'accès. Il avait trouvé un grand fauteuil dans un coin où il avait tenté de finir sa nuit, mais il s'était réveillé en sursaut toutes les demi-heures. Au petit matin, il avait fini par faire un tour aux toilettes pour se rincer la bouche et s'asperger le visage, mais il ne se sentait guère plus éveillé pour autant. Peut-être qu'il n'aurait pas dû quitter la chambre d'Amanda. Bien qu'il n'aurait sûrement pas dormi plus longtemps là-bas non plus.

Peter s'étira la nuque en tournant la tête de gauche à droite avant de faire craquer les articulations de ses doigts, puis il consulta sa boîte de réception : il n'avait toujours aucunes nouvelles de Rain, ce qui commen-çait à l'inquiéter. Elle ne lui avait pas donné l'impression d'être malhonnête. Au contraire, elle s'était montrée l'une des membres d'/ALLIANCE/ les plus fiables et les plus tenaces au cours des derniers mois. Il n'avait pas exagéré quand il avait parlé à Amanda d'un code d'hon-neur entre pirates informatiques : ils s'entraidaient chaque fois que c'était possible, et si on s'en prenait à l'un deux, ils se sentaient tous concernés. Peter avait donc écarté la possibilité que Rain ait cherché à l'escroquer et craignait désormais qu'elle ait pu faire les frais de Mason et de ses sbires en effectuant ses recherches. Il décida de lui envoyer un nouveau message, avec simplement la question « Tu vas bien ? » dans le titre. N'ayant aucun autre moyen de la contacter, il n'avait plus qu'à espérer qu'elle soit en sécurité, où qu'elle puisse se trouver.

Il se concentra alors sur le plan qu'il avait mis au point. Il avait bien compris ce qu'il risquait s'il tentait encore d'accéder aux fichiers de l'AMRF et ne tenait pas le moins du monde à avoir de nouveau affaire à Mason. Mais il ne comptait pas rester les bras croisés pour autant. Le site /ALLIANCE/ était toujours inaccessible, de même que le wiki de sauvegarde, aussi se rendit-il sur les forums que fréquentaient ses « adjoints ». De nombreux sujets y avaient été postés sur la désactivation d'/ALLIANCE/.

Peter se connecta sous le pseudo Vallas sur le forum le plus populaire. Il lui fallut dix minutes pour rédiger un message de ralliement. Il aurait voulu avoir plus d'informations à fournir ou, au moins, une idée plus claire de ce dans quoi il s'apprêtait à impliquer ses compagnons. Il n'avait aucune envie qu'ils se retrouvent dans le viseur de Mason.

Mais il lui semblait peu probable qu'un seul organisme soit capable de faire face au bataillon de pirates informatiques qu'il allait constituer. Il avait prévu de poster son message sur plus d'une dizaine de forums fréquentés par des milliers de pirates. Il regretta de ne pas l'avoir fait dès le début, mais il avait eu peur des répercussions pour ses parents. Désormais, il n'avait plus rien à perdre.

Il relut le message qu'il avait écrit :

Oyez, oyez, membres d'/ALLIANCE/! Nous sommes attaqués!

Quelqu'un a volé notre nom de domaine et désactivé notre site et notre wiki de sauvegarde. Ils nous ont frappés en plein cœur pour essayer de faire éclater notre communauté. Mais nous n'allons pas les laisser nous détruire. L'heure de la riposte a sonné. Prudence et restez à l'affût, on se retrouve de l'autre côté.

Vallas.

Il cliqua sur « Envoyer » et attendit de voir les réactions.

En moins d'une minute, le sujet fut inondé de messages de soutien. Certains se disaient révoltés par cette tentative digne de Big Brother de vouloir dominer Internet, d'autres parlaient d'atteinte à la liberté d'expression, tandis que d'autres encore suggéraient de sévères châtiments à l'encontre des responsables.

Le sourire aux lèvres, Peter parcourut en diagonale les innombrables diatribes qui ne cessaient de se succéder. Puis il posta le même message sur tous les forums qui lui venaient à l'esprit, tout en se doutant que ce n'était pas réellement nécessaire. Son appel était sans doute déjà devenu viral, se propageant partout dans le cyberespace, transmis d'un internaute à l'autre comme un témoin dans une course de relais. Et de toute façon, ceux que Peter voulait vraiment prévenir ne perdraient pas de temps à poster une réponse. Ils comprendraient les sous-entendus de son message et devaient déjà être en train de se réunir.

L'expression « Prudence Et Restez À L'Affût » était un code que les habitués d'/ALLIANCE/ reconnaîtraient. Mason la prendrait sans doute au pied de la lettre, n'y voyant là que la formule ridicule d'un gamin qui se prenait pour un chef militaire — du moins, c'est ce que Peter espérait.

Il se connecta sur La Cour et ouvrit un groupe de chat baptisé « PERALA ». Il fut rapidement rejoint par plusieurs dizaines d'utilisateurs et s'adressa alors à eux :

Merci d'être venus.

Ça craint grave, mec, écrivit Loki.

Peter reconnut son pseudo. Loki avait participé à la plupart des opérations menées par /ALLIANCE/ l'année passée.

Je sais, répondit-il.

Alors qu'est-ce qu'on fait ? lança Moogie.

Peter y avait mûrement réfléchi. Il voulait bombarder ses ennemis, mais il tenait aussi à savoir ce qu'ils mijotaient.

On leur rejoue Anonymous contre HBGary et on les bricke.

T'es sûr de ce que tu fais ? demanda Moogie au bout d'un instant.

Oui, mais on récupère les données avant.

Ce que proposait Peter n'était pas rien. «Bricker» ou «flasher» un système consistait à l'endommager suffisamment pour qu'on ne puisse plus y accéder à moins de remplacer le matériel, ce qui était extrêmement onéreux et nécessitait énormément de temps. Ce ne serait pas évident de collecter les données avant, mais ça avait déjà été fait par le passé. Si le plan de Peter marchait, les serveurs deviendraient totalement inexploitables et aussi utiles que des briques. Et à moins d'avoir des sauvegardes stockées ailleurs, l'entreprise pouvait tout perdre.

Peter trouvait donc parfaitement compréhensible qu'on puisse hésiter à l'idée de participer à une telle opération. Le principe même d'/ALLIANCE/ était d'agir dans le cadre de la légalité, règle que Peter avait instituée dès le départ. Or, d'un point de vue technique, bricker un serveur représentait une violation de la charte d'utilisation définie par l'Internet Architecture Board, le comité chargé de la surveillance et du développement d'Internet — sans compter que c'était illégal dans la plupart des pays.

Je ne suis pas franchement à l'aise avec ça, écrivit Ariel.

Je comprends, répondit Peter. **Je ne tiendrai rigueur à personne de ne pas vouloir prendre part à ce projet. Vous restez tous les bienvenus sur /ALLIANCE/ dès que le site reprendra du**

service. **Mais vous pouvez me croire, ces types sont de vrais méchants.**

J'en suis, indiqua Loki.

Moi aussi, renchérit Moogie.

L'un après l'autre, les utilisateurs donnèrent leur aval pour participer ou quittèrent le groupe de chat. Peter s'attendait à ce qu'ils soient plus nombreux à renoncer. S'il avait été à leur place, vu le peu d'informations qu'il leur avait donné, il aurait sans doute été dans les premiers à se retirer. Dans l'ensemble, les membres les plus anciens de sa petite communauté avaient choisi de rester. C'était les piliers qui avaient joué un rôle crucial dans toutes les précédentes missions d'/ALLIANCE/. Peter se sentit touché par leur loyauté, surtout au regard de ce qu'il leur demandait.

Comment tu veux qu'on s'y prenne? lança Loki.

Tandis qu'il leur exposait sa stratégie, Peter songea qu'Internet offrait d'incroyables ressources pour se faire justice.

Noa sirotait sa tasse, assise dans un coin du café. Elle avait remonté ses cheveux en un chignon dissimulé sous le bonnet noir qu'elle avait trouvé à bord du mini-yacht et portait une paire de grosses lunettes de soleil achetée pour cinq dollars à un marchand ambulant. Certes, ce n'était pas le meilleur déguisement du monde, mais elle avait également pris soin de s'installer dans le fond, à une table en partie cachée par un palmier chétif. De là, elle avait une bonne vue sur l'entrée de l'agence où elle louait sa boîte postale et sur les magasins qui l'encadraient, sans qu'on puisse la repérer facilement de la rue.

Ça faisait près d'une heure qu'elle était là et son café était froid depuis longtemps. Elle avait déjà englouti plusieurs litres d'eau en revenant régulièrement remplir son verre à la carafe en libre-service posée près de la caisse, avant que la serveuse ne la regarde de travers. Noa avait essayé de manger une banane et un muffin, mais sans succès, ce qui commençait à l'inquiéter. C'était bizarre de n'avoir jamais faim, et plus bizarre encore de ne pas arriver à avaler quoi que ce soit, même en se forçant. Pour se rassurer, elle avait mis ça sur le compte du stress.

À 8 h 23, une employée de l'agence ouvrit la porte d'entrée avant de la refermer derrière elle. Elle était plutôt forte, la soixantaine, les cheveux d'un blond un peu trop clair, et des lunettes pendaient au bout d'une chaîne autour de son cou. Noa ne la connaissait pas, ce qui allait peut-être poser problème.

Elle l'observa tandis qu'elle allumait les lumières dans l'agence et mettait en marche les photocopieuses. À 8 h 30 précises, elle déverrouilla la porte d'entrée et alla s'installer derrière le comptoir. Noa en déduisit qu'il s'agissait d'une employée modèle, ce qui n'était pas non plus de bon augure.

Elle passa encore une demi-heure assise à sa table à surveiller le défilé régulier des clients entrant dans l'agence. Aucun d'eux ne lui sembla détonner franchement dans le décor. Certains faisaient des photocopies tandis que d'autres se dirigeaient vers le comptoir ou vers le fond, où se trouvaient les boîtes postales. Ils repartaient tous sans s'attarder au bout de quelques minutes.

Noa se leva et retourna se servir un verre d'eau, ignorant les regards noirs que lui lançait la serveuse. Puis elle reprit place derrière sa table et scruta les voitures garées de l'autre côté de la rue. Toutes étaient vides, et les places tournaient régulièrement. Aucun véhicule n'était resté stationné plus de vingt minutes. Par ailleurs, il faisait très froid dehors, et Noa avait du mal à imaginer que quelqu'un puisse l'y attendre. Elle commençait à penser que la voie était libre et qu'elle allait enfin pouvoir respirer un peu. Peut-être que ses poursuivants étaient toujours en train de passer la bibliothèque de Harvard au peigne fin, à sa recherche.

Mais elle hésitait. Elle avait encore à l'esprit la course-poursuite de la veille. Ceux qui la traquaient semblaient déterminés, à en juger par les moyens qu'ils avaient déployés pour la retrouver. Et s'ils avaient pu la localiser à Cambridge, alors ils étaient probablement au courant de l'existence de sa boîte postale — auquel cas, ils se doutaient sûrement qu'elle finirait par avoir besoin d'argent et qu'elle serait forcée de venir ici pour en obtenir.

Et ils avaient raison. Elle avait vraiment besoin d'argent. Les derniers jours avaient clairement souligné que l'Internet ne pouvait pas fournir tout ce dont elle avait besoin. Noa se reprochait amèrement de ne pas avoir caché une réserve d'argent quelque part.

En ce moment même, de l'autre côté de la rue, dans la boîte nº 460907, devait se trouver une enveloppe contenant une carte bancaire neuve. Pour Noa, c'était la clé de sa survie. Elle pourrait ainsi retirer assez d'argent pour se procurer de faux papiers. Peut-être même y aurait-il un chèque de Rocket Science pour le dernier contrat qu'elle avait effectué pour eux en tant que pigiste. Elle n'aurait qu'à le déposer sur un nouveau compte, à un nouveau nom. Dans l'immédiat, elle comptait réserver sur Internet une autre location de courte durée payable en espèces pour se mettre à l'abri, le temps de comprendre ce qui se tramait.

Le carillon de la porte d'entrée résonna, attirant l'attention de Noa. Jusque-là, il n'y avait eu que trois autres clients : chaque fois, des mamans avec des poussettes qui avaient commandé des cafés latte à emporter.

Un homme entra, vêtu d'un costume en laine et d'un manteau. Il avait un physique athlétique et les tempes grisonnantes. Noa le jugea plutôt pas mal pour son âge. Puis elle baissa les yeux vers ses pieds et fronça les sourcils : il portait des bottes d'armée. Malgré le temps pluvieux que le ciel nuageux semblait annoncer, ça n'allait pas du tout avec son costume. Et en l'examinant plus attentivement, elle trouva qu'il avait l'air mal à l'aise, comme s'il était à l'étroit dans ses vêtements.

L'homme balaya le café des yeux et Noa eut l'impression qu'il avait marqué un léger temps d'arrêt en croisant son regard. Elle crut soudain sentir une sorte de tension dans l'air, comme si quelque chose de grave allait se produire.

Bon sang, je deviens parano ou quoi ?

Derrière la caisse, la serveuse parut soudain revigorée par l'arrivée de ce nouveau client. D'un mouvement de tête, elle rejeta en arrière ses cheveux teints au henné et lui adressa un grand sourire avant de poser les coudes sur le comptoir, lui offrant une vue plongeante sur son décolleté.

— Qu'est-ce qui vous ferait plaisir ? minauda-t-elle.

L'instinct de Noa lui disait de prendre le large et elle décida de s'y fier. Elle referma négligemment son ordinateur et le débrancha, puis enroula le câble autour et le rangea dans son sac, tout en guettant l'homme du coin de l'œil. Il posa ses deux mains sur le comptoir et rendit son sourire à la serveuse — le sien était étincelant, presque trop blanc.

— Un café, ce serait parfait, dit-il.

— Lequel ? demanda la fille en se penchant davantage, dévoilant une partie de son soutien-gorge rose. Je peux vous proposer un expresso ou notre mélange du jour. Il est vraiment divin.

— Je vais prendre un expresso, bien noir, s'il vous plaît.

Il tourna les yeux vers la rue, mais Noa ne pouvait s'empêcher de se sentir épiée.

Elle se leva et se dirigea vers la porte. Au moment où elle sortait, elle entendit la voix de la serveuse dans son dos :

— Hé, monsieur, vous oubliez votre café !

Noa s'éloigna à la hâte et risqua un regard en arrière. Le type du café la suivait d'un pas alerte et son visage affichait une expression déterminée. Ses lèvres bougeaient, et elle remarqua le Bluetooth greffé à son oreille. Elle aperçut un autre homme qui sortait du bâtiment attenant à l'agence postale. On aurait dit un clone du premier : il était aussi costaud, portait un costume trop grand pour lui et des bottes, et il échouait tout autant dans sa tentative de se fondre dans le décor.

Quand Noa arriva à l'angle de la rue, elle se mit à courir. Elle était furieuse contre elle-même de ne pas avoir choisi un meilleur endroit pour surveiller l'agence. Et elle regrettait de ne pas avoir attendu au moins un jour de plus pour s'y rendre.

Bon, ça ne va m'avancer à rien de me lamenter. Et puis j'avais vraiment besoin de cette carte bancaire...

La bonne nouvelle, c'est qu'il semblait n'y avoir que deux hommes à ses trousses. Et, cette fois, elle avait eu la bonne idée de prévoir des plans d'évasion.

Contrairement à Cambridge, Brookline était un quartier qu'elle connaissait par cœur. C'était là qu'elle avait vécu le plus longtemps dans une famille d'accueil : six mois dans la maison d'un professeur de sociologie de Harvard et de son épouse. Les Pratt étaient des gens sérieux. Ils lui avaient expliqué que le fait de la prendre chez eux était leur façon de rendre à la société ce qu'elle leur avait donné. Leurs enfants étaient déjà partis à l'université et ils ne cessaient de répéter qu'ils trouvaient égoïste de vivre à deux dans une si grande maison, alors qu'il leur était possible d'en faire profiter quelqu'un de moins chanceux qu'eux. Ils avaient même songé à accueillir plus tôt des enfants placés, mais avaient eu peur de «l'impact négatif» que cela aurait pu avoir sur leurs «vrais» enfants.

Les Pratt ne manquaient jamais une occasion de servir à Noa leur discours sur l'injustice sociale et les faiblesses du système à sauver les gamins comme elle. Selon eux, si davantage de gens sensés adoptaient des enfants plus âgés pour les sortir du système de placement, alors un grand nombre de fléaux seraient évités, de la toxicomanie à la délinquance en passant par la marginalisation.

Quand ils se mettaient à pontifier de la sorte, Noa devait se mordre l'intérieur des joues pour ne rien dire. Bien sûr qu'elle aurait aimé que des gens normaux accueillent des enfants comme elle, bien sûr que le système était défaillant — il ne permettait à personne de s'en sortir, ni à elle, ni à aucun des gamins qu'elle avait pu croiser au Foyer.

De toute façon, chaque fois qu'elle avait tenté de prendre part à la discussion pour exposer les horreurs qui lui étaient arrivées au fil des années, les Pratt s'étaient fermés comme des huîtres. Noa avait rapidement compris qu'ils ne s'intéressaient pas à elle personnellement, mais plutôt à ce qu'elle représentait. Ils préféraient considérer son parcours de façon abstraite — les détails concrets étaient trop effrayants pour eux.

Néanmoins, au bout de quatre mois de cohabitation avec elle, les Pratt avaient évoqué la possibilité de l'adopter. Noa commençait à se dire qu'elle pourrait tenir quelques années avec eux. Ils étaient un peu bizarres, mais ils ne la battaient pas, ne la brûlaient pas avec des cigarettes et ne la privaient pas de nourriture, ce qui était déjà un bon point. Ils avaient même proposé de lui payer des études si elle voulait aller à l'université.

Malheureusement, quelques semaines après leur discussion, Mme Pratt avait surpris son mari en pleine séance de galipettes avec l'une de ses assistantes. Leur couple avait volé en éclats et Noa avait rapidement été renvoyée au Foyer. C'était vraiment dommage, car malgré tout, Noa les aimait bien. Ils lui avaient également fourni sans le savoir une porte de sortie du système dont elle était prisonnière en lui offrant un accès illimité à un ordinateur.

Toujours est-il qu'elle avait fini par connaître Brookline comme sa poche. C'était d'ailleurs pour cette raison qu'elle avait choisi de louer sa boîte postale dans le quartier. C'était facilement accessible en métro et situé à mi-chemin entre les deux endroits où elle passait l'essentiel de son temps : son appartement de Newton Centre et l'Apple Store. De toute façon, elle ne relevait son courrier qu'une ou deux fois par semaine.

Noa passa en courant devant des salons de manucure, des restaurants et des librairies sans oser vérifier si ses poursuivants gagnaient du terrain. Peu à peu, les commerces se firent moins nombreux, laissant place à des rangées de petites habitations.

J'y suis presque.

Elle quitta le trottoir et coupa à travers un terrain de baseball. La pluie qui menaçait depuis le début de la matinée se mit à tomber en un crachin hésitant. Noa repéra son objectif au bout du terrain : un imposant bâtiment de briques qui s'élevait sur trois étages, avec de grandes colonnes en pierre blanches au centre et une volée de marches qui s'étirait comme un grand sourire.

Elle traversa la rue à toute allure sans même prendre garde à la circulation. Elle entendit un crissement de pneus, mais continua sa course et gravit les escaliers, le cœur battant à tout rompre. Lorsqu'elle atteignit la porte, elle se retourna et vit l'homme du café qui contournait la voiture qui avait freiné pour l'éviter. Il avait perdu son flegme et transpirait à grosses gouttes. Son acolyte était juste derrière lui.

Noa se rua à l'intérieur du bâtiment. Le hall d'entrée était semblable à celui de la bibliothèque de Harvard — c'était d'ailleurs ce qui lui avait donné l'idée de venir ici, dans ce lieu dont elle connaissait le moindre recoin et où elle savait que ces hommes se feraient aussitôt remarquer : Brookline High School.

Noa y avait passé cinq mois. Les Pratt lui serinaient combien elle avait de la chance d'étudier dans l'une des meilleures écoles du pays. Elle ne s'était pourtant pas intéressée à grand-chose, à part à la salle informatique, qu'elle trouvait impressionnante. L'association des parents d'élèves avait financé de tout nouveaux équipements l'année précédente et, pour la première fois de sa vie, Noa avait eu accès à autre chose que les gros ordinateurs vétustes des bibliothèques de quartier. C'était là qu'elle avait appris le fonctionnement de Linux, puis les rudiments de la programmation en langage Python. Après les cours, elle surfait sur Internet des heures durant, et c'est comme ça qu'un soir, elle avait découvert un site de pirates informatiques et que le déclic s'était produit.

Noa passa en trombe devant l'agent de sécurité installé dans une chaise à l'entrée. Il leva les yeux vers elle mais resta impassible, habitué à voir des jeunes en retard pour les cours. Elle se demanda comment il allait réagir face aux deux hommes qui s'apprêtaient à faire irruption derrière elle.

Lors de la grande réunion de rentrée à laquelle elle avait assisté, la directrice avait indiqué que la sécurité et le bien-être de ses élèves étaient l'une de ses préoccupations majeures. Et contrairement à beaucoup d'autres établissements publics, Brookline High School avait les moyens de payer une équipe de sécurité à temps plein.

Noa n'avait d'ailleurs même pas besoin que le gardien arrête ses poursuivants, mais simplement qu'il les retienne un peu.

Elle entendit un cri derrière elle et comprit que les deux hommes venaient d'entrer. Elle s'élança dans un couloir où le prélart parfaitement lustré faisait crisser la semelle de ses bottes. De chaque côté s'alignaient des rangées de casiers, interrompues de temps à autre par des tableaux d'affichage et les portes des salles de classe.

L'odeur qui flottait dans l'air lui était familière, un mélange de formol provenant des laboratoires de chimie, de sciure de l'atelier de menuiserie et de nourriture de la cafétéria, le tout couvert de phéromones, et elle ressentit une pointe de nostalgie à laquelle elle ne s'attendait pas du tout.

Malheureusement, Noa pouvait encore entendre les hommes à sa poursuite. Elle parvint au pied d'un escalier et grimpa les marches quatre à quatre. Lorsqu'elle fut en haut, elle poussa une porte qui donnait sur un deuxième couloir identique au précédent et tout aussi désert, car les cours avaient commencé. Elle en avait parcouru la moitié quand elle entendit la porte se rouvrir derrière elle. Elle se mordit la lèvre de frustration.

Allez, il faut que ça marche. Pourquoi est-ce que ça prend autant de temps?

Elle sentit une bouffée de colère monter en elle, à la fois contre la directrice et ses promesses de sécurité et contre elle-même d'avoir eu la naïveté d'y croire. Peut-être qu'elle aurait mieux fait de suivre son plan B et de filer vers la station de métro la plus proche, ou même son plan de dernier recours : se rendre au commissariat.

Alors qu'elle courait en ruminant ses pensées, elle sentit quelque chose la heurter violemment par-derrière. Il lui sembla qu'elle volait dans les airs avant d'atterrir lourdement par terre, plaquée par l'homme du café. Sa tête cogna le sol et sa vision devint floue pendant quelques secondes.

L'homme était rouge comme une tomate et cherchait son air.

— Je t'ai eu, dit-il entre deux souffles.

Son acolyte arriva à ses côtés, un sourire aux lèvres. L'homme du café se redressa lentement, puis il l'obligea brutalement à se relever et lui tordit fermement le bras derrière le dos.

— Si tu ouvres la bouche, je te jure que je te descends, murmura-t-il.

— Hé! intervint son acolyte. Je te rappelle qu'on est censés...

— Ouais, ben c'est pas eux qui ont dû courir après cette petite peste. Allez, fichons le camp d'ici.

Ils se mirent à remonter le couloir. Noa était au bord des larmes, mais se retint de pleurer. Ils l'avaient attrapée, elle n'allait pas en plus s'humilier devant eux.

Soudain, une puissante alarme se mit à hurler. Deux coups brefs, puis un long, deux fois de suite — autrement dit, ce n'était pas un simple exercice d'évacuation. Le visage de Noa s'éclaira aussitôt d'un sourire.

Ils se figèrent et échangèrent un regard.

— Grouille-toi, lui intima l'homme du café en resserrant son emprise.

— L'école est en état d'alerte, indiqua-t-elle en grimaçant. Personne ne peut entrer ou sortir avant l'arrivée des policiers.

— Quoi ?

— Tout est fermé, ajouta-t-elle. Ils savent que vous êtes ici et ils ne vont pas tarder à envoyer les unités d'élite. Après toutes les fusillades de ces dernières années, ils ne plaisantent pas avec ça.

Noa tourna la tête et aperçut une professeure qui l'observait à travers la petite vitre d'une porte de classe. Elle tenait un téléphone cellulaire et ses lèvres bougeaient rapidement.

— Il faut qu'on se barre d'ici, marmonna l'homme du café en jetant des regards inquiets autour de lui.

Un autre professeur sortit de sa classe, au bout du couloir.

— Vous, là-bas ! s'écria-t-il. Lâchez cette jeune fille !

Noa sentit son cœur bondir dans sa poitrine et pria pour qu'il retourne dans sa classe.

Les deux hommes ne semblaient pas savoir comment réagir.

— Tout va bien, monsieur, répondit l'homme du café.

— Ce n'est pas mon impression, répliqua le professeur en pointant un doigt vers eux.

On aurait dit qu'il les avait surpris en train de faire une bêtise et qu'il allait leur donner une retenue. Noa se rappelait de lui : c'était M. Gannon, un prof de chimie. Elle ne savait pas s'il l'avait reconnue aussi, car il avait les yeux rivés sur ses ravisseurs.

— Lâchez-la ! insista-t-il. Ou vous allez avoir des ennuis.

Noa sentit qu'ils commençaient à vaciller. Ils avaient dû remarquer les visages qui les scrutaient derrière chaque porte et qui constituaient autant de témoins. Ils avaient l'air désemparés, comme s'ils attendaient que quelqu'un leur dise quoi faire.

— Elle n'est pas scolarisée ici, reprit l'homme du café, alors même que sa poigne se relâchait un peu. Elle est sous notre responsabilité.

— Arrêtez vos menteries et laissez-la partir ! répliqua le professeur d'une voix autoritaire.

Une autre porte s'ouvrit. Vraisemblablement enhardi par l'attitude de M. Gannon, un enseignant potelé avec une grosse moustache sortit à son tour dans le couloir. Noa reconnut son ancien prof d'espagnol. Puis une femme d'une cinquantaine d'années portant une jupe en tweed surgit d'une troisième salle.

— J'ai tout filmé ! lança-t-elle en brandissant un téléphone. Lâchez-la tout de suite !

— Du calme, bredouilla l'homme du café en faisant un pas en arrière.

Noa se débattit et, malgré la douleur dans son bras, parvint à se défaire de son emprise. Elle se mit aussitôt à courir le long du couloir, passa devant M. Gannon sans s'arrêter, se dirigeant vers l'escalier suivant.

— Par ici ! lui cria une voix.

Noa tourna la tête et vit une jolie jeune femme lui faire de grands signes. Elle se précipita vers elle et entra dans une classe. Dès qu'elle fut à l'intérieur, la porte fut claquée et verrouillée. Tandis qu'elle haletait, pliée en deux, elle entendit des gens qui s'activaient et du remue-ménage derrière elle.

Elle sentit une main sur son épaule. Elle se retourna et se retrouva face à la jeune prof. Elle était blonde, très jeune, et elle avait l'air terrifiée.

— Tu es blessée ? demanda-t-elle d'une voix haut perchée.

— Non, non, ça va, dit Noa.

Sur les murs étaient affichés de grands schémas du système reproducteur humain. Elle se rendit compte que la porte venait d'être barricadée avec deux bureaux empilés l'un sur l'autre.

— J'espère que... que ça va les retenir, balbutia la jeune femme en se tordant les mains. Les portes sont robustes ; elles ont été changées il y a quelques années. Et la police ne devrait plus tarder, tu ne crois pas ?

— Si, bien sûr, répondit Noa. Ça va aller.

Les élèves, une vingtaine, s'étaient regroupés au fond de la classe. Elle sentait leurs regards curieux posés sur elle et les entendait chuchoter entre eux.

— Tu n'as qu'à aller rejoindre les autres, lui proposa la jeune prof en se raclant la gorge. Moi, je vais essayer d'appeler pour voir si, euh... je vais appeler.

Noa s'exécuta tandis que la professeure saisissait le combiné du téléphone accroché au mur près de l'aiguisoir. Elle dut s'y reprendre à trois fois pour composer le numéro tellement ses doigts tremblaient. Puis elle se mit à parler avec un ton angoissé.

— Je me souviens de toi, fit une voix.

Noa dévisagea la petite brune qui venait de s'adresser à elle. Elle portait des lunettes noires à grosses montures, des collants multicolores et une jupe arc-en-ciel. Elle lui semblait vaguement familière, mais elle n'arrivait pas à se souvenir d'elle.

— On était dans la même classe en art, ajouta la jeune fille.

— Ah oui, fit Noa sans conviction.

Les autres élèves restaient silencieux.

— Je me rappelle que tu étais bonne en informatique, mais complètement nulle en art.

— Oui, je détestais ça, admit Noa.

— Je croyais que t'avais laissé tomber, comme tu ne venais plus en cours.

— Ben, tu vois, je suis revenue.

On frappa à la porte. Tout le monde se tut et la prof parut sur le point d'éclater en sanglots.

— Police de Brookline ! hurla une voix, de l'autre côté. Tout va bien ?

— Oui, répondit la jeune femme. Mais euh… Qu'est-ce qui me prouve que vous êtes de la police ?

— Voyez par vous-même.

La prof s'approcha prudemment de la porte et jeta un coup d'œil entre les pieds des bureaux à travers la petite vitre avant de pousser un soupir de soulagement.

— Vite, venez m'aider à déplacer tout ça ! lança-t-elle à ses élèves.

Cinq minutes plus tard, Noa sortait du bâtiment au milieu d'un flot d'élèves incroyablement silencieux. On percevait seulement une vague de murmures indistincts. Des rumeurs se propageaient sur ce qui avait pu déclencher l'alerte et sur le fait que les cours allaient être annulés pour le reste de la journée.

La police avait établi un périmètre de sécurité autour de l'école. Un attroupement s'était formé derrière les barrières, principalement constitué de parents à l'expression paniquée. Une fois rassemblés sur le terrain de baseball, les élèves se divisèrent en petits groupes ou partirent chercher leurs parents dans la foule.

Noa se déplaça entre eux jusqu'à atteindre un petit bosquet en bordure du terrain. Elle scruta les alentours pour s'assurer que personne ne lui prêtait attention. Elle repéra la jeune fille aux grosses lunettes qui pleurait sur l'épaule d'une femme vêtue d'une robe ample. Sans plus attendre, Noa rejoignit le trottoir avant de prendre à gauche en direction de la station de métro.

Elle se retournait tous les cinquante mètres, mais apparemment personne ne la suivait. Tout en marchant, elle se demanda ce qu'elle allait pouvoir faire. Ceux qui la traquaient avaient réussi à l'empêcher d'accéder à sa boîte postale, ce qui était plutôt embêtant. Mais il y avait quelqu'un d'autre qui pourrait peut-être lui venir en aide — du moins, s'il n'était pas trop fâché contre elle.

Pour éviter une nouvelle visite surprise de Mason, Peter avait décidé de bouger sans cesse entre les différentes salles d'informatique des universités de la ville. Ça lui avait pris du temps d'aller du MIT à Harvard, puis de Harvard à Boston College, mais dans la journée, tous les bâtiments étaient ouverts et personne ne s'étonnait de le voir circuler sur le campus et s'installer devant un écran.

Certes, il ne participait pas activement à ce qui était en train de se passer. Il lui aurait fallu une grande puissance de traitement pour ça, ce que n'offraient pas les ordinateurs dont il disposait. Mais il tenait quand même à être témoin de l'opération en cours.

Il était allé plusieurs fois sur le site de l'AMRF et avait constaté avec plaisir qu'il ramait de plus en plus. Lorsqu'il tenta de s'y rendre à nouveau, depuis la salle informatique de Boston College, le site n'était même plus accessible.

Peter consulta sa montre : il avait fallu moins de trois heures pour démanteler complètement ce qui lui avait semblé être un système en béton armé. Il était franchement impressionné par le talent de ses adjoints d'/ALLIANCE/.

Il avait pris soin de créer un espace de stockage spécifique sur un réseau étranger. Il s'y connecta et vit que Loki avait déjà commencé à y déverser des fichiers. Celui-ci s'était porté volontaire pour mener l'attaque quand Peter avait expliqué qu'il ne disposerait pas des outils nécessaires. Il lui envoya un message instantané :

Tout va bien ?

C'était plus dur que je pensais, mais ça roule, répondit aussitôt Loki. La méthode HBGary revue et corrigée a fait des miracles. J'ai obtenu la liste de toutes les sociétés associées au domaine de l'AMRF et il y en a un paquet. Ça va prendre un peu de temps pour stocker toutes les données, il y a au moins une tonne de gigs. Tu as assez d'espace ?

Oui, c'est bon. Merci beaucoup.

Pas de souci. Mais que ça ne devienne pas une habitude !

Ne t'inquiète pas pour ça. À plus.

Peter regarda la base de données se remplir.

Déjà 60 gigs et ce n'est pas fini !

Loki n'avait pas exagéré : la quantité de données était vraiment énorme. Peter se demanda si toutes étaient liées au Projet Perséphone et ce que pouvait bien trafiquer l'AMRF. Quoi qu'il en soit, il allait sûrement devoir mettre en place un espace de stockage supplémentaire sur un autre serveur. Il espérait ardemment que l'AMRF n'avait pas fait de sauvegarde et allait tout perdre.

J'aimerais bien voir la tête de Mason quand il apprendra ce qui s'est passé.

Peter savait qu'il avait donné un sacré coup de pied dans la fourmilière. Et il n'était pas peu fier de la façon dont ils avaient procédé. Bien sûr, ils n'avaient fait que reproduire une opération menée un an auparavant. Mais il avait encore du mal à croire que ça avait bel et bien marché. Après l'affaire HBGary, on aurait pu s'attendre à ce que toutes les entreprises de la planète aient renforcé leurs systèmes de sécurité.

Quand Peter avait essayé de contourner le pare-feu de l'AMRF, il avait découvert que le site utilisait un système externe de gestion de contenu, et c'est comme ça qu'il avait repensé à l'action lancée par Anonymous contre HBGary.

Anonymous, communauté internationale virtuelle baptisée ainsi en référence à l'anonymat des utilisateurs postant des commentaires sur Internet, n'était pas un groupe officiel proprement dit, mais plutôt un collectif obscur opérant à la manière de cellules dormantes. Au fil du temps, les membres d'Anonymous avaient revendiqué de nombreux raids hacktivistes, de la refonte du site du Premier ministre australien après sa prise de position en faveur de la censure d'Internet à des attaques de sites bancaires ayant bloqué des dons destinés à WikiLeaks.

Un grand nombre de leurs actions consistait simplement à désactiver les sites Internet d'entreprises. Mais l'opération qui avait le plus impressionné Peter était d'un tout autre niveau. Le patron de l'entreprise HBGary, qui se targuait d'être leader en matière de sécurité informatique, avait alors menacé de révéler l'identité de plusieurs Anonymous. Des membres du collectif lui avaient coupé l'herbe sous le pied : ils avaient réussi, au moyen de techniques sophistiquées, à pirater les serveurs du groupe, puis avaient rendu publics des courriels internes, détruit des données stockées et modifié l'apparence du site. Par la suite, ils avaient clairement précisé n'avoir agi que parce qu'on ne leur avait pas laissé d'autre choix.

Peter avait lu des tas de choses sur le sujet et c'est ce qui l'avait incité à mettre en œuvre /ALLIANCE/. Il avait d'ailleurs toujours suspecté Loki de jouer un rôle important au sein d'Anonymous. Avec Rain, c'était sans conteste l'un des pirates informatiques les plus doués qu'il connaissait. Le fait qu'il se soit porté volontaire pour défendre les intérêts d'/ALLIANCE/ signifiait beaucoup pour Peter. Dans un sens, c'était la chose la plus gentille qu'on avait jamais faite pour lui.

Peter était satisfait. Avec l'aide de ses adjoints, il avait riposté contre une bande de brutes qui l'avaient harcelé, lui avaient confisqué des biens personnels et avaient détruit ce qu'il avait créé.

Mais sa bonne humeur s'envola quand il se mit à réfléchir à ce qu'il allait faire ensuite. Il repensa à ses parents avec tristesse, mais se rappela que ce n'était pas lui qui avait fait rentrer un bataillon d'hommes armés dans leur vie. Il lui fallait désormais découvrir ce que cachait l'AMRF et dans quelle mesure sa famille était impliquée. Et pour ce faire, il avait besoin d'un endroit sûr où il pourrait étudier toutes les données collectées.

Peter se rendit compte qu'en ayant brické le site de l'AMRF, il avait probablement, par la même occasion, neutralisé le système qui leur avait permis de le localiser la première fois. Même s'ils parvenaient à tout rétablir, ça leur prendrait des heures, voire des jours — tout dépendait du niveau d'expertise de leurs équipes de support informatique.

Peter tapota le sol du pied avec impatience : il ne pouvait hélas pas commencer à examiner les fichiers récupérés avant que tout soit chargé — et ça progressait lentement. Soudain, son estomac gargouilla si fort que la fille assise devant l'écran voisin lui jeta un regard amusé. Il se rendit compte qu'il n'avait encore rien mangé de la journée.

Évidemment, après ce qui s'était passé avec Amanda, il n'avait pas vraiment eu d'appétit. Il se mordit la lèvre inférieure en repensant une nouvelle fois à la façon dont elle avait regardé Drew la veille, puis à la froideur dans sa voix quand elle s'était adressée à lui. Il restait stupéfait par la rapidité avec laquelle les sentiments d'Amanda avaient changé — quoique, à la réflexion, ça n'avait peut-être pas été si brutal. À vrai dire, ça faisait déjà un moment qu'elle ne débordait plus d'enthousiasme lorsqu'il l'appelait ou qu'ils se voyaient.

J'aurais sans doute dû être plus vigilant.

Peter chassa ces pensées de son esprit. L'attaque lancée par /ALLIANCE/ était une réussite et il s'était vengé de ceux qui lui mettaient des bâtons dans les roues depuis deux jours : c'était là tout ce qui comptait pour le moment. Le reste pouvait attendre.

Il décida de jeter un œil à sa boîte de réception, et son cœur bondit dans sa poitrine quand il y vit le nom d'Amanda. Peut-être qu'elle s'était réveillée avec des remords après leur discussion de la veille ; peut-être qu'elle s'inquiétait pour lui ; peut-être que ce n'était pas vraiment fini entre eux.

Quand il vit ce qu'elle lui avait écrit, cela lui fit l'effet d'un coup de poing dans le ventre. Il y avait seulement deux phrases :

Tes parents ont laissé un message bizarre sur mon répondeur. Ils veulent que tu les rappelles au plus vite.

Elle n'avait même pas signé.

Peter se cala dans le dossier de sa chaise et relut les deux lignes. Il ne se souvenait pas d'avoir donné le numéro d'Amanda à ses parents, mais c'était sans importance. Sa déception fit brusquement place à un élan de rage.

Sérieux, c'est tout ce qu'elle a à dire après un an et demi ensemble ? Qu'elle aille se faire voir !

Au moment où il refermait le message d'Amanda, un nouveau apparut. Peter fronça les sourcils en voyant qu'il venait de Rain. Il était tout aussi succinct :

Il faut qu'on se voie.

Peter hésita. Rain ne s'était pas connectée quand il avait ouvert le groupe de chat PERALA, ce qui avait accru son inquiétude. Il n'avait pas eu de nouvelles d'elle pendant plus de vingt-quatre heures et elle réapparaissait subitement juste après l'attaque qu'il avait lancée contre l'AMRF. Il se demanda s'il était possible qu'elle soit de mèche avec Mason depuis le début.

D'un autre côté, elle avait peut-être découvert quelque chose. Si elle avait réussi à contourner le pare-feu de l'AMRF avant l'attaque, elle avait déjà eu le temps de se plonger dans les données.

Dans tous les cas, Peter était piqué de curiosité. Il décida qu'il n'avait rien à perdre à la rencontrer en personne tant qu'il restait prudent.

OK. Où ça ? écrivit-il.

Rain répondit presque immédiatement. Peter sourit en voyant le lieu de rendez-vous qu'elle proposait. C'était parfait.

À tantôt!

Amanda poussa les portes du Refuge et entra dans la salle d'attente. Elle réprima un gémissement en voyant qu'elle était pleine à craquer.

Zut, c'est le jour des consultations! J'avais totalement oublié.

Une fois par mois, un médecin du quartier offrait ses services aux jeunes qui venaient au centre. Ils souffraient de tout un tas de pathologies diverses et variées, du simple rhume aux symptômes de manque en passant par la PEMA. La plupart d'entre eux vivaient dans la rue, dans des conditions d'hygiène déplorables. Le Refuge disposait pourtant de douches, mais peu en profitaient. Amanda supposait qu'ils ne voyaient pas l'intérêt de se laver. Mais au moins, ils venaient. Et le Refuge leur offrait un peu de chaleur et de sécurité, ne serait-ce que quelques heures par jour.

Pff, moi qui espérais une journée tranquille...

Cependant, Amanda était là de son plein gré. Après une nuit d'insomnie, la plupart des autres bénévoles se seraient fait porter malades. Mais Amanda prenait ses heures de présence aussi sérieusement que s'il s'était agi d'un travail rémunéré. Il lui suffisait de penser à son frère et d'imaginer combien un lieu pareil lui aurait été utile. Elle avait donc serré les dents en se levant et était venue malgré son extrême fatigue.

Elle se fraya un chemin au milieu de la cohue en gardant les yeux rivés au sol, ayant depuis longtemps appris à ignorer les éventuels commentaires et sifflets qui pouvaient fuser. Elle avait commencé à s'investir au centre à l'âge de quinze ans. À l'époque, cet endroit la terrifiait, ce qu'elle n'avait jamais osé avouer à personne — et certainement pas à ses parents. La plupart des jeunes qui venaient faisaient plus que leur âge. Ils étaient tous crasseux, couverts de piercings et de tatouages. Certains avaient déjà des dents en moins ou les joues creusées par la faim et la toxicomanie. Il lui avait fallu du temps pour se sentir à l'aise à leur contact.

Mme Latimar était à son poste habituel, derrière la vitre qui séparait la salle d'attente du bureau. Cette femme d'une soixantaine d'années, au caractère bien trempé, était l'âme du Refuge. La rumeur racontait qu'elle avait perdu sa fille après une fugue bien des années auparavant et qu'elle avait créé ce centre pour essayer de faire son deuil, ce qu'Amanda comprenait parfaitement. Lorsqu'elle-même avait appris ce qui était arrivé à son frère, elle en avait voulu à tous les inconnus qui auraient pu l'aider et n'avaient rien fait. Ainsi, le fait d'avoir vécu une tragédie semblable avait contribué à la rapprocher de Mme Latimar. Celle-ci avait même laissé entendre qu'elle pourrait débloquer une partie du budget pour la rémunérer, car Amanda était un des piliers du Refuge — elle donnait de son temps depuis trois ans, alors que la plupart des bénévoles ne restaient que quelques mois. Si ce projet aboutissait, Amanda en serait ravie, mais ça n'était pas nécessaire. À vrai dire, elle aurait même été prête à payer pour travailler là.

Amanda enleva son écharpe en entrant dans le bureau. C'était une pièce exiguë avec deux tables coincées entre des classeurs métalliques.

— Bonjour, ma belle, lui lança Mme Latimar avec un sourire. Tu as l'air fatiguée aujourd'hui. Tout va bien ?

La dame reserra sa queue de cheval digne de suivre des règlementations militaires.

— J'ai veillé tard pour réviser pour mes examens de mi-session, répondit Amanda en évitant son regard.

Malgré les heures qu'elles avaient passées ensemble, elles n'avaient jamais parlé de leur vie personnelle, et Amanda n'avait pas l'intention de commencer à le faire.

— Ah, j'aimerais pouvoir te dire qu'on va être tranquilles, mais bon…, soupira Mme Latimar avant de hocher la tête en direction de la salle d'attente. Ils sont encore plus nombreux que d'habitude.

— On va se débrouiller, dit Amanda avec un enthousiasme forcé. Vous voulez que j'y aille ?

— Ils ont déjà tous un numéro, indiqua Mme Latimar avant de chausser les lunettes à double foyer qui pendaient autour de son cou et de se replonger dans une pile de documents. Tu peux accompagner le premier.

Amanda acquiesça avant de rejoindre la salle d'attente.

— Numéro un ? appela-t-elle.

Un gamin émacié vêtu d'un chandail à manches longues trop grand pour lui se leva du bras d'une chaise en plastique et la suivit d'un pas traînant le long d'un couloir. Chacun bénéficiait d'une dizaine de minutes avec le médecin, sauf en cas de maladie grave nécessitant une consultation en externe. Amanda était chargée d'organiser le roulement pour qu'ils aient tous une chance de le rencontrer.

Entre les visites, elle classait des papiers, répondait au téléphone et effectuait tout un tas d'autres petites tâches. C'était un travail assez simple, et heureusement, car ce matin, elle avait vraiment du mal à garder les yeux ouverts.

Elle était en train de gribouiller machinalement sur une feuille de papier quand quelqu'un l'interpella à voix basse :

— Hé !

Amanda leva les yeux et vit une jeune fille qui devait avoir quatorze ans, tout au plus, car sa tête ne dépassait pas le haut de la vitre. On aurait dit un petit oiseau perdu. Elle était chétive, avec un nez pointu, un menton anguleux et des yeux un peu trop rapprochés. Elle portait un coupe-vent léger élimé au niveau des coudes.

— Oui ? dit poliment Amanda.

— Je viens signaler une disparition, chuchota la jeune fille.

Elle jetait de brefs regards de droite à gauche, comme si elle craignait que quelqu'un d'autre ne l'entende.

— Je suis désolée, mais on ne s'occupe pas de ça ici, s'excusa Amanda. Cela dit, on est en contact avec la police et…

— Non, pas la police ! répliqua-t-elle. Et ne dites rien non plus à la vieille.

— Qui, Mme Latimar ? demanda Amanda, étonnée.

La responsable du Refuge était plus prompte que quiconque à venir au secours d'un jeune en détresse. Elle était sortie du bureau une minute plus tôt pour aller chercher des médicaments dans la réserve.

— Son nom, c'est Rob Garcia, mais tout le monde l'appelle Tito, reprit la fille. Ça fait une semaine qu'il a disparu.

Elle avait l'air vraiment terrifiée. Amanda se mordit la lèvre sans trop savoir quoi lui répondre. Peut-être qu'elle ne vivait pas depuis assez longtemps dans la rue pour savoir que les disparitions étaient monnaie courante parmi les fugueurs, surtout à cette époque de l'année. L'hiver était plutôt rigoureux à Boston et nombre de jeunes partaient en faisant du pouce dans l'Ouest ou dans le Sud. Et puis, il arrivait que certains reviennent dans leur famille, tandis que d'autres étaient victimes du froid, d'une overdose ou même d'un meurtre.

— Je suis désolée, je ne vois vraiment pas ce que je peux faire, finit par dire Amanda.

— Tito ne serait pas parti sans moi si c'est ce que vous croyez, lâcha la jeune fille d'un ton agressif. Ils l'ont enlevé, j'en suis sûre.

— Qui ça, « ils » ?

Des pas résonnèrent dans le couloir. Amanda jeta un regard derrière elle et vit Mme Latimar apparaître sur le seuil de la porte du bureau. Quand elle tourna à nouveau la tête, la fille s'était volatilisée. Amanda se leva et balaya la salle d'attente des yeux, mais ne vit aucune trace d'elle et aperçut la porte d'entrée en train de se refermer.

— Tout va bien ? demanda Mme Latimar d'un air perplexe.

— Je…, commença Amanda.

Mais elle hésita à poursuivre en se rappelant la terreur dans le regard de la jeune fille et la méfiance qui l'avait poussée à ne parler que lorsque Mme Latimar s'était absentée.

— Oui, tout va bien, fit-elle avec un sourire forcé. Je vais chercher le patient suivant.

CHAPITRE DIX

Noa trépignait devant une énorme carte située devant American Eagle. Elle n'allait quasiment jamais dans les galeries marchandes, car elle détestait ça par principe. Mais quand elle avait cherché un endroit sûr pour retrouver Vallas, Prudential Center lui avait paru une excellente idée. C'était un vaste bâtiment relié par des passages vitrés à une autre galerie marchande, à des hôtels et au centre des congrès. Il y avait toujours du monde et beaucoup d'entrées à couvrir.

Mais Noa n'était pas complètement rassurée pour autant. Après tout, Vallas lui avait raconté qu'il avait eu affaire à des hommes armés. Rien ne lui garantissait qu'il n'allait pas être suivi jusqu'ici, ni que ses courriels n'étaient pas surveillés et qu'on ne les attendait pas tous les deux à l'extérieur. Tout était possible. Les quelques jours qui venaient de s'écouler l'avaient clairement démontré.

Noa songea cependant que Vallas avait créé /ALLIANCE/. Il était parfaitement capable de protéger son compte courriel. Et de toute façon, elle avait besoin de son aide. Il lui restait moins de cinquante dollars, elle ne pouvait pas accéder à son compte en banque, et elle n'avait personne d'autre vers qui se tourner. La situation était vraiment désespérée ; elle était bien placée pour le savoir. En matière de situations désespérées, elle en connaissait un rayon.

Elle regarda autour d'elle, agacée que Vallas ne soit pas à l'heure. Elle-même était arrivée sur place en avance au point de rendez-vous. Elle s'était trouvé un coin reculé un étage plus haut, près de l'escalier roulant. Devant elle, la carte montrait l'entièreté du mail d'un côté et les bâtiments environnants de l'autre. C'était un bon endroit pour traîner sans se faire remarquer et, de là, elle avait une vue dégagée sur les étages inférieurs.

Jusque-là, elle n'avait repéré aucune brute épaisse en costume chaussée de bottes militaires. Elle se demanda ce qu'il était advenu des deux hommes qui l'avaient poursuivie jusqu'à l'école. Avec un peu de chance, ils étaient encore en train d'essayer de s'expliquer au poste de police. Elle sourit en pensant que, pour une fois, elle était du côté des policiers.

— Salut, fit une voix.

Noa sursauta. Vallas la regardait avec un sourire de travers. Il était plus ébouriffé que la fois précédente et avait des cernes sombres sous les yeux.

— C'est pas trop tôt !

— J'ai fait un détour par Copley. Je préférais m'assurer que… Enfin, je ne sais pas, fit-il en passant la main dans ses cheveux bruns, dont une mèche retomba aussitôt devant ses yeux. Ça te va mieux, ce style, ajouta-t-il en désignant sa tenue.

Noa ne put s'empêcher de rougir. Elle se rappela que lors de leur entrevue à Back Bay Station, elle portait des vêtements trop grands qui sentaient le poisson. Cela dit, elle ne devait pas être tellement plus propre, maintenant. Depuis sa dernière douche, elle avait passé son temps à courir et à grimper aux arbres. Elle croisa les bras par réflexe.

— J'ai besoin d'aide, lâcha-t-elle.

— Bienvenue au club, répliqua Vallas avec un petit rire. Mais avant qu'on s'en dise plus, je t'avoue que je serais plus tranquille si on ne restait pas là.

Noa acquiesça. Il avait raison. Ils étaient complètement à découvert et un flot continu de gens montaient par l'escalier roulant.

— Par ici, dit-elle en s'éloignant.

Il hésita, puis lui emboîta le pas. Sans un mot, elle le conduisit jusqu'à la zone de restauration. Il était 11 h 30, ce qui était encore tôt pour dîner, et la plupart des tables étaient vides. Noa avait déjà repéré la plus isolée, derrière un pilier, non loin de l'entrée du centre des congrès. Elle s'y installa et Vallas s'assit en face d'elle. Il balaya du revers de la main une frite oubliée sur la table métallique, puis y posa ses coudes et se pencha vers elle en la fixant droit dans les yeux.

— Au fait, mon vrai nom, c'est Peter, déclara-t-il.

— Noa, répondit-elle sans réfléchir et le regrettant aussitôt.

D'habitude, elle disait toujours qu'elle s'appelait Nora — un prénom bien plus fréquent.

— C'est joli, j'aime bien, commenta-t-il. Remarque, Rain, c'est pas mal non plus.

— Oui, bon, on n'est pas là pour se faire des compliments, s'impatienta-t-elle.

— C'est vrai. Je ne te cache pas que je viens de passer quelques jours franchement agités…

— Tu as revu les types qui sont entrés chez toi ? demanda Noa avec curiosité.

— Ouais. Ils m'ont surpris à la bibliothèque pendant que j'essayais de contourner le pare-feu de l'AMRF.

— Tu plaisantes ? Tu as essayé de faire ça depuis un ordi de la bibliothèque ?

— Je n'avais pas le choix, répondit-il en levant un sourcil. J'avais bien engagé une fille pour s'en occuper, mais elle m'a laissé tomber.

— J'avais une bonne raison pour ça, dit Noa en baissant les yeux.

— Ah ouais ? J'aimerais bien savoir laquelle. Parce que si tu ne comptais pas m'aider, il ne fallait pas prendre le bacon.

Il avait l'air vraiment fâché et Noa se sentit contrariée à son tour.

— Tu n'as pas la moindre idée de tout ce qui m'est arrivé, rétorqua-t-elle d'un ton mordant.

— Non, en effet. Mais si tu crois que tu es la seule à avoir des ennuis, je peux te dire que tu te trompes ! s'emporta-t-il.

Noa l'observa sans dire un mot. Au bout d'une minute de silence, il leva les mains en signe de reddition et reprit la parole :

— OK, je commence. Un abruti me colle le train. Il se balade avec une équipe de types armés jusqu'aux dents, et apparemment, il connaît mes parents. Et chaque fois que je mets mon nez dans les affaires de l'AMRF, il se pointe et me menace.

Il parut sur le point d'ajouter autre chose, mais se ravisa et fit un signe du menton vers Noa.

— À toi. C'est quoi, ton problème ?

— Moi aussi j'ai des types à mes trousses.

— Ah bon ? Tu crois que ce sont les mêmes ?

Noa se mordilla la lèvre sans trop savoir ce qu'elle était prête à partager avec lui.

— Ouais, je pense, finit-elle par dire.

Elle regarda Peter passer à nouveau la main dans ses cheveux.

Sa mèche va retomber direct… Bingo !

— C'est à cause de moi ? demanda-t-il. Parce que si c'est ma faute, je suis vraiment désolé. Je ne voulais pas…

— Non, non, le coupa Noa. Ils me poursuivaient déjà avant.

— Ah, OK. C'est juste une coïncidence, alors ?

— Ouais, c'est ça : une coïncidence.

— Bon, et maintenant, qu'est-ce qu'on fait ?

— J'ai besoin d'argent.

— Tu plaisantes ? s'indigna Peter. Qu'est-ce que tu as fait de celui que je t'ai donné ?

— Je l'ai dépensé.

— Pour acheter quoi ?

— Pas de la drogue, si c'est ce que tu penses.

— Hé, mais j'ai jamais dit ça! protesta Peter avant de promener son regard autour de lui. Bon, je ne sais pas. Je peux retirer encore cinq cents dollars, mais c'est mon plafond journalier. Et puis, moi aussi, j'ai besoin d'argent. Je ne peux pas retourner chez moi.

— Pourquoi?

— C'est comme ça, répondit-il en haussant les épaules.

Noa se mit à réfléchir. Avec cette somme, elle aurait à peine de quoi s'acheter des faux papiers de bonne qualité. Elle fronça les sourcils.

— Ce n'est pas assez.

— Bon sang, quelle princesse! plaisanta Peter. Il te faudrait combien?

— Mille.

— Sérieusement?

— Je te rembourserai. Bientôt.

— Oui, oui, bientôt, répéta Peter avant de secouer la tête. De toute façon, même si je le voulais, je ne sais pas si ce serait possible.

— Bon, OK, merci quand même, fit Noa en se levant avant de s'éloigner.

— Attends! s'exclama Peter qui la rattrapa et se mit à marcher à ses côtés. Où tu vas? Tu ne m'as presque rien dit! Tu n'as pas envie de savoir pourquoi les mêmes personnes nous en veulent? Moi, si! Et j'ai toutes leurs données.

Noa n'en revenait pas.

— Je croyais qu'ils t'avaient trouvé avant que tu ne contournes le pare-feu.

— C'est le cas, répondit-il avec un sourire. Et ils ont aussi désactivé /ALLIANCE/.

— Ah bon?

— Oui. Ils se sont même emparés du nom de domaine.

— Carrément? lâcha Noa. Mais pourquoi tu souris, alors?

— Parce que…, commença Peter en souriant de plus belle. J'ai supprimé toutes les données du serveur et je l'ai brické!

— Tu as fait quoi?

Noa était stupéfaite. Elle avait entendu parler de ce genre d'opération, mais c'était très rare. Seule une petite poignée de gens sur la planète étaient capables de lancer une telle attaque.

— Tu as bien entendu, confirma Peter d'un air satisfait. Et ça n'a pris que trois heures.

— Comment c'est possible? demanda Noa à qui il avait fallu plus de temps rien que pour contourner le pare-feu.

— En utilisant la méthode HBGary. Enfin... avec quelques ajustements.

Noa était franchement impressionnée. Chez Rocket Science, tout le monde s'était réjoui en secret de voir tomber ce poids lourd de la sécurité informatique. Et le procédé utilisé ne manquait pas d'élégance. De toutes les opérations de piratage dont elle avait eu vent, c'était la première que Noa s'était estimée incapable de réaliser.

— Et tu as fait ça tout seul ?

— On m'a un peu aidé, admit Peter. C'est surtout l'œuvre de Loki. Entre autres.

— Dans le cas de HBGary, ils avaient récupéré les données et bidouillé le site, mais je ne savais pas qu'ils l'avaient brické.

— Oui, là-dessus, on a innové. On est passés par leur firmware.

— Ouah, bien vu.

Noa était admirative. Elle se souvint que quelques années auparavant, un geek de l'équipe de sécurité de HP avait créé un programme permettant de bricker un serveur en utilisant le firmware. Mais il ne fonctionnait qu'à petite échelle avec une caméra numérique. Bricker entièrement un serveur était un exploit sans précédent — et parfaitement illégal.

Elle songea alors que si Peter disait vrai, il détenait désormais son dossier quelque part dans la base de données.

— C'est toi qui as eu l'idée ? demanda-t-elle.

— J'apprécierais que tu n'aies pas l'air si étonnée, s'offusqua-t-il. Je te rappelle que c'est moi qui ai fondé /ALLIANCE/.

— Je sais, mais tu as fait appel à moi pour pirater le site.

— Oui, parce qu'une espèce de commando a défoncé ma porte d'entrée, avant de me plaquer au sol et d'embarquer mon ordinateur.

— Ah ben, merci de m'avoir prévenue...

— Je t'ai quand même conseillé d'être prudente, bredouilla-t-il, embarrassé. Bon, et finalement, tu y es arrivée ?

Noa envisagea de lui mentir, mais se dit que ça ne servait à rien s'il avait déjà récupéré toutes les données.

— Ouais.

— Ben alors, pourquoi tu ne donnais plus de nouvelles ? s'étonna Peter, à nouveau contrarié.

Il l'attrapa par le bras pour qu'elle s'arrête. Ils étaient devant un bar à jus de fruits.

— Qu'est-ce qu'il y a ? fit-elle, soudain sur le qui-vive, en pensant qu'il avait vu quelque chose de suspect.

Mais il avait les yeux rivés sur elle.

— Tu as dit que ces gars étaient déjà à tes trousses avant. Pourquoi ça ?

Noa secoua le bras pour se dégager et se remit à marcher, la tête baissée.

— Ils t'ont fait quelque chose ? insista-t-il, sur ses talons.

Elle ne répondit pas et continua d'avancer en regardant le sol. Peter n'osa plus dire un mot.

Ils passèrent devant un tas de boutiques. On était en semaine, et l'essentiel de la clientèle était constitué de mères de famille avec des poussettes et de personnes âgées tirant leurs sacs d'épicerie usés derrière elles. Lorsqu'ils eurent parcouru toute une aile de la galerie, Noa fit demi-tour et revint sur ses pas, sans but précis. Elle ne surveillait même plus les environs pour repérer quelque molosse caché à l'entrée d'un magasin. C'était comme si, d'un seul coup, elle se fichait de tout, comme si elle avait perdu tout instinct de survie, toute volonté de fuir.

Peter se mit en travers de son chemin pour l'obliger à s'arrêter.

— Tu as faim ? demanda-t-il.

— Quoi ?

— Ça te dit de manger un truc ?

Noa leva les yeux et constata qu'ils étaient revenus dans la zone de restauration. L'endroit s'était rempli et plus de la moitié des tables étaient désormais occupées. Elle sentit une odeur de pizza et se surprit à saliver.

— Oh ouais! J'ai trop l'estomac dans les talons, lâcha-t-elle.

— Tant mieux, fit Peter, soulagé. T'aimes bien les tacos? Ou tu veux autre chose?

— Tout me va, répondit Noa, l'eau à la bouche. Mais il faut que je mange.

— Ah oui, tu avais drôlement faim, dis donc! s'exclama Peter.

Il éprouvait un mélange d'admiration et de stupéfaction devant cette fille menue, voire maigrichonne, qui venait d'engloutir une part de pizza et deux énormes tacos au bœuf et terminait un bol de nouilles sautées. Il avait rarement vu une fille avec un tel appétit. En fait, il n'avait jamais vu personne avoir un tel appétit.

Noa avala sa dernière bouchée, puis le dévisagea avec avidité.

— Encore, dit-elle.

— OK, acquiesça Peter d'un air incertain avant de fouiller dans son portefeuille. Mais il va falloir passer au distributeur, il ne me reste que dix dollars.

Noa arracha le billet de sa main et s'éloigna vers les nombreux restaurants alentour.

— De rien, grommela-t-il alors qu'elle était déjà partie. Non, moi, ça va, je te remercie, j'ai tout ce qu'il faut.

Il l'observa du coin de l'œil tandis qu'elle hésitait entre un traiteur indien, un restaurant japonais et un bar à soupes, avant d'opter pour Ben & Jerry's. Elle revint à leur table avec un banana split géant croulant sous la crème fouettée et le chocolat. Peter ne put s'empêcher de rire.

— Quoi ? s'indigna Noa.

— Non, rien. C'est juste que… ça fait une sacrée portion.

— Tu en veux ?

— Euh, je n'ai pas vraiment l'impression que tu aies envie de partager… Je ne voudrais pas y laisser un doigt !

— Ça fait des jours que je n'ai rien avalé, expliqua-t-elle avant d'enfourner une cuillerée dégoulinant de chocolat.

— Ah bon ? Comment ça se fait ?

— Je sais pas, admit Noa en haussant les épaules. J'avais pas envie, c'est tout.

— Je vois ce que tu veux dire, répondit Peter.

Il avait réussi à manger un taco en se forçant, mais il ne cessait de penser à Amanda et à ses parents, et cela lui coupait tout appétit.

Noa reposa brusquement sa cuillère et écarta la coupe de crème glacée avec une expression de dégoût. Son visage était livide.

— Qu'est-ce qui se passe ?

— Rien, c'est juste que… je ne me sens pas très bien.

— Tu m'étonnes, dit Peter. Tu veux que je t'accompagne aux toilettes ? C'est par là-bas.

— Non, ça va aller, lui assura-t-elle.

Elle empila les différents emballages de son repas sur un plateau avant d'aller le vider dans la poubelle la plus proche.

— Noa, c'est quoi comme origine ? lui demanda-t-il quand elle revint s'asseoir.

— Pourquoi ?

— Simple curiosité.

— C'est danois.

— Cool. Moi, je déteste mon prénom.

— Pourquoi ?

— Il est trop commun. Mais alors, tes parents sont danois ?

— Tu poses beaucoup de questions indiscrètes, lui rétorqua-t-elle en le dévisageant.

— Parce que j'étais indiscret, là ?

— Oui. Je n'aime pas parler de ma famille.

— Bon, très bien.

Peter avait vraiment du mal à trouver ses marques avec Noa, d'autant que contrairement à la plupart des filles, elle semblait insensible à son charme. En fait, il avait même le sentiment qu'elle devait faire des efforts pour le supporter, ce qui était franchement déconcertant.

— On devrait aller retirer de l'argent, lâcha-t-elle abruptement en se levant. Il se fait tard et je ne sais pas encore où je vais dormir ce soir.

— Moi non plus.

Il ramassa son sac de sport et passa ses bras dans les anses pour le porter comme un sac à dos. Il devait bien peser dix kilos et Peter regretta de ne pas avoir pris moins d'affaires.

— Tu ne crois pas qu'on ferait mieux de se serrer les coudes ? insista-t-il, face au silence de Noa.

— Pourquoi ?

— C'est ta question favorite, on dirait, remarqua-t-il sans réussir à lui décrocher un sourire. Ben, je me dis que si on est poursuivis par les mêmes types, on a tout intérêt à faire équipe.

Noa se mit à marcher, les sourcils froncés — ce qui, chez elle, était une seconde nature. Mais elle n'avait pas dit non.

— Et puis, je vais avoir besoin de cet argent, moi aussi, reprit Peter. On peut le partager, si tu veux. Mais on reste ensemble.

— OK, soupira Noa. Pour le moment, en tout cas.

— Super.

— Bon, alors on va où ?

— J'y ai réfléchi, indiqua Peter avant de s'arrêter devant un distributeur de billets.

Il sortit son portefeuille et tendit sa carte vers la machine, mais Noa l'interrompit d'un geste.

— Tu crois que tu pourrais retirer plus si tu vas au guichet ?

— Peut-être, répondit Peter. Je ne l'ai jamais fait, mais ça vaut le coup d'essayer.

— OK, alors retire autant que tu peux, lui conseilla Noa. Et après, il faudra filer aussitôt, car ils vont forcément repérer ton retrait.

— Tu crois ? fit Peter, dubitatif.

Certes, Mason et ses sbires étaient intervenus quand il avait tenté de pirater le site. Mais était-il possible qu'ils surveillent aussi son compte bancaire ? Pour le moment, l'AMRF devait surtout chercher à s'extraire du bourbier technologique où /ALLIANCE/ l'avait plongé.

— J'en suis sûre, affirma Noa en jetant des regards furtifs autour d'elle. On n'aura qu'à prendre le métro. Dès que tu as l'argent, on fonce.

— OK, répondit Peter sans pouvoir s'empêcher de penser que Noa était un peu paranoïaque. Est-ce qu'on a vraiment besoin de faire preuve d'autant de prudence ?

— Oui, dit Noa d'un ton déterminé. Et pas question d'aller chez quelqu'un que tu connais.

— Zut…

Peter se rendit compte que son seul plan venait de tomber à l'eau. Même si Amanda et lui venaient de rompre, il savait qu'elle serait là pour lui s'il avait des ennuis. Cependant, ses parents avaient très bien pu fournir à Mason une liste de ses amis — et la résidence d'Amanda était facile à trouver. Il sentit soudain une boule de panique se former dans son estomac à l'idée qu'il n'avait désormais plus personne sur qui compter.

— Qu'est-ce qu'il y a ? s'inquiéta Noa.

Peter secoua la tête pour tenter de se ressaisir.

— Non, rien. C'est juste que… je n'ai vraiment nulle part où aller.

— Moi non plus, avoua-t-elle avant de lui adresser un sourire forcé. T'inquiète, on va se débrouiller. Allez, va chercher l'argent et filons d'ici. Les centres commerciaux me rendent nerveuse.

Il s'avéra que Peter pouvait retirer mille dollars de son compte en se présentant directement au guichet. L'employé essaya de le convaincre d'emporter cette somme sous forme d'un chèque de banque plutôt qu'en espèces, mais en vain. Peter ressortit de l'agence avec une bosse inconfortable dans la poche arrière de son pantalon. Il retrouva Noa qui l'attendait un peu plus loin, devant un magasin de cosmétiques où l'odeur âcre des savons parfumés ajouta à son malaise.

— C'est bon ? lui demanda-t-elle.

Il hocha la tête.

— Alors allons-y, dit-elle en s'élançant vers la galerie marchande de Copley Place.

Peter lui emboîta le pas, soulagé qu'elle prenne les choses en main.

Ils avaient presque atteint le passage vitré reliant les deux centres commerciaux quand elle jeta un regard en arrière et se figea sur place. Peter se retourna à son tour et aperçut un jeune homme athlétique à une dizaine de mètres d'eux. Il n'y avait rien de surprenant dans sa tenue — un jean, une veste en polar et une casquette des Red Sox —, mais il semblait les observer tout en parlant dans un téléphone portable.

Ils pressèrent le pas et Peter constata qu'ils étaient toujours suivis.

— Tu crois que...

— Je sais pas, répondit Noa d'une voix angoissée. Mais vaut mieux pas traîner.

Elle se mit à courir à petites foulées et Peter dut faire un effort pour tenir la distance. Elle avait de longues jambes et semblait en meilleure forme que lui. Ou peut-être qu'elle avait seulement plus l'habitude de s'enfuir.

Ils traversèrent la passerelle vitrée suspendue au-dessus de la rue en se frayant un chemin au milieu de clients chargés de sacs de courses. Certains d'entre eux protestèrent à leur passage, mais aucun ne tenta de les arrêter.

Peter jeta un regard par-dessus son épaule et ralentit.

— Il n'est plus là, indiqua-t-il.

Noa l'attrapa par le bras et le tira en avant.

— On ne s'arrête pas, s'irrita-t-elle. Il y en a peut-être d'autres.

Peter se remit à courir aux côtés de Noa. Une dame élégante sursauta en les voyant surgir près d'elle.

On doit avoir l'air de deux cinglés.

Il commençait à se sentir mal et jugeait leur fuite un peu exagérée. Après tout, peut-être que Noa n'était pas seulement parano, peut-être qu'elle était un peu dérangée… Bien sûr, Mason avait déjà retrouvé sa trace à deux reprises, mais chaque fois, Peter essayait de s'introduire dans le serveur de l'AMRF. Ce genre d'intrusion était facile à identifier, en particulier lors de sa première tentative, puisqu'il n'avait même pas cherché à masquer son adresse IP. Le fait que Mason ait réussi à le localiser à la bibliothèque était déjà plus surprenant, puisque Peter était passé par un VPN. Mais il existait néanmoins de nombreux moyens pour tracer un signal. Et puis, il était resté plusieurs heures sur le même ordinateur, ce qui avait dû leur faciliter la tâche.

Mais le système informatique des institutions financières, c'était une tout autre affaire. Comment Mason aurait-il pu y avoir accès ?

Peter eut soudain la réponse. Comme il était encore mineur, son père était cosignataire de son compte. Le retrait important qu'il venait d'effectuer avait sûrement déclenché une alerte. Mais Bob en aurait-il informé Mason pour autant ?

Peut-être qu'il n'avait pas le choix ? Et peut-être que Noa n'est pas si parano, tout compte fait ?

Peter accéléra.

Si Prudential Center était un assez beau centre commercial, Copley Place était néanmoins plus haut de gamme, avec des enseignes de luxe, comme Barneys, Neiman Marcus et Louis Vuitton, qui s'adressaient à une clientèle aisée. C'était là que la mère de Peter aimait faire du magasinage. D'ailleurs, bon nombre des femmes qu'ils croisaient étaient des clones de Priscilla.

Noa stoppa net, l'air sidérée, dans l'atrium central, un espace paysagé agrémenté de hauts arbres où convergeaient quatre vastes allées. L'éclairage était assuré par des lumières encastrées avec goût dans le plafond peint en doré.

— Qu'est-ce qui se passe ? demanda Peter.

— C'est la première fois que je viens ici, admit-elle.

— Alors suis-moi.

Il se dirigea vers la sortie donnant sur Dartmouth Street. De là, ils n'auraient plus qu'à traverser la rue pour atteindre l'entrée sud de Back Bay Station.

Ils ralentirent une fois dehors. Peter était complètement essoufflé. Son cœur battait si fort qu'il lui donnait l'impression de vouloir bondir hors de sa cage thoracique, et les anses de son sac lui sciaient les épaules. Noa n'avait pas l'air tellement plus vaillante. Ils avançaient tous les deux en traînant les pieds, comme un couple de vieillards.

— Viens, lança Peter en la prenant par la main.

Dartmouth Street comportait quatre voies, séparées par un terre-plein central en ciment. Ils s'y arrêtèrent après avoir traversé les deux premières et attendirent que la circulation s'interrompe pour rejoindre l'autre côté. Puis Peter tourna brusquement à gauche en s'écartant de l'entrée de la gare.

— Mais qu'est-ce que tu fais ? protesta Noa. On a dit qu'on prenait le métro !

— Fais-moi confiance.

Il l'entraîna dans l'entrée d'un restaurant japonais, puis se retourna et observa les alentours. Malgré le froid, il y avait pas mal de piétons dans la rue. Ils marchaient tous d'un air déterminé — l'effervescence habituelle dans ce quartier en milieu de journée.

Peter et Noa se tapirent un peu plus dans l'ombre en voyant l'homme à la casquette émerger du centre commercial et regarder de gauche à droite. Une dame âgée portant une fourrure élimée passa devant lui, mais il ne sembla même pas la remarquer. Il braqua son regard sur l'entrée de Back Bay Station, et ses lèvres se mirent à bouger tandis qu'il portait la main à son oreille.

— Faut qu'on se tire d'ici! fulmina Noa.

De là où il était, il ne pouvait pas les voir. Mais s'il traversait la rue et tournait à gauche, il se retrouverait nez à nez avec eux.

— Juste une minute, insista Peter. Reste tranquille.

Noa marmonna quelque chose, mais ne bougea pas.

Un autre homme surgit brusquement sur leur gauche, à seulement trois mètres d'eux. Il venait forcément de sortir de la gare. Noa jeta un regard à Peter qui haussa les sourcils, rassuré de voir qu'il avait fait le bon choix. Il avait eu un mauvais pressentiment à l'idée d'entrer directement dans la gare. C'était trop prévisible.

Le deuxième homme traversa la rue pour rejoindre celui à la casquette. Ils discutèrent quelques instants et se postèrent au bord du trottoir. Une minute plus tard, un 4×4 noir s'arrêta devant eux et ils grimpèrent à l'intérieur. Le véhicule redémarra, et Peter relâcha enfin sa respiration.

— Tu peux me rendre ma main, s'il te plaît ? demanda Noa.

— Ah oui, excuse.

Elle la secoua exagérément, comme s'il la lui avait broyée.

— C'était malin de ta part, reconnut-elle à contrecœur. Je ne pensais pas qu'ils auraient déjà quelqu'un à la gare.

Peter haussa les épaules et s'efforça de rester humble.

— Je me suis dit que ça ne coûtait rien d'attendre un peu, pour voir.

— N'empêche, je me demande pourquoi ils sont partis, dit Noa d'un air pensif. Ça m'aurait paru plus logique qu'ils appellent des renforts, puisqu'ils savent qu'on est dans les parages.

— Raison de plus pour ne pas traîner par ici, déclara Peter d'une voix ferme.

— Ouais, et on va où ?

— Je crois que je connais quelqu'un qui pourra nous aider, répondit-il avec un sourire mystérieux.

CHAPITRE ONZE

—Tu es vraiment sûr qu'on ne viendra pas nous chercher ici? demanda Noa en se balançant nerveusement d'un pied sur l'autre.

Elle avait changé son sac de côté pour essayer de soulager la raideur de sa nuque, mais il lui semblait encore en sentir le poids sur son épaule.

— Aucun risque, mes parents ne savent même pas que je suis resté en contact avec lui, répondit Peter en appuyant à nouveau sur la sonnette.

— On dirait qu'il n'y a personne… Peut-être qu'il est au travail?

Noa se frotta les bras en frissonnant. Elle commençait à penser qu'elle n'arriverait jamais à se réchauffer. Ils avaient pris quatre bus différents depuis Back Bay Station, revenant sur leurs pas à deux reprises pour s'assurer qu'ils n'étaient pas suivis. Ils auraient gagné du temps en prenant le métro, mais ils avaient décidé de jouer la carte de la sécurité.

Peter n'avait pas dit grand-chose au sujet du mystérieux ami qui serait prêt à les héberger, ce qui inquiétait Noa. Elle aurait préféré faire cavalier seul, mais n'en avait guère la possibilité. Il ne lui restait plus que trente dollars — même pas de quoi louer une chambre dans un hôtel miteux. Et même si elle persuadait Peter de lui payer des faux papiers, elle ne pourrait pas accéder à ses économies. Ceux qui la poursuivaient avaient peut-être contacté Rocket Science, aussi ne pouvait-elle pas prendre le risque de les relancer pour un nouveau contrat à la pige. Autrement dit, il lui faudrait repartir de zéro.

Surtout, elle ne savait toujours pas ce qui lui était arrivé pendant qu'elle était sur la table d'opération.

Pour le moment, elle n'avait d'autre choix que de rester avec Peter et d'espérer qu'ils découvriraient des éléments de réponse en étudiant les fichiers. C'était sa seule chance de pouvoir retrouver sa vie d'avant.

Ils se tenaient devant une maison à un étage, à Mattapan, un quartier populaire où l'état des bâtiments semblait refléter celui de ses habitants : ils avaient tous l'air usés, flétris, fatigués, comme s'ils enchaînaient les heures supplémentaires dans des boulots qu'ils détestaient.

Noa était sur le point de demander à Peter s'il connaissait un endroit où ils pourraient attendre au chaud quand la porte s'ouvrit. Une jeune femme d'environ vingt-cinq ans qui tenait un bébé dans les bras les dévisagea d'un air méfiant.

— C'est pour quoi? lâcha-t-elle avec un accent traînant, typique du sud de Boston.

Elle portait un gros chandail en laine qui lui descendait jusqu'à mi-cuisses, un jean et des chaussons brun foncé. Ses cheveux blonds parcourus de mèches roses étaient sales et elle avait des traces de mascara sous les yeux. Sur son épaule pendait un grand bavoir maculé de taches jaunes qui ressemblaient à du fromage fondu.

Peter s'éclaircit la voix et lui adressa un grand sourire.

— Bonjour, lança-t-il. Nous sommes des amis de Cody.

Le visage de la jeune femme s'éclaira aussitôt.

— Oh! s'exclama-t-elle. Désolée pour l'accueil, je pensais que vous vendiez des magazines ou un truc du genre. Sans déconner, ces abrutis passent au moins deux fois par jour, et c'est toujours au moment où je vais coucher le petit.

Elle pencha la tête vers le bébé qui dormait contre elle. Malgré le froid, il ne portait qu'un simple justaucorps.

— Ah, ça doit être pénible, acquiesça Peter d'un air compatissant.

— Très, fit-elle en caressant machinalement la tête du nourrisson. Je crois bien que Cody travaille, aujourd'hui. Vous voulez l'attendre à l'intérieur ?

— Avec plaisir, si ça ne vous dérange pas, répondit Peter en échangeant un regard avec Noa.

Elle ne put s'empêcher d'être étonnée que Peter les fasse inviter aussi facilement. Dans les mêmes circonstances, elle avait rarement eu droit au tapis rouge.

Elle se faufila derrière lui entre une poussette pliée et un tas de vestes pendues à un portemanteau dans le couloir de l'entrée et le suivit dans un salon minuscule. Le sol était jonché d'une multitude de jouets colorés de formes et de tailles variées qui contrastaient avec le vieux canapé gris foncé installé dans le fond.

— Désolée pour le bazar, s'excusa la jeune femme d'un air embarrassé en écartant les jouets du bout du pied tandis qu'elle traversait la pièce.

— C'est chouette, chez vous, dit Peter d'un ton qui se voulait sincère.

— Merci.

La jeune femme le gratifia d'un large sourire, dévoilant un espace entre ses incisives un peu trop large pour être charmant.

— Au fait, comment vous connaissez Cody?

— Mon frère était un ami à lui, indiqua Peter.

Noa fut surprise de sa formulation au passé. Est-ce qu'ils n'étaient plus amis? Et dans ce cas, pourquoi Peter venait-il le voir? Elle remarqua son regard triste et comprit.

Son frère est mort.

— Cody est ami avec tout le monde. Il est tellement adorable, dit la jeune femme avant de baisser les yeux vers son bébé. Vous devriez le voir avec Ethan!

— Il est mignon, la félicita Peter.

La jeune femme tourna la tête vers Noa, comme si elle attendait sa confirmation. Pour Noa, tous les bébés se ressemblaient. En fait, à y regarder de plus près, celui-ci avait même l'air plus laid que la moyenne. Sa tête chauve paraissait horriblement grosse, ses bras et ses jambes présentaient des plis de gras, et un long filet de bave coulait de sa bouche.

— Oui, très mignon, acquiesça-t-elle en s'efforçant de sourire.

— Au fait, je m'appelle Pam. Vous voulez boire quelque chose? J'ai de l'eau et du Dr Pepper diète.

— Non merci, ça ira, répondit Peter. Vous n'auriez pas une idée de l'heure à laquelle rentre Cody, par hasard?

— Je l'ai entendu partir quand je donnais son premier biberon à Ethan, indiqua Pam en allant déposer son bébé dans un parc. Ce petit bout se réveille toujours aux aurores. Cody n'a pas de cours ce soir, donc il ne devrait pas trop tarder. Ah ça, c'est sûr, il compte pas ses heures, le pauvre… Mais bon, il pourra se consoler avec ce qu'il gagnera plus tard, ajouta-t-elle en soupirant.

— Cody est étudiant en médecine, précisa Peter à Noa. Il travaille aux urgences pour financer ses études.

— Je connais personne qui travaille autant que lui et c'est pas peu dire, affirma Pam avant de mettre ses mains sur ses hanches. Dites, les jeunes, ça vous dérangerait pas de surveiller Ethan quelques minutes? Faut que j'aille acheter du lait au dépanneur du coin.

— Pas de problème, dit Peter.

— Super. S'il se met à pleurer, donnez-lui sa suce.

— D'accord.

— J'en ai pour cinq minutes.

Elle enfila son manteau de duvet avant d'ouvrir la porte du salon, puis sortit dans le couloir et la claqua derrière elle.

Noa resta bouche bée quelques instants, avant de s'offusquer :

— Je rêve ou elle vient de laisser son bébé à de parfaits inconnus?

Peter hocha la tête en éclatant de rire. Ils tournèrent le regard vers Ethan. Il essayait tant bien que mal de tenir assis, se balançant d'avant en arrière tout en les fixant avec de grands yeux ronds. Il avait la bouche légè-rement entrouverte, comme si lui aussi avait du mal à croire ce qui venait de se passer.

— C'est carrément irresponsable, non ? reprit Noa en s'asseyant sur une chaise. Enfin, j'y connais pas grand-chose en bébés, mais c'est pas normal de faire ça, t'es d'accord ?

— Oui, c'est assez incroyable, acquiesça Peter. Et si on l'emmenait avec nous ? On devrait pouvoir en tirer un bon prix, plaisanta-t-il.

— Oh non, pitié, répliqua-t-elle, l'air dégoûtée.

— Tu n'aimes pas les enfants ?

— J'en sais rien.

Noa avait rarement côtoyé des enfants plus jeunes qu'elle, que ce soit dans les familles où elle avait été placée ou au Foyer. Là-bas, ils étaient à part. Au fond, elle n'avait quasiment eu aucun contact avec qui que ce soit de moins de dix ans depuis qu'elle avait eu cet âge-là. C'était un sujet qui la mettait mal à l'aise, comme d'ailleurs nombre des questions que lui posait Peter. Elle avait constamment l'impression qu'il faisait une enquête sur elle.

— Au fait, qu'est-ce qui est arrivé à ton frère ? riposta-t-elle pour le déstabiliser.

Peter grimaça comme s'il avait pris un coup et alla s'asseoir sur le futon.

— Il a eu la PEMA, répondit-il au bout d'un moment.

— Oh, fut tout ce que Noa trouva à dire.

Elle ne connaissait personne qui était mort de la PEMA, mais cette maladie se répandait de plus en plus. Elle avait surgi de nulle part quelques années auparavant et touchait essentiellement les adolescents. La PEMA était une maladie vraiment horrible qui faisait maigrir à vue d'œil ceux qui la contractaient. Les scientifiques étaient perplexes. Ils n'avaient trouvé aucun lien entre les victimes. Ils avaient d'abord pensé que la contamination se faisait par voie sexuelle, mais cette hypothèse avait rapidement été écartée. Bref, la PEMA était mortelle et il n'existait aucun traitement pour la soigner.

Peter semblait s'être enfermé dans sa coquille et Noa ne savait pas comment réagir. Elle ramena ses pieds sur le bord de sa chaise et passa les bras autour de ses jambes. On n'entendait que le tic-tac d'une horloge qui résonnait sourdement dans la pièce voisine.

Tout à coup, Ethan se mit à crier. Noa se leva d'un bond, soulagée que quelque chose rompe le silence, et se pencha au-dessus du parc. Le bébé leva vers elle un visage crispé tout en pleurant à chaudes larmes. Au bout de quelques instants, il était presque devenu violet.

— Calme-toi, murmura-t-elle avant de repérer sa suce sous un ours en peluche. Tiens.

Elle la lui fourra dans la bouche. Il se mit à téter par réflexe, et ses sanglots cessèrent aussitôt, comme si les vannes avaient été bouchées instantanément.

Dommage qu'on ne puisse pas faire ça avec tout le monde. Parfois, ce serait bien pratique...

Un moment plus tard, la porte du salon s'ouvrit et Pam réapparut, les joues rouges et les cheveux en bataille. Elle tenait un sac en plastique blanc sous le bras d'où dépassait le goulot d'une bouteille de vodka.

— Brr, on se les gèle dehors ! s'exclama-t-elle. Je vous ai pris des chips, je me suis dit que vous aviez peut-être faim.

— Merci, dit Peter.

— De rien.

Un claquement sourd résonna dans le couloir, suivi de bruits de pas dans l'escalier.

— Ah, ça doit être Cody, reprit Pam avec une pointe de déception dans la voix.

— Alors on va y aller, lança Peter en se levant. Merci beaucoup pour votre accueil, c'était un plaisir de vous rencontrer, vous et Ethan.

— Tout à fait, marmonna Noa en l'imitant.

— Y a pas de quoi, répondit Pam, dépitée. Dites à Cody que s'il veut venir souper, c'est de la pizza ce soir, OK ?

— On fera passer le mot, promit Peter en sortant. Merci encore.

Il arborait à nouveau un grand sourire. Noa se demandait comment il faisait. Elle songea que si elle souriait autant que lui, elle finirait par avoir des crampes.

Elle suivit Peter dans le couloir, puis le long d'un escalier en bois dont les marches dépourvues de tapis étaient passablement usées. Il avait l'air de bien connaître les lieux. Une fois en haut, il toqua à la porte de l'appartement du premier étage et, au bout d'une minute, un jeune Afro-Américain d'une vingtaine d'années vint ouvrir. Il devait faire près d'un mètre quatre-vingt-dix, il avait les épaules carrées, les cheveux presque rasés et d'étonnants yeux bleu pâle creusés de cernes. Il était habillé tout en bleu marine et, sur la manche de sa chemise, un insigne blanc portait l'inscription « URGENCES DE BOSTON ». Il avait l'air complètement épuisé.

— Hé, salut, Pedro, lâcha-t-il. Quoi de neuf ?

— On peut entrer ?

— Ouais, bien sûr, fit Cody d'un ton perplexe avant de s'écarter pour les laisser passer.

Ils débouchèrent dans un petit salon bordé de baies vitrées. Il était identique à celui du rez-de-chaussée, sauf qu'il était aussi dépouillé que celui de Pam était encombré. Il y avait seulement un petit tapis, un futon convertible, une table basse, quelques coussins sur le sol et des livres empilés sur une planche posée sur deux blocs de ciment. Noa jugea l'endroit à peine plus accueillant qu'une cellule de prison.

— Désolé, je reçois rarement du monde, s'excusa Cody. Prenez le futon, je serai très bien par terre.

Peter s'affala sur le futon. Noa prit soin de s'installer à l'autre bout, mais il était si étroit que leurs jambes se touchaient, ce dont Peter ne sembla pas s'émouvoir.

— Tu peux faire les présentations, Pedro? lança Cody en s'asseyant en tailleur sur un coussin.

— Ah pardon. Cody, voici Noa.

— Salut, Noa, enchanté, déclara Cody avec un sourire avant de se tourner vers Peter. Je suis tellement crevé que je n'ai pas trop les idées claires. On devait se voir, ce soir?

— Non, non. Excuse-moi, j'aurais préféré t'appeler, mais... ben, en fait, j'ai perdu mon téléphone. C'est un cas de force majeure.

— Ah ouais? Quel genre? demanda Cody d'un air las, comme s'il doutait que Peter puisse être impliqué dans quoi que ce soit qui mérite d'être appelé ainsi.

— Je te préviens, c'est une longue histoire...

Cody leva une main pour l'interrompre.

— Dans ce cas, il me faut une bière. Tu en veux une?

— Avec plaisir.

— Noa?

— Non merci.

Elle mourait de soif, mais la seule pensée d'une bière lui retournait l'estomac. Elle n'en revenait toujours pas de tout ce qu'elle avait réussi à ingurgiter au centre commercial. C'était étrange. Elle n'avait rien pu manger pendant des jours et, tout à coup, elle avait eu un appétit insatiable. Et puis sa faim s'était envolée aussi brusquement qu'elle était arrivée, et elle n'avait plus été capable d'avaler la moindre bouchée. En revanche, elle avait beau boire et boire encore, elle avait toujours aussi soif.

— Mais je veux bien un verre d'eau, ajouta-t-elle, la bouche sèche.

— Bien sûr.

Cody se leva et sortit du salon. Elle entendit le bruit d'un frigo qu'on ouvre, puis celui d'un robinet.

— Je ne devrais pas essayer de corrompre des mineurs, reprit Cody depuis la cuisine. Mais j'ai grandi dans une famille irlandaise où la bière était indissociable du souper dès lors qu'on avait seize ans. C'est dur de changer les mauvaises habitudes.

— Tu es irlandais ? s'étonna Noa.

— Pourquoi, ça ne se voit pas ? lança Cody.

Il revint dans le salon, le sourire aux lèvres.

— Ma mère était irlandaise, expliqua-t-il. Et mon père était noir.

— Oh, fit Noa en se sentant stupide.

Il était en partie irlandais, c'était évident. Ça expliquait ses yeux bleus.

Cody tendit un verre d'eau à Noa et une bière à Peter, qui la décapsula et en avala aussitôt une gorgée. Puis il reprit sa place sur le coussin.

— Alors, c'est quoi, cette longue histoire?

Peter prit la parole. Il ne s'attarda pas sur les détails techniques et raconta principalement l'irruption d'un commando chez lui et la fois où Mason l'avait trouvé à la bibliothèque et emmené avec lui. Noa découvrit l'implication de ses parents et le fait qu'ils l'avaient mis dehors, ce qui la rendit de nouveau nerveuse.

Cody écoutait le récit de Peter avec intérêt, les mains jointes, négligeant sa bière. Quand Peter eut terminé, il en prit une lampée, puis se tourna vers Noa.

— Et toi, c'est quoi ton rôle, dans tout ça?

Noa réfléchit sur ce qu'elle était prête à leur dire. Le fait que Cody soit étudiant en médecine ne lui avait pas échappé. C'était presque trop beau au moment où elle avait tant besoin de quelqu'un qui s'y connaissait dans ce domaine pour l'aider à interpréter les fichiers. Mais pouvait-elle lui faire confiance? Pouvait-elle vraiment leur faire confiance à tous les deux?

Peter la regardait aussi, comme s'il s'attendait à la voir exécuter un tour de magie ou un numéro de claquettes.

Noa se mit à rougir, gênée de se retrouver au centre de l'attention.

— Je sais pas trop par où commencer, finit-elle par bredouiller.

— Pourquoi pas par le début ? suggéra Cody.

Noa croisa son regard. Il était bienveillant, plein d'empathie. Elle se dit qu'elle l'aimait bien, alors qu'elle n'aimait jamais personne d'emblée. Cody dégageait une sorte d'énergie positive, comme s'il se sentait sincèrement concerné. Elle songea qu'il deviendrait sûrement un excellent médecin.

— Très bien, acquiesça-t-elle en prenant une grande inspiration. Il y a deux jours, je me suis réveillée sur une table d'opération...

Un long silence s'installa dans la pièce quand Noa eut terminé son récit. Elle leur avait à peu près tout raconté, même le fait qu'elle n'avait rien pu avaler pendant deux jours, avant de se sentir soudain totalement affamée. Peter avait alors écarquillé les yeux et elle s'était demandé s'il avait vraiment cru qu'elle mangeait autant tout le temps.

Noa tira nerveusement sur les manches de son t-shirt en attendant que quelqu'un dise quelque chose.

— Ouah, lâcha Peter. Moi qui pensais avoir vécu deux jours atroces...

— C'est pas comme ça que tu vas lui remonter le moral, Pedro, commenta Cody en lui jetant un regard réprobateur.

— Non, mais ce que je voulais dire, c'est, euh… Ben, t'es sacrément coriace pour avoir réussi à te sortir de tout ça, chapeau.

Il semblait sincèrement impressionné, ce qui mit Noa encore plus mal à l'aise.

— Et tu ne sais pas ce qu'on t'a fait ? intervint Cody.

— Non, répondit Noa. J'ai une cicatrice, mais…

— Où ça ?

Elle traça une ligne avec l'index sur son t-shirt.

— Intéressant, dit-il en hochant la tête d'un air songeur.

— Tu ne me crois pas ? demanda Noa.

— Franchement ? répliqua Cody en avalant une gorgée de bière. C'est presque trop gros pour ne pas être vrai. J'ai cru à l'histoire de Peter, et la tienne n'est pas tellement plus folle. Et puis, il y a pas mal de choses qui doivent pouvoir être vérifiées, comme l'évacuation de Brookline High School. Donc oui, je pense que je te crois.

— Tu penses ? répéta Noa, outrée.

— Du calme, fit Cody en levant la main. Tu vois très bien ce que je veux dire.

— Moi aussi je te crois, renchérit Peter, qui la dévisageait toujours d'un air ahuri.

Noa porta la main à son poignet pour tripoter son bracelet, avant de se souvenir qu'il avait disparu.

— OK, déclara Cody avant de finir sa bière et de poser la bouteille sur la table basse. Si on jetait un œil à ces documents ?

Noa sortit son ordinateur et orienta l'écran vers Cody. Elle s'installa sur un coussin près de lui et ouvrit le dossier qui contenait les divers tableaux de données médicales — sauf ceux qui la concernaient : elle n'était pas encore prête à savoir ce qu'ils signifiaient.

Cody se pencha en avant et étudia le premier fichier qu'elle avait ouvert.

— Ce sont des relevés postopératoires classiques, indiqua-t-il avant de se racler la gorge.

— Qu'est-ce qu'il y a ?

— L'état de ce patient empire. Normalement, il faut que ces chiffres-là augmentent, expliqua-t-il en faisant descendre son doigt le long de l'écran. Et là, eh bien…

— Il est en train de mourir ? suggéra Noa.

— Je dirais que oui, acquiesça-t-il. Montre-m'en d'autres.

Cody examina trois autres fichiers et, chaque fois, au vu de la chute constante des différents paramètres, il en déduisit que le patient n'avait probablement pas survécu.

— Combien y a-t-il de dossiers comme ça ? demanda-t-il.

— Plein, répondit Noa. J'ai autre chose, ajouta-t-elle avant d'ouvrir le dossier où elle avait regroupé les notes griffonnées par les médecins.

En voyant le premier document, Cody éclata de rire.

— Qu'est-ce qu'il y a ? fit Peter.

— Je ne vais pas pouvoir vous aider avec ça. C'est une blague récurrente dans la profession : on a coutume de dire que personne ne peut déchiffrer l'écriture d'un médecin, pas même un autre médecin !

— OK, soupira Noa en sélectionnant un troisième dossier, celui où elle avait rangé les rapports détaillés remplis de jargon scientifique. Alors regarde ça.

Cody parcourut un premier document et fut vite absorbé par sa lecture. Il en ouvrit un autre, puis un autre, avec une expression d'intense concentration.

— Alors ? lança Peter depuis le canapé.

Noa remarqua qu'il les observait tous les deux d'un air agacé.

— Bon sang, c'est vraiment…, commença Cody, toujours plongé dans les documents. D'où ça vient, tout ça, déjà ?

— Du serveur de l'AMRF, l'informa Noa.

— C'est dans cette société que tes parents sont impliqués, c'est ça ? demanda-t-il en levant les yeux vers Peter.

— Oui.

— Et aucun de vous deux n'a obtenu des informations plus précises sur elle ?

— Ben, il y a d'autres fichiers qui sont en cours de transfert sur une base de données, indiqua Peter en haussant les épaules. Pourquoi ? Qu'est-ce qu'ils fabriquent, à ton avis ?

— Ils font des expériences, répondit Cody d'un air pensif.

— Quel genre d'expériences ? murmura Noa, sans être sûre de vouloir entendre la réponse.

— Apparemment, ils essaient de trouver un remède contre la PEMA… en se servant de cobayes humains.

— Mais je n'ai pas la PEMA, gémit Noa en essayant de maîtriser la panique qui l'envahissait. Enfin, je le saurais si je l'avais, hein ?

Elle se rendit compte tout à coup qu'elle n'avait pas consulté de médecin depuis des années, et qu'elle avait déjà arrêté ses études quand le dépistage systématique avait été mis en place dans les écoles.

Est-ce que je pourrais être malade sans le savoir ?

Elle tenta de se remémorer les symptômes de la PEMA. Le plus fréquent était une perte de poids progressive, mais il y en avait d'autres plus étranges. Elle avait entendu parler d'adolescents qui se mettaient à tourner en rond, devenaient asociaux ou s'endormaient brusquement.

Certes, elle avait toujours été très mince, mais elle se rappela que le jean qu'elle venait d'acheter était un peu trop grand et repensa à sa récente perte d'appétit.

— Est-ce qu'ils ont pu me la transmettre? articula-t-elle en tremblant. Ou est-ce que je l'avais déjà?

— Je n'en sais rien, répondit Cody d'une voix douce. Il faudrait que je lise ces documents attentivement pour y voir plus clair. Mais ne t'inquiète pas.

Il passa un bras autour de ses épaules et la serra contre lui.

D'ordinaire, Noa se serait vivement écartée pour éviter tout contact physique, mais elle se laissa faire, à sa grande surprise. Elle sentit un goût salé sur ses lèvres et se rendit compte qu'elle était en train de pleurer.

— Oh, bon sang, lâcha Peter. C'est à cause de mon frère.

— Quoi? fit Noa entre deux sanglots.

— C'est pour ça que mes parents ont pris part à tout ça. C'est à cause de Jeremy.

— C'est bien possible, acquiesça Cody. Ça explique-rait beaucoup de choses.

— Et moi, qu'est-ce qui… qu'est-ce qui va m'arriver ? balbutia Noa.

— Ce soir, rien du tout, lui assura Cody avant de lui relever le menton pour l'obliger à le regarder dans les yeux. Tout va s'arranger, Noa. On va tirer ça au clair.

Il semblait tellement convaincu que Noa ne put s'empêcher de le croire.

Amanda repoussa une mèche de cheveux qui lui tombait sur le visage et soupira. Le classement des dossiers était la tâche qui la rebutait le plus au Refuge. L'association ne disposait que d'un faible budget et d'un seul ordinateur, aussi l'essentiel des dossiers était-il stocké dans des classeurs métalliques pleins à craquer. De temps en temps, on retirait les plus anciens pour les ranger aux archives, mais c'était toujours un vrai défi d'insérer un nouveau dossier dans l'un des tiroirs, chaque fois que quelqu'un faisait appel à leurs services.

Amanda avait passé la majeure partie de ses cinq heures de présence à trier les nouveaux arrivants au fur et à mesure que la salle d'attente se vidait. Elle glissa le dernier dossier dans le tiroir et le referma tant bien que mal. Mme Latimar était en train d'accompagner un patient auprès du médecin.

Amanda balaya la pièce du regard tout en essuyant ses mains sur sa jupe. Le classement était terminé, le téléphone ne sonnait pas et tout était en ordre. Elle jeta un coup d'œil à la salle d'attente et constata qu'il n'y avait plus personne.

Ouf, ça me laisse quelques minutes pour souffler.

Elle savait que dès que Mme Latimar reviendrait, elle lui trouverait quelque chose à faire. Elle n'était pas du genre à laisser les bénévoles se tourner les pouces.

Amanda s'installa devant le bureau et pensa à Peter. Après son départ précipité, elle était restée des heures à la fenêtre, les yeux perdus dans le vague. Elle regrettait la façon dont les choses s'étaient passées. Elle avait mal géré la situation et elle le savait. Elle n'avait pourtant pas eu l'intention de lui faire de la peine. Elle avait toujours imaginé qu'une fois qu'elle quitterait le secondaire, leur relation s'éteindrait d'elle-même. Malheureusement, Peter n'avait pas envisagé les choses de la même façon. L'image de sa mine déconfite de la veille ressurgit dans son esprit, et elle frissonna.

— Excusez-moi.

Amanda tourna la tête. Un homme était debout sur le seuil de la porte. Il arborait un sourire étrange.

— Oui ? fit-elle en se redressant sur sa chaise.

Il était d'un chic surprenant avec son costume trois pièces, son manteau en laine et ses chaussures noires impeccablement cirées. Il avait les cheveux bruns et courts, et des yeux si pâles que ça le rendait un peu effrayant.

— Je peux vous aider ? proposa Amanda avec un sourire forcé.

— Mais certainement, répondit-il en parcourant la petite pièce des yeux. J'ai rendez-vous avec Mme Latimar.

— Elle ne va pas tarder.

Le regard de l'homme s'assombrit et Amanda pria intérieurement pour que Mme Latimar revienne vite. Elle n'arrivait pas à savoir quoi exactement, mais il y avait chez lui quelque chose qui lui donnait la chair de poule. Bon, peut-être était-ce simplement parce qu'il détonnait dans le décor. Et puis, elle était encore secouée après sa rencontre avec l'adolescente qui prétendait que son ami avait été enlevé.

Il l'observa un instant, puis pencha la tête sur le côté.

— Vous êtes une des bénévoles, dit-il.

Ce n'était pas une question.

— Oui, en effet, acquiesça-t-elle.

— Alors, vous allez pouvoir m'aider, déclara-t-il d'un air résolu en entrant dans le bureau.

Amanda réprima son envie de reculer et tenta de se rassurer.

Je suis trop fatiguée, ça me rend parano.

Néanmoins, elle avait du mal à garder son sourire.

— De quoi s'agit-il ? demanda-t-elle.

— J'ai besoin de certains dossiers, indiqua-t-il en repérant les classeurs métalliques. Mme Latimar a dû les mettre de côté pour moi.

Amanda ouvrit la bouche et la referma sans rien dire. S'il y avait bien une chose que Mme Latimar répétait à tous ses bénévoles, c'était que la confidentialité était un principe sacro-saint. C'était d'ailleurs surtout parce qu'ils avaient la garantie que ce qu'ils disaient ou faisaient ne serait en aucun cas révélé à leurs parents ni aux autorités que les jeunes venaient régulièrement au Refuge. Amanda imaginait mal Mme Latimar transmettre des dossiers à qui que ce soit.

— Je fais partie du conseil d'administration, ajouta-t-il en remarquant son malaise. Il n'y a pas de problème, j'ai son accord.

— Peut-être, mais je préférerais quand même que vous voyiez ça avec elle.

— C'est que je suis assez pressé, maugréa-t-il, les sourcils froncés, en affectant de consulter sa montre.

— Je suis désolée, monsieur...

Amanda marqua une pause, en attendant qu'il complète sa phrase. Devant son silence, elle adopta un ton plus direct :

— Vous ne m'avez pas dit votre nom.

— Non, c'est vrai, répliqua-t-il. Vous non plus, d'ailleurs.

— Amanda. Amanda Berns.

— Enchanté, Mademoiselle Berns, dit-il en lui tendant la main. Vous pouvez m'appeler monsieur Mason.

Elle lui serra la main en plissant les yeux. Ce nom lui disait quelque chose, mais impossible de se rappeler où elle l'avait croisé. Sans doute l'avait-elle vu dans des papiers, s'il était membre du conseil d'administration.

— Eh bien, Monsieur Mason, je…

Amanda s'interrompit en voyant apparaître Mme Latimar. Celle-ci se pétrifia un instant à la vue de Mason, et une sorte de grimace — de peur ou peut-être de dégoût — crispa son visage. Lorsqu'il se tourna pour lui faire face, elle avait déjà retrouvé son expression avenante habituelle, mais Amanda était certaine de ce qu'elle avait vu.

— Madame Latimar! s'exclama Mason en levant les bras d'un air réjoui. Justement, je vous cherchais.

— Ils sont là, répondit-elle sèchement en le contournant.

Elle adressa un bref sourire à Amanda avant de se pencher en avant pour ouvrir un tiroir. Elle en retira une mince liasse de dossiers qu'elle remit à Mason du bout des doigts, ce qui ne manqua pas de frapper Amanda. Mme Latimar était connue pour être chaleureuse, elle se tenait toujours très près des gens, comme si elle allait les serrer contre elle.

— Parfait, dit Mason en glissant le paquet sous son bras. Ravi de vous avoir rencontrée, Mademoiselle Berns. Madame Latimar, au plaisir.

Cette dernière hocha la tête, mais ne prit pas la peine de le raccompagner.

Lorsque Amanda entendit la porte d'entrée claquer, elle poussa un long soupir, soulagée qu'il soit parti.

Mme Latimar jeta un coup d'œil aux papiers empilés sur le bureau.

— Tu as fini le classement ? demanda-t-elle d'un ton sévère qui surprit Amanda.

On aurait dit que la femme avec qui elle travaillait depuis trois ans s'était soudain muée en une parfaite étrangère.

— Euh, oui, bredouilla-t-elle. Dites, c'était qui, cet homme ?

Mme Latimar la toisa d'un air mauvais, mais se radoucit en voyant l'expression décontenancée d'Amanda.

— Un membre du conseil d'administration, répondit-elle, sur la défensive. J'avais oublié qu'il devait passer.

Amanda eut aussitôt la conviction qu'elle mentait.

— Mais, les dossiers…

— Je crois que tu devrais…, commença Mme Latimar, avant de détourner le regard, comme si une ombre sombre et maléfique planait derrière Amanda.

Puis elle soupira et resserra sa queue de cheval avant de la fixer droit dans les yeux.

— Écoute-moi bien, Amanda, c'est très important. Je veux que tu oublies ce qui vient de se passer. Tu comprends ?

L'inquiétude dans sa voix était palpable, de même que le ton menaçant qui la sous-tendait. Amanda blêmit. Elle n'avait jamais vu Mme Latimar dans un tel état. On aurait dit qu'elle avait été surprise en train de faire quelque chose de très grave. Elle se demanda de quoi il pouvait bien s'agir et ce que contenaient les dossiers qu'elle avait donnés à Mason.

— Oui, dit-elle en s'efforçant de sourire. D'accord, pas de problème.

— Au fait, je n'ai pas vérifié le vestiaire, reprit Mme Latimar d'une voix plus enjouée. Tu veux bien t'en occuper avant de partir ?

— Bien sûr, répondit Amanda, soulagée de retrouver la femme qu'elle connaissait.

Elle se leva prestement, tout à coup impatiente de sortir de la pièce. D'habitude, elle rechignait à nettoyer le vestiaire le jour de la visite du médecin, mais cette fois, elle ne se fit pas prier. Elle était prête à tout pour quitter le bureau où l'air était brusquement devenu étouffant.

Lorsqu'elle fut au milieu du couloir, Amanda jeta un regard derrière elle et vit Mme Latimar courbée au-dessus de son bureau, la tête entre les mains. Ses épaules étaient agitées de soubresauts, et Amanda comprit avec stupeur qu'elle pleurait.

Elle se figea sur place, partagée entre l'envie d'aller la réconforter et le souvenir du regard glacial qu'elle lui avait lancé. Elle frissonna et se dirigea d'un pas décidé vers le vestiaire.

Peter mangeait un bol de nouilles d'un air renfrogné, pendant que Noa et Cody, assis de l'autre côté de la pièce, compulsaient des piles de documents. Cody avait expliqué qu'il finissait par loucher s'il restait trop longtemps devant un écran et qu'il préférait lire sur papier. Il avait donc branché sa vieille imprimante à jet d'encre qui crachait des feuilles depuis plus d'une heure.

Il avait chargé Noa de passer en revue les images et de noter le nom des jeunes pris en photo. Elle travaillait d'un air concentré en se mordillant la lèvre inférieure, et Peter n'arrivait pas à savoir s'il trouvait ça charmant ou vaguement repoussant.

Les fichiers de l'AMRF qu'il avait récupérés étaient toujours en cours de transfert sur le serveur dédié et, au rythme où ça allait, ils ne seraient pas accessibles avant encore quelques heures. Peter se retrouvait donc sans rien à faire. Quand il avait fini par se plaindre d'avoir faim, une demi-heure plus tôt, Cody lui avait indiqué, sans même lever le nez de ses papiers, qu'il y avait des ramens dans la cuisine.

— Bon, je vais aller me servir moi-même, avait grommelé Peter.

— Ben, comme d'habitude, non ? avait plaisanté Cody sans remarquer que son ami était agacé.

Il était parti dans la cuisine, d'autant plus irrité que ce n'était pas faux. Cody l'accueillait chez lui deux ou trois fois par mois, dès que son emploi du temps le lui permettait. Peter s'y sentait bien. L'endroit n'avait rien d'extraordinaire, mais ça le changeait de la grande maison de ses parents. Et puis Cody était l'une des rares personnes à le traiter comme un adulte — et même comme un ami.

Jusqu'à la mort de Jeremy, il faisait quasiment partie de la famille. Fils unique d'une mère célibataire occupant un poste d'assistante juridique, il avait obtenu une bourse pour l'école secondaire que fréquentait Jeremy et s'était retrouvé dans la même classe que lui. Comme il mettait plus d'une heure pour rentrer chez lui, moyennant trois bus différents, il lui arrivait de rester dormir chez les Gregory en semaine. Même s'il avait cinq ans de plus que Peter, Jeremy était un grand frère plutôt cool et il ne l'avait jamais empêché de traîner avec eux. Après les cours, ils pouvaient passer des heures à jouer aux jeux vidéos tous les trois.

Plus tard, Jeremy et Cody étaient partis à l'université. Ils étaient toujours inséparables et avaient même réussi à convaincre Harvard de leur attribuer la même chambre. Ils venaient encore régulièrement à la maison, mais ce n'était plus pareil pour Peter qui se sentait désormais seul. C'était à peu près à cette époque qu'il avait commencé à se plonger dans l'informatique, en ne se contentant plus de surfer sur Internet. Il avait découvert des sites de pirates informatiques et, à partir de là, tout s'était enchaîné.

Et puis, peu avant ses vingt ans, Jeremy était tombé malade.

C'était assez rare de contracter la PEMA à son âge. La plupart de ceux qui l'attrapaient avaient une quinzaine d'années.

Peter se rappelait encore le jour où Cody avait appelé ses parents en panique. Bob et Priscilla étaient sur deux combinés différents et ils avaient tenu toute la conversation à voix basse. Après avoir raccroché, ils avaient refusé de dire à Peter ce qui se passait, malgré son insistance.

— Il faut qu'on aille voir Jeremy, mon chéri. Attendsnous ici, lui avait seulement dit sa mère.

Mais rien qu'à l'expression de son visage — il en faisait encore des cauchemars —, il avait su qu'il était arrivé quelque chose de grave.

C'était une semaine avant les vacances de Noël. Dehors, les arbres étaient parés de décorations lumineuses et le sol était couvert de givre. Peter avait regardé la voiture de ses parents démarrer à toute allure et il était resté longtemps sur le seuil de la porte, transi de froid, les yeux rivés sur l'endroit où les feux arrière avaient disparu.

Ça avait été la plus longue nuit de sa vie. Il avait attendu des nouvelles en vain et avait fini par s'endormir tout habillé sur le canapé. Il s'était réveillé avec un torticolis et n'avait trouvé aucun message de ses parents, ni sur la ligne fixe ni sur son portable, ce qui l'avait passablement énervé. Il s'était demandé ce qui pouvait se passer et s'ils avaient oublié jusqu'à son existence.

Pendant toute la matinée, il avait erré dans la maison sans savoir quoi faire. Il n'avait aucun moyen de se rendre à l'école et n'avait de toute façon pas très envie d'y aller. Ses parents ne répondaient pas au téléphone, ce qui était le plus inquiétant.

Bob avait fini par revenir à l'heure du dîner. En l'entendant arriver, Peter avait dévalé les escaliers rageusement, prêt à lui faire une scène pour ne pas avoir donné de nouvelles. Mais il s'était figé quand il avait vu le visage de son père. Bob prenait toujours grand soin de son apparence physique — Priscilla disait souvent pour plaisanter qu'il lui fallait plus de temps qu'à elle pour se préparer. Mais ce jour-là, il avait une mine épouvantable : les traits tirés, les yeux hagards, les cheveux hirsutes et les joues ombrées de barbe.

D'un geste lent, il avait fait signe à Peter de le suivre au salon, comme s'il avait à peine la force de bouger le bras. Ils s'étaient assis sur le canapé et Bob avait lâché de but en blanc :

— Ton frère est malade.

Apparemment, Cody avait été si occupé entre les cours et son travail à temps partiel qu'il n'avait pas reconnu les symptômes. Quand il l'avait remarqué, cela faisait trois semaines que Jeremy n'était pas allé à ses cours.

Cette même nuit, Jeremy avait été admis à l'hôpital de Boston. Quand Peter était allé lui rendre visite le lendemain avec ses parents, il avait d'abord pensé qu'ils s'étaient trompés : ça ne pouvait pas être son frère. Il était décharné, il perdait ses cheveux, il avait les yeux vitreux et le visage dépourvu de toute expression. On aurait même dit qu'il n'avait pas remarqué leur présence dans la chambre.

Le pire sans doute était qu'on l'avait attaché à son lit. Priscilla, dont le visage ne trahissait aucune émotion mais était d'une pâleur spectrale, avait expliqué d'une voix mal assurée que cette mesure avait été prise pour qu'il ne se blesse pas. Il arrivait que certains malades déambulent, et les médecins voulaient éviter qu'il n'arrache sa perfusion.

Par la suite, Peter s'était rendu à l'hôpital chaque jour après les cours. On l'obligeait à porter un masque pour limiter les risques de contamination, mais il le retirait dès que l'infirmière sortait de la chambre. Ça le grattait et, de toute façon, il n'y avait aucune preuve que la PEMA puisse se propager dans l'air.

Peter restait auprès de son frère jusqu'en début de soirée. Il branchait son ordinateur portable et, après avoir fait ses devoirs, manipulait les réseaux locaux et s'entraînait à contourner le pare-feu du site de l'hôpital, puis celui de la mairie de Boston, renforçant peu à peu ses compétences de pirate informatique. Pendant tout ce temps, il ne cessait jamais de bavarder. Parfois, il rappelait à Jeremy les chouettes moments qu'ils avaient partagés avec Cody. D'autres fois, il lui décrivait les techniques de piratage qu'il employait. Au début, il lui parlait souvent de ce qu'ils feraient une fois que Jeremy serait remis sur pied : aller voir un match de baseball au Fenway Park, assister au carnaval de La Nouvelle-Orléans, réputé pour être génial, partir en virée au Mexique pour la semaine de relâche sans rien dire aux parents.

Mais quoi qu'il lui raconte, Jeremy ne réagissait presque jamais. Chaque jour, le mal semblait le ronger un peu plus et son corps se réduisait comme une peau de chagrin.

Trois mois jour pour jour après son admission, Jeremy était mort.

La progression de la maladie avait été si inhabituellement rapide que les médecins avaient demandé aux parents de Jeremy l'autorisation de pratiquer une autopsie. Peter avait songé aux grenouilles disséquées en cours de biologie, et quand Bob et Priscilla avaient donné leur accord, il était entré dans une rage terrible.

Les médecins n'avaient finalement rien trouvé de nouveau — ou alors Peter n'en avait rien su.

Après la mort de son frère, il avait sombré dans une spirale infernale. Il avait arrêté le sport, ses notes s'étaient mises à dégringoler, et il ne se lavait plus tous les jours. Le pire, c'était que ses parents ne paraissaient même pas s'en apercevoir — ou s'en soucier.

Et puis, un jour, juste avant les vacances d'été, il était tombé sur Cody qui l'attendait à la sortie de l'école.

— Yo, Pedro! avait-il lancé.

Peter avait pensé un instant faire semblant de ne pas l'avoir entendu. Mais Cody était venu à sa rencontre et l'avait pris dans ses bras. Il était comme ça: démonstratif comme personne ne l'avait jamais été dans la famille de Peter.

— Alors, tu tiens le choc, mon pote? lui avait-il glissé.

— Ça va. Qu'est-ce que tu fais ici?

— Ben, je me suis dit que ça faisait un bail qu'on ne s'était pas vus, avait répondu Cody en souriant. Ça te dirait d'aller manger un bout quelque part?

— C'est mes parents qui t'envoient? avait demandé Peter, sur la défensive.

— Non.

Cody avait eu l'air franchement surpris par sa question. Et il n'avait jamais su mentir. En observant son visage, Peter s'était vite rendu compte qu'il disait la vérité. Ce n'était pas une idée de Bob et Priscilla. Sur le moment, il n'avait pas su s'il en était soulagé ou attristé.

— Allez, viens, Pedro, c'est moi qui régale.

Peter s'était laissé convaincre et avait suivi Cody jusqu'à leur restaurant préféré, non loin de l'école, qui s'appelait uBurger. Il n'y avait pas remis les pieds depuis des mois. Dès qu'il était entré, il s'était souvenu de la dernière fois qu'il y était venu : c'était juste avant l'Action de grâce… avec Cody et Jeremy.

— Je te prends un burger au guacamole, ça marche? avait proposé Cody.

— J'ai pas faim, avait répondu Peter en grattant du bout de l'ongle une trace de sauce séchée sur la table en stratifié.

— Mais si.

Cody s'était dirigé vers le comptoir où il avait passé sa commande en plaisantant avec la caissière, avant de revenir avec un plateau chargé de nourriture. Il s'était assis en face de Peter et avait posé devant lui un hamburger, des frites et une boisson gazeuse.

— Je te dis que j'ai pas faim, avait bougonné Peter.

Il savait qu'il avait une réaction d'enfant capricieux, mais il s'en fichait. À vrai dire, plus il y pensait, plus il en voulait à Cody de ne lui avoir donné aucune nouvelle depuis des mois — depuis l'enterrement.

— Mange ce que tu veux, je finirai, avait déclaré Cody en mordant dans son hamburger avec appétit.

Rien ne semblait jamais pouvoir le décontenancer. Un jour, dans une soirée, un gars avait débarqué, complètement ivre, et fait un scandale en essayant d'emmener sa petite amie contre son gré. Cody s'était interposé, avait fait rentrer la fille et s'était planté devant le type. Il était resté parfaitement imperturbable pendant que l'autre hurlait des injures racistes, comme s'il lui avait parlé de la pluie et du beau temps. Finalement, Jeremy s'était avancé et avait assommé le gars d'un bon coup de poing.

En fait, Peter n'avait jamais vu Cody en colère. Même lors des funérailles de Jeremy, il n'avait quasiment laissé transparaître aucune émotion.

— Désolé d'avoir été absent ces derniers temps, avait lâché Cody pendant que Peter avalait une gorgée de boisson gazeuse.

— Je m'en fous.

— Mais oui, bien sûr. Je vois bien que tu es furieux, avait repris Cody avec un sourire si désarmant que Peter en avait presque oublié les raisons de sa rancœur. Et c'est légitime. Je vous ai volontairement évités, toi et ta famille.

— Pourquoi ? l'avait questionné Peter tout en devinant la réponse.

— C'était trop dur de vous voir, surtout toi. Tu lui ressembles beaucoup. Mais j'ai souvent pensé à toi, tu sais. Je me demandais comment tu allais…

— Tu aurais pu appeler, avait soupiré Peter d'un air maussade.

— Je sais. Je suis désolé, sincèrement.

Cody avait posé sa main sur celle de Peter qui, bien que toujours un peu gêné par les effusions spontanées de son ami, n'avait pas retiré la sienne.

— C'est pas grave.

— Si, c'est grave, avait répliqué Cody en secouant la tête. Alors voilà ce qu'on va faire dorénavant : on va essayer de se voir régulièrement, de ne pas se perdre de vue. T'es partant ?

— Ouais, OK.

— Ça va s'arranger, Pedro.

— Qu'est-ce que tu en sais ? avait lancé Peter avec un regard courroucé.

Cody l'avait regardé droit dans les yeux, très calmement.

— Je le sais, c'est tout, avait-il répondu. Jeremy n'est plus là et il me manque cruellement. Mais toi et moi, on est comme des frères et rien ne pourra changer ça.

Sur le moment, Peter avait eu du mal à croire que Cody puisse vraiment penser ce qu'il disait. Il l'avait juste emmené manger un hamburger, pour la forme. Mais Cody ne l'avait pas laissé tomber. Il lui avait proposé d'aller jouer au basket un samedi, l'avait invité au cinéma un autre jour. Malgré son emploi du temps incroyablement chargé, il avait vraiment fait tout son possible pour trouver le temps de le voir.

Aujourd'hui, Peter était convaincu que ça l'avait sauvé. Ses parents se souciaient si peu de lui qu'ils ne lui demandaient quasiment jamais où il allait ni ce qu'il faisait. Ils ne savaient même pas qu'il était resté en contact avec Cody. Bien qu'il ait été le meilleur ami de Jeremy, ils semblaient l'avoir complètement oublié. À vrai dire, ils paraissaient même parfois avoir oublié Peter. Sans Cody, il ne s'en serait peut-être jamais sorti.

Mais petit à petit, il avait repris goût à la vie. Ses notes étaient remontées, il s'était remis à voir du monde, à sortir avec des filles. Il avait enfin eu le sentiment de s'être retrouvé. Et puis il avait rencontré Amanda.

Peter termina son bol de nouilles et le rapporta à la cuisine, tout en essayant de mettre le doigt sur ce qui le chagrinait. Cody lui était venu en aide, comme il l'avait toujours fait. Il l'avait laissé entrer sans lui poser de questions, il avait cru les histoires insensées que lui et Noa lui avaient racontées et, bien que visiblement mort de fatigue, il épluchait une montagne de paperasse pour tenter de les aider.

Et c'était peut-être pour ça que Peter avait envie de le frapper.

Il s'arrêta dans l'entrée du salon et observa Noa. Elle scrutait l'écran de son ordinateur, la tête penchée en avant, si bien que son visage disparaissait derrière le voile de ses cheveux mi-longs. Ils étaient d'un noir si intense qu'il semblait difficile de croire que c'était naturel.

Peter n'en revenait toujours pas du détachement avec lequel elle leur avait raconté tout ce qui lui était arrivé. S'il s'était réveillé à moitié nu sur une table d'opération, il aurait totalement paniqué. Mais Noa avait gardé son sang-froid et s'était enfuie. Et chaque fois que ses poursuivants l'avaient retrouvée, elle avait réussi à leur échapper, alors qu'il n'avait même pas été capable de fausser compagnie à Mason à la bibliothèque. En écoutant le récit de Noa, il s'était senti vraiment nul.

Il se demandait ce qu'avait pu être sa vie avant ces deux jours. Elle n'avait rien dit de son passé, simplement qu'elle avait été placée en famille d'accueil.

Peter était en tout cas sûr d'une chose : elle n'avait pas la PEMA. Il en avait vu assez pour le savoir. Quand la maladie avait pris l'ampleur d'une épidémie et en l'absence de certitude quant à son mode de transmission, il avait été décidé, par mesure de précaution, de placer les adolescents infectés dans des unités dédiées au sein des hôpitaux. Jeremy était mort dans l'un de ces pavillons.

Pour la plupart des malades, les choses ne commençaient pas de façon aussi dramatique que pour Jeremy. En général, ils étaient encore mobiles, on les voyait tourner en rond d'un pas traînant ou arpenter les couloirs en se cramponnant à leur perfusion. Quand ils croisaient les médecins, ils les bombardaient de questions d'un air tourmenté avant de se forcer à adopter une mine enjouée pendant que leurs parents sanglotaient.

C'était presque pire pour eux, car ils prenaient alors conscience de la gravité de la situation. Bien souvent, vers la fin des heures de visite, une terrible complainte s'élevait entre les murs du service. Aux lamentations de ceux qui savaient se mêlaient rapidement les cris et les gémissements de ceux qui avaient déjà perdu toute capa-cité de raisonnement. Très vite, tout le monde se joignait aux hurlements dans une sorte de mouvement d'empa-thie primitif, produisant un concert de désespoir assourdissant.

Peter restait alors assis dans la chambre de Jeremy en tendant l'oreille. Les portes se mettaient à claquer, les infirmières s'affairaient pour injecter des tranquillisants dans les perfusions et, peu à peu, les voix s'éteignaient.

Peter secoua la tête pour chasser ces images de son esprit. Noa ne semblait pas malade, voilà ce qui comp-tait. Et puis personne d'infecté par la PEMA n'aurait pu manger comme elle l'avait fait un peu plus tôt dans la journée. Les malades ne s'alimentaient que très peu, voire pas du tout.

— Alors, du nouveau ? finit-il par demander.

Noa et Cody levèrent les yeux d'un air surpris, comme s'ils avaient oublié sa présence.

— Oui, carrément, acquiesça Cody avec un sourire, avant de se frotter les yeux. Bon sang, quelle heure il est ?

— Presque 21 h, répondit Noa.

— Ah, déjà ? Il faut que je me lève à 5 h pour aller bosser demain matin. Il reste des nouilles, Pedro ?

— Je peux en refaire. Et toi, Noa, t'as pas faim ?

Noa se contenta de secouer la tête, mais il remarqua qu'elle rougissait et regretta de lui avoir maladroitement rappelé son étrange rapport à la nourriture.

— Bon, très bien, je m'en occupe, fit-il.

— Je vais rassembler mes notes pendant ce temps, proposa Cody. Je crois que j'ai une idée de ce qu'ils essaient de faire.

Cinq minutes plus tard, Peter revint dans le salon. L'imprimante avait fini par se taire et Cody avait réparti les papiers en deux piles distinctes. Noa était toujours installée sur un coussin, et Peter retourna s'asseoir tout seul sur le futon, après avoir servi un bol de nouilles à Cody.

— T'as ajouté quelque chose dedans? demanda celui-ci.

— Juste deux-trois épices, indiqua Peter.

— Tu me gâtes, répondit Cody en souriant avant de se tourner vers Noa. Si tu en as l'occasion un jour, je te recommande de goûter son poulet frit au four, je n'en ai jamais mangé de meilleur!

— Bon, bref, fit Peter pour couper court.

Il était un peu gêné par le fait d'aimer cuisiner. C'était quelque chose que peu de gens savaient de lui.

— Tu as raison, revenons à nos moutons, approuva Cody. *Pestilitas Macra Adulescens*, plus connue sous le nom de PEMA. Le premier cas a été identifié il y a un peu plus de sept ans. Depuis, la maladie a touché près de cent mille adolescents, et ce nombre est en constante augmentation.

— On sait déjà tout ça, s'impatienta Peter.

Cody le dévisagea en haussant un sourcil avant de reprendre :

— D'après ce que j'ai lu jusqu'ici, les gens de l'AMRF mènent des recherches sur la PEMA.

— En faisant des expériences sur des jeunes… comme moi, compléta Noa d'un ton amer.

— Eh bien, ils restent assez vagues là-dessus dans leurs écrits. Ils font seulement référence aux numéros des sujets de test, jamais à leurs noms. D'ailleurs, la façon dont les fichiers sont organisés est assez étrange…

— Comment ça ? demanda Peter.

— Eh bien, la moitié des gens qui travaillent sur le Projet Perséphone ne semblent pas se rendre compte que les cobayes sont des humains, expliqua Cody. Ils examinent simplement des données qui leur sont fournies. Une bonne partie de ces documents ne sont que des synthèses, des résumés des travaux. On ne trouve pas beaucoup de détails, seulement l'essentiel : ce qu'ils essaient de découvrir, comment les études sont réalisées, les résultats qu'ils ont obtenus, ce genre de choses. Les gens qui analysent ces données paraissent croire que le fruit de leurs recherches pourrait être publié un jour — alors que c'est impossible, évidemment.

— Parce que les expériences ont été menées sur des êtres humains, devina Peter.

— Exactement, confirma Cody avant de désigner successivement les deux piles de papiers. De ce côté se trouvent les synthèses. Alors qu'ici, ça concerne les gens qui savent parfaitement ce qui se passe : il s'agit des notes des médecins, des relevés de constantes vitales, ce genre de choses.

— Bon, et qu'est-ce qu'ils m'ont fait alors ? demanda Noa d'un ton pressant.

Peter la comprenait. Il se fichait pas mal de savoir qui savait quoi. Il trouvait plus important d'apprendre ce qui était arrivé à tous ces adolescents.

— C'est là que ça se complique un peu, déclara Cody, non sans une certaine fébrilité malgré sa fatigue. Apparemment, ils se sont concentrés sur le système endocrinien, ce qui n'est guère surprenant. La plupart des recherches sur les causes de la PEMA ont également privilégié cette piste.

— Je croyais que c'était transmis par les cerfs, un peu comme la maladie de la vache folle provient d'une contamination par les bovins, objecta Noa.

— Non, cette théorie a été invalidée, indiqua Cody. Les symptômes de la PEMA sont semblables à ceux de la MDC, la maladie débilitante chronique, qui touche spécifiquement les cerfs et les élans, c'est vrai. Mais cette dernière est liée à des protéines prions anormales. Et il a désormais été établi que la PEMA n'avait rien à voir avec les prions.

Noa lui jeta un regard ahuri.

— Bon OK, c'est un peu technique. Toujours est-il qu'aujourd'hui, on soupçonne la PEMA d'être liée à un dysfonctionnement du système endocrinien. Celui-ci correspond à l'ensemble des glandes qui sécrètent des hormones dans le sang pour assurer le bon fonctionnement du corps.

Peter hocha la tête. Après la mort de Jeremy, il s'était efforcé de se tenir au courant des avancées de la recherche sur la PEMA — et s'était senti assez découragé par le peu de progrès qui avait été fait.

— Ces glandes sont particulièrement actives lors de la puberté, intervint-il. Ce qui permet d'expliquer pourquoi la PEMA affecte majoritairement des adolescents.

— Tout à fait, acquiesça Cody avec un regard où Peter décela une lueur fugace de tristesse. Mais d'après ce que j'ai lu, même s'ils sont allés jusqu'à mener des expériences sur les humains, ils n'ont toujours rien trouvé de nouveau.

— Alors pourquoi ils m'ont charcutée ? demanda Noa.

— La vraie question, c'est pourquoi ils t'ont fait une incision ici et pas ailleurs, répliqua Cody en traçant une ligne en travers de son torse, reproduisant le geste qu'elle avait fait un peu plus tôt.

Peter et Noa le dévisagèrent d'un air perplexe.

— En fait, la plupart des recherches se sont concentrées sur l'hypothalamus, qui se trouve ici, reprit Cody en désignant l'arrière de son crâne. Car il semblerait que ce soit là-dessus que la PEMA agisse. L'hypothalamus intervient notamment dans la gestion de la température du corps, de la faim et de la soif.

— Et du sommeil ? suggéra Noa d'une petite voix.

— Oui, aussi, opina Cody. D'ailleurs, certains médecins pensent que les insomnies qu'on développe en vieillissant sont liées à des perturbations de l'hypothalamus et que…

Il s'interrompit brusquement en remarquant le visage décomposé de Noa.

— Tu as du mal à dormir ?

Elle haussa les épaules, les yeux rivés au sol.

— Continue, déclara-t-elle froidement.

— Tu es sûre ?

— Oui.

— Bon, euh… d'accord. D'après ces documents, dans leurs premières expériences, ils ont essayé de manipuler l'hypothalamus.

— Comment ça ?

— Ce n'est pas très clair, répondit Cody en se grattant la nuque. Je vous rappelle que je ne suis qu'en deuxième année de médecine. Il y a encore beaucoup de choses qui m'échappent, à moi aussi.

Peter en doutait. Cody était l'une des personnes les plus intelligentes qu'il connaissait.

— Et quel rapport avec l'incision dans ma poitrine ? reprit Noa.

— C'est là que se trouve le thymus, qui fait également partie du système endocrinien. À vrai dire, c'est un organe un peu à part. Pendant longtemps, on a cru qu'il ne servait à rien. Mais dans les années soixante, on a découvert qu'il grossissait régulièrement jusqu'à la puberté, avant de se ratatiner progressivement. À soixante ans, le thymus d'un être humain est plus petit qu'à sa naissance.

— Ouah, on t'en apprend, des trucs, en médecine ! s'exclama Peter.

— En fait, j'ai eu un exam là-dessus la semaine dernière, reconnut Cody. Et je cherche à me spécialiser en endocrinologie à cause de… Enfin, tu sais pourquoi.

Peter hocha la tête. Après la mort de Jeremy, Cody avait abandonné ses études de droit pour se consacrer à la médecine, ce qui l'avait obligé à faire un an de plus à l'université. Mais il était déterminé à consacrer sa vie à découvrir ce qui avait tué son meilleur ami.

— Bon, donc ils ont trafiqué mon thymus et j'imagine que c'est pour ça que je n'arrive ni à manger ni à dormir ? avança Noa.

— Ben, ça c'est ce qui devrait se passer s'ils avaient touché à ton hypothalamus, expliqua Cody d'un air désolé. Mais tu n'as pas trouvé d'incision dans ton cuir chevelu ?

— J'en sais rien, bredouilla Noa. J'ai pas regardé.

— Tu veux bien que je jette un œil ?

Noa se pencha un peu vers lui. Cody palpa doucement son crâne.

— De toute façon, ils t'auraient probablement rasé la tête, au moins en partie, dit-il d'un ton rassurant. Non, tu n'as rien.

— Bon, et qu'est-ce qui devrait se passer s'ils avaient trafiqué mon thymus ?

— Rien, en fait. Tu as quel âge, dix-sept ans ?

— Seize.

— Donc il doit déjà avoir cessé de fonctionner.

— Que disent les synthèses ? intervint Peter.

Cody parut hésiter à répondre.

— Ben quoi ? insista Noa.

— Eh bien, c'est juste que… Ils ont fait des tas de recherches différentes. Et toutes les données sont codées, donc je ne peux pas dire avec certitude quelles expériences ils ont réalisées sur toi.

— Mais tu as ton idée là-dessus, devina Peter au ton de son ami.

— Dis-moi, murmura Noa en regardant Cody droit dans les yeux.

Une fois encore, Peter fut frappé par le sang-froid dont elle faisait preuve.

À sa place, je serais déjà en train de péter un câble.

— Je ne pense pas qu'ils aient touché à ton thymus, déclara Cody. Je pense qu'ils t'en ont greffé un deuxième.

CHAPITRE DOUZE

—Un deuxième? répéta Noa.

— Oui, enfin, je crois. Le seul moyen d'en être certain serait de faire une radio, indiqua Cody avant de prendre une feuille dans la pile des synthèses. Ce document évoque une avancée majeure liée à l'ajout d'un thymus. Ça n'est d'ailleurs pas si surprenant. Certaines souris naissent avec un thymus supplémentaire. Donc ceux qui espéraient pouvoir publier ça pensaient probablement que les données étaient issues d'expériences menées sur des souris.

— D'où provient celui qu'ils m'ont greffé? demanda Noa d'une voix sans émotion, comme s'ils étaient en train de discuter de la météo.

— Ce n'est pas précisé, répondit Cody pour esquiver la question.

— Mais à ton avis? insista-t-elle.

— Eh bien, dans les dossiers de certains jeunes, on dirait qu'il n'y a pas de relevés de constantes, confia Cody à contrecœur.

— Et alors?

— Ils l'ont prélevé sur l'un d'entre eux, compléta Peter d'une voix blanche.

— Attends, tu veux dire que…, commença Noa avant de se plaquer la main sur la bouche.

— Rien n'est sûr, s'empressa d'ajouter Cody. Disons juste que c'est ce qui semble le plus vraisemblable.

Noa était devenue blême, comme quand elle s'était brusquement arrêtée de manger.

— Alors j'ai le thymus d'un ado mort dans mon corps?

— Je ne sais pas, bredouilla Cody. Peut-être.

Noa se leva et sortit de la pièce. Peter s'élança pour la rattraper, mais Cody secoua la tête pour l'en dissuader.

— Mieux vaut la laisser un peu seule.

Peter parut hésiter, puis il se rassit sur le futon.

— Je n'ai toujours pas compris comment vous vous êtes rencontrés, tous les deux, reprit Cody.

— Noa est membre d'/ALLIANCE/, c'est une pirate informatique hors pair, expliqua Peter. Donc quand j'ai eu besoin de pirater le site de l'AMRF, j'ai fait appel à elle. Mais je ne me doutais pas une seconde qu'elle était liée à tout ça…

— Sacrée coïncidence, fit Cody. C'est plutôt chouette que vous soyez tombés l'un sur l'autre. Et au fait, que devient Amanda ?

Peter fixa ses ongles.

— Eh bien, il semblerait qu'elle soit plus attirée par les universitaires…

— Oh, c'est… Désolé, mon gars.

Peter haussa les épaules. Il était content que Cody lui épargne ce que ses autres amis lui auraient probablement dit : qu'Amanda n'était qu'une traînée, qu'il allait pouvoir profiter de sa liberté retrouvée, ce genre de choses. Cody savait que ce n'était pas ce que Peter voulait entendre. Il avait beau en vouloir à Amanda, il n'était pas prêt à laisser les gens médire sur son compte.

— En tout cas, j'aime bien cette Noa, lâcha Cody. C'est une dure à cuire.

— C'est le moins qu'on puisse dire, acquiesça Peter avec un petit rire.

Ils se turent pendant quelques instants. À travers la porte de la salle de bain, on entendait l'eau couler dans le lavabo. Peter se demanda si Noa était en train de pleurer.

Cody se leva et s'étira avant de se masser la nuque.

— Bon sang, je suis complètement mort, soupira-t-il. Tu m'aides à faire le lit ?

Ensemble, ils déplièrent le futon. Puis Cody alla chercher des draps et des couvertures. Noa revint dans le salon peu après lui. Son visage avait retrouvé ses traits stoïques habituels.

— Qui dort là ? demanda-t-elle en désignant le futon.

— Peter et toi, répondit Cody. À moins que vous...

— Je vais dormir par terre, le coupa aussitôt Peter.

— Alors je vais te chercher un sac de couchage. Je ne suis pas très riche en couvertures et en oreillers, désolé.

— Ça ira très bien, dit Noa. Merci de nous héberger.

— C'est normal. Pedro est comme mon frère, déclara Cody en posant une main affectueuse sur l'épaule de Noa. Si vous avez besoin de quoi que ce soit, je suis au bout du couloir.

Allongée sur le futon, Noa regardait fixement le plafond. Ses doigts ne cessaient de palper sa cicatrice sous son t-shirt. La ligne rigide semblait plus froide que la peau autour. Lorsque Cody lui avait fait part de ses soupçons, elle avait été submergée par un bourdonnement dans les oreilles et avait dû foncer dans la salle de bain. Une armée de petits points lumineux avaient envahi sa vision périphérique et s'étaient mis à danser, comme s'ils cherchaient à la faire vomir ou s'évanouir. Elle s'était accroupie devant la cuvette des toilettes, prise de haut-le-cœur, mais avait seulement senti un goût de bile au fond de sa bouche.

Elle s'était relevée et s'était aspergé le visage d'eau, ce qui l'avait un peu rassérénée. Mais elle avait alors croisé son regard dans le miroir et y avait vu celui d'une enfant terrorisée. Elle avait dû mobiliser toute son énergie pour ne pas aller chercher un couteau dans la cuisine et se taillader la poitrine.

Rappelle-toi que rien n'est sûr, pour le moment. Ce n'est qu'une supposition. Cody n'est pas encore un vrai médecin.

Et pourtant, au moment où Peter avait dit tout haut ce que pensait Cody, Noa avait eu une sorte de déclic. Désormais, elle avait presque l'impression de ressentir une présence étrangère en elle, comme si le thymus qu'on lui avait vraisemblablement ajouté battait en rythme avec son cœur.

Sur qui ont-ils bien pu le prélever ? Est-ce que ça pourrait être quelqu'un que j'ai connu ? Si ça se trouve, on a même partagé un lit superposé au Foyer…

Noa se tourna vers le mur. Elle avait de nouveau froid. Le chauffage était réglé si bas que son souffle produisait de petits nuages de vapeur. Cody avait expliqué en s'excusant qu'il essayait de réduire ses dépenses d'énergie. Malgré plusieurs couvertures et une couette épaisse, Noa grelottait. De toute façon, même dans l'appartement de Cambridge avec les radiateurs au maximum, elle n'avait pas réussi à se réchauffer. Elle se demanda si c'était une conséquence de l'ajout d'un thymus et quels autres effets secondaires cela pouvait générer.

Elle se rappela alors qu'elle avait encore une autre raison de s'inquiéter. Peut-être lui avait-on inoculé la PEMA. D'une certaine façon, cette perspective l'effrayait beaucoup moins que cette histoire de deuxième thymus. La mort ne l'impressionnait pas tant que ça. Elle y avait été confrontée très tôt et, à vrai dire, elle n'avait jamais pensé qu'elle atteindrait l'âge qu'elle avait aujourd'hui. Quand l'assistante sociale lui avait tendu un chocolat chaud à l'hôpital en lui expliquant que ses parents étaient « montés au ciel », sa première pensée avait été qu'un malheur n'arrive jamais seul. Et depuis, elle n'avait cessé d'attendre qu'un autre drame lui tombe dessus.

Ce drame était plus dur à supporter qu'elle ne l'avait cru.

— Tu dors ? murmura Peter.

Noa hésitait à lui répondre. Elle n'avait pas vraiment envie de parler. En même temps, c'était grâce à lui qu'elle ne passait pas la nuit dehors. Et ça avait été gentil de sa part de proposer de dormir par terre. Elle n'avait pas rencontré beaucoup de garçons qui auraient eu cette élégance.

— Non, finit-elle par dire.

Il y eut un silence avant que Peter ne lâche :

— Je suis sincèrement désolé.

— T'as rien fait de mal.

— Oui, je sais. Ce n'était pas pour m'excuser, juste pour te dire que je compatis. Ce n'est pas tout à fait la même chose.

— Ouais, bon, ça va, pas la peine de me prendre pour une demeurée, répliqua sèchement Noa.

— Tiens, tout à coup, je suis beaucoup moins désolé, ironisa Peter après un moment.

Noa ne put s'empêcher de rire.

— Enfin bon, je me disais juste que tout ça doit être assez effrayant pour toi, reprit-il.

— Je n'ai pas peur.

— Ah non ? Moi, à ta place, je serais complètement paniqué, avoua-t-il en faisant craquer les articulations de ses doigts.

Noa remarqua qu'il faisait toujours cela lorsqu'il réfléchissait.

— Si je m'étais réveillé sur une table d'opération, reprit-il, je crois que j'aurais perdu les pédales.

— Tu m'aides pas beaucoup, là, indiqua Noa d'un ton pince-sans-rire.

— Désolé.

— Tu dis souvent ça.

— C'est parce que tu me rends nerveux.

— Ah bon?

Elle se tourna pour faire face à Peter et appuya sa tête sur une main. Il n'y avait pas de rideaux aux fenêtres, et la lumière de la rue éclairait faiblement son sac de couchage, ouvert jusqu'au niveau de sa taille, révélant un t-shirt de soccer délavé. Il avait les yeux rivés au plafond.

— Pourquoi? demanda-t-elle.

— Je ne sais pas trop, répondit-il d'un ton embarrassé. C'est peut-être à cause de ta façon de parler.

— Comment je parle?

— Comme si tu cherchais constamment la bagarre. Ou comme si tu étais déjà au milieu d'un conflit. Ma mère qualifierait ton attitude de «belliqueuse».

— C'est pas mon intention, lâcha Noa au bout d'un moment.

— Oui, je m'en doute. Mais tu étais différente ce soir, quand tu étudiais les fichiers. On aurait dit que tu étais trop concentrée pour être agressive.

— Oh…

— Tu vois? s'exclama Peter en éclatant de rire.

— Quoi?

— D'habitude, je suis à très l'aise pour discuter avec les gens.

— Tant mieux pour toi, marmonna-t-elle.

— Non mais sérieusement, c'est un truc que j'ai toujours su faire. Et avec toi, c'est vraiment bizarre, je ne sais jamais quoi dire, et tout ce qui sort de ma bouche paraît maladroit ou même débile.

Il avait l'air décontenancé.

Après quelques instants, Noa changea de sujet :

— Tes parents t'ont réellement fichu à la porte ?

Elle ne distinguait pas clairement le visage de Peter, mais il lui sembla que sa mine venait de s'assombrir.

— Oui, confirma-t-il. Et en plus, je me suis fait laisser par ma petite amie.

— On dirait que je suis pas la seule à avoir des ennuis, en ce moment…

— Enfin, j'avoue que tu me bats à plates coutures.

Elle devina la lueur de ses dents dans la pénombre et comprit qu'il souriait.

— C'est clair, acquiesça-t-elle.

Ils restèrent silencieux pendant une minute.

— Je n'en reviens toujours pas que tu aies réussi à échapper à ces types, reprit Peter.

— Ouais, ben j'avais pas tellement le choix, tu sais.

— Sans doute. N'empêche, je n'aurais jamais eu la moitié de tes idées.

Sa voix était pleine d'admiration. Noa ne savait pas trop quoi répondre, mais fut surprise de constater que ça lui faisait plaisir.

— Et c'est quoi, le programme, maintenant ? demanda-t-il.

— Comment ça ?

— J'imagine qu'on peut rester ici quelques jours pour y penser, mais il va falloir qu'on sache ce qu'ils t'ont fait exactement, tu ne crois pas?

Noa hocha la tête jusqu'à ce qu'elle se rende compte qu'il ne pouvait pas la voir dans la pénombre.

— Ouais, fit-elle.

— Avec Cody, on réfléchissait à un moyen de te faire passer certains examens...

— Des examens? répéta-t-elle d'un ton anxieux.

— Ne t'inquiète pas, simplement une radio du thorax et peut-être aussi un test de la PEMA. Tu as sûrement envie de savoir s'ils te l'ont inoculée, non?

— J'imagine que oui, articula-t-elle sans conviction.

— OK. Le test de la PEMA est très simple. Il suffit que Cody te fasse une prise de sang et glisse le tube au milieu de ceux qui sont envoyés au labo, pendant ses heures à l'hôpital. Pour la radio, c'est un peu plus compliqué, mais il a eu une idée.

Noa se sentait de moins en moins rassurée. Elle n'avait passé une radio qu'une seule fois dans sa vie, à l'âge de dix ans, quand la mère de la famille où elle était placée lui avait cassé le poignet sous prétexte qu'elle n'avait pas bien fait la vaisselle.

— Laquelle? demanda-t-elle.

— Il a un ancien ami du secondaire qui est vétérinaire dans une clinique privée. Cody dit qu'on peut lui faire confiance. Et contrairement à un hôpital classique, les résultats ne seront pas entrés dans un ordinateur. Car il se pourrait…

— … qu'ils surveillent ce genre de truc, complétat-elle.

Cody avait raison : il fallait qu'elle reste aussi discrète que possible.

Mais le fait que Peter et lui se donnent autant de mal pour elle la rendait un peu méfiante.

— Pourquoi tu fais tout ça ? lança-t-elle.

— Quoi donc ?

— Pourquoi tu m'aides ?

— Ben, je ne vais quand même pas rester les bras croisés, répondit Peter avec étonnement.

— Ouais, je sais pas. C'est juste que… ben tu me connais pas et euh… je dois pas avoir l'habitude.

— Dommage. Et puis, pour être franc, je ne fais pas seulement ça pour toi. Si j'ai créé /ALLIANCE/, c'est précisément pour intervenir dans ce genre de situation et punir ceux qui commettent des atrocités.

— Oui, mais tu as déjà brické le serveur de l'AMRF.

— Ils pourront sûrement le rétablir. Et ça ne compense pas le dixième de ce qu'ils t'ont fait, s'enflamma

Peter. Sans compter qu'ils risquent de continuer. En ce moment même, ils sont peut-être en train de poursuivre leurs expériences sur d'autres.

— J'y ai pensé aussi, avoua Noa. Il y avait plein d'entrepôts sur le chantier.

— Sauf que maintenant, ils savent que tu connais cet endroit. Donc à moins d'être de sombres crétins, ils ont déjà dû vider les lieux, supposa Peter. Mais…

— Mais quoi?

— Je me disais qu'à l'heure qu'il est, la totalité des fichiers a dû être transférée sur le serveur. Je ne peux pas être d'un grand secours pour tout ce qui est scientifique, mais je peux peut-être découvrir qui dirige tout ça en fouillant dans les données.

— Je croyais que c'était ce Mason.

— Quand il s'est entretenu avec mes parents, j'ai plutôt eu l'impression qu'il devait en référer à quelqu'un d'autre. Et de toute façon, je vois mal le grand patron passer son temps à me courir après.

— C'est vrai, acquiesça Noa. Mais admettons que tu démasques le responsable. Qu'est-ce qu'on fait ensuite?

— On s'en prend à lui, déclara Peter d'un ton menaçant. Tout ce qu'on a pu faire jusqu'ici avec /ALLIANCE/ n'est rien à côté de ce qui l'attend. Il faut qu'on révèle la vérité au monde entier.

Noa n'était pas certaine d'adhérer à cette idée. Exposer l'AMRF aux yeux de tous impliquait de la mettre elle-même en pleine lumière. Or elle avait dépensé beaucoup de temps et d'énergie pour obtenir exactement le contraire.

— On dirait bien que tu tiens un plan, répondit-elle pourtant.

— Bon, allez, on devrait dormir un peu, lâcha Peter en bâillant. Bonne nuit.

Noa continua à réfléchir dans son coin.

— Peter ?

— Hmm ?

Elle fit une pause avant de dire :

— Merci.

— De rien.

Elle entendit la respiration de Peter devenir plus régulière. Mis à part le bruit d'une voiture dans la rue de temps à autre, la nuit était calme et silencieuse. Mais Noa savait qu'elle ne trouverait pas le sommeil pour autant. Elle avait beau se sentir physiquement épuisée — elle n'avait pas fermé l'œil depuis près de vingt-quatre heures —, son esprit repassait en boucle les événements des derniers jours, faisant défiler les lieux et les visages. Et la pulsation constante dans sa poitrine continuait de la tourmenter.

Noa finit par se lever, prit son ordinateur et alla s'installer en frissonnant sur le large bord de la fenêtre qui surplombait la rue. Il n'y avait pas de coussin, seulement une planche de bois, et il lui sembla que le froid s'insinuait à travers le pantalon de survêtement trop grand que Cody lui avait prêté.

Elle n'avait pas le courage de se remettre à étudier les fichiers de l'AMRF. Le simple fait d'y penser lui donnait mal à la tête. Elle décida plutôt d'ouvrir sa boîte de réception.

Elle y trouva un nouveau message d'A6M0. Il était vide, mais avait pour titre : « Ça va ? »

Elle lui envoya une demande de chat et, quelques secondes plus tard, son pseudo apparut dans la fenêtre de dialogue.

Je commençais à m'inquiéter, écrivit-il.

T'inquiète, ça va.

Tant mieux.

Noa garda les doigts suspendus au-dessus du clavier, hésitant sur ce qu'elle pouvait écrire ensuite. Son instinct lui disait qu'A6M0, qui qu'il puisse être, détenait les réponses qu'elle cherchait, mais elle avait tellement de questions qu'elle ne savait pas par où commencer.

Qui es-tu ? finit-elle par pianoter.

C'est sans importance. Le brickage de l'AMRF, c'était toi ?

Non, un ami, répondit-elle.

Elle relut ce qu'avait écrit A6M0 et songea qu'il avait tort : c'était important pour elle de savoir qui il était, surtout compte tenu du fait qu'il semblait en savoir beaucoup sur elle. Mais elle avait conscience qu'en insistant, elle risquait de le braquer, et elle avait d'autres questions pressantes à lui poser.

Tu as récupéré les données? demanda-t-il.

Noa hésita de nouveau. Peut-être était-elle en train de chatter avec quelqu'un de l'AMRF. Elle ne pouvait même pas savoir si elle discutait avec la même personne que les autres fois.

Oui, finit-elle par répondre.

Dans ce cas, tu possèdes les seules copies des fichiers du projet. Ils vont vouloir mettre la main dessus. Si tu es dans un endroit sûr, restes-y.

J'ai besoin de réponses, indiqua-t-elle en sentant un élan de colère. **Qu'est-ce qu'ils m'ont fait?**

Il ne faut pas qu'ils te retrouvent. C'est crucial.

Tu crois qu'ils me laisseront tranquille si je leur rends les données?

Elle se dit que les fichiers pouvaient constituer une monnaie d'échange pour se débarrasser d'eux. Puisqu'ils paraissaient tant y tenir, c'était peut-être l'occasion pour elle et Peter de se ménager une porte de sortie. Noa pourrait mettre au point un système protégé déclenchant un blocage s'il arrivait quelque chose à l'un d'eux et en informer l'AMRF pour qu'on leur fiche la paix pour de bon… Elle était en train d'y réfléchir quand la réponse d'A6M0 apparut à l'écran.

Ils ne te laisseront jamais tranquille. Tu es la clé. Et tu ne dois pas leur rendre les données. Ils ne feraient que s'en servir pour s'en prendre à d'autres comme nous.

Qu'est-ce que ça veut dire? demanda-t-elle, de plus en plus agacée.

Elle avait l'impression de discuter avec maître Yoda, c'était exaspérant. Au bout d'une minute sans réponse, elle ajouta :

Qui est nous?

Mais toujours pas de réponse.

Noa relut sa dernière question.

Génial. Voilà que je parle comme lui.

Tout à coup, A6M0 se déconnecta.

Noa dut prendre sur elle pour ne pas faire voler son ordinateur à travers la pièce. Au lieu de quoi, elle le referma d'un coup sec.

— Qu'est-ce qui se passe? demanda Peter d'une voix ensommeillée.

— Rien, murmura-t-elle en regrettant de l'avoir réveillé. Rendors-toi.

— OK. Je t'aime, Amanda.

Noa se raidit. C'était très étrange pour elle de réentendre ces mots, même s'ils ne lui étaient pas destinés.

Cela faisait près de dix ans que personne ne lui avait dit « je t'aime ». Elle se souvenait encore de la dernière fois. Sa mère avait attaché sa ceinture de sécurité et déposé un baiser sur son front avant de lui glisser ces mots à l'oreille.

Noa posa son menton sur ses genoux et regarda par la fenêtre en frottant son poignet gauche. Même si elle n'avait plus son bracelet, ce geste l'apaisait.

Amanda remonta la capuche de son chandail à manches longues sur sa tête et resserra son foulard autour de son cou. Il faisait un froid de canard, ce qui était très inhabituel pour une fin octobre.

Merci, le réchauffement climatique.

Ça la mettait hors d'elle que certains « experts » se servent du temps froid pour insinuer que ce n'était qu'un concept créé de toutes pièces par des scientifiques. Comment les gens pouvaient-ils être assez stupides pour ne pas comprendre que le réchauffement climatique ne signifiait pas littéralement que la planète se réchauffait, mais que les phénomènes météorologiques devenaient plus marqués ? Amanda trouvait tout ça franchement énervant.

Drew et elle venaient d'en discuter juste avant autour d'un café, sur le campus. C'était incroyable à quel point ils étaient sur la même longueur d'onde, tous les deux.

Amanda ne s'était jamais sentie aussi parfaitement en phase avec quelqu'un. Bien sûr, il y avait eu Peter. Il était drôle, charmant, il avait su lui apporter une certaine légèreté, et elle l'avait aimé pour tout ça. Mais son habitude de ne rien prendre au sérieux l'agaçait. La vie semblait n'être qu'une vaste blague pour lui. Il n'y avait rien de mal à ça, dans le fond. Comme l'avait dit son prof de psychologie l'autre jour, « chacun développe sa propre vision du monde ». Le problème, c'est qu'Amanda s'était rendu compte que Peter et elle n'avaient plus tellement la même. Ces derniers temps, elle avait du mal à rester attentive quand il se lançait dans ses longs discours sur le libre accès à Internet ou sur l'hacktivisme. Tout cela était si… virtuel. Elle préférait se concentrer sur les problèmes concrets et tenter de les résoudre en personne, plutôt que par le biais d'un réseau anonyme.

Drew partageait son point de vue, de même qu'il comprenait ce qu'elle disait sur les enfants comme son frère qui passaient entre les mailles du système social. Lorsque Marcus s'était marginalisé, personne ne s'était véritablement impliqué pour le sauver. Des structures comme le Refuge étaient loin d'être légion et ne servaient guère qu'à renvoyer les jeunes dans la rue dans des conditions légèrement moins mauvaises.

Drew adorait l'idée qu'avait Amanda de créer des centres dédiés pour faire face à cette problématique de façon plus globale. Elle souhaitait mettre en place des relais pour les adolescents qui soient plus que de simples foyers de réinsertion, des lieux qui leur fourniraient un endroit sûr où dormir, leur permettraient d'obtenir un certificat de fin d'études secondaires et les aideraient à surmonter toutes les difficultés que la vie avait mises sur leur chemin. Quand il aurait fini son droit, Drew comptait travailler dans le milieu associatif local pour apprendre les ficelles du métier. Et il avait laissé entendre qu'ensuite, il s'engagerait auprès d'elle dans ses projets.

Amanda se mit à rougir à cette perspective. Drew était *le bon*, elle en avait la certitude. Mais elle se sentait mal vis-à-vis de Peter. Elle ne s'y était pas bien prise avec lui. Elle aurait dû lui parler beaucoup plus tôt. Elle avait essayé de le joindre toute la journée pour s'excuser, mais chaque fois, elle était tombée directement sur la messagerie.

Ça, c'est bien son genre. Monsieur préfère éviter les discussions sérieuses.

Elle avait toujours été sidérée de voir que lui comme ses parents ne parlaient jamais de son frère, n'osaient même jamais prononcer son nom. Ils avaient pris tant soin de supprimer le moindre signe de Jeremy de leurs vies qu'on aurait dit qu'il n'avait jamais existé. C'était vraiment dommage. Mais elle se rappela que ce n'était plus son problème.

Amanda accéléra le pas. Le campus était désert et il n'y avait quasiment plus aucune fenêtre éclairée. Il était plus tard qu'elle ne le pensait. Elle était épuisée en quittant le Refuge, mais Drew avait réussi à la convaincre d'aller prendre un café avec lui, et ils n'avaient pas vu le temps passer.

J'aurais dû surveiller l'heure.

Elle repensa à Peter et eut un pincement au cœur en revoyant sa mine décomposée quand il était sorti en trombe de sa chambre. Elle chassa cette image de son esprit. C'était un mal pour un bien. Et Peter s'en remettrait. Il plaisait aux filles. Il se trouverait sûrement une nouvelle petite amie d'ici peu.

J'aurais quand même bien aimé l'avoir au téléphone pour pouvoir lui donner quelques explications, l'aider à passer à autre chose.

Amanda était presque arrivée. Devant sa résidence, elle aperçut un étudiant sur des béquilles qui tentait tant bien que mal de passer sa carte dans le lecteur pour ouvrir la porte. Son sac à dos glissa de son épaule et il lâcha un juron.

— Laissez-moi vous donner un coup de main, proposa-t-elle en pressant le pas pour le rejoindre.

Elle sortit sa carte magnétique et déverrouilla la porte d'entrée qui s'ouvrit avec un petit clic. Puis elle se baissa pour ramasser le sac à dos du jeune homme et le lui tendit en souriant.

Mais son sourire s'évanouit presque aussitôt quand elle vit son visage. Il devait avoir au moins trente ans et était bien trop vieux pour vivre dans une résidence universitaire. Il lui lança un regard mauvais tout en se débarrassant de ses béquilles, visiblement inutiles.

Amanda tourna les talons pour s'enfuir. Mais une ombre émergea des buissons sur sa gauche, et une autre sur sa droite, et toutes deux avancèrent dans sa direction.

Elle ouvrit la bouche pour appeler au secours, mais elle perçut un mouvement derrière elle, et une main se plaqua aussitôt sur sa bouche, étouffant son cri. Puis elle sentit comme une piqûre dans sa nuque. Elle se débattit encore quelques secondes jusqu'à ce que ses muscles refusent soudain de répondre. Enfin, son corps entier s'engourdit et elle s'effondra.

CHAPITRE TREIZE

Noa fut réveillée par une odeur de pain brûlé. Elle était complètement courbaturée et sentait quelque chose de dur dans son dos. Elle se redressa en clignant des yeux. Elle s'était endormie sur le rebord de la fenêtre. Quelqu'un — sans doute Peter — avait posé une couverture en laine sur elle. Mais elle avait quand même froid à l'endroit où son dos était resté appuyé contre le mur.

Elle s'emmitoufla dans la couverture et se dirigea vers la cuisine. À travers l'embrasure étroite de la porte, elle reconnut Peter, debout devant deux plaques électriques. Des coquilles d'œufs et des bols sales traînaient sur le plan de travail, et de la fumée sortait d'un grille-pain.

En l'entendant, il se retourna, une tartine carbonisée à la main.

— Salut, dit-il, un faible sourire aux lèvres.

Soudain, le détecteur de fumée se mit à hurler.

Noa passa devant Peter pour atteindre la fenêtre qu'elle eut toutes les peines du monde à débloquer. Quand enfin elle y parvint, elle l'ouvrit en grand. L'air frais qui s'engouffra dans l'appartement la fit aussitôt frissonner. D'une main, elle resserra la couverture autour de ses épaules. Peu à peu, la fumée se dissipa et l'alarme finit par se taire.

Noa se tourna vers Peter qui lui adressa le sourire de travers qu'elle avait déjà remarqué.

— Désolé, s'excusa-t-il platement. J'étais en train de nous faire à manger…

— Tu appelles ça de la nourriture ? le taquina Noa en fixant la tranche de pain qu'il tenait. Je croyais que tu étais un genre de grand chef.

— Je n'ai jamais dit ça, marmonna-t-il.

— Non, mais Cody, si.

— Ouais, ben… son grille-pain est vraiment poche, bougonna Peter en jetant les toasts brûlées dans une poubelle sous l'évier.

— Tout va bien, là-haut ? lança une voix depuis le rez-de-chaussée.

— Oui, Pam, répondit Peter. Désolé pour le bruit.

Noa le regarda. Elle ne savait pas quoi exactement, mais il y avait quelque chose de désopilant dans toute cette situation, et elle fut subitement prise d'un fou rire irrépressible.

— Quoi ? fit Peter en la voyant se plier en deux. Pourquoi tu ris ?

— Y aurait pas… un autre truc… qui soit en train de carboniser ? balbutia Noa entre deux éclats de rire.

— Oh, zut !

Peter se précipita vers la cuisinière et souleva le couvercle d'une poêle. De la fumée s'en échappa. Noa aperçut une omelette carbonisée et se mit à rire de plus belle, au point qu'elle dut s'agenouiller par terre.

— Je ne vois pas ce qu'il y a de drôle, maugréa Peter en tendant la poêle à travers la fenêtre ouverte pour chasser la fumée dehors. Je pense que j'ai ruiné sa poêle. Et maintenant on n'a plus d'œufs.

— Et j'imagine… qu'on n'a plus… de pain ? lança Noa, en s'esclaffant.

Peter acquiesça d'un air penaud.

Noa continuait de rire sans pouvoir s'arrêter. Peut-être était-ce parce qu'elle n'avait pas faim et que la perspective d'être privée de petit déjeuner ne la tracassait pas plus que ça. Et puis, elle ne pouvait pas résister devant la mine décomposée de Peter qui restait figé devant la fenêtre, tenant la poêle à bout de bras…

Il finit par esquisser un sourire.

— Ouais, bon, d'accord, disons que c'est peut-être un petit peu drôle, admit-il.

— T'as l'air malin, j'te jure ! s'exclama Noa, hilare. Tu crois que les pompiers sont en route ?

— C'est ça, rajoutes-en !

Tout à coup, Noa repensa au camion sur lequel elle avait grimpé pour s'enfuir du chantier naval et elle s'arrêta brusquement de rire. Elle leva les yeux vers Peter qui la dévisageait d'un air inquiet.

— Ça va ? lui demanda-t-il.

— Oui, oui, répondit-elle en se relevant. Où est Cody ?

— Il est parti travailler à l'hôpital. On voulait te réveiller pour la prise de sang, mais tu dormais à poings fermés. Il a dit qu'il repasserait pendant sa pause.

— OK.

Noa frissonna en imaginant l'aiguille se planter dans sa peau et son sang couler dans un tube. Elle sentit de la bile remonter dans sa gorge et sa main se porta à sa poitrine.

— Bon, je vais voir si je peux rattraper le coup, proposa Peter en regardant autour de lui d'un air sceptique. Ça passera peut-être avec un peu de sauce piquante.

— T'en fais pas, fit Noa en agitant une main en l'air. J'ai pas faim.

Peter hocha la tête comme si c'était normal, alors qu'elle n'avait rien avalé la veille au soir.

— Tant mieux, ça en fera plus pour moi !

Noa se sentit agacée par son enthousiasme forcé, mais se retint de lui répliquer quoi que ce soit. Après tout, il essayait juste de la rassurer. Il n'y était pour rien si les fonctions de son corps étaient complètement déréglées.

— Bon, je vais me remettre au travail, lança-t-elle.

— Très bien. Après, je regarderai où en est le chargement des données. Je pense que tout est sur le serveur, maintenant.

Tandis qu'elle regagnait le salon, lui aussi enfumé, Noa entendit le grésillement de l'eau qu'on verse dans une poêle chaude. Bien qu'ayant déjà froid, elle ouvrit un peu une fenêtre pour aérer la pièce et s'installa par terre sur un coussin. Elle alluma son ordinateur et consulta ses courriels. Aucune nouvelle de son correspondant dont le mystère commençait à l'énerver. Par curiosité, elle décida d'effectuer une recherche sur « A6M0 ». Comme elle, la plupart des pirates informatiques choisissaient un pseudonyme qui avait une signification personnelle particulière. Peut-être était-ce aussi son cas.

Elle obtint toute une série de liens vers la Bourse australienne et d'autres remplis de caractères qui ressemblaient à du japonais. Elle fit défiler trois pages de résultats et s'apprêtait à laisser tomber quand elle remarqua un lien vers un article de Wikipédia.

— Bingo! s'exclama-t-elle.

— Quoi?

Noa se retourna. Peter se tenait dans l'entrée du salon et il essuyait la poêle avec un torchon.

— Non, rien, répondit-elle. C'est juste que j'ai trouvé un truc.

— Sur le Projet Perséphone? demanda Peter en s'approchant.

— Non, aucun rapport.

Elle fit légèrement pivoter l'écran pour que Peter ne puisse pas voir ce qu'elle regardait. Quand elle avait raconté ses aventures de ces derniers jours à Cody et lui, elle avait omis de leur parler de son ange gardien. Elle ne savait pas trop pourquoi, ça avait simplement été une sorte de réflexe.

— Oh, fit Peter d'un air gêné. Si tu as besoin de quoi que ce soit, je suis dans la chambre de Cody.

— OK.

— Je vais utiliser son ordinateur pour poursuivre mes recherches.

— Hmm.

Noa fit de son mieux pour masquer son agacement. Même si ça faisait longtemps qu'elle n'avait pas passé autant de temps entourée d'autres personnes, elle n'avait pas le souvenir qu'un tel degré de bavardage était la norme.

— Bon courage, lança-t-elle avant de tourner les yeux vers son portable.

— Euh, merci, bredouilla Peter en sortant de la pièce.

Bon sang, c'est pas trop tôt.

Noa parcourut la page Wikipédia. L'A6M Zero était un avion de chasse japonais pendant la Seconde Guerre mondiale — ce qui expliquait les nombreux résultats en japonais. Les forces alliées l'avaient surnommé « Zeke », et Noa en déduisit que c'était peut-être le prénom de son mystérieux correspondant. Ou alors, c'était peut-être un fan d'aviation.

Me voilà bien avancée…

Quelques instants plus tard, Noa entendit Peter proférer des jurons. Une pause, puis il pesta de nouveau.

— Mais qu'est-ce qui se passe, à la fin ? finit-elle par lancer, exaspérée.

— Je ne peux pas me servir de ce truc.

— De quoi tu parles ?

— Viens voir.

Noa entra dans la chambre de Cody. Peter était assis sur une chaise de jardin en plastique devant un vieux moniteur. Noa leva les sourcils en repérant l'énorme unité centrale posée sous le bureau.

— Je rêve ou c'est un Gateway ? demanda-t-elle.

— Non, non, tu ne rêves pas, soupira Peter. Il doit avoir au moins dix ans.

— Combien de RAM ?

— Trente-deux megs.

— Sérieux ? s'exclama Noa d'un air amusé.

— Et attends, tu ne sais pas le meilleur : il roule sous Windows 2000.

— Non ?

Noa n'en revenait pas. Elle traversa la pièce, se pencha au-dessus de Peter et tapa quelques touches sur le clavier pour afficher les informations du système.

— Ouah, cette chose devrait être dans un musée, reprit-elle.

— Tu m'étonnes, acquiesça Peter avant de prendre un air songeur. C'est bizarre, je croyais que mes parents avaient donné le vieux portable de mon frère à Cody.

— Peut-être qu'il l'a emporté avec lui ?

— Oui, peut-être. En même temps, je ne vois pas trop comment il aurait le temps de consulter ses courriels aux urgences. Enfin bref, ce qui est sûr, c'est que je ne vais pas pouvoir faire grand-chose avec cette antiquité. Donc si tu veux bien me prêter un peu ton MacBook...

— On t'a jamais appris que l'ordinateur d'un pirate informatique est sacré ?

— Je sais, je sais, dit Peter en souriant. On ne se connaît pas encore très bien et c'est sans doute un peu tôt pour partager un ordinateur...

— Beaucoup trop tôt, le corrigea Noa. Et je n'ai même pas eu droit à un petit déjeuner, espèce de goujat !

— Ce n'est pas faute d'avoir essayé ! protesta-t-il. Et puis, je me disais que Cody avait imprimé une grande partie de ce dont tu as besoin et...

— C'est vrai, admit-elle.

Noa était angoissée à la seule pensée de laisser quiconque s'approcher de son ordinateur. C'était une sorte de code entre geeks, un peu comme les chefs cuisiniers qui ne travaillent qu'avec leurs propres couteaux : on n'était pas censé partager ses outils. Mais d'un autre côté, Peter avait raison : il n'arriverait à rien avec la vieille machine de Cody. Et ce qu'elle avait prévu de faire aujourd'hui — associer les fichiers à des noms — ne nécessitait pas l'usage de son portable.

— Bon, OK, finit-elle par céder. Mais n'imagine pas que je vais te donner mes mots de passe.

— Bien sûr que non, répondit-il, horrifié. J'ai un minimum de savoir-vivre.

Il lui adressa un sourire qu'elle lui rendit à son tour. Elle se rendit soudain compte combien ils étaient proches l'un de l'autre : elle s'était penchée par-dessus son épaule pour examiner l'ordinateur, et leurs cuisses se touchaient. Elle sentit entre eux une tension étrange, presque électrique. Une lueur vacilla dans les yeux de Peter et il s'approcha plus près d'elle.

— Noa, je...

— Je vais chercher mon portable, lâcha-t-elle en reculant prestement.

Peter se tut, mais elle sentit son regard posé sur elle tandis qu'elle sortait de la pièce.

Elle était extrêmement troublée. Ses oreilles bouillaient et son cœur battait à tout rompre dans sa poitrine, lui donnant l'impression de suffoquer. Et pourtant, elle savait que ça n'avait rien à voir avec l'opération. Non, c'était autre chose — et elle n'était pas sûre que ça lui plaisait.

En vérité, Noa n'avait jamais embrassé de garçon — un secret qu'elle n'aurait révélé pour rien au monde. Elle avait pourtant eu des occasions. Quand elle était au Foyer et dans certaines de ses familles d'accueil, il lui était souvent arrivé de repousser des garçons qui voulaient l'embrasser — voire plus. À vrai dire, elle n'en avait jamais eu envie.

Jusqu'à maintenant.

Noa se prit à songer aux lèvres de Peter. Elles paraissaient douces et étonnamment charnues pour un garçon, et pendant une seconde, elle tenta de les imaginer contre les siennes… Puis elle secoua la tête pour chasser cette image de son esprit.

Je suis ridicule de me faire toutes ces idées. Ça doit être à cause du stress de ces derniers jours. Et puis Peter a été très gentil avec moi, c'est pour ça.

Noa ramassa son MacBook et revint dans la chambre de Cody en espérant que Peter ne remarquerait pas qu'elle était toute rouge. Il était toujours assis face à la porte et il avait les yeux rivés sur elle quand elle entra, comme s'il attendait quelque chose.

— Tiens, fit Noa en lui tendant son portable d'un geste brusque.

Puis elle tourna les talons sans même croiser son regard.

De retour au salon et encore décontenancée, elle ramassa les piles de papiers que Cody avait soigneusement rangées dans un coin, la veille. Au bout d'un moment, elle entendit Peter qui pianotait sur le clavier dans l'autre pièce. Apaisée par ce bruit, elle sentit sa respiration se ralentir et s'efforça de se concentrer sur les documents.

Elle pensa avec effroi que le nom de celui sur qui on avait prélevé le thymus qu'on lui avait probablement greffé se trouvait peut-être dans ces pages, puis elle se ressaisit. Elle n'avait qu'à lire les dossiers avec détachement, comme si c'était une mission qu'on lui avait confiée.

Une fois passé son malaise initial, son travail s'avéra plus facile qu'elle ne l'avait pensé, et la matinée s'écoula vite. Noa épluchait les dossiers et tâchait de repérer certains points communs pour pouvoir les trier. Cody lui avait dit ce qu'elle devait chercher : d'abord le groupe sanguin, puis certains marqueurs propres à chaque patient.

Elle s'interrompit pour aller aux toilettes, passa devant la chambre de Cody et en profita pour jeter un coup d'œil à Peter. Il faisait claquer son talon sur le sol à un rythme régulier. C'était un bruit étrangement rassurant, un peu comme le martèlement de la pluie contre une vitre. Pour la première fois depuis qu'elle s'était réveillée sur la table d'opération, Noa parvenait à se détendre un peu. Elle pouvait enfin cesser, pour un temps, d'être sur le qui-vive.

— Tu as faim ?

— Quoi ? fit Noa en constatant qu'elle était plantée à l'entrée de la chambre de Cody.

— Tu veux manger quelque chose ? insista Peter en s'étirant avant de se lever. Moi, j'ai trop l'estomac dans les talons.

Il s'humecta les lèvres et Noa sentit qu'elle rougissait de nouveau. Elle tourna la tête pour dissimuler son trouble et ses yeux tombèrent sur l'horloge. Il était midi passé.

— Bof, j'ai pas très faim, marmonna-t-elle.

— OK. Si tu changes d'avis, Cody a dit qu'on pouvait se servir dans le frigo. Je te préviens, il n'y a pas grand-chose.

Noa fut soulagée de constater que Peter n'avait apparemment pas remarqué la tension qu'il y avait eu entre eux un peu plus tôt. Ou alors, lui aussi faisait comme si de rien n'était. Dans tous les cas, ça lui allait très bien.

— Au fait, il revient à quelle heure ? demanda-t-elle.

— Je pense qu'il ne devrait pas tarder. Il reprend à 15 h à l'hôpital, donc il va juste faire un saut pour, tu sais…

— Ouais ouais.

Me piquer avec une aiguille. Me pomper du sang…

— Après manger, je prendrai une douche, reprit Peter. Tu veux y aller d'abord ?

Noa n'était pas très à l'aise à l'idée de se laver chez Cody, mais cela pourrait peut-être la réchauffer. Du reste, elle ne devait pas sentir très bon. Elle se rendit compte qu'il ne lui restait plus qu'une seule tenue propre. C'était l'occasion de faire une lessive dans le lavabo.

— Oui, je veux bien.

— Ça marche. Cody a laissé des serviettes au bord du bain.

Pendant que Peter se dirigeait vers la cuisine, Noa se rendit dans la salle de bain. Elle se déshabilla, entra dans la douche et régla la température de l'eau au plus chaud. Puis elle resta de longues minutes sous le jet bouillant, la tête penchée en avant et les yeux fermés, sentant peu à peu les tensions dans ses épaules s'atténuer.

Elle entendit des bruits de voix dans l'appartement et devina que Cody était rentré.

Noa sortit de la douche à contrecœur. Elle se passa les doigts dans les cheveux, essuya le miroir couvert de buée et y observa son reflet. Elle fut surprise de voir qu'elle avait plutôt bonne mine. Certes, elle était plus pâle que d'habitude — ce qui tenait de l'exploit —, mais les cernes sombres sous ses yeux avaient disparu, malgré son manque de sommeil, et ses joues avaient repris des couleurs.

Noa s'habilla, puis se brossa les dents avec l'index.

Il faut que je demande à Cody où je pourrais acheter des affaires de toilette dans le coin. Et il nous faudrait des téléphones avec des cartes prépayées.

Lorsqu'elle entra dans le salon, elle trouva Cody et Peter en pleine conversation.

— Qu'est-ce qui se passe ?

— J'ai découvert quelque chose, annonça Peter, tout excité. Mais ce n'est pas joli-joli. Un truc incroyable.

— Pour ne pas dire invraisemblable, intervint Cody d'un air sceptique.

— Mais non, c'est logique, répliqua Peter.

— Bon, est-ce que l'un de vous deux va finir par me dire de quoi il s'agit ? demanda Noa avec lassitude.

Elle se sentait de nouveau fatiguée, et la chaleur que son corps avait emmagasinée commençait déjà à se dissiper.

— J'ai concentré mes recherches sur l'une des sociétés écrans figurant sur la liste des détenteurs de titres de propriété du chantier naval, expliqua Peter. Ça n'a pas été facile, mais j'ai remonté sa trace en identifiant trois sociétés de portefeuille successives situées à l'étranger. Et devine qui est au bout de la chaîne ?

Noa détestait ce genre de questions. Si Peter savait qui était derrière tout ça, pourquoi ne se contentait-il pas de cracher le morceau ?

D'un air triomphant, il tourna l'écran de l'ordinateur vers elle. Noa fronça les sourcils. C'était la page d'accueil du site dont son mystérieux ange gardien lui avait plusieurs fois envoyé le lien.

— Un fabricant de shampoing ? bredouilla-t-elle, incrédule.

— Pas seulement, précisa Peter en ouvrant un sous-menu. Comme tu peux le voir, Pike & Dolan a de nombreuses cordes à son arc : industrie pharmaceutique, produits de grande consommation, recherche médicale. C'est aussi eux qui fabriquent… tu sais, ce nouvel édulcorant que tout le monde utilise.

— C'est l'un des plus gros groupes de tout le pays, renchérit Cody. Charles Pike a investi des millions dans la recherche médicale. Une aile entière de l'hôpital de Boston porte son nom. Je l'imagine mal mettre en danger son empire en s'impliquant dans une affaire pareille.

— Peut-être qu'il a ses raisons, suggéra Peter. J'ai aussi trouvé ça.

Il cliqua sur une autre fenêtre. L'image d'une jolie jeune fille apparut en haut de l'écran. Elle était blonde, le teint pâle, et devait avoir à peu près leur âge. La photo aurait très bien pu figurer en couverture d'un magazine. En dessous, l'article avait pour titre : « Elinor Pike, atteinte de la PEMA ».

— La fille de Charles Pike est malade, résuma Peter. Et regardez ça.

Il pianota sur le clavier et afficha une vidéo. On y voyait un homme grand, à la carrure imposante, âgé d'une cinquantaine d'années. Charles Pike avait les cheveux gris, mais ses sourcils étaient encore noirs. Il avait des traits prononcés, un menton légèrement anguleux et les yeux bleus. Il paraissait sûr de lui, habitué à obtenir ce qu'il voulait. Il se tenait derrière un podium, et une banderole au-dessus de lui indiquait : « Fondation Pike contre la PEMA ». Peter cliqua pour lire la vidéo et la voix de Charles Pike sortit dans les haut-parleurs :

« ... un véritable fléau de notre époque qui pourrait causer la perte d'une génération tout entière. C'est pourquoi je vous demande de rallier notre cause et de faire un geste généreux pour nous aider à trouver un vaccin contre la PEMA. »

Peter coupa le son de la vidéo et fit un moulinet dans l'air avec sa main.

— Bref, ça continue comme ça pendant un bon moment.

Noa observa Charles Pike, désormais muet. Il avait l'air exalté certes, mais tellement… normal. Et pourtant, au bout du compte, c'était peut-être lui qui était responsable de ce qui lui était arrivé. Elle sentit un frisson lui parcourir l'échine.

— J'avais effectivement entendu dire que sa fille avait la PEMA, dit Cody. Mais bon, ça devient de plus en plus abracadabrant.

— Tu disais qu'on était loin d'avoir trouvé un remède, fit remarquer Peter. Et la fille de Pike est malade depuis près d'un an. Il ne lui reste sans doute pas beaucoup de temps à vivre. Pike est peut-être désespéré.

— Certains fichiers remontent à plus d'un an, murmura Noa.

— Quoi ?

— Ils font ça depuis plus longtemps, reprit-elle, incapable de quitter la photo de la fille du regard. Les expériences ont commencé avant qu'elle ne l'attrape.

La fille avait quelque chose dans les yeux qui interpellait Noa, quelque chose d'envoûtant.

— C'est vrai que les enjeux financiers sont énormes, reconnut Cody. Si une entreprise trouvait un remède, ou même un vaccin, elle ferait fortune, c'est sûr.

— Voilà qui explique pourquoi mon père trempe dans tout ça, dit Peter avec amertume.

— Peut-être qu'il veut seulement épargner à d'autres parents la douleur qu'il a connue, avança Cody d'une voie douce. Tes parents n'ont sans doute pas la moindre idée des expériences menées par Pike & Dolan.

— C'est ça. Et ils pensent sûrement que Mason et ses sbires sont des bénévoles qui se déguisent en clowns pour rendre visite aux malades.

Cody secoua la tête.

— Je sais que c'est dur, Pedro. Mais tu devrais leur accorder le bénéfice du doute.

— Fais-le si tu veux, mais moi, je n'ai plus confiance en eux. Et maintenant, qu'est-ce qu'on fait ?

Ils restèrent silencieux quelques instants.

— Tu as bien récupéré toutes les données liées au Projet Perséphone ? demanda Cody.

— Oui, acquiesça Peter. Mais ils ont certainement des copies.

— Non, intervint Noa.

— Comment tu le sais ? fit Peter, intrigué.

— Ce que je veux dire, c'est que même s'ils ont des copies, ils ne peuvent pas y accéder pour le moment, répondit Noa pour rattraper sa gaffe.

— C'est sans doute pour ça qu'ils te traquent sans relâche, en déduisit Cody.

— Je suis la clé, murmura-t-elle en comprenant tout à coup les propos d'A6M0.

Cody et Peter la dévisagèrent avec étonnement.

— La clé ? répéta Peter. C'est-à-dire ?

— Non, rien, balbutia Noa. C'est juste que… il faut qu'on découvre ce qu'ils m'ont fait. Puisqu'ils ne me lâchent pas, je dois avoir quelque chose de spécial dont ils ont besoin.

— Peut-être. Ou bien ils ont simplement peur que tu racontes ce qui t'est arrivé.

— Qui me croirait ? Je suis une fille de l'Assistance publique et j'ai fait de la prison. Tu crois vraiment qu'on me prendrait au sérieux si je prétendais que Charles Pike a engagé des gens pour me kidnapper et faire des expériences sur moi ?

— Oui, bon, vu comme ça… Mais alors, pourquoi ils te veulent autant ?

Tout le monde devint songeur. Jusqu'au moment où Cody consulta sa montre, puis s'éclaircit la gorge :

— Si tu veux, Noa, je peux t'emmener passer la radio maintenant. Jack m'a dit qu'on pouvait venir à n'importe quelle heure à partir de midi.

— OK, alors allons-y.

Noa traversa la pièce, attrapa son blouson et commença à enrouler le câble d'alimentation autour de son ordinateur portable.

— Oh, tu l'emportes ? s'enquit Peter. Je pensais poursuivre mes recherches en vous attendant. Maintenant

que j'en sais plus, je voudrais essayer de localiser les pro-
priétés immobilières de Pike & Dolan, des endroits où
ils pourraient, tu sais... détenir d'autres personnes...
comme toi.

— Je le prends, répliqua Noa.

— T'es sûre ? Enfin, ce n'est pas comme si...

— Je ne pars pas sans mon portable, dit-elle
sèchement.

— Hé, ne t'énerve pas. Je voulais juste...

— Pourquoi tu ne viendrais pas avec nous, Pedro ?
intervint Cody. Je suis sûr qu'il y a le wifi à la clinique.

— Je croyais qu'on était censés faire profil bas, bougonna Peter.

Noa lui jeta un regard noir et il leva les mains en signe
de capitulation.

— C'est bon, c'est bon, je vous accompagne. Si vous
préférez qu'on perde du temps...

La table était un peu courte pour Noa, qui dut laisser ses
mollets pendre dans le vide. Dans la pièce flottait une
odeur écœurante, un mélange d'effluves douceâtres de
désinfectant, d'urine de chat et de poil de chien. Elle
repéra une étagère remplie de boîtes de médicaments
sur le mur qui lui faisait face. Plusieurs indiquaient
« gâteries pour chien », « gâteries pour chat » et même

«gâteries pour reptile». Elle avala sa salive. Au-dessus d'elle, l'appareil de radiographie la fixait d'un air hagard, comme un gros œil malveillant.

Jack termina de couvrir le bas de son buste d'un épais drap de protection.

— Désolé pour la longueur de la table, s'excusa-t-il. Normalement, c'est prévu pour des animaux.

— Ça fait rien, dit Noa en se forçant à sourire.

Peter était resté dans la salle d'attente, mais Cody se tenait dans le coin opposé de la pièce, devant l'écran où s'affichaient les images. Noa se demanda ce qu'il avait bien pu raconter à Jack. Le vétérinaire ne semblait pas tellement déconcerté par le fait de prêter son matériel pour radiographier une jeune fille. Ça ne devait pourtant pas lui arriver souvent.

— Prête? lança-t-il.

Noa hocha la tête.

— Alors retiens ta respiration et ne bouge plus.

Elle s'exécuta pendant que la machine émettait plusieurs cliquètements successifs.

— Et voilà, dit Jack en s'approchant d'elle pour retirer le drap.

— C'est fini? demanda-t-elle.

— Oui, te voilà numérisée! annonça-t-il d'une voix enjouée. Les résultats sont immédiats. Tu peux aller voir, si tu veux. Je vous laisse, on doit m'amener un labrador qui s'est fait renverser par une voiture. Vous ne m'en voulez pas si je ne vous raccompagne pas ?

— File, lui répondit Cody. Et merci encore.

— Pas de problème, répondit Jack avant de se tourner vers Noa. Ravi de t'avoir rencontrée. N'hésite pas à revenir si tu as besoin d'un vermifuge.

Il sortit de la pièce en riant de sa blague.

Le sourire de façade de Cody s'évanouit aussitôt. Il se pencha en avant pour examiner l'écran. Après un instant d'hésitation, Noa descendit de la table et le rejoignit. Le moniteur affichait une grande image en noir et blanc. Ses côtes pâles ressortaient nettement, tels de longs doigts tendus. Autour et en dessous, elle distingua plusieurs masses protubérantes.

— Alors ? demanda-t-elle au bout d'une minute à Cody, qui n'avait encore rien dit.

— On a vu juste, déclara-t-il avant de poser son index sur l'écran. Ça, c'est ton cœur. Et ici, juste à côté, c'est ton thymus. Tu vois cette forme, là ? Eh bien… elle ne devrait pas y être.

Noa observa la masse qu'il lui indiquait. Elle était presque aussi grosse que le cœur.

— Et à quoi ça sert exactement, le thymus ?

— J'en ai discuté ce matin avec un ami qui s'est spécialisé en endocrinologie. Cette glande sert de lieu de maturation aux lymphocytes T.

Noa lui jeta un regard perplexe.

— Euh, tu parles en quelle langue, là ?

— Désolé, s'excusa-t-il avec un sourire. Bon, tu sais ce qu'est le système immunitaire ?

— Vaguement. C'est ce qui nous empêche de tomber malades…

— En effet, confirma Cody. Et ce sont des cellules spécifiques qui combattent la maladie. Mais lors de leur fabrication, elles ne sont pas encore opérationnelles. Dès notre naissance, le thymus leur fournit une sorte de camp d'entraînement. Il leur permet de devenir des lymphocytes T, qui sont les globules blancs qui luttent contre les infections. Lorsqu'on arrive à la puberté, toutes ces cellules savent ce qu'elles ont à faire et le thymus cesse son activité.

— Et qu'est-ce qui est censé se produire avec un thymus supplémentaire ?

— J'ai fait quelques recherches là-dessus pendant ma pause et il y a eu plusieurs études sur le sujet. Tu te souviens des souris dont je t'ai parlé, celles qui naissent avec un deuxième thymus ?

— Oui…

— Dans leur cas, les deux thymus arrêtent de fonctionner en même temps. Le deuxième est donc superflu. Mais un chercheur avance l'hypothèse que si on parvenait à en garder au moins un des deux actif, le corps pourrait développer de nouveaux lymphocytes T, plus résistants, peut-être même capables de combattre des maladies spécifiques.

— Comme la PEMA, avança Noa en suivant son raisonnement.

— Exactement.

— Je vois… Bon, et maintenant, c'est l'heure de la prise de sang?

— Si tu veux, répondit Cody. Ce matin, je me suis rendu compte que je ne t'avais même pas demandé ton avis. Je me suis dit que tu voudrais savoir si tu étais atteinte, mais je comprendrais très bien que ce ne soit pas le cas.

— Si, je veux savoir, répliqua Noa d'un ton déterminé en lui tendant son bras. Allez, ce sera fait!

Cody sortit un kit de prélèvement. Elle détourna la tête tandis qu'il lui tamponnait le creux du coude avec un coton imbibé d'alcool. Il devait avoir l'habitude, car elle sentit à peine la piqûre de l'aiguille.

— Tu crois que ça sera positif? s'inquiéta-t-elle.

— Aucune idée. Et ça ne sert à rien de faire des suppositions. Mieux vaut attendre le résultat. Voilà, c'est fini, annonça-t-il en appuyant une compresse sur son bras.

Ses mains étaient chaudes quand il lui apposa un diachylon.

— Merci. Quand est-ce qu'on sera fixés ?

— D'ici ce soir. C'est un test rapide. Je glisserai le tube avec les analyses d'un autre patient.

— Ça ne craint rien ?

— Je ferai attention, répondit Cody avec désinvolture.

Noa avait toutefois le sentiment qu'il prenait des risques bien plus grands que ce qu'il laissait entendre.

— Pourquoi tu fais tout ça ? lui demanda-t-elle.

— Je te l'ai dit, Peter est comme un frère pour moi, répondit Cody sans croiser son regard.

— Peut-être, mais tu pourrais quand même avoir de gros problèmes si tu te faisais prendre, je me trompe ?

Cody émit une sorte de petit rire guttural.

— C'est vrai.

— Alors pourquoi ? insista-t-elle.

Il leva son visage vers elle et planta ses yeux dans les siens.

— Tu as déjà été amoureuse ?

— Quoi ? fit Noa, prise au dépourvu, avant de secouer doucement la tête. Euh, non. Attends, tu veux dire que... tu es amoureux de Peter ?

Cette fois, Cody éclata d'un rire franc.

— Mais non ! Enfin, j'adore ce gamin, mais pas comme ça, dit-il avant de poursuivre d'une voix proche du murmure. Je n'ai aimé qu'une seule personne dans ma vie. Et puis cette personne est morte. Mais je lui ai fait la promesse que je veillerais sur son frère.

— Oh, lâcha-t-elle. Ne t'en fais pas, je ne dirai rien à Peter.

Son regard s'adoucit et il serra son genou.

— Je sais. C'est pour ça que je me suis permis de t'en parler.

Ils restèrent silencieux pendant une bonne minute. Noa avait l'impression étrange qu'il y avait quelqu'un d'autre avec eux dans la pièce. Mais cette pensée ne l'effrayait pas. Au contraire, c'était plutôt rassurant, comme si les anges gardiens existaient vraiment.

— Il faut qu'on y aille, finit par dire Cody en glissant le tube dans la poche de sa veste. Mieux vaut ne pas laisser Peter trop longtemps tout seul. Je le connais, s'il voit des chiots, il ne voudra plus repartir !

Dans la salle d'attente, Peter était penché sur le MacBook de Noa, bouche bée, les yeux écarquillés. Une grosse femme d'environ quarante ans l'observait d'un air craintif en serrant contre elle un panier de transport pour chat. Noa ne put s'empêcher de sourire.

Je peux facilement la comprendre. Il a l'air complètement dérangé.

Il leva la tête et les aperçut.

— Enfin, vous voilà ! s'exclama-t-il en fourrant le portable dans le sac de Noa. Bon sang, c'est fou, si vous saviez ce que j'ai...

— Tu nous raconteras ça dehors, le coupa Cody.

Ils sortirent dans la rue. La clinique vétérinaire n'était pas très loin du laboratoire de l'hôpital de Boston où Cody comptait déposer le tube à analyser.

— Alors, t'as trouvé quoi ? lança Noa.

— Toi d'abord, rétorqua Peter. Qu'est-ce que ça a donné, la radio ?

Noa le fusilla du regard, exaspérée. Du coin de l'œil, elle perçut un léger secouement de tête de la part de Cody. Aussitôt, Peter fronça les sourcils avant de se racler la gorge et de reprendre la parole :

— Bon, OK, je commence. J'ai localisé plusieurs emplacements possibles, de vastes complexes d'entrepôts, comme celui de Boston Sud. Pike & Dolan est censé y stocker des produits, mais il n'existe aucun manifeste d'expédition lié à ces endroits.

— Bien joué, Pedro, le félicita Cody.

— C'est quoi, cette histoire de manifeste ? demanda Noa, visiblement perplexe.

— Si Pike & Dolan se servait vraiment de ces entrepôts comme plateformes de stockage de produits avant de les envoyer, il devrait y avoir un va-et-vient permanent de camions et de conteneurs de marchandises, avec un suivi à chaque étape du transport, expliqua Cody.

— Exact, confirma Peter. Or je n'ai trouvé aucune trace de quoi que ce soit. Autrement dit, ils ont peut-être installé des laboratoires dans ces endroits.

Noa frissonna à cette perspective.

— Tu en as identifié combien ?

— Trois, pour le moment, indiqua-t-il d'un air sombre. Et l'un d'entre eux est situé à la frontière de l'État de Rhode Island, à un peu plus d'une heure d'ici. Il y a deux jours, un chargement répertorié en « divers » y a été expédié et c'était la première livraison là-bas depuis un bon bout de temps. Donc je pense que c'est peut-être là qu'ils ont déménagé après, tu sais...

Noa hocha la tête.

Après mon évasion.

Elle se remémora les bâtiments entre lesquels elle s'était enfuie. Elle avait eu le sentiment que d'autres comme elle étaient prisonniers à l'intérieur. Mais elle avait continué à courir. De toute façon, elle n'aurait rien pu faire pour eux à ce moment-là — alors que désormais, elle pouvait peut-être leur venir en aide.

— Il faut qu'on aille libérer les autres, lâcha-t-elle.

— Oh là, chaque chose en son temps, tempéra Cody. Quand j'aurai fini mon travail, on discutera tranquillement chez moi de ce qu'on peut faire.

— Ouais, mais…

— On ne peut pas débarquer tout seuls comme ça. Tu as bien dit qu'il y avait des hommes armés sur le chantier naval? lui rappela Cody en levant un sourcil. Et tu as vu le mal que tu as eu à leur échapper? Je crois qu'il est temps de faire intervenir la police.

— Et on leur dira quoi? lança Peter. On n'a pas suffisamment d'éléments pour obtenir un mandat de perquisition. Le cabinet d'avocats de ma mère se régalerait avec un cas pareil.

— Peter a raison, il nous faut plus de preuves, renchérit Noa. Pour l'instant, on n'a rien qui implique directement Pike & Dolan. Et puis j'aime pas les policiers. S'ils rappliquent, c'est sans moi.

Cody passa la main sur son visage d'un air las. Ses traits étaient creusés par la fatigue.

— Bon, alors voilà ce qu'on va faire. Je vais aller déposer le prélèvement, puis dire à l'hôpital que je suis malade. Ensuite on se retrouve chez moi et on essaie d'établir plus de liens avec Pike & Dolan. Après quoi, on pourra mettre au point une stratégie.

— Ça m'a l'air pas mal, acquiesça Peter.

— On est d'accord? reprit Cody en les regardant tous les deux. Parce que pendant un moment, j'ai eu la nette impression que vous envisagiez de partir et de faire un truc idiot.

— Non, c'est bon, on va t'attendre bien sagement, dit Peter.

Noa ne répondit rien.

— Où sont les téléphones que vous avez achetés en chemin ?

— Ici, dit Peter en soulevant le sac qu'il tenait. Je les ai activés pendant que vous étiez avec Jack.

— Parfait. Je vais récupérer vos numéros.

Cody attrapa les téléphones dans le sac et entra les numéros dans le sien avant de les rendre à Peter.

— Vous m'appelez dès que vous êtes rentrés à la maison. Compris ?

— Oui, maman, répondit Peter.

— Je ne plaisante pas, Pedro. D'ailleurs, je n'en ai pas pour longtemps, vous devriez peut-être m'accompagner.

— Tout ira bien, déclara Noa d'une voix assurée. À tout à l'heure.

— Bon, ça marche, dit Cody en posant ses mains sur les épaules de Peter. Pas de bêtises, hein ?

— Mais non, ne t'inquiète pas, marmonna Peter.

— Je compte sur toi. Tu es quasiment la seule famille que j'aie, tu sais.

D'un bras musculeux, il enveloppa Peter et, de l'autre, il attrapa Noa et l'attira à lui. Elle fut si surprise qu'elle n'eut pas le temps de réagir. Il les serra tous les deux contre lui pendant une bonne dizaine de secondes, puis il les lâcha et partit sans se retourner.

Peter et Noa le regardèrent s'éloigner sans dire un mot, jusqu'à ce qu'il disparaisse à un angle de rue.

— On part dans le Rhode Island ? dit-il en se tournant vers elle.

— C'est clair.

CHAPITRE
QUATORZE

—**M**a voiture est chez mes parents, indiqua Peter. Je peux demander à Amanda de nous prêter la sienne...

— C'est trop risqué, répondit Noa. Elle est peut-être sous surveillance.

— Oui, c'est vrai. Mais il nous faut un véhicule. Pas question d'y aller en bus ou en train. De toute façon, j'ai vérifié, c'est vraiment loin.

— Ça paraît logique. Ils ont du culot, quand même, ils auraient pu installer leur laboratoire clandestin dans un endroit mieux desservi, ironisa-t-elle.

— C'est parfaitement scandaleux, renchérit Peter d'un air indigné, avant de poursuivre sur un ton grandiloquent : j'ai la ferme intention d'envoyer un courrier bien salé à ce malotru de Mason quand tout cela sera fini.

Noa ne put s'empêcher de sourire.

— Tu ne me crois pas ? reprit Peter d'une voix enjouée. J'ai déjà composé le brouillon dans ma tête. Écoute ça : « Cher M. Trouduc, je vous remercie de m'avoir confisqué mon ordinateur et mon téléphone cellulaire. Ah, et aussi d'avoir conduit mes parents à me jeter dehors. »

— « J'ai particulièrement apprécié l'opération que j'ai subie, ajouta Noa. Et je tiens à vous exprimer toute ma reconnaissance pour le nouveau thymus, il marche à merveille. »

— « Je suis infiniment désolé d'avoir brické votre serveur et volé vos données. Je vous promets que cela n'arrivera plus. Bien cordialement, Vallas et Rain. »

Noa éclata de rire.

— Wow ! s'exclama Peter.

— Quoi ?

— Rien, c'est juste que…, bredouilla-t-il avant de baisser les yeux. Tu es très jolie quand tu souris, tu sais.

Noa sentit le rouge lui monter aux joues.

— Et sinon, je suis laide ? plaisanta-t-elle.

— Non, mais pas aussi jolie, répondit-il d'un ton sérieux, la faisant rougir de plus belle. Viens.

Le feu des piétons venait de passer au vert. Peter mit son bras autour de la taille de Noa pour qu'ils traversent la rue ensemble. Il le retira quand ils arrivèrent de l'autre côté et elle en éprouva une pointe de déception.

— Bon, il nous faut une voiture, rappela Peter.

Ils se mirent à marcher le long du trottoir. Le froid était vif et, au-dessus d'eux, le ciel était rempli de gros nuages blancs. Noa regretta une nouvelle fois de ne pas avoir acheté des souliers à la place de ses bottes. Elle sentait le froid s'insinuer à travers ses fines semelles et lui geler les orteils.

— J'imagine que tu ne..., commença Peter d'un air hésitant. Non, rien, laisse tomber.

— Quoi donc?

— Ben... Est-ce que tu sais comment démarrer une voiture... avec les fils?

Noa pila si brusquement au milieu du trottoir qu'un homme d'une trentaine d'années qui marchait derrière elle faillit la heurter. Il l'évita de justesse et grommela des jurons en s'éloignant.

— Et pourquoi je saurais faire un truc pareil? fulmina-t-elle.

— Je ne sais pas, répondit Peter en haussant les épaules. Je me disais juste que peut-être...

— Que c'était un truc qu'on enseignait aux gamins de l'Assistance?

— Non, mais euh…, bredouilla Peter, embarrassé.

— Mais si, voyons. Et on nous apprend aussi à crocheter des serrures et à voler des sacs à main.

— Ah ouais? Eh ben tant qu'à faire, ils auraient dû penser à inclure un cours de bonnes manières, rétorqua-t-il.

Ils se regardèrent sans plus rien dire pendant une longue minute.

— Tu sais quoi? reprit finalement Noa. Je peux très bien me débrouiller toute seule.

Peter resta silencieux. Il avait une expression étrange et semblait regarder quelque chose derrière elle.

— Hé oh! insista-t-elle en agitant la main devant ses yeux. Tu entends? Je me pousse sans toi.

— Dommage, dit Peter en esquissant un sourire. Parce que je viens juste de trouver un moyen d'avoir une voiture.

Peter entra dans le stationnement d'un pas nonchalant, suivi de près par Noa, et s'approcha de la guérite du gardien.

— Bonjour, lui lança-t-il. Je suis au sixième. Je peux aller chercher ma voiture?

— Oui. Revenez me voir si vous êtes bloqué, répondit l'homme sans lever les yeux de son journal.

— Super.

Ils se dirigèrent vers l'ascenseur. Peter appuya sur le bouton, puis il glissa les mains dans ses poches et se mit à se balancer d'avant en arrière en fixant le panneau lumineux sur lequel les chiffres défilaient en ordre décroissant.

— Après toi, lança-t-il à Noa lorsque les portes s'ouvrirent devant eux.

— Ça ne marchera jamais, chuchota-t-elle, une fois à l'intérieur.

— Mais si. Au moins la première partie, en tout cas.

Noa croisa les bras et se mordilla les lèvres pendant qu'ils montaient jusqu'au sixième et dernier étage. Elle songea que le coup qu'ils manigançaient pourrait très bien la renvoyer en prison.

— Tu es certain que…

— Relax, la coupa Peter au moment où ils arrivaient. Fais-moi confiance, OK ? Est-ce que je t'ai déjà entraînée dans un plan foireux jusqu'ici ?

Noa le suivit sans rien dire hors de l'ascenseur. Dehors, le crépuscule était tombé et les lumières bordant le toit du garage étaient allumées. Toutes les places de stationnement étaient occupées, et certains véhicules étaient garés perpendiculairement, bloquant l'accès à d'autres.

— Voyons, dit Peter en avançant au milieu d'une allée. Il nous faut quelque chose de puissant mais de pas trop tape-à-l'œil.

— On n'est pas obligés de prendre un truc puissant, lâcha Noa.

Peter ne l'écoutait plus. Il s'arrêta net devant une grosse Audi. Il jeta un coup d'œil à travers la vitre conducteur, puis posa sa main sur le capot.

— Parfait, déclara-t-il. La clé est sur le contact et le moteur est encore chaud.

Noa scrutait le toit d'un air angoissé. Elle se sentait vulnérable, comme si un hélicoptère de la police pouvait surgir à tout moment pour les prendre en flagrant délit.

— C'est perdu d'avance. Le type d'en bas ne croira jamais que c'est notre voiture.

— Parle pour toi. Moi, je suis né pour conduire ça ! s'enthousiasma Peter en ouvrant la portière. Ne t'inquiète pas, il ne fera même pas attention à nous.

— Qu'est-ce que t'en sais ?

— Je suis venu un sacré paquet de fois dans ce garage, dit Peter, soudain grave. Mon père plaisantait toujours sur le fait que la sécurité y était particulièrement relâchée. Chaque fois qu'on revenait chercher sa BMW, il faisait mine d'être stupéfait en découvrant qu'elle était encore là. Je t'assure que personne ne s'apercevra de la disparition de cette voiture avant plusieurs heures.

Il se glissa derrière le volant et démarra. Noa attendit quelques instants, puis finit par venir s'installer à côté de lui en soupirant avant de claquer la portière. Elle mit sa ceinture de sécurité sans dire un mot.

— Prête ? lança Peter.

Elle ne prit pas la peine de répondre.

Il quitta la place de stationnement et conduisit la voiture vers la rampe de sortie. Tandis qu'ils descendaient les étages en silence, Noa sentit les battements de son cœur s'accélérer et un bourdonnement sourd résonner dans ses oreilles. Une petite voix intérieure lui criait d'ouvrir la portière et de s'enfuir en courant. Au fond, rien de tout ça n'était son problème. Certes, on lui avait greffé un deuxième thymus, et peut-être même qu'elle avait la PEMA. Mais quoi que Peter et elle fassent, ils ne pourraient rien changer à ça.

À l'âge de cinq ans, ayant enfin atteint la taille minimale exigée, Noa avait supplié sa mère de l'emmener faire un tour sur les montagnes russes. Mais au moment où la barre de métal s'était abaissée sur ses cuisses, elle s'était mise à paniquer. Il était alors trop tard pour descendre du manège. Sa mère s'était penchée de son côté et l'avait serrée contre elle pendant qu'elle hurlait d'épouvante. Par la suite, elle n'avait jamais remis les pieds dans une fête foraine.

Maintenant qu'ils approchaient de la sortie, elle se sentait dans un état similaire.

— Détends-toi, lui conseilla Peter. Je sais que c'est difficile pour toi, mais essaie de prendre un air naturel.

Noa lui jeta un regard mauvais avant de fixer le pare-brise tandis qu'ils arrivaient à hauteur de la cabine du gardien. Une barrière jaune bloquait l'accès à la sortie.

— Votre billet, dit l'homme.

C'était un vieil Indien tout habillé de gris.

Noa sentit sa gorge se serrer. Il lui semblait presque entendre le cliquètement du wagon en train de monter une pente au ralenti, au moment terrifiant qui précédait la chute.

Peter se mit à farfouiller sous le pare-soleil conducteur, puis dans le vide-poches de la portière. Il se baissa vers elle et ouvrit la boîte à gants.

— Désolé, dit-il en se retournant vers le gardien. Je n'arrive pas à remettre la main dessus.

Noa se mit à blêmir. Elle était à deux doigts de prendre ses jambes à son cou. L'homme les dévisagea l'un après l'autre.

— Si vous n'avez plus votre billet, vous devez payer pour une journée entière, déclara-t-il.

— Oh, quelle galère, râla Peter d'un air qui se voulait désinvolte, mais Noa perçut le stress dans sa voix. Et c'est combien ?

— Vingt dollars.

— Ah, ça m'énerve, j'étais sûr de l'avoir laissé dans la voiture, continua Peter en ouvrant son portefeuille.

Il en sortit un billet qu'il tendit au gardien. Celui-ci le saisit, mais n'actionna pas la barrière. Il observait Noa d'un air suspicieux.

— Elle va bien, votre amie, là ?

— Pourquoi ? rétorqua Peter.

— Elle a l'air malade.

— Ben, on est dans un hôpital, il me semble. On est justement en route pour aller chercher les médicaments qu'on lui a prescrits.

L'homme hésita encore quelques instants, puis il appuya sur un bouton et la barrière se leva avec un petit bruit métallique.

— Merci, fit Peter en lui faisant un signe de la main.

— Ne perdez pas votre billet la prochaine fois, lança le gardien en se replongeant dans son journal.

Peter conduisit la voiture hors du stationnement et Noa relâcha enfin sa respiration.

— Tu vois, ce n'était pas bien compliqué, dit-il.

— Tu as dit qu'il fallait combien de temps pour aller dans le Rhode Island ? demanda-t-elle.

— Un peu plus d'une heure. Ça dépend de la circulation, répondit Peter avant de tourner les yeux vers elle. Dis donc, c'est vrai que tu n'as pas l'air très en forme… Ça va ?

— Mais oui, ça va ! répliqua-t-elle sèchement.

— Oh, c'est bon, pas la peine de t'énerver !

Peter suivit les panneaux indiquant la direction de l'autoroute I-93. La circulation autour d'eux devint plus dense aux abords de la bretelle d'accès.

Noa ferma les yeux. Le propriétaire de la voiture n'allait sûrement pas tarder à revenir chercher son véhicule et à signaler le vol à la police. À l'allure où ils avançaient, ils n'auraient sans doute fait guère plus de quelques kilomètres avant d'être arrêtés.

Et Peter avait raison : elle ne se sentait pas bien du tout. Certes, le stress de la situation devait en être en partie responsable, mais il lui semblait qu'il y avait autre chose. Elle était prise de palpitations et avait presque l'impression de sentir son sang circuler dans ses veines.

J'aurais dû poser plus de questions à Cody sur les symptômes que peut provoquer un thymus supplémentaire. La forme sur l'écran de la radio avait l'air énorme… Qui sait si ce truc n'est pas en train d'épuiser mon organisme ? D'ailleurs, il me semble que les patients ayant subi une transplantation sont censés suivre un traitement spécifique.

Peut-être que mon thymus se nécrose ? Peut-être que ça risque de me tuer ?

Noa sentit à nouveau un goût de bile au fond de sa bouche.

— J'ai envie de vomir, murmura-t-elle.

— Tu veux que je m'arrête ? proposa Peter.

— Non, ça va passer.

— Tu es sûre ? On peut essayer de trouver une aire de repos ou quelque chose comme ça. Et puis on n'est pas obligés de continuer, tu sais. On peut très bien retourner chez Cody.

Noa réfléchit. C'était assez tentant. Elle pouvait même demander à Peter de la déposer à une station de métro. Elle mettrait les voiles vers l'Ouest, irait là où on ne viendrait pas la chercher et recommencerait tout à zéro.

Mais si elle était malade, elle risquait d'avoir besoin d'aide. Elle repensa alors à la photo d'Alex Herbruck, à son corps minuscule étendu sur la table, et à tous les autres comme lui, qui étaient peut-être détenus dans de sinistres entrepôts et dont la disparition n'inquiétait personne — comme cela avait été le cas pour elle.

— Non, on continue, lâcha-t-elle en avalant sa salive. Mais parle-moi, OK ?

— Que je te parle ? répéta Peter, dérouté. Euh, de quoi ?

— De ce que tu veux. Il faut que je pense à autre chose.

Noa pencha la tête par la fenêtre. L'air frais caressait son visage, et elle se rendit compte qu'elle avait très chaud, ce qui la surprit d'autant plus que ça faisait des jours qu'elle grelottait.

— D'accord, dit Peter en réfléchissant.

Ils approchaient de l'entrée de l'autoroute. Il mit son clignotant et se déporta lentement sur la voie de droite. Autour d'eux, les voitures progressaient au ralenti, leurs feux arrière formant un chapelet de lumières rouges.

— Tu sais à quoi je pensais, hier soir ? reprit-il.

— Non.

— Tu ne m'as jamais raconté comment tu avais connu /ALLIANCE/.

Noa ferma les yeux, mais la sensation de nausée s'accentua et elle les rouvrit aussitôt. Ils étaient en train de longer un château d'eau décoré d'un arc-en-ciel.

— La première fois que j'en ai entendu parler, c'est quand vous avez coincé ce travailleur social de Carmel, celui qui avait des tas de photos à caractère pédophile.

— Ah ouais. C'était vraiment une pourriture, ce gars.

— Je me suis toujours demandé comment vous aviez fait pour le trouver.

— Grâce à un tuyau anonyme. C'est souvent comme ça que ça se passe, expliqua Peter en tournant les yeux vers elle. À mon avis, quelqu'un a piraté son disque dur pour une autre raison et est tombé sur ces images par hasard. Et c'est cette histoire qui t'a donné envie de participer ?

— Disons que j'ai croisé un certain nombre d'éducateurs dans son genre.

— Oh, zut. Est-ce que… Pardon, oublie ça.

— Non, répondit Noa au bout d'un moment. Il ne m'est rien arrivé. En tout cas, pas avec eux.

Ils restèrent silencieux pendant quelques minutes. Noa commençait à se sentir un peu mieux. Elle n'avait plus la nausée ni de bouffées de chaleur, et son rythme cardiaque s'était calmé.

Peut-être que c'était juste mes nerfs qui lâchaient, une sorte de crise d'angoisse, quelque chose comme ça…

— En tout cas, maintenant, il est derrière les barreaux, reprit Peter. Il a pris cinq ans, je crois.

— C'est pas assez.

— Je suis bien d'accord. Mais on a fait du bon travail. Au moins, maintenant les gens se méfieront de lui.

Noa se remémora cette fameuse affaire. Elle avait été franchement impressionnée par la façon dont /ALLIANCE/ avait réussi à démasquer ce pédophile. Ils avaient envoyé la police chez lui en lançant un faux appel d'alerte au suicide, puis avaient piraté son système hi-fi. Quand les agents étaient arrivés sur les lieux, tandis que l'homme leur expliquait qu'il allait très bien, toutes ses télévisions s'étaient allumées simultanément et s'étaient mises à diffuser un diaporama des images stockées sur son disque dur.

Noa avait eu vent de l'histoire sur un forum. Elle avait fait des recherches sur /ALLIANCE/ et avait été sensible à leur travail. Elle aimait l'idée de venir en aide aux gens, voire aux animaux, qui ne pouvaient pas se défendre. Et puis cette découverte était survenue à point nommé. Cela faisait environ un mois qu'elle était parvenue à échapper au système et qu'elle avait emménagé dans son appartement. Or, après des années de cohabitation forcée avec d'autres personnes dans des espaces restreints, elle avait été surprise par le poids de la solitude. De plus, elle disposait enfin d'un ordinateur personnel avec un accès illimité à Internet.

Quand elle avait lu les exploits accomplis par /ALLIANCE/, elle avait pris conscience qu'elle ne s'était jusqu'alors jamais battue que pour sa propre survie. Désormais tirée d'affaire, elle allait pouvoir donner de son temps libre pour aider les autres.

Et c'était justement ce qu'elle était en train de faire en ce moment même.

Dans la voiture, le silence était devenu pesant. Peter réfléchissait sans doute à ce qu'il pouvait dire. Noa décida de changer de sujet :

— En fait, j'ai déjà volé une voiture, un jour.

— Tu veux rire ? s'exclama Peter avant de prendre un air exagérément outré.

— Non, c'est vrai. J'avais quatorze ans.

— Tu vois, je savais bien qu'on apprenait ça aux gamins comme toi, plaisanta-t-il.

— J'avais piqué les clés à la mère de ma famille d'accueil, avoua Noa. Mais j'ai fini par détruire la voiture. Faut dire que je savais pas vraiment conduire…

— En général, on recommande aux gens d'apprendre avant de se mettre au volant, plaisanta Peter.

— Je voulais juste aller quelque part.

— Oui, je m'en doute. Et tu vas me dire où, ou tu préfères qu'on joue aux devinettes ?

Noa ne répondit pas.

— OK, tu l'auras voulu, reprit-il. À Disney World ? Non, attends, tu avais quatorze ans… À un concert ? Miley Cyrus passait au Madison Square Garden ?

— C'était pour me rendre sur la tombe de mes parents, lâcha-t-elle. Personne ne voulait m'y emmener, alors j'avais décidé d'y aller toute seule.

— Oh, mince, je suis désolé, s'excusa Peter en grimaçant. Je me sens vraiment stupide, là.

— C'est pas grave, fit Noa en se frottant le poignet. Tu pouvais pas savoir.

Elle se remémora ce qui s'était passé. Elle n'avait même pas fait dix kilomètres quand elle avait, par mégarde, confondu la pédale de frein et l'accélérateur. Elle avait défoncé la calandre avant de la voiture en arrachant une boîte à lettres. Cette aventure lui avait valu six mois d'incarcération à la prison pour mineurs — sa plus longue peine.

— Non, mais même, insista Peter en lui adressant un regard navré. Je suis sincèrement désolé.

Il avait de grands yeux marron et des cils assez longs pour un garçon. Noa s'étonna de ne pas l'avoir remarqué plus tôt.

La circulation devenait plus fluide maintenant qu'ils approchaient de l'embranchement de la Route 24.

— On y sera dans un peu moins d'une heure, reprit-il. Tu veux essayer de dormir un peu ? Tu as l'air fatiguée.

— Ça va, répondit Noa, qui avait cependant mal aux yeux.

— On devrait appeler Cody et lui dire qu'on a fait une halte avant de rentrer chez lui pour qu'il ne s'inquiète pas trop.

— Je m'en occupe. Et puis j'ai un courriel à envoyer.

— Ah bon ? À qui ?

Noa se demanda ce qu'elle pouvait lui dire. Elle se sentait une obligation morale de prévenir A6M0 de ce qui se passait, ne serait-ce qu'au cas où il leur arriverait quelque chose. Mais Peter ignorait encore son existence et elle n'était pas certaine que c'était le meilleur moment pour lui en parler.

— Ça fait partie du plan, fut tout ce qu'elle trouva à dire.

— Ravi d'apprendre que quelqu'un ici a un plan, répliqua-t-il. Tu penses à quoi ? Débarquer en tirant sur tout ce qui bouge ?

— On n'a pas d'armes, je te signale.

— Ah oui, c'est sûr que ça complique un peu les choses, dit-il en souriant. Remarque, on ne pourra peut-être même pas entrer, ajouta-t-il d'un air pensif.

— On se débrouillera. Et après ça, il faudra que tu me fasses confiance.

— Allez, lève-toi !

— Quoi ? fit Amanda en tentant de reprendre ses esprits.

Elle avait l'impression que ses yeux étaient collés avec de la colle.

— Faut pas que tu dormes ici. Tu ferais mieux de bouger.

Peu à peu, elle parvint à ouvrir les yeux au prix d'un gros effort. Elle distingua un jeune garçon habillé tout en noir. Il lui semblait l'avoir déjà vu, mais elle n'arrivait pas à savoir où.

Il avait une rangée d'épingles à nourrice le long de chaque oreille, un piercing sous la lèvre inférieure et il tenait une planche à roulettes à la main. Il avait l'air sale, mais peut-être était-ce seulement à cause de son maquillage gothique.

Il jeta un coup d'œil de chaque côté, puis la secoua de nouveau par l'épaule.

— Je rigole pas, insista-t-il. C'est comme ça qu'on se fait prendre.

— Qui prend… quoi ? balbutia Amanda.

Elle avait le tournis et la langue pâteuse. Elle parvint à s'asseoir. Elle était sur un banc, au milieu d'un parc. Une feuille morte glissa sur le sol derrière le jeune garçon qui la dévisageait avec un air inquiet.

— Secoue-toi. Et si tu te tapes un trip, tu devrais faire ça dans un coin plus sûr.

Il posa sa planche par terre avant de mettre un pied dessus. Amanda le regarda s'éloigner le long de l'allée et disparaître dans un virage en pente derrière des buissons. Elle resserra son manteau autour d'elle. Il y avait quelques promeneurs dans le parc, mais personne ne semblait lui prêter attention. À vrai dire, ils paraissaient tous chercher à éviter son regard.

Bon sang, mais qu'est-ce qui se passe?

Amanda se frotta le front. La dernière chose dont elle se souvenait, c'était d'avoir pris un café avec Drew sur le campus, puis d'être rentrée dans la nuit, sous un ciel parsemé d'étoiles.

Mais ça n'avait pas de sens : il y avait les traces roses d'un coucher de soleil dans le ciel au-dessus des arbres. Elle se mit à claquer des dents.

J'ai passé toute la journée ici?

Elle essaya de se lever, mais elle ne tenait pas sur ses jambes. C'était franchement bizarre. Elle ne buvait jamais et ne prenait pas de drogue. Ça ne lui serait même pas venu à l'esprit, après avoir vu les ravages de la dépendance sur son frère. Avait-elle été droguée par quelqu'un? Par Drew?

Non, jamais il ne ferait une chose pareille.

Hélas, elle avait beau faire de son mieux, elle se rappelait seulement avoir traversé le campus pour regagner sa résidence.

Je devrais peut-être aller à la police... Mais qu'est-ce que je leur dirais?

Elle ne savait même pas s'il lui était arrivé quelque chose. Elle avait tous ses vêtements sur elle, et son sac à dos était posé sur le banc. Elle l'ouvrit : son portefeuille s'y trouvait encore, avec les quarante dollars qu'elle avait retirés à un distributeur. Peut-être avait-elle fait une sorte de crise d'épilepsie. Elle avait déjà entendu parler d'histoires de ce genre.

Tout à coup, elle sentit qu'elle allait se mettre à pleurer. Mais elle serra la mâchoire et retint ses larmes. Il devait y avoir une explication rationnelle à tout ça. Le mieux était de commencer par rentrer chez elle. Ensuite, elle y réfléchirait à tête reposée.

Elle se leva prudemment et testa son équilibre. Puis elle souleva doucement son sac à dos et le glissa sur son épaule.

Au moment où elle allait partir, elle se pétrifia. Amanda savait exactement où elle se trouvait. Elle connaissait ce parc, cette allée et ce banc.

C'était celui sur lequel, cinq ans plus tôt, on avait retrouvé le corps de son frère.

CHAPITRE QUINZE

—On est presque arrivés, dit Peter.

Malgré ses protestations, Noa avait fini par piquer du nez peu de temps avant qu'ils ne franchissent la frontière du Rhode Island. Plusieurs fois, il lui avait jeté des coups d'œil à la dérobée, admirant les traits fins de son visage et ses cheveux noirs en bataille. Elle ne semblait pas la même personne quand elle dormait. Son visage n'exprimait plus cette sorte d'agacement constant, et Peter la trouvait d'une beauté stupéfiante.

Elle cligna des yeux et s'étira en bâillant.

— J'en reviens pas de m'être assoupie, marmonna-t-elle.

Peter crut déceler une pointe d'angoisse dans sa voix, ce qu'il pouvait comprendre. La rapidité avec laquelle elle s'était endormie était franchement troublante. Sur le coup, il avait même été tenté de tâter son pouls pour s'assurer qu'il ne voyageait pas à côté d'un cadavre.

De son côté, le fait d'avoir volé une voiture pour rouler vers le sud et découvrir Dieu savait quoi le rendait particulièrement nerveux… Il avait la gorge sèche et l'estomac noué.

Il se rappela que Noa avait un plan et espéra qu'il était solide, car plus ils avançaient, plus leur expédition lui paraissait insensée. Trois jours plus tôt, sa principale préoccupation était d'échapper à l'ennui un samedi soir. Et voilà qu'il se retrouvait dans la peau d'un voleur s'apprêtant à pénétrer par effraction dans un centre de recherche top-secret probablement rempli d'hommes armés surentraînés. Il ne pouvait pas rentrer chez lui et il faisait équipe avec une fille qu'il connaissait à peine.

Est-ce que je peux vraiment compter sur elle pour assurer mes arrières ? Je ne suis même pas sûr qu'elle m'apprécie.

Noa se frotta les yeux avant de se redresser sur son siège. Ils approchaient d'une péninsule isolée à la pointe sud-est du Rhode Island. D'après ce qu'ils avaient vu sur Internet, il s'agissait d'une base navale abandonnée lors de restrictions budgétaires, dans les années soixante-dix.

Toute la région était couverte d'épaisses forêts, et le ciel au-dessus d'eux disparaissait derrière les branches des arbres imposants qui les entouraient.

Ils n'avaient croisé aucun véhicule depuis des kilomètres et, après l'embranchement qu'ils venaient d'emprunter, il devint vite clair qu'il n'y avait pas d'autre route pour aller dans cette direction, ce qui n'était pas des plus rassurants.

— Engage-toi là, lança-t-elle.

Peter tourna à gauche et prit la voie étroite qu'elle lui indiquait. Elle avait dû être goudronnée à une lointaine époque, mais des années d'hivers rigoureux avaient peu à peu déformé la chaussée, la réduisant à une série de nids-de-poule. Plus loin, elle était carrément éventrée.

Au bout d'une centaine de mètres, le chemin devint impraticable. Peter dut ralentir avant de s'arrêter et couper le contact.

— C'est parfait, dit Noa d'un air satisfait.

— Ah oui ? répondit Peter sans pouvoir cacher son inquiétude.

Il fut surpris de voir qu'elle faisait preuve d'un calme absolu, comme s'ils étaient simplement partis faire un tour au restaurant du coin. Plus ils s'éloignaient de Boston et plus il trouvait leur plan insensé. Plus d'une fois il avait été tenté de prendre le chemin inverse.

Mais il avait continué. Et ils étaient maintenant arrivés.

— Je sais à quoi tu penses, lâcha-t-elle. Les policiers ne viendront pas. Il leur faudrait un mandat et il n'y a pas assez d'éléments pour qu'ils en obtiennent un. Et même s'ils nous croyaient, ce qui est peu probable, toutes les preuves auraient disparu avant qu'ils arrivent.

— Oui, c'est vrai, acquiesça Peter, toujours en proie au doute. Alors, c'est quoi, ton plan génial?

— Puisque tu as brické leur principal serveur, j'imagine qu'il va leur falloir encore quelques jours pour redevenir parfaitement opérationnels. Donc même s'ils ont pris des mesures pour assurer la sécurité ici, ce ne sera sûrement pas aussi strict que ça l'était là où je… enfin, tu vois.

— Ouais, d'accord…, fit Peter, qui ne semblait guère convaincu.

— Bref, on devrait pouvoir tromper leur système de surveillance et s'introduire en douce dans la base. Ensuite, on n'aura plus qu'à vérifier qu'ils sont bien en train d'y mener des expériences et faire venir la police avant qu'ils n'aient le temps de tout dissimuler.

— Et comment tu comptes faire ça? demanda-t-il d'un air perplexe. Tu l'as dit toi-même, il leur faut un mandat.

— Sauf dans certains cas.

— Ah bon ? Lesquels ? Je ne comprends pas.

— Fais-moi confiance, OK ? s'impatienta-t-elle. Allez, on y va.

Amanda pencha la tête en avant, laissant l'eau bouillante couler sur son dos. D'habitude, elle était très stricte sur la durée d'une douche : cinq minutes et pas une de plus, pour ne pas gaspiller la moindre goutte. Elle était affligée par les gens qui laissaient le robinet ouvert pendant qu'ils se brossaient les dents. Est-ce que personne ne comprenait que les réserves d'eau potable allaient bientôt finir par s'épuiser ?

Mais, pour une fois, elle décida de s'accorder cinq minutes supplémentaires — elle en avait bien besoin. Elle avait mal partout après avoir passé autant de temps sur ce banc, dans le parc — ou du moins, c'est ce qu'elle supposait. Elle avait eu quelques réminiscences étranges où elle voyait des lumières brillantes et des mains posées sur elle, mais elle les avait interprétés comme des cauchemars. Elle avait déjà pris rendez-vous à la clinique du campus le lendemain matin, après les cours. S'ils pensaient qu'elle pouvait avoir quoi que ce soit de grave, ils l'enverraient à l'hôpital de Boston. Dans ce cas, et dans ce cas seulement, elle en parlerait à ses parents. Après la fugue de Marcus, ils s'étaient mis à la surprotéger, au point, quasiment, de l'étouffer. Elle n'avait aucune envie que ça recommence.

De toute façon, elle espérait que tout ça ne s'avérerait rien de plus qu'une sorte d'absence passagère. Après être rentrée à la résidence, elle avait fait des recherches sur Internet et découvert que l'épilepsie était étonnamment fréquente chez les jeunes. Certains examens médicaux permettraient de déterminer si c'était bien ce qui lui était arrivé, auquel cas des traitements existaient.

De plus, l'épilepsie s'accompagnait presque toujours d'une amnésie. On pouvait ainsi oublier les minutes, et parfois même les heures qui précédaient une crise. Voilà qui expliquait sans doute pourquoi elle ne se souvenait de rien après avoir traversé le campus, la veille.

Comment elle avait pu atterrir à l'autre bout de la ville sur un banc public, et sur ce banc en particulier, ça, c'était un autre mystère. Mais la réponse se trouvait sans nul doute enfouie au fond de son inconscient. D'ailleurs, qui d'autre qu'elle aurait pu connaître ce détail? D'une manière ou d'une autre, plongée dans un état de grande confusion, elle avait dû errer toute seule jusque-là.

Amanda sortit de la douche et s'essuya. Après avoir effectué ses recherches, elle avait fini par retrouver son calme. Maintenant, elle se trouvait même stupide d'avoir pu envisager de prévenir la police. Et elle était contente de ne pas être rentrée chez ses parents — ce qui avait été sa première idée. Néanmoins, elle aurait bien aimé pouvoir en parler avec Peter. Il avait toujours su lui remonter le moral. Il aurait sans doute plaisanté en lui disant qu'elle avait perdu la tête depuis qu'elle l'avait quitté, ou une bêtise de ce genre, pour la faire rire.

Étrangement, elle n'avait pas songé à appeler Drew. C'était injuste de sa part, mais dans son esprit, il était inextricablement lié à ce qui lui était arrivé. Amanda savait bien pourtant qu'il n'avait rien à voir dans tout ça.

Bon, j'en saurai plus demain, de toute façon.

D'ici là, elle allait rester tranquille et se reposer.

Elle noua la serviette autour de son buste et se brossa les dents au-dessus du lavabo. Une fille de son étage entra d'un pas traînant, vêtue d'un pyjama en flanelle Victoria's Secret et de chaussons poilus, et lui adressa un hochement de tête avant d'aller aux toilettes. Amanda la connaissait de vue. C'était une de ces filles qui passaient une demi-heure à se pomponner avant d'aller en cours. Amanda n'avait aucune patience pour ce genre de choses.

Elle entendit un bruit de chasse d'eau, puis la fille vint se laver les mains au lavabo voisin.

— C'est qui, Peter? lui demanda-t-elle, tandis qu'Amanda se rinçait la bouche.

— Quoi? fit-elle, surprise.

Peter n'avait eu quasiment aucun contact avec les autres étudiantes de la résidence. Quand il restait passer la nuit avec elle, il ne sortait de sa chambre que pour aller aux toilettes des hommes, à l'étage en dessous.

— Peter, répéta la fille avec une pointe de moquerie dans la voix. C'est ton petit ami ?

— Pourquoi ? répliqua Amanda sèchement.

— Parce que apparemment, il t'a laissé un petit souvenir…

La fille secoua ses mains et lui lança un clin d'œil, avant de ressortir dans le couloir.

Amanda se tourna lentement pour voir son dos dans le miroir. Elle écarquilla les yeux en découvrant des marques noires sur ses omoplates et défit sa serviette. Presque tout son dos était couvert de traces d'encre noire formant une phrase. Comme les lettres étaient à l'envers dans le reflet du miroir, il lui fallut quelques instants pour déchiffrer le message :

DIS À PETER QUE C'EST UN AVERTISSEMENT.

Amanda courut vers les toilettes les plus proches et tomba à genoux, prise de haut-le-cœur.

Il leur fallut une demi-heure pour atteindre la base navale. Ils ne s'étaient pas garés très loin, mais ils avaient avancé en restant à couvert dans la forêt. Toujours à l'abri des arbres, ils avaient longé la clôture jusqu'à ce que Noa choisisse un endroit assez éloigné de la route.

Elle sentait bien que Peter continuait d'avoir des doutes. À plusieurs reprises, il avait semblé vouloir dire quelque chose, mais chaque fois, elle lui avait fait signe de se taire. Maintenant qu'ils étaient là, elle était résolue à aller jusqu'au bout. L'idée que des adolescents puissent se faire charcuter comme de vulgaires souris de laboratoire ou, pire, comme des réserves d'organes, la mettait hors d'elle. Et elle savait bien comment fonctionnait le système judiciaire. La plupart du temps, ce n'était pas la justice qui primait. Les lois comportaient tout un tas de failles conçues pour permettre à des gens comme Charles Pike de profiter des gens comme elle.

Noa observa les bâtiments préfabriqués disposés en rangées derrière le grillage. Ces baraquements en tôle ondulée au toit arrondi, typiques des bases navales, servaient aussi bien d'entrepôt, de caserne ou de cafétéria. Ainsi regroupés, avec leurs parois cabossées, au milieu de ce terrain oublié, on aurait dit un troupeau de vaches égarées. Dans le ciel, de gros nuages rôdaient d'un air menaçant, prêts à déverser des trombes d'eau.

Elle pouvait comprendre les réserves de Peter : tout ça n'avait pas l'air très prometteur. Ils n'avaient croisé personne le long de la route menant à la base. La clôture était parsemée de sacs en plastique déchirés soufflés par le vent et pris entre les mailles du grillage. La plupart des lampadaires étaient éteints, leurs ampoules étant soit grillées, soit brisées. Il n'y avait aucun gardien dans la guérite postée près de l'entrée principale et pas le moindre véhicule sur les vastes espaces de stationnement entourant les bâtiments. Tout était calme et silencieux dans ce complexe d'environ vingt-cinq hectares qui finissait en cul-de-sac sur le front de mer. Les lieux avaient l'air complètement abandonnés.

Mais si on ne s'est pas trompés, ça doit être exactement l'impression qu'ils veulent donner.

Noa avait repéré un passage possible pour pénétrer à l'intérieur : le fil barbelé qui surmontait le grillage de trois mètres de haut était sectionné à un endroit. Il ne serait pas évident de s'y faufiler sans se blesser, mais c'était jouable en faisant attention. Une fois de l'autre côté, il leur faudrait parcourir une bonne trentaine de mètres à découvert avant d'atteindre le premier baraquement.

— Prêt ? murmura-t-elle.

— Attends ! fit Peter. C'est quoi, ton plan ?

— Contente-toi de me suivre.

Sans attendre de réponse, elle s'élança vers le grillage, s'agrippa aux mailles d'acier et commença à grimper. Derrière elle, Peter lâcha un juron, mais elle l'ignora.

Elle progressa rapidement. C'était du gâteau, comparé à l'arbre de l'autre soir. Une fois en haut, elle retint son souffle et glissa prudemment une première jambe dans le trou, avant d'y introduire son buste en faisant basculer son poids de l'autre côté. Elle ramena sa deuxième jambe, puis se mit à descendre. Lorsqu'elle ne fut plus qu'à un mètre du sol, elle sauta à terre et s'accroupit.

La clôture émit un petit bruit métallique quand Peter franchit le fil barbelé.

— Chut! lança-t-elle en l'entendant pousser un petit cri de douleur.

Quelques instants plus tard, il atterrit près d'elle. Elle ne distinguait pas bien ses traits dans la pénombre, mais elle avait l'impression qu'il grimaçait.

— Je me suis coupé, indiqua-t-il à voix basse. Bon sang, je ne sais même plus de quand date mon dernier vaccin contre le tétanos.

— Fais voir.

Il releva sa manche et tendit son bras vers elle. Elle l'orienta vers la faible lumière ambiante pour essayer d'y voir quelque chose. L'entaille était longue mais peu profonde.

— Appuie dessus, lui conseilla-t-elle. Ça va aller.

Elle regretta que Cody ne soit pas venu à sa place. Peter était plus habitué à se livrer à des actes subversifs sur son ordinateur. Mais bon, il était quand même là.

Sans un mot, il remit sa manche en place et comprima la blessure avec sa main.

— Allons-y, murmura Noa.

Courbée en deux, elle se mit à courir à petites foulées vers le bâtiment le plus proche. Son sac rebondissait lourdement sur sa hanche, manquant presque de lui faire perdre l'équilibre plusieurs fois. Elle avait le souffle court et s'attendait à tout moment à voir s'allumer un projecteur braqué sur elle.

Elle dut admettre que Peter courait vite, car il atteignit l'ombre du baraquement en même temps qu'elle. Il n'y avait ni porte ni fenêtre du côté où ils se trouvaient, seulement des bouches d'aération, à environ cinq mètres du sol, donc inaccessibles.

Noa fit signe à Peter de le suivre et se mit à longer la paroi en tôle. Le bruit de ses bottes sur le béton semblait résonner bruyamment dans le silence de la nuit. Elle parvint à l'angle du bâtiment. Derrière elle, Peter haletait.

— Comment on entre ? demanda-t-il dans un murmure.

Elle se pencha pour risquer un coup d'œil et repéra une porte au milieu de la façade en forme de demi-cercle. Elle compta onze autres constructions identiques alignées en direction de la mer, et leurs douze symétriques qui leur faisaient face, tels des soldats au garde-à-vous. Toutes les portes donnaient sur l'allée principale, qui débouchait sur une vaste jetée en béton où un bateau était amarré. Il était petit, neuf et n'avait rien de militaire.

Comme quoi, cet endroit n'est pas aussi abandonné qu'il en a l'air.

Elle se plaqua contre la paroi en tôle pour permettre à Peter d'observer les environs à son tour. Il hocha la tête. Il avait vu le bateau, lui aussi.

— Qu'est-ce que tu veux faire ? chuchota-t-il.

Noa réfléchit. Elle était surprise de n'avoir remarqué aucun signe de vie. Et, pour le moment, elle n'avait pas non plus aperçu de dispositifs de sécurité, pas même des caméras de surveillance ou des éclairages équipés de détecteurs de mouvement.

— Voyons si on peut entrer, proposa-t-elle.

— Et s'il y a des gens à l'intérieur ?

— Alors on n'aura plus qu'à courir le plus vite possible jusqu'au grillage.

— C'est ça, ton plan ? demanda Peter d'un air incrédule.

— Je n'ai pas dit qu'il était parfait, marmonna-t-elle.

Néanmoins, sans pouvoir se l'expliquer, elle avait l'intime conviction qu'il n'y aurait personne.

Les baraquements étaient beaucoup plus petits que les entrepôts du chantier naval. Ils devaient faire dix mètres de long sur cinq de large, et ne consistaient probablement qu'en une seule grande pièce.

Elle se glissa jusqu'à la porte, Peter sur ses talons, et actionna la poignée qui tourna sans résister — elle avait été huilée récemment. Noa prit une profonde inspiration et entrouvrit la porte, juste assez pour pouvoir entrer. Il faisait complètement noir à l'intérieur. Peter la suivit et referma derrière eux.

— Ça a l'air vide, murmura-t-il, tandis qu'un mince faisceau de lumière trouait l'obscurité.

Elle sursauta en découvrant qu'il tenait une petite lampe-torche.

— J'ai trouvé ça dans la boîte à gants, expliqua-t-il. Il faut toujours faire confiance aux conducteurs d'Audi.

Il fit quelques pas en avant, éclaira le sol en béton couvert de terre et de poussière, puis balaya les alentours. Les murs étaient ternes et rouillés, et il flottait dans l'air une odeur piquante.

Soudain, Peter s'arrêta net. Noa l'imita. Son cœur battait la chamade.

Au milieu de la pièce se trouvait une chambre vitrée, comme celle dans laquelle elle s'était réveillée, mais plus petite. Elle repéra la même table en acier, une ampoule qui pendait au plafond, des chariots en désordre. Tout était calme.

— On dirait qu'on est à la bonne adresse, dit Peter.

Elle était incapable de lui répondre. Sa gorge s'était soudainement nouée, tandis que la panique chassait l'air de ses poumons et décuplait les battements de son cœur. Elle avait presque l'impression de sentir la perfusion dans son bras et le métal froid contre sa peau. Sa cicatrice palpitait, comme si le scalpel venait juste d'entailler la chair.

— Ça va ? s'inquiéta Peter.

Noa hocha la tête, mais même ce simple mouvement lui était difficile. Tous ses muscles étaient devenus rigides.

Peter prit sa main dans la sienne. Le contact de sa paume chaude et sa poigne ferme l'aidèrent à reprendre ses esprits. Elle n'était plus sur cette table. Elle s'était enfuie. Et peut-être que celui ou celle qui s'était trouvé ici en avait fait autant.

Ils restèrent ainsi pendant une bonne minute. Pour la première fois depuis bien longtemps, elle était contente de ne pas être seule. La présence de Peter à ses côtés la rassurait. Même s'il ne disait pas un mot, elle sentait qu'il était bouleversé de voir l'horreur à laquelle elle avait échappé.

Il braqua la lampe sur le reste de la pièce, mais il n'y avait rien d'autre à voir.

— On passe au bâtiment suivant ? demanda-t-il. Ou on appelle les policiers tout de suite ?

Noa lâcha un soupir. Dans sa tête, la voix focalisée sur sa survie lui criait de franchir le grillage en sens inverse et de courir sans s'arrêter jusqu'à ce qu'elle soit à plusieurs kilomètres de cet endroit atroce.

— Il faut d'abord qu'on trouve un de leurs ordinateurs, se força-t-elle pourtant à répondre.

Peter exerça une dernière pression sur sa main avant de la lâcher, puis ils firent demi-tour vers l'entrée et il éteignit sa torche. Cette fois, c'est lui qui passa devant. Il entrouvrit la porte et jeta un coup d'œil aux alentours avant de se glisser dehors.

Après l'obscurité impénétrable du baraquement en tôle, la nuit paraissait plus claire et les nuages moins oppressants. Noa prit quelques bouffées d'air frais, soulagée d'être sortie.

Ils poursuivirent leur exploration des lieux, tâchant au maximum de rester dans l'ombre chaque fois qu'ils passaient d'un bâtiment à l'autre. Ils se déplaçaient aussi vite et aussi discrètement que possible. Ils eurent de la chance : aucune porte n'était verrouillée.

Le second baraquement était vide, sans chambre vitrée. Mais dans le troisième, ils découvrirent une sorte de centre de commande, composé de deux rangées d'ordinateurs posés sur des tables accolées les unes aux autres. Devant chacun d'eux se trouvait un fauteuil de bureau. Toutes les unités centrales étaient éteintes.

— J'imagine que c'est maintenant que ton fameux plan entre en action, avança Peter.

— On est des geeks, pas vrai ? commença Noa, désormais plus à l'aise tandis qu'elle s'installait devant un écran. Eh ben, on va se battre comme des geeks.

Elle ferma les yeux et pria intérieurement pour qu'il y ait de l'électricité. Avec un peu de chance, les ordinateurs seraient reliés à une génératrice.

Elle appuya sur le bouton de mise sous tension et l'unité centrale reprit vie en ronronnant. C'était du matériel tout neuf qui contrastait avec l'état délabré du décor environnant. Elle alluma l'écran et fut soulagée de voir que le système fonctionnait avec la dernière version de Windows. Le bureau était rempli de dossiers. Elle cliqua sur l'un d'entre eux. Il contenait le même genre de relevés que ceux qu'ils avaient étudiés. Peut-être A6M0 s'était-il trompé et qu'ils ne possédaient pas les seules copies des données. Ou bien il pouvait s'agir de données différentes qui n'avaient pas été transférées sur le serveur principal.

Quoi qu'il en soit, il y aurait de quoi occuper la police. Ces ordinateurs étaient sur le point de se retrouver au cœur d'une vaste enquête criminelle.

Elle sélectionna un autre dossier dans lequel figurait un fichier image. Elle rassembla son courage avant de cliquer dessus. C'était la photo d'une fille blonde squelettique allongée sur une table. Sa poitrine était ouverte en deux, exactement comme Alex.

— Bon sang, ce n'était qu'une gamine, murmura Peter.

Noa n'avait pas besoin d'en voir plus. Elle referma le dossier et se mit à pianoter une série de commandes.

— Je peux t'aider ? demanda Peter. Enfin, ce serait sûrement plus simple si je savais ce que tu fais.

— Je pirate le site de la NSA, expliqua-t-elle, tandis que ses doigts virevoltaient sur le clavier.

— Euh, tu plaisantes ? L'Agence nationale de la sécurité ?

— C'est ça, acquiesça-t-elle. Va surveiller la porte.

— Je peux te donner un coup de main pour leur pare-feu, si tu veux, insista-t-il. Je l'ai déjà contourné, tu sais.

— Ouah ! Tu parles d'un exploit…, le railla-t-elle. Mais tu avais fait attention à ce qu'ils ne s'en aperçoivent pas, j'imagine ?

— Ben, évidemment. Je n'avais pas tellement envie de les voir débar…

Peter s'interrompit et émit un petit rire en comprenant où elle voulait en venir.

— Alors ça, c'est brillant ! s'exclama-t-il. Ils vont rappliquer illico presto.

— Ouais, si je me débrouille suffisamment mal pour qu'ils puissent identifier l'adresse IP.

La NSA était en charge de toutes les données sensibles et protégées du pays. Elle disposait d'un pare-feu réputé impénétrable pour éviter que ses informations ne tombent entre de mauvaises mains. Chaque jour, la NSA repoussait des milliers de tentatives de piratage sur ses serveurs. C'était l'équivalent moderne d'un château fort assiégé déversant en permanence de l'huile bouillante sur les imprudents qui tentaient d'en escalader les remparts.

Le but de Noa était de franchir assez d'obstacles pour les inquiéter sérieusement.

— Ils n'auront pas besoin d'un mandat en cas d'attaque menaçant la sécurité nationale, réfléchit Peter à haute voix. Ils dépêcheront aussitôt une brigade d'élite sur place et ils trouveront tout ça. Bon sang, c'est vraiment un plan d'enfer! ajouta-t-il d'un ton admiratif.

— Allez, va surveiller la porte, dit-elle. Je ne devrais pas en avoir pour très longtemps.

CHAPITRE SEIZE

Quinze minutes plus tard, Noa était devant le baraquement avec Peter et semblait préoccupée par quelque chose. Elle avait éteint l'écran, mais laissé l'ordinateur tourner avec le programme malveillant qu'elle y avait installé. Avec un peu de chance, si quelqu'un entrait, il ne remarquerait rien — encore que la petite lumière verte de l'unité centrale produisait une lueur étrange dans la pièce. De toute façon, il serait probablement trop tard pour faire quoi que ce soit : l'adresse IP aurait déjà été localisée et la cavalerie serait en route. Noa espérait seulement que la NSA était aussi compétente qu'on le disait.

— Qu'est-ce qu'il y a ? lui demanda Peter.

— Je crois qu'on devrait aller voir le bateau de plus près avant de partir, lâcha-t-elle.

— Euh, tu es sûre ? fit-il, plus qu'hésitant. La police ne devrait plus tarder.

— Ce sera vite fait, insista-t-elle.

Elle n'aurait su dire pourquoi, mais elle était soudain obnubilée par le bateau. Peter avait raison d'être nerveux. Chaque minute qu'ils passaient dans l'enceinte de la base augmentait les risques de se faire prendre. Et la présence de l'embarcation indiquait qu'il y avait peut-être quelqu'un dans l'un des bâtiments qu'ils n'avaient pas explorés.

Et pourtant, Noa éprouvait un désir presque irrépressible d'aller y jeter un coup d'œil.

— D'accord, céda-t-il, malgré ses réserves. Mais ensuite, on se tire.

— Ça marche.

Il leur fallut cinq minutes pour atteindre le baraquement le plus proche de la jetée. De grosses gouttes de pluie commençaient à tomber, comme un avant-goût du violent orage qui se préparait. Noa enfonça son bonnet sur ses oreilles et Peter releva le col de sa veste noire.

Le bateau s'agitait sur l'eau. Les bourrasques de vent créaient des vagues qui venaient se briser contre sa coque, menaçant presque de submerger le pont. La poupe et la proue étaient amarrées à la jetée.

Noa repensa à l'une des familles dans lesquelles elle avait été placée. Le mari était pêcheur de crabes et sa femme et lui accueillaient des enfants pour toucher le chèque de l'État qui leur permettait de joindre les deux bouts pendant la saison creuse. Ils gardaient ensuite ceux qu'ils appelaient les « bons » pour travailler pendant la haute saison. Malheureusement, ils n'avaient pas rangé Noa dans cette catégorie.

Le bateau qui se trouvait là ressemblait à celui qu'ils avaient, usé par des années d'utilisation. Il devait faire six mètres de long, avec un bastingage assez bas et une petite cabine ouverte où se trouvait le fauteuil du capitaine. Le pont était encombré de glacières et de casiers à crabes entassés, bien que la saison des crabes soit finie depuis des mois.

— Tu crois que…, commença Peter.

Il s'interrompit brutalement au moment où la porte du bâtiment s'ouvrait à toute volée, à quelques mètres d'eux. Ils se plaquèrent aussitôt le long du mur, tapis dans l'ombre.

Ils entendirent des bruits de pas devant le baraquement. Noa tourna la tête vers Peter. Il la regardait avec des yeux écarquillés qui reflétaient la terreur qu'elle-même ressentait.

— Bon sang, c'est la dernière ? demanda une voix masculine rauque.

— Non, il en reste encore une, répondit une autre.

— Je commence à avoir le dos en compote, maugréa le premier homme, qui semblait plus vieux et qui avait une respiration sifflante de gros fumeur.

— L'orage arrive, va peut-être falloir attendre.

— Ben je te préviens, je ramène pas tout le chargement ici, grommela le fumeur. Moi je dis qu'on tente le coup, on verra bien.

— Tu crois ? fit l'autre d'un air dubitatif.

Noa comprenait son hésitation. La pluie redoublait de vigueur et le petit bateau risquait d'être violemment secoué par les vagues.

— On a juste à mettre à la flotte une dizaine de casiers, un truc comme ça, insista le fumeur. En une heure, c'est réglé.

— Si tu le dis. Mais j'ai pas envie de croiser les garde-côtes.

— Ouais, t'as peut-être raison. Bon, alors on fait une pause ? J'ai un pack de bières au frais.

— Cole a dit qu'il serait bientôt là.

— T'inquiète pas, lui non plus n'a pas envie que ce rafiot chavire. En tout cas, pas tout de suite, lâcha le fumeur en rigolant avant de se mettre à tousser. Allez, viens, on se trempe.

— Tu crois qu'on peut laisser ça là ? demanda l'autre avec nervosité.

— Oh, ben ça va pas s'envoler.

La porte claqua. Ils perçurent l'écho de pas sur le béton et le son d'une chaise raclant le sol, à l'intérieur.

Noa commençait à avoir mal aux genoux. Elle se releva doucement. Au bout d'un instant, Peter l'imita et se pencha vers son oreille.

— Il faut qu'on décampe! murmura-t-il.

Elle leva la main pour lui faire signe d'attendre. Puis, sans hésiter davantage, elle s'élança en avant et tourna à l'angle du bâtiment, courbée en deux.

Devant la porte, elle repéra une énorme glacière bleue posée par terre, du genre de celles dont se servaient les pêcheurs pour stocker leurs appâts. Le couvercle blanc était maculé de traces rouges.

Elle reconnut le cliquetis d'une capsule de bière heurtant le sol, puis celui d'une autre. Elle se dirigea vers la porte sans cesser de tendre l'oreille, essayant de saisir des bribes de conversation, à l'affût du moindre signe indiquant que l'un des hommes allait ressortir.

Ses mains tremblaient et elle dut s'y reprendre à deux fois pour ouvrir la glacière. À l'intérieur, elle aperçut un paquet enveloppé de plastique. Elle le déplia précautionneusement, tâta son contenu du bout des doigts et sentit quelque chose de froid et dur en dessous. Elle retint son souffle et plissa les yeux pour essayer de voir ce dont il s'agissait.

Zut, j'aurais dû prendre la lampe de Peter.

Finalement, elle s'en empara et tendit sa main vers la lumière.

Elle s'attendait à voir des morceaux de poisson, ou peut-être des calmars. Mais elle vit alors qu'elle tenait un pied humain. Il y avait du vernis noir écaillé sur les ongles et elle ne put s'empêcher de remarquer que le gros orteil était légèrement incurvé vers le haut.

Son seul réflexe fut de le lâcher aussitôt. Il tomba par terre avec un bruit sourd.

— T'as entendu ? demanda une voix, à l'intérieur du baraquement.

Noa ramassa le pied à la hâte et le jeta dans la glacière en se retenant de vomir. Elle referma le couvercle, tandis que des pas approchaient de la porte. Puis elle fonça pour rejoindre Peter qui l'attendait à l'angle du bâtiment.

Ils entendirent la porte se rouvrir.

Noa avait les yeux remplis de grosses larmes qui lui brouillaient la vue et coulaient sur ses joues en se mêlant aux gouttes de pluie. Elle aurait voulu plonger son visage entre ses mains, mais ne supportait pas l'idée du moindre contact avec celle qui avait touché le pied. Elle frissonna en repensant à la chair froide sous ses doigts.

— Alors ? lança le fumeur depuis l'intérieur.

— Ça doit être le vent, répondit l'autre d'un air incertain. Mais on devrait aller jeter un coup d'œil aux alentours.

— Fais-toi plaisir, moi je ne bouge pas.

Après un silence, la porte claqua à nouveau.

— Je pense que c'était rien, dit l'homme qui venait de rentrer.

Sa voix semblait plus étouffée.

— Ben ouais, on est au milieu de nulle part, ici, répondit le fumeur avec un rire gras. Qui pourrait être dehors par une nuit pareille, hein ?

Noa grimaça lorsque Peter saisit sa main — la *mauvaise* main. Elle la secoua aussitôt pour qu'il la lâche, ignorant le regard perplexe qu'il lui lançait. Puis elle lui fit signe de la suivre et se mit à courir vers le baraquement voisin.

Ils atteignirent la clôture au bout de ce qui lui parut une éternité. Elle avait l'impression que quelqu'un allait surgir à tout moment et se lancer à leurs trousses. Elle escalada précipitamment le grillage. Le bas de son pantalon se prit dans le fil barbelé et elle secoua la jambe pour se décrocher. Elle entendit un bruit de tissu qui se déchire et sentit une vive douleur dans son mollet, mais elle serra les dents et continua sa progression. Arrivée de l'autre côté, elle fit quelques pas en trébuchant avant de se remettre à courir vers la forêt, les bras serrés contre sa poitrine.

Elle finit par s'appuyer contre un arbre, à bout de souffle. Ses vêtements trempés lui collaient à la peau, ce qui la faisait trembler de plus belle.

Peter la rejoignit et s'accroupit près d'elle.

— Ça va ? lança-t-il. Bon sang, mais qu'est-ce qui s'est passé, là-bas ?

Noa détourna la tête, incapable de mettre des mots sur ce qu'elle avait vu. Et pourtant, elle savait qu'elle s'en était doutée dès qu'elle avait aperçu les casiers à crabes. Les bâtiments n'étaient pas vides parce que les jeunes s'étaient enfuis, mais parce qu'ils étaient morts. Tous.

— Les casiers, articula-t-elle enfin.

— Ceux qui étaient sur le bateau ? dit Peter en levant un sourcil. Eh ben, quoi ?

— Bon sang, je croyais que tu avais grandi à Boston !

— Oui, et alors ?

— Et alors, tu ne sais rien sur les crabes ?

— Euh, juste qu'ils sont délicieux. À quoi tu penses ?

— C'est des voraces, répondit Noa.

Elle sentit de la bile monter au fond de sa gorge. Elle avait très envie de vomir, mais ça ne ferait que l'affaiblir alors qu'elle avait plus que jamais besoin de toutes ses forces. Elle prit une profonde inspiration pour chasser la nausée.

— J'ai vécu chez un pêcheur, à une époque, reprit-elle. Il disait souvent en plaisantant qu'il ne faut jamais contrarier quelqu'un qui possède un bateau et un casier à crabes.

— Pourquoi?

— Parce que si tu mets un cadavre dedans, t'en seras vite débarrassé, expliqua-t-elle d'un ton brusque. Les crabes sont comme les cochons, ils bouffent tout. Les os, les yeux, tout.

— Mais…, commença Peter avant de comprendre où elle voulait en venir.

Il secoua la tête, puis se releva et lui tendit le bras.

— Viens, dit-il d'une voix ferme, plus adulte, comme s'il venait soudain de vieillir de dix ans. Il faut qu'on y aille. Les policiers ne devraient plus tarder.

Noa se laissa conduire jusqu'à la voiture. Il faisait froid et la terre était détrempée. À plusieurs reprises, elle se prit les pieds dans des racines qui dépassaient du sol ou fut déséquilibrée par des branches qui lui griffaient le visage. Chaque fois, Peter la rattrapa et l'empêcha de tomber. Il la portait presque quand ils arrivèrent à l'Audi. Elle appuya sa tête contre son épaule. La douleur battait dans son mollet et elle pria pour que la coupure ne soit pas trop profonde.

Il ouvrit la porte côté passager et l'aida à monter à bord de la voiture.

Elle repensa au programme malveillant qui continuait d'attaquer le site de la NSA. Ils avaient fait tout ce qu'ils pouvaient. Désormais, il fallait qu'ils filent avant que les unités d'élite débarquent. L'ironie de la situation ne lui avait pas échappé : elle comptait sur les agents d'une brigade anti-pirates informatiques pour leur sauver la mise. Elle espérait simplement que l'attaque qu'elle avait lancée capterait bien leur attention — et vite.

Peter s'installa sur le siège conducteur, boucla sa ceinture, puis fronça les sourcils.

— Quoi ? demanda Noa.

— J'avais laissé la clé là, indiqua-t-il. J'en suis sûr.

— Sur le contact ?

— Ben oui, c'était au cas où… l'un de nous ne reviendrait pas, bredouilla-t-il en inspectant le volant. Pour que tu puisses partir si jamais je me faisais prendre.

— Oh, fit-elle en prenant conscience qu'elle n'avait même pas songé à cette éventualité.

Elle s'était dit que s'ils se faisaient prendre ça aurait été la fin pour eux deux.

— Tu as vérifié dans ta poche ? reprit-elle.

— Mais oui, dit-il en se retournant vers la banquette arrière. Tu ne crois pas que…

Peter fut interrompu par un coup sec frappé à la vitre.

Noa tressaillit. Le type qui l'avait poursuivie dans la bibliothèque de Harvard était penché à la fenêtre. Il les fixait d'un regard mauvais en agitant un trousseau de clés.

D'un geste vif, l'homme ouvrit la portière arrière et se glissa sur la banquette.

Peter n'avait pas l'impression de le reconnaître, mais il se rappela que tous les types qui avaient fait irruption chez lui se ressemblaient. Comme eux, il était habillé en noir des pieds à la tête. Il portait un manteau lourd, des pantalons et un bonnet tricoté, et une vilaine balafre lui barrait le visage.

En fait, je m'en souviendrais si je l'avais vu.

— J'imagine que c'est vous, Cole, lâcha-t-il.

Sans lui répondre, l'homme lui jeta les clés sur les genoux.

— Démarre.

Peter se retourna vers le volant et hésita un instant. Puis il sentit quelque chose de froid à l'arrière de son crâne et devina qu'il s'agissait du canon d'un pistolet. D'une main tremblante, il saisit les clés et parvint tant bien que mal à mettre le contact.

— Recule jusqu'à la route principale.

Peter enclencha docilement la marche arrière. Les pneus s'enfoncèrent dans la boue pendant une seconde, avant d'en sortir en faisant une embardée.

— On va où ? demanda Peter.

La voiture bringuebalait sur les ornières du chemin. Peter priait intérieurement pour qu'elle s'embourbe. Il pourrait en profiter pour distraire l'attention de Cole, et Noa aurait au moins une chance de s'enfuir.

— Retour à la base, dit Cole. Mais cette fois, vous allez avoir droit à une visite complète.

Sa voix était grave et son ton menaçant. Il tapota l'épaule de Noa avec le canon de son arme.

— Deux pour le prix d'un, c'est mon jour de chance, ajouta-t-il. Je ferais bien d'acheter un billet de loto. Comment est-ce que vous avez atterri ensemble, tous les deux ?

Peter tourna la tête vers Noa. Elle se tenait raide sur son siège, les yeux rivés sur le pare-brise. Aucun d'eux ne prit la peine de répondre.

— Peu importe, reprit Cole d'un ton dédaigneux. En tout cas, ça me simplifie la vie. C'est Mason qui va être content.

Peter continua de reculer et ils se retrouvèrent en travers de la route principale. Il remarqua soudain qu'il y avait des coussins gonflables du côté de Noa et du sien. S'il accélérait, il pourrait essayer de jeter la voiture contre un arbre. Cole traverserait sûrement le pare-brise.

Il jeta un coup d'œil dans le rétroviseur central et croisa le regard de Cole.

— Ne joue pas au plus malin avec moi, lui conseilla celui-ci. Crois-moi, je vous collerais une balle dans la tête à chacun avant qu'on ait fait deux mètres. Et maintenant, prends à droite.

Peter serra les dents et s'exécuta. Les phares illuminèrent le tronçon de route qui menait à la base, tandis que les essuie-glaces luttaient contre la pluie battante. Une partie de l'eau se transformait en glace qui s'accumulait.

Ils arrivèrent face au portail qui s'ouvrit presque aussitôt. Un homme d'une cinquantaine d'années, habillé comme Cole et chaussé de bottes en caoutchouc, se tenait à l'entrée, l'air embarrassé. Peter supposa qu'il s'agissait d'un des deux hommes qu'ils avaient entendus dans le dernier baraquement, probablement celui à la voix rauque. On aurait dit un pêcheur. Une barbe grise de deux jours couvrait ses joues, et des mèches de cheveux graisseux sortant de son bonnet étaient plaquées sur son visage.

Cole marmonna un juron avant d'ordonner à Peter de s'arrêter à sa hauteur. Puis il baissa sa vitre et l'homme se pencha vers lui pour lui parler :

— Comme je te l'ai dit, on n'a pas encore...

Un claquement sonore résonna et il tituba en arrière avec un air ahuri. Un trou rouge était apparu au milieu de son front. Il s'effondra sur le sol.

— Roule, lâcha Cole en remontant sa vitre.

Peter entendit Noa hoqueter près de lui. Il aurait voulu dire quelque chose, mais sa voix était coincée dans sa gorge. Il était pétrifié, complètement paralysé par la peur. Ses oreilles bourdonnaient à cause de la déflagration. C'était la première fois qu'il entendait un vrai coup de feu. Le bruit était assourdissant, bien plus fort qu'à la télé. Il avait les yeux rivés sur le corps immobile qui gisait par terre. Un filet rouge coulait depuis l'arrière de la tête puis rejoignait une rigole boueuse creusée par la pluie.

— Ressaisis-toi, mon gars, dit Cole d'un air blasé. Roule, sinon il t'arrivera la même chose.

De son côté, Noa fixait l'espace vide où se tenait l'homme un instant auparavant. Elle avait la bouche ouverte et les yeux écarquillés. Elle se tourna vers Peter et ils échangèrent un regard horrifié.

— Fais ce qu'il dit, murmura-t-elle.

Peter s'efforça de se concentrer sur la route. Le pare-brise était noyé de pluie, comme s'ils étaient en train de rouler sous l'eau. Il régla les essuie-glaces sur la vitesse maximale et relâcha la pédale de frein.

La voiture se remit en marche. Autour d'eux, les rangées de baraquements défilaient comme des sentinelles esseulées. On aurait dit qu'ils étaient animés d'une vie propre — des créatures assoiffées de sang qui attendaient l'ordre de bondir sur leur proie.

— Arrête, ordonna Cole quand ils atteignirent le dernier bâtiment.

Peter mit le levier de vitesse au point mort. Par la porte entrouverte, il put distinguer l'ombre d'une silhouette : sûrement le deuxième homme qui avait chargé les glacières sur le bateau.

— Qu'est-ce que vous allez nous faire ? demanda Noa d'une voix étrangement dépourvue d'émotion, comme si elle avait déjà baissé les bras.

— Je sais pas encore, il faut que je passe un coup de fil, répondit Cole avant de sourire, dévoilant des dents d'une blancheur surprenante. T'en fais pas pour toi, ma belle, tu es la poule aux œufs d'or. Mais ton copain ici présent... Il se pourrait qu'il ait rendez-vous avec des crabes.

Noa se mit à haleter. Peter aurait voulu reprendre sa main, lui dire de ne pas s'inquiéter. Peut-être que ses parents pourraient convaincre Mason de ne pas le tuer. Il repensa alors à l'expression enragée de son père le soir où il s'était enfui, et son cœur se serra.

Non, ils ne feront rien.

Bob et Priscilla étaient peut-être déjà en train de transformer sa chambre. Celle de Jeremy servait désormais de chambre d'amis. Ils avaient fait venir des décorateurs à peine un mois après sa mort.

Peter ne le leur avait jamais pardonné. Ils l'avaient envoyé en vacances au ski, soi-disant pour qu'il « se change les idées ». Quand il était rentré, toutes les affaires de son frère avaient disparu. Il n'avait même pas pu garder un souvenir, comme sa crosse de lacrosse ou la médaille qu'il avait gagnée à un concours scientifique.

Maintenant, ses parents avaient déjà sûrement estimé que le décès de leur dernier enfant était, somme toute, un mal pour un bien. Ils raisonnaient toujours ainsi, de façon pragmatique. Et puis, comme ils ne manquaient jamais de le lui rappeler, Peter leur causait toujours des problèmes.

— Descendez ! aboya Cole, l'interrompant dans ses pensées.

Peter détestait la sensation qu'il avait de marcher volontairement vers sa mort. Mais s'il tentait de s'échapper, rien ne lui garantissait que Noa pourrait en faire autant. Ils n'allaient peut-être pas la tuer, mais il était certain qu'elle allait se retrouver attachée sur une table d'opération. Et il se sentait responsable d'elle, désormais. Sous son apparence de dure à cuire, il voyait bien que se cachait une jeune fille fragile et vulnérable. Dans le fond, ils se ressemblaient tous les deux, bien plus qu'elle n'oserait jamais l'avouer.

Il fallait seulement qu'il arrive à retenir Cole jusqu'à ce que la NSA débarque. Peter espérait que le programme que Noa avait installé continuait de tourner, ou que si Cole l'avait découvert et désactivé, il avait éveillé suffisamment d'inquiétude pour que la NSA localise l'adresse IP et décide de réagir.

Il tourna les yeux vers Noa. Elle affichait son expression imperturbable habituelle, mais il savait qu'elle pensait la même chose que lui.

Gagne du temps. Reste en vie.

Il prit une profonde inspiration pour reprendre le dessus sur sa peur. Ils étaient malins. Ils allaient s'en sortir. Il le fallait.

— J'ai dit descendez ! répéta Cole en lui frappant la tête avec le canon de son pistolet.

Peter grimaça, puis il sortit de la voiture à contrecœur.

Dehors, la pluie avait fait place à la grêle. Il rentra la tête dans les épaules et fourra ses mains dans les poches. Il s'en voulut de ne pas avoir pensé à prendre quoi que ce soit pour se défendre — un couteau, une bombe lacrymogène — avant de penser que ça n'aurait sans doute pas été d'un grand secours face à un pistolet.

Sur le seuil du bâtiment se tenait un jeune homme émacié au teint blafard et à la barbichette broussailleuse. Il devait avoir environ vingt-cinq ans.

— Où est Fred ? lança-t-il.

Cole ne lui répondit pas. Il fit signe à Peter et Noa d'entrer à l'intérieur. Apparemment, lui non plus n'aimait pas la pluie. Le jeune homme s'écarta pour les laisser passer.

Peter regarda autour de lui. Le baraquement était différent des autres. Une dizaine d'ampoules brillaient au plafond, produisant une clarté aveuglante qui accentuait tous les reliefs. On aurait dit une cafétéria d'hôpital, en plus petit. Plusieurs rangées de longues tables s'alignaient au milieu de la pièce, avec des chaises métalliques glissées en dessous. Dans le fond, il aperçut un stand de boissons chaudes, près d'un grand buffet vitré, comme celui de la cafétéria de son école. Des plateaux rouges étaient empilés près des rails métalliques qui le bordaient. Peter se demanda qui pouvait être capable de venir manger ici après s'être livré à des expériences sur des adolescents sans défense.

Une chambre froide était installée juste derrière l'espace de restauration. La porte était entrouverte et Peter discerna des lits à roulettes vides. À côté, un plan de travail avait été décalé pour permettre de loger une longue table munie d'une scie intégrée, comme celles qu'utilisaient les menuisiers. Elle était maculée d'éclaboussures rouges et chargée de formes qui lui firent détourner le regard. Mais il eut le temps de remarquer une autre glacière bleue au pied de la table.

Il observa Noa et comprit qu'elle l'avait vue aussi. Il commençait à savoir mieux interpréter ses expressions et, malgré son flegme apparent, il devinait la rage et l'horreur dans ses yeux.

— Vous devriez avoir terminé, déclara Cole d'un ton implacable.

— On a fait de notre mieux, franchement, se défendit le jeune homme en levant les mains d'un air apeuré. Mais avec ce temps infernal, on s'est dit qu'on risquait de tomber sur les garde-côtes si on sortait le bateau.

Cole émit un grognement et se retourna vers la porte.

— Est-ce que ces deux…, reprit le barbu en jetant un bref coup d'œil en direction de Peter et Noa. Enfin, je croyais qu'on avait fini de…

— Fini de faire quoi ? demanda Cole en s'approchant de lui.

— Euh…, bredouilla-t-il en se recroquevillant. Ce n'est pas ce que je…

— On ne fait rien ici et on n'a jamais rien fait ! éructa Cole. Bon sang, mais quelle bande d'incapables !

Il sortit un téléphone satellite et en déplia l'antenne. Puis il appuya sur quelques touches et s'éloigna en parlant à voix basse, sans quitter Peter et Noa des yeux, comme s'il les défiait de tenter de s'échapper.

Le jeune homme s'était réfugié dans le fond de la pièce où il faisait les cent pas d'un air affolé.

Peter regarda à nouveau Noa. C'était la première fois qu'il la voyait véritablement effrayée. Elle tourna les yeux vers lui et lui adressa un faible sourire. Il lui saisit la main. Ses doigts étaient gelés.

— Ça va aller, lui chuchota-t-il. Ils ne devraient plus tarder.

— Je ne les laisserai pas te faire de mal, dit-elle en lui serrant la main.

— Ah ben tant mieux, parce que je ne sais pas si je t'ai dit, mais je suis allergique à la douleur.

Elle émit un petit rire étouffé. Cole releva la tête et il fronça les sourcils.

Peter prit une longue inspiration et dit à voix basse :

— Et moi, je ne les laisserai pas t'emmener. Quoi qu'il arrive.

Elle ne répondit rien, mais serra sa main encore une fois avant de la lâcher. Puis elle fit un pas vers Cole.

— Dites à Mason que je lui propose un marché, lança-t-elle d'une voix assurée.

Cole interrompit sa conversation et revint vers eux, l'air intrigué.

— Qu'est-ce que tu viens de dire ?

— Un marché, répéta-t-elle calmement. Je reste et on vous restitue les données. Mais en échange, vous relâchez Peter.

— Attendez, non ! protesta Peter.

— Je crois que tu n'as pas bien compris la situation, ma belle, fit Cole en riant. Tu restes de toute façon. Et je t'assure qu'après dix minutes en tête à tête avec moi, ton copain me dira tout ce que j'ai besoin de savoir et plus encore.

— Impossible, répliqua Noa. J'ai modifié l'algorithme de cryptage.

— De quoi tu parles ? la questionna Cole, l'air confus. Elle leva les yeux au ciel.

— J'imagine qu'on vous a pas recruté pour votre QI, je me trompe ?

Cole grogna et s'avança vers elle. Peter s'interposa aussitôt entre eux. Cole s'arrêta à quelques centimètres de lui et le toisa d'un air mauvais, comme s'il réfléchissait à la partie du corps qu'il allait lui arracher en premier.

— C'est comme un verrou qui bloque les dossiers, expliqua Noa sans plus attendre. Et je suis la seule à en avoir la clé.

— Eh ben dans ce cas, c'est toi que j'interrogerai, c'est tout.

— Vous pourriez me torturer à mort que je ne dirais rien, rétorqua-t-elle sèchement. Et de toute façon, je n'ai pas l'impression que vous allez faire une chose pareille.

Je suis la « poule aux œufs d'or », c'est bien ça ? Je ne vous donnerai le code de cryptage que si vous laissez Peter partir. Dites ça à Mason.

Cole la dévisagea d'un air perplexe, semblant se demander s'il devait la croire ou non.

Peter retint son souffle en espérant que son coup de bluff allait marcher. Il était impossible qu'elle ait pu changer l'algorithme de cryptage qu'il utilisait pour accéder au serveur. Il l'avait mis au point lui-même et il aurait fallu des années de calculs à une équipe d'informaticiens pour le déterminer — ou une dizaine de minutes à Cole pour le lui extorquer, mais peut-être n'en avait-il pas conscience.

— Allez-y, insista Noa. Répétez-lui ça.

La mine de Cole s'assombrit, mais il reprit son téléphone et se remit à chuchoter. Au regard hostile qu'il lui jeta, Peter comprit que Cole n'aimait pas ce que Mason lui répondait.

Il va me libérer.

Mais son soulagement fit aussitôt place à la culpabilité. Il ne pouvait pas abandonner Noa. Ils allaient encore lui faire subir des choses horribles, ça ne faisait aucun doute. Et cette fois, ils la garderaient dans un endroit si bien caché qu'il n'aurait aucune chance de la retrouver.

— Je ne peux pas te laisser faire ça, murmura-t-il.

— Il faut que l'un de nous deux s'échappe, lui dit-elle. Quelqu'un doit continuer d'agir pour essayer de les arrêter.

— Alors il faut que ce soit toi.

— Ils me relâcheront jamais, soupira-t-elle avec impatience.

Elle jeta un regard derrière lui vers la porte restée entrouverte et fronça les sourcils.

— Qu'est-ce qu'il y a? demanda Peter.

— Non, rien. J'ai cru…

Cole raccrocha et se dirigea vers eux.

— C'est ton jour de chance, mon gars, lança-t-il à Peter en lui donnant une tape sur la tête. Tu vas pouvoir partir, du moins dès que ta copine nous aura donné le code.

— Non, vous le libérez d'abord, déclara Noa d'un ton ferme.

Cole semblait hésiter.

— Je peux y aller, maintenant? gémit une voix depuis le fond de la pièce.

— Ah, Matt, je t'avais presque oublié, fit Cole avec un sourire sadique. Au fait, tu veux que je te dise ce qui est arrivé à Fred?

Il le pointa de son révolver.

— Pitié, Cole. Je voulais continuer, c'est la vérité. C'est Fred qui m'en a empêché.

— Ah ouais ? Alors, finis de charger le bateau et grouille-toi !

— Euh… Tout seul ? balbutia Matt, avant de blêmir en voyant l'expression de Cole. Ouais, OK, je… je m'en occupe, pas de problème.

Il passa près d'eux et sortit. Le bruit d'une glacière traînée sur le béton résonna, entrecoupé par les halètements du jeune homme sous l'effort.

— Ah, les abrutis, grommela Cole. Bon sang, j'ai toujours détesté cette base.

— Vous voulez dire qu'il y en a d'autres ? demanda Peter.

— Tu crois vraiment que c'est le moment de me poser ce genre de questions ? lui répondit Cole. Allez, dégage et rentre chez toi avant que je change d'avis.

— Je pars comme ça ? Sans rien de plus ?

Cole s'approcha tout près de Peter qui sentit son haleine. Elle était chargée d'une odeur étrange, vaguement métallique.

— Mais je te préviens, si tu fais le moindre détour pour prévenir les policiers ou je ne sais quoi, tu peux dire adieu à tes parents. Compris ?

Peter hocha la tête. Il jeta un regard à Noa, par-dessus l'épaule de Cole. Elle esquissa un petit signe de la main, comme pour lui dire au revoir. Ce simple geste lui brisa le cœur.

Il tourna les talons, rouge de honte. Il avait l'impression d'être le type le plus lâche de tous les temps. Son corps tout entier protestait, au point qu'il lui paraissait presque impossible de mettre un pied devant l'autre.

Je ne peux pas la sacrifier comme ça.

Noa n'était peut-être pas exactement une amie, mais elle était désormais la personne au monde dont il était le plus proche. Et il était en train de l'abandonner, tout comme ses parents et Amanda l'avaient fait avec lui.

Son cerveau tournait à toute vitesse. S'il se jetait sur Cole, il pourrait le prendre par surprise et tenter de lui arracher son arme, tout en criant à Noa de s'enfuir. Et si jamais il y restait, au moins, il mourrait en héros.

— Je ne peux pas, dit Peter d'une voix blanche avant de se retourner. Je ne peux pas partir sans elle.

Cole le fixait toujours avec circonspection. Puis il haussa les épaules.

— Comme tu voudras, dit-il en braquant son pistolet sur lui.

— Peter, va-t'en ! cria Noa d'un ton sévère. J'ai pas besoin de toi.

— Mais…

— Tire-toi ! insista-t-elle, la rage au ventre. De toute façon, tu sers à rien !

Peter se sentit meurtri par sa remarque, et plus encore par le regard qu'elle lui lançait — le même que celui qu'elle avait eu le soir de leur rencontre, un regard qui semblait le jauger avant de décréter qu'il n'était pas à la hauteur.

Peter fut soudain envahi par une vague de profond désespoir. Il se raidit, fit demi-tour et commença à s'éloigner. Il entendit Cole qui ricanait derrière lui.

— Et voilà, ma belle. Enfin seuls.

Peter marqua une pause sur le seuil de la porte. La NSA n'arriverait pas à temps. Cole et Noa seraient déjà partis depuis belle lurette. Peut-être même que personne ne viendrait.

Et puis, zut.

Malgré les menaces de Cole, Peter décida qu'il allait foncer tout droit jusqu'au prochain poste de police. Il leur raconterait tout et les convaincrait d'arrêter Cole. Ses parents n'auraient qu'à se défendre tout seuls.

Il se mit à marcher d'un pas déterminé en direction de la voiture. La grêle s'était arrêtée et il ne tombait plus qu'une pluie fine. Il jeta un coup d'œil sur sa gauche. Le bateau continuait de s'agiter sur l'eau et ses pare-battages crissaient contre les pilotis. La glacière bleue gisait par terre, à mi-chemin de la jetée, mais il n'y avait aucune trace de Matt. Il avait dû avoir la bonne idée de déguerpir. Peter était certain que Cole comptait l'éliminer dès qu'il aurait terminé le chargement.

Il était presque parvenu à la voiture quand il entendit une série de déflagrations venant de l'intérieur du baraquement. Peter se figea sur place. Est-ce que c'était des coups de feu ? Il sentit son cœur se serrer et s'élança en courant vers le bâtiment.

Noa.

CHAPITRE DIX-SEPT

L a pièce était plongée dans l'obscurité. Noa s'était mise à courir dès que la première ampoule avait éclaté, projetant une pluie de morceaux de verre sur le sol. Elle n'avait pas su à quoi s'attendre quand elle avait vu une ombre fugace passer devant la porte, quelques minutes plus tôt. Elle n'était pas sûre que c'était lui, ni qu'il avait bien reçu son message.

Puis les énormes ampoules qui pendaient au plafond avaient explosé les unes après les autres avec de petites flammes. Cole avait levé les yeux et elle en avait aussitôt profité pour foncer vers la sortie, courbée en deux. Elle avait entendu un cri, puis une déflagration plus forte que les autres. L'air s'était imprégné d'une odeur de poudre et d'étranges effluves chimiques. En l'espace de trois secondes, toutes les lumières s'étaient éteintes et il avait fallu quelques instants à Noa pour que ses yeux s'adaptent à l'obscurité.

Désormais, elle distinguait une faible lueur par la porte que Peter avait laissée ouverte. Heureusement, il devait déjà être arrivé à la voiture.

Elle entendit Cole lancé à sa poursuite qui marchait sur les débris de verre. Elle n'était plus qu'à deux ou trois mètres de la sortie. Il pourrait discerner sa silhouette au moment où elle filerait, mais avec un peu de chance, si elle restait baissée, il n'aurait pas le temps de bien viser. De toute façon, l'heure n'était plus aux hésitations.

Alors qu'elle était sur le point de s'élancer à l'extérieur, une ombre surgit dans l'embrasure.

— Noa ! cria Peter.

Elle jura dans sa barbe. Derrière elle, elle entendit un cri rageur — Cole s'apprêtait à tirer.

Peter fut brusquement soulevé dans les airs et bascula sur le côté, disparaissant hors de vue. Elle se précipita vers la porte, les yeux rivés sur la faible lumière du dehors, blanchie par la pluie. Juste avant qu'elle ne la franchisse, elle vit passer une bouteille enflammée qui éclata derrière elle.

Peter retomba lourdement sur le ventre en gémissant. Son bras était tordu dans son dos selon un angle étrange, faisant ressortir son épaule. Spontanément, il se débattit contre le poids qui l'écrasait.

— Va au bateau ! lui murmura une voix.

— Quoi ? Foutez-moi la paix, je…

— Je m'occupe d'elle. Vas-y !

Peter se releva tant bien que mal, juste à temps pour voir son assaillant allumer la mèche d'un cocktail Molotov. Il devait avoir dix-huit ou dix-neuf ans et avait des cheveux noirs mi-longs. Il était mince et avait l'air sale, un peu comme les jeunes fugueurs du centre d'accueil où travaillait Amanda. Il jeta à Peter un regard impérieux à travers la pluie.

— Allez ! insista-t-il avant de lancer la bouteille dans le bâtiment.

Peter nageait en pleine confusion.

Bon sang, mais c'est qui, ce gars ? D'où il sort ? On dirait qu'il est venu nous aider, mais personne ne savait qu'on était là, pas même Cody.

Il secoua la tête. Il avait déjà abandonné Noa une fois, il n'était pas question qu'il recommence.

De la fumée sortit par la porte du bâtiment. Des cris résonnèrent à l'intérieur, puis il entendit les bruits de pas de quelqu'un qui courait.

Soudain, Noa apparut au milieu de la fumée noire. Le jeune type l'attrapa par le coude et l'entraîna vers la jetée.

Il fallut deux secondes à Peter pour réagir — juste assez pour que Cole atteigne la porte. Pris d'une violente quinte de toux, il tenait un bras serré contre sa bouche et son arme pendait au bout de sa main.

Peter jeta un bref coup d'œil en arrière. Ils avaient seulement parcouru la moitié de la distance qui les séparait du bateau. Ils n'arriveraient pas à temps.

Sans réfléchir, Peter se pencha en avant et fonça tête baissée vers Cole. Il lui rentra dans le ventre et entendit un bruit métallique sur le béton. Il comprit qu'il avait réussi à le désarmer et fut gagné par un élan d'espoir. Il déchargea sur Cole toute la rage qu'il avait accumulée ces derniers jours — la façon dont ses parents lui avaient tourné le dos, la trahison d'Amanda, toutes les choses horribles que Noa avait subies. Mis à part quelques rares bagarres avec son frère, Peter ne s'était pas battu depuis l'école primaire. Il fit pleuvoir les coups sur Cole de toutes ses forces, mais il avait l'impression de frapper un roc.

Ses espoirs ne tardèrent pas à s'envoler. Il se retrouva soudain plaqué au sol avec Cole assis à califourchon sur son torse.

— Bon sang, tu te bats comme une fillette, mon gars ! lui lança celui-ci en essuyant le sang qui coulait de sa lèvre d'un revers de la main. T'aurais dû prendre des cours avec ton ami. Il était bien plus coriace que toi.

— Mon ami ? répéta Peter, pris de court. Mais de qui vous...

Cole avait tendu son bras en arrière, le poing serré. Peter n'eut pas le temps de finir sa phrase. Il eut l'impression qu'un marteau venait de s'abattre sur sa mâchoire. Cole continua à cogner, encore et encore. Chaque coup paraissait destiné à lui démolir une partie différente du visage. Une dent. L'arcade sourcilière. Peu à peu, Peter sentit sa conscience glisser. L'espace qui l'entourait devint de plus en plus lumineux et il se demanda si c'était à ça que ressemblait la mort.

— Les mains en l'air ! cria une voix féminine.

Les mots résonnaient bizarrement dans sa tête. Peter était étourdi, complètement désorienté. Il avait la sensation que sa tête gonflait comme quand on souffle dans un ballon de baudruche.

Il reçut un dernier coup sur le menton qui fit violemment s'entrechoquer ses dents, puis la voix s'éleva à nouveau :

— FBI ! Mettez les mains en l'air, immédiatement !

Autour de lui, des gens couraient. Tout à coup, le poids sur sa poitrine disparut. Peter entendit Cole qui protestait, puis une autre voix, autoritaire, qui lançait des ordres :

— Arrêtez ce bateau !

Il sentit des mains qui l'aidaient à se relever. Sa tête pendait vers l'avant. Malgré tous ses efforts, il était incapable de la redresser.

— Emmenez-le à l'intérieur ! cria la voix.

Il se laissa porter. Ses pieds butèrent sur le seuil de la porte tandis qu'on le ramenait dans le bâtiment.

— On n'y voit rien ici, il nous faut de la lumière !

Peter entendit d'autres ordres et le brouhaha d'une sorte de confusion générale. Il laissa son esprit vagabonder. Il n'était pas mort, ce qui était un bon début. Il se demanda si Noa avait réussi à s'enfuir et espéra que c'était le cas. Finalement, son plan avait marché. À cette idée, il émit ce qui ressemblait à un rire étouffé. La cavalerie avait fini par débarquer. Un peu tard, mais ils étaient là.

— Qu'est-ce qu'il y a de drôle ? demanda la voix féminine.

— Rien, articula-t-il.

Il parvint à relever un peu la tête et plissa les yeux pour essayer d'y voir quelque chose. Ils avaient installé un projecteur spécial qui dessinait de longues ombres triangulaires sur les murs. Peter crut distinguer une femme vêtue d'un jean, d'un chandail à col roulé et d'un coupe-vent bleu marine. Elle le regardait en fronçant les sourcils.

— Tout va s'arranger, murmura-t-il.

— Ça, c'est de l'optimisme, répondit la femme d'un ton pince-sans-rire. Surtout dans de telles…

— Ruiz, venez voir ça, l'interrompit une voix masculine.

La femme tourna brusquement les talons et s'éloigna pour rejoindre son collègue devant la chambre froide. Il portait la même veste qu'elle, avec l'inscription « FBI » en grosses lettres jaunes dans le dos. Tous deux examinèrent le contenu d'une glacière en discutant à voix basse. Peter crut alors détecter un changement dans l'atmosphère qui régnait dans la pièce.

— Il y a un gamin découpé en morceaux, là-dedans, lança-t-il en s'efforçant de parler aussi distinctement que possible. Vous trouverez une autre glacière dehors. Et davantage sur le bateau.

— Bon sang, mais qu'est-ce qui s'est passé, ici ?

Peter fut surpris de voir la femme près de lui. Il ne l'avait pas entendue revenir. Puis, tout à coup, elle se dédoubla.

Il tenta d'étirer ses lèvres sanguinolentes en un semblant de sourire pour la rassurer.

— Je vais tout… vous raconter. Mais d'abord… il faut que je m'allonge… un petit moment.

La pièce se mit à vaciller autour de lui et il perdit connaissance.

Noa était blottie au fond du bateau, essayant de rester aussi loin que possible des glacières et des casiers à crabes. Mais ce n'était pas évident. L'orage avait transformé la mer en un bouillon d'écume. Ils affrontaient des vagues de deux mètres de haut avant de basculer violemment de l'autre côté. Tout ce qui était sur le pont, y compris elle-même, était soulevé dans les airs avant de retomber lourdement. Elle essayait d'amortir l'impact sur ses genoux en restant accroupie, comme si elle se préparait à sauter, mais ça ne servait pas à grand-chose. Elle était épuisée. Et pire encore, elle était de nouveau complètement frigorifiée.

Son ange gardien se retournait sans cesse pour s'assurer qu'elle tenait le coup. Enfin, elle le rencontrait. Il était grand, environ un mètre quatre-vingt-dix, et paraissait avoir son âge ou un peu plus. Il était maigre, comme s'il ne mangeait pas à sa faim. Il avait les yeux et les cheveux noirs, et la peau mate. Il était peut-être latino, mais c'était difficile à dire.

En tout cas, il se débrouillait bien à la barre. Il devait avoir une certaine expérience de la navigation. Malgré le temps exécrable, il portait seulement un jean, une chemise de bûcheron sombre et des souliers noirs, mais le froid ne semblait pas le déranger.

Noa, en revanche, n'arrêtait pas de trembler. Elle claquait des dents si fort qu'elle en avait mal à la mâchoire.

L'eau de mer gelée lui fouettait les joues et elle avait l'impression de porter un masque de glace.

— On est presque arrivés ! lança-t-il d'une voix forte pour se faire entendre au milieu des bourrasques de vent.

Elle tenta vainement de hocher la tête tout en gardant les épaules voûtées, se laissant ballotter par les secousses du bateau.

Ils s'étaient vraiment échappés de justesse. Elle avait voulu retourner chercher Peter, sachant pertinemment que ça allait mal finir dès qu'elle l'avait vu s'attaquer à Cole. Mais l'autre l'en avait empêchée. Il l'avait entraînée vers la jetée en lui criant que le FBI arrivait et qu'il fallait partir immédiatement.

Il n'avait pas menti. Au moment où ils quittaient le quai, la base était envahie par une nuée de gens en coupe-vent bleu marine qui hurlaient des ordres. Noa les avait vus se diriger vers Peter et Cole, puis vers eux. Le bateau avait démarré en trombe et ils avaient bondi si brutalement entre les vagues qu'elle avait failli passer par-dessus bord. Quand les agents étaient parvenus au bord du quai, ils étaient déjà à une vingtaine de mètres du large.

À plusieurs reprises, les rouleaux avaient manqué de les faire chavirer, mais chaque fois, l'ange gardien avait réussi à maintenir la coque pointée droit devant et à redresser l'embarcation.

— Où on va? lui demanda-t-elle.

Mais sa question resta sans réponse.

Noa était inquiète à l'idée de croiser les garde-côtes. Par un temps pareil, ils étaient forcément très occupés, mais un bateau transportant des personnes suspectées de s'être introduites dans le serveur de la NSA devait constituer une priorité pour eux.

Elle regarda autour d'elle, mais il était impossible de discerner quoi que ce soit au milieu des vagues.

— Accroche-toi! s'écria-t-il.

Elle s'agrippa à la corde la plus proche et sentit son estomac se tordre tandis qu'ils viraient brusquement sur la droite. Elle se mit à glisser sur le pont. Les eaux noires grimpèrent jusqu'au bastingage, s'ouvrant comme une bouche géante prête à l'engloutir.

Il y eut une nouvelle secousse, et le bateau se stabilisa.

Instantanément, les vagues s'apaisèrent et la pluie diminua d'intensité. Sur leur gauche, Noa aperçut la forme d'une bouée de signalisation. Elle distingua les lumières des maisons, de chaque côté de l'eau. Ils naviguaient sur un petit cours d'eau.

— Bienvenue sur la rivière Kickemuit, annonça-t-il. La nature est complètement préservée par ici. On va pouvoir abandonner le bateau et regagner la route.

Comment peut-il savoir ça ?

Noa était soulagée qu'il ait bien reçu son message au sujet de la base navale, mais elle ne s'était pas attendue à ce qu'il vienne. Néanmoins, sans lui, elle n'aurait peut-être pas survécu à son face-à-face avec Cole.

Il dirigea le bateau vers un canal encore plus étroit. De hautes herbes caressaient la coque tandis qu'ils se rapprochaient d'un petit pont de bois. L'embarcation s'échoua et il coupa le moteur.

— On va devoir marcher un peu dans l'eau, mais ce n'est pas profond, indiqua-t-il. Ça va aller ? Tu n'es pas blessée ?

— Non, ça va… Zeke, c'est ça ?

Il la regarda et lui sourit.

— Comment tu as deviné mon nom ?

— Tu veux rire ? Il ne m'a même pas fallu cinq minutes pour découvrir que c'est comme ça que les Alliés surnommaient l'A6M Zero pendant la Seconde Guerre mondiale.

— Bon, j'imagine qu'il va me falloir un nouveau pseudo… Et à toi aussi, sans doute.

— Hmm, acquiesça Noa.

C'était vraiment dommage. Elle aimait s'appeler Rain, ça lui correspondait si bien.

— Tu as ton portable, là-dedans ? demanda-t-il en désignant son sac.

— Ouais. Mais ça m'étonnerait qu'il ait supporté la baignade, soupira-t-elle.

— Alors jette-le, lui dit-il. Il faut qu'on voyage léger. Pareil pour ton téléphone, surtout si c'est de là que tu m'as envoyé ton courriel. Ce sera facile de les remplacer, ajouta-t-il en remarquant son air réticent.

Noa hésita quelques instants, avant d'admettre qu'il avait raison. Elle glissa dans sa poche la clé USB contenant les dossiers du Projet Perséphone. Puis elle laissa tomber son MacBook et son téléphone dans l'eau et les regarda s'enfoncer avec une pointe de regret.

Zeke scruta les alentours. Il était tard, mais il y avait encore quelques fenêtres éclairées dans les maisons environnantes.

— Alors, on va où ? lui demanda-t-elle. Et Peter ?

— Le gars qu'on a laissé là-bas ?

Elle hocha la tête en tressaillant.

— On ne peut rien faire pour lui, déclara Zeke en haussant les épaules. Surtout si on se fait prendre. Tirons-nous d'ici.

— Et après, tu me raconteras tout ?

— Tout ce que je sais, oui, répondit-il, la mine sombre. Mais tu connais déjà sûrement le pire.

Ils tournèrent tous les deux les yeux vers les glacières entreposées au fond du bateau. Il y en avait cinq, attachées ensemble. Noa frissonna en se demandant

combien de jeunes elles contenaient. Un dans chaque ?
Ou est-ce qu'ils avaient réussi à en mettre davantage ?

— Allons-y, dit Zeke d'une voix douce.

Il descendit du bateau et Noa le suivit dans les eaux
peu profondes du marais en direction du rivage.

CHAPITRE DIX-HUIT

Peter ouvrit lentement les yeux et se dit qu'il devait rêver. Il était dans son lit, chez ses parents. Les rideaux étaient tirés et sa chambre baignait dans une pâle lumière grise. Tout était exactement comme quand il était parti : la porte de la penderie était ouverte, des cintres vides étaient accrochés à la barre transversale et les tiroirs étaient en désordre.

Il essaya de se redresser et retomba aussitôt sur les oreillers en haletant. Il avait mal partout et l'impression que la pièce tournait autour de lui.

Mais qu'est-ce qui s'est passé ? se demanda-t-il. *Comment ai-je pu aboutir ici ?*

Il entendit des pas feutrés dans le couloir, puis la porte de sa chambre s'entrouvrit. Sa mère glissa la tête dans l'entrebâillement avant de s'élancer vers lui avec une expression enthousiaste sur le visage. Elle ralentit en s'approchant du lit, sans trop savoir comment elle allait être accueillie.

— Tu es enfin réveillé ! s'exclama-t-elle, l'air soulagée. Oh, Peter, tu nous as fait si peur !

— Que s'est-il passé ? demanda-t-il en parvenant à se mettre en appui sur les coudes.

— Attends, je vais t'aider.

Elle tapota rapidement les oreillers. Il se radossa avec gratitude.

— On ne sait pas exactement, reprit-elle. On espérait que tu pourrais nous en dire plus.

— Comment je suis arrivé jusqu'ici ?

Tout lui revint d'un coup : le gars qui avait surgi de nulle part et lancé un cocktail Molotov, Noa qui courait vers le bateau, Cole qui le frappait, les agents fédéraux qui débarquaient.

— C'est le FBI qui m'a ramené ? avança-t-il.

— Le FBI ? répéta sa mère, incrédule. Non, mon chéri. La police t'a trouvé et t'a conduit dans un hôpital du Rhode Island. Mais qu'est-ce qui t'a pris d'aller là-bas ? Ton père et moi, on te croyait avec Amanda... Et puis il y a eu ce terrible coup de fil. Enfin bref, les médecins disaient que tu n'étais pas transportable, mais franchement, tu aurais vu cet hôpital… Il n'était pas question qu'on te laisse là-bas. De toute façon, ce n'était qu'une commotion cérébrale.

— Alors on ne m'a pas arrêté ?

— Eh bien…, commença Priscilla en tirant une plume de la couette. La police a estimé que tout bien considéré, ça te servirait de leçon. Et puis, la violation de propriété n'est qu'un délit mineur. Quand je pense à tous ces pauvres jeunes… Tu as vraiment eu de la chance, tu sais.

Elle se pencha vers lui et déposa un baiser sur son front.

— Tu es le seul à avoir survécu à l'incendie, ajouta-t-elle.

— L'incendie ? Quel incendie ? dit Peter en fronçant les sourcils.

Son cerveau lui paraissait engourdi, comme s'il fonctionnait au ralenti. Il lui fallut une bonne minute pour intégrer les phrases de sa mère. Ses propos semblaient décousus, empruntés à une autre histoire. Peut-être était-ce un effet de sa commotion cérébrale.

— Et Noa ?

— Qui ça ? demanda sa mère, avant qu'une lueur apparaisse dans ses yeux. Est-ce qu'elle faisait partie de la bande de jeunes qui… qui étaient avec toi, là-bas ?

Peter se laissa tomber sur les oreillers et ferma les yeux. Il arrivait mieux à se concentrer ainsi, sans compter que les quelques marques d'affection de sa mère commençaient à l'agacer, étant donné les conditions dans lesquelles ils s'étaient quittés la dernière fois.

— Dis-moi juste ce qu'ils t'ont dit.

— Eh bien, apparemment, un groupe de jeunes dont tu faisais partie campait sur le site d'une ancienne base navale. Et il y a eu un incendie. Une histoire de génératrice qui n'était pas aux normes, je crois. La plupart des jeunes sont morts asphyxiés par la fumée ou par des émanations, ils ne savent pas trop… Tu es le seul qu'ils ont retrouvé vivant. Et nous sommes tellement heureux, Peter. Je suis désolée que tu aies atterri là-bas. Ça n'aurait jamais dû arriver.

— Mais attends, protesta Peter, qu'en est-il de…

Il ne termina pas sa phrase. Ça paraissait impossible. Les agents du FBI étaient venus. Ils avaient vu les cadavres des gamins, les chambres vitrées, les ordinateurs remplis d'informations compromettantes.

— Et c'est tout? reprit-il. Ils n'ont rien dit au sujet des expériences?

— Des expériences? répéta sa mère d'un ton circonspect. De quoi tu parles?

— Ces jeunes n'étaient pas des squatteurs, mais des cobayes, expliqua Peter avec impatience. C'est le Projet Perséphone, celui que Mason…

— Tu ferais mieux de te reposer, le coupa brusquement sa mère. C'était juste une bande de vagabonds et ils sont morts dans un incendie, ajouta-t-elle fermement en élevant la voix, les yeux rivés sur la porte de sa chambre. M. Mason n'a rien à voir avec tout ça. Bon, j'aimerais pouvoir rester plus longtemps avec toi, mais il faut vraiment que j'y aille.

— Que tu ailles où ? demanda Peter en remarquant tout à coup qu'elle portait une robe noire habillée et un rang de perles.

Son regard se voila tandis qu'elle tripotait nerveusement son collier.

— Je m'en veux de devoir te dire ça maintenant, après ce qui vient de t'arriver, mais… J'imagine que tu ne te souviens pas d'un certain Cody Ellis ? C'était un ami de ton frère.

Peter se redressa vivement, ignorant la douleur.

— Qu'est-ce qui s'est passé ?

— Un autre incendie, hélas, répondit-elle, la mine chagrinée. Il y aurait eu un court-circuit sur un chauffage d'appoint dans l'espèce de taudis qu'il habitait. On s'est dit qu'on devrait au moins faire une apparition aux funérailles, ton père et moi, vu que Jeremy et lui étaient très proches.

— Cody est mort ? articula Peter d'une voix blanche.

— Essaie de penser à autre chose, lui conseilla sa
mère en lui tapotant le bras. Concentre-toi plutôt sur ta
guérison.

Elle l'embrassa à nouveau sur le front.

— Je t'aime, mon chéri. Et tu t'en es sorti. C'est tout
ce qui compte.

— On devrait être en sécurité, ici, dit Zeke.

Noa hocha la tête d'un air las. Elle commençait à
accuser le coup, après tout ce qui s'était passé ces derniers jours. Elle était assise par terre, son sac en bandoulière sur l'épaule. Elle ne pouvait se résoudre à l'enlever,
comme si elle craignait qu'ils doivent à tout moment
s'enfuir précipitamment.

Ils étaient dans une maison abandonnée à Warren,
une petite ville du Rhode Island. Ils avaient marché
toute la nuit pour y arriver. Apparemment, Zeke avait
un système pour trouver ce genre d'endroit — des loge-
ments isolés ayant fait l'objet d'une saisie. C'était une
petite bâtisse triste, perdue au fond d'un épais bosquet,
tout au bout d'un long chemin de gravier. La peinture
blanche de la façade s'écaillait, révélant une couche
marron en dessous. À l'intérieur, il n'y avait plus aucun
meuble, seulement quelques objets oubliés dans les pla-
cards : un vieux pot de purée de citrouille, un bocal de
riz blanc, un décapsuleur rouillé, une boîte de tampons

vide. L'électricité était coupée, mais Zeke avait repéré une génératrice de secours dans le garage. De toute façon, sans son ordinateur, Noa n'avait pas vraiment besoin de courant. Elle ne l'avait eu que pendant quelques jours, et pourtant, il lui manquait. Son sac lui paraissait désormais étonnamment léger.

Zeke avait crocheté la serrure de l'entrée avec une rapidité qui l'avait épatée. Elle s'était dit que Peter aussi aurait été impressionné, et cette pensée lui avait serré le cœur. Elle s'en voulait toujours de l'avoir laissé derrière eux. Elle ne cessait de le revoir, plongeant tête baissée sur Cole. Il les avait sauvés. Heureusement, le FBI était arrivé avant que Cole ait pu le tuer. Elle était frustrée de ne pas pouvoir se connecter à Internet pour voir quelles avaient été les retombées de l'affaire et s'ils avaient bel et bien réussi à dévoiler les expériences illégales menées par Pike & Dolan. Et puis, elle devait bien l'avouer, elle voulait s'assurer que Peter allait bien. C'était horrible de ne rien savoir.

Lorsqu'ils étaient entrés dans la maison, ils étaient tous les deux trop fatigués pour parler. Noa s'était servi de son sac comme oreiller et s'était endormie en quelques minutes. Mais elle s'était réveillée plusieurs fois à cause du froid. Elle avait sorti des vêtements de son sac pour se couvrir, mais n'avait pas cessé de grelotter. Ses pieds étaient gelés depuis qu'elle avait pataugé dans le marais pour regagner le rivage et, malgré deux paires de chaussettes sèches, elle n'arrivait pas à les réchauffer.

Sans lui demander son avis, Zeke s'était blotti contre elle, collant son dos contre le sien. Elle avait ressenti un besoin impérieux de s'écarter — il avait beau être son ange gardien, elle le connaissait à peine —, mais elle s'était retenue. La chaleur était trop précieuse pour qu'elle s'en prive.

Il était désormais accroupi face à elle, enserrant ses genoux dans ses bras, et l'observait de ses yeux cernés. Zeke ne ressemblait pas vraiment à ce qu'elle avait imaginé. Il était sale, comme s'il ne s'était pas lavé depuis des semaines. Et pourtant, il était d'une beauté saisissante, au point que ça la mettait mal à l'aise. Elle se passa la main dans les cheveux. Ils étaient gras et emmêlés.

— Si tu veux prendre une douche, je peux mettre le générateur en marche, proposa-t-il en remarquant son geste. Les voisins sont trop loin pour entendre quoi que ce soit. Mais je te préviens : il n'y a pas de serviette.

Noa débordait de questions à lui poser, mais se sentait étrangement intimidée. Elle avait l'impression que le fait de parler risquait de briser un charme et de la ramener brutalement à la réalité.

Comme si tout ça n'était pas déjà bien réel…

Elle frissonna en sentant un courant d'air froid sur sa gorge, puis s'éclaircit la voix.

— Tu as dit que tu me raconterais tout ce que tu savais, lâcha-t-elle.

— Nous y voilà, fit-il avec un faible sourire.

Elle réfléchit, essayant de déterminer par quoi commencer. Sans qu'elle sache pourquoi, l'expression « Gerbi royal » lui revint en mémoire. C'était ce qui lui avait permis de lui faire confiance, au début.

— Tu es passé par le Foyer, toi aussi ? demanda-t-elle.

— Oui.

— Combien de temps ? le pressa-t-elle quand il ne continua pas.

— J'ai fait des va-et-vient pendant des années, répondit-il en haussant les épaules. Tu sais comment ça marche.

Oui, elle le savait bien. Elle retrouvait en lui le regard fiévreux, les épaules rentrées et une expression de crainte permanente propres aux enfants passés par le Foyer. Elle ne put s'empêcher de songer que Peter ne comprendrait jamais la détresse incommensurable qui allait de pair avec le fait de grandir dans ces conditions.

— En tout cas, je crois pas que je te connaisse, dit-elle.

— Ah non ? dit Zeke en penchant la tête sur le côté. Moi, je me souviens très bien de toi. Tu es arrivée peu de temps avant que je ne m'en aille pour de bon. Tu devais avoir treize ans, quelque chose comme ça.

— Ah ouais ?

Noa fouilla dans sa mémoire. À l'âge de treize ans, elle avait passé près de trois mois au Foyer, entre deux familles d'accueil. Mais son visage ne lui disait toujours rien.

— Faut croire que je suis moins inoubliable que toi, plaisanta-t-il.

Ne sachant quoi répondre, elle lui posa une autre question :

— Quand est-ce que tu es parti ?

— Il y a environ trois ans. J'en avais quinze, indiqua-t-il en promenant son doigt sur une latte du plancher. J'en avais ma claque, tu sais.

— Moi aussi, j'ai fini par me tirer, confia-t-elle.

— Oui, mais toi, tu as été maligne. Je regrette de ne pas y avoir pensé. L'idée d'une fausse famille d'accueil, c'était génial.

Le compliment la fit légèrement rougir.

— Alors qu'est-ce que tu as fait, toi ?

— Comme tout le monde. J'ai vécu dans la rue pendant un certain temps, avec deux autres gars qui s'étaient enfuis, expliqua-t-il, la mine soudain plus sombre. Et ensuite, ils m'ont attrapé.

— Qui ? demanda-t-elle, tout en devinant déjà la réponse.

Il posa ses yeux noirs sur elle.

— Tu le sais très bien. Ces tarés du Projet Perséphone.

— Mais, tu… Enfin, je veux dire, comment…

Il détourna le regard et fixa le sol.

— Je n'aime pas parler de ça.

Après un long silence pesant, Noa se risqua à reprendre la parole :

— Est-ce que tu… Est-ce qu'ils t'ont ouvert ?

— Non.

Pour le prouver, Zeke leva son t-shirt. Il n'était pas aussi maigre qu'il en avait l'air. Il avait même de véritables tablettes de chocolat. Elle s'efforça de reporter son regard plus haut et ne distingua aucune cicatrice.

— Et ils ne m'ont pas non plus refilé la PEMA, reprit-il en baissant son t-shirt. Au début, je pensais que si, mais ça fait presque deux ans et je n'ai eu aucun symptôme. J'ai dû m'échapper avant. J'ai été sauvé, plus exactement.

— Sauvé par qui ?

— On est tout un réseau, en fait. Une sorte d'organisation clandestine. On a réussi à en faire sortir d'autres. Toi, tu étais dans l'un des sites les mieux surveillés. Certains l'étaient moins, mais ils ont renforcé la sécurité, expliqua-t-il avec une pointe de regret. À vrai dire, c'est devenu beaucoup plus compliqué, désormais. Au fait, comment tu as fait pour que le FBI rapplique, hier ?

— J'ai piraté le site de la NSA depuis leur serveur.

Zeke ne sembla pas impressionné.

— C'était franchement risqué d'aller là-bas. Tu aurais dû rester cachée, comme je te l'avais conseillé.

— Je pensais qu'il y avait d'autres jeunes, rétorqua-t-elle. Et toi, comment tu t'y es pris pour faire griller les ampoules ?

— J'ai court-circuité la génératrice. Comme c'était les seules lumières allumées, je savais qu'elles ne supporteraient pas la surtension.

— Pas mal, commenta Noa en se rendant compte que tout concordait. Mais si ce fameux réseau existe, pourquoi tu ne m'en as pas parlé dès le début, au lieu de me laisser toute seule ?

— Je voulais le faire, répondit-il, l'air penaud. Mais voilà, tu représentais un gros risque. Et personne n'était prêt à le prendre.

— Pourquoi ? Vous en avez bien sauvé d'autres. Pourquoi pas moi ? Surtout après mon évasion…

— Parce que c'est toi qu'ils veulent vraiment, lui expliqua-t-il en l'observant droit dans les yeux. Tu ne comprends pas ? Tu es le remède.

— Le remède contre quoi ?

— Au moins contre la PEMA, ça, c'est sûr. Peut-être même contre *tout*, on n'en sait rien.

— Alors personne d'autre n'a survécu à l'opération ?

— Non. Et certains de ceux qu'on a sauvés étaient déjà infectés. Maintenant, ils sont…

Il tourna les yeux vers une petite fenêtre par laquelle on apercevait une partie de la forêt environnante.

— Enfin bref, c'était compliqué d'intervenir pour toi, reprit-il. On n'est pas très nombreux et ils ont déployé les grands moyens pour te retrouver. Les autres pensaient que si on t'aidait, ça risquait d'attirer l'attention sur nous.

Noa prit quelques instants pour digérer toutes ces informations. C'était rassurant d'apprendre que Peter et elle n'étaient pas les seuls au courant des expériences et qu'il existait tout un groupe de gens qui tentaient d'y mettre fin. Mais elle songea avec colère qu'ils n'avaient rien fait pour la sauver, ni elle ni les jeunes de la base navale. Enfin, à part Zeke.

— Pourtant, toi, tu es venu à mon secours, dit-elle.

— Ouais, mais je n'étais pas censé le faire. Du coup, ils sont un peu remontés contre moi, avoua-t-il avant de remarquer son inquiétude. T'en fais pas, ils s'en remettront. Désormais, ils savent qu'il faudra compter avec toi. Et puis je les ai bien aidés jusqu'à présent, ajouta-t-il d'un air confiant.

— De quelle façon?

— En participant aux opérations de sauvetage. Et aussi en avertissant les jeunes fugueurs des dangers qu'ils couraient et en leur expliquant comment les éviter.

— À Boston?

— Partout, répondit-il avec fierté. Et puis, je ne suis pas mauvais en informatique. Pas aussi doué que toi, mais je me débrouille. Donc j'ai également donné un coup de main à ce niveau-là. Cela dit, tu pourrais être beaucoup plus utile que moi. D'ailleurs, ça ne leur a pas échappé quand ils ont vu que tu avais démoli le site de l'AMRF.

— Ça, c'est pas moi, rectifia-t-elle. C'est Peter.

Le visage de Peter, souriant jusqu'aux oreilles, au moment où il le lui avait annoncé, lui revint soudain en mémoire. Elle sentit venir des larmes et baissa la tête.

— Il va bien, dit doucement Zeke, tandis qu'elle s'essuyait les yeux du revers de la main. Ils ne lui feront pas de mal.

Elle aurait voulu lui demander ce qui lui permettait d'en être si sûr, mais elle avait tellement envie de le croire qu'elle n'en fit rien.

— Et maintenant ? lança-t-elle. J'imagine qu'on ne va pas rester ici éternellement ?

— Eh bien, pour commencer, ils vont nous procurer de nouveaux papiers. On a un gars qui fabrique des cartes d'identité si bien imitées qu'on pourrait même prendre l'avion avec.

— Parce qu'on va prendre l'avion ?

— Pas du tout. Mais ce sera bien pratique de les avoir. Pour le moment, on a surtout un problème financier, tu vois, dit-il d'un air pensif, en frottant les poils hirsutes hérissant son menton.

— J'ai un peu de liquide, indiqua Noa, qui avait toujours l'argent que lui avait donné Peter.

— Ah ouais ? Combien ?

— Quelques centaines de dollars.

— On n'ira pas loin avec ça.

— Je peux peut-être en avoir davantage, dit-elle en pensant à sa boîte postale.

C'était risqué, mais ses nouvelles cartes bancaires devaient toujours s'y trouver. Et elle avait plus de dix mille dollars qui dormaient à la banque. Zeke pourrait se faire passer pour Ted Latham et tout récupérer. Bien sûr, les mouvements sur son compte enverraient des signaux d'alerte, mais de toute façon, chez Pike & Dolan, ils savaient déjà qu'elle s'était enfuie. Après tout ce qui s'était passé, ils ne s'attendraient sans doute pas à ce qu'elle soit assez bête pour essayer d'accéder à nouveau à sa boîte postale.

— Il faudrait juste faire un truc pas très honnête, reprit-elle.

— Je suis ton homme, répliqua-t-il avec un sourire.

— Je te préviens, c'est dangereux.

— Je m'en doutais. Mais crois-moi, Noa, désormais on ne sera plus jamais en sécurité nulle part.

CHAPITRE DIX-NEUF

Quelqu'un frappa doucement à la porte de sa chambre, mais Peter ne répondit pas.

Il était allongé sur le côté, tourné vers le mur. Officiellement, il était censé être «remis sur pied». En tout cas, c'est ce que sa mère ne cessait de lui répéter. Priscilla l'avait laissé traîner au lit pendant quelques jours, soi-disant pour «favoriser le processus de guérison». Mais une semaine s'était écoulée, et apparemment, elle avait jugé que ça avait assez duré. Désormais, tous les matins, elle entrait brusquement dans sa chambre, ouvrait les rideaux en grand, frappait dans ses mains et claironnait que c'était l'heure du déjeuner. Quand elle n'obtenait pas de réponse, elle envoyait Bob prendre le relais. Son père se balançait d'un pied sur l'autre, l'air embarrassé, et débitait un discours décousu sur l'importance d'une bonne formation universitaire en s'adressant au tapis, car il évitait de croiser le regard de Peter.

Après leurs échecs successifs, Peter les avait entendu tenir des conversations agitées, à voix basse, derrière sa porte. Puis était venu le temps des menaces, mais ses parents avaient vite été forcés de reconnaître que ça n'avait aucun effet sur lui, puisqu'il ne s'intéressait à rien dont ils auraient pu le priver. Il ne sortait pas et n'avait même pas allumé la télé ou un ordinateur. Et il mangeait à peine. Ils ne pouvaient quand même pas le punir sous prétexte qu'il refusait de sortir de son lit.

La plupart du temps, il restait allongé en fixant le plafond et songeait à quel point le monde était pourri. Et il se disait qu'il n'avait plus l'énergie d'essayer d'arranger les choses. Ça aurait servi à quoi? Avec le recul, tout ce qu'il avait accompli avec /ALLIANCE/ lui semblait pathétique, risible. Il n'avait été rien de plus qu'un moucheron tournant autour d'un buffle. Le moucheron arrivait peut-être par moments à agacer le buffle, mais celui-ci continuait quand même à faire tout ce qu'il voulait.

Peter se fichait de tout, désormais. Il n'avait pas l'intention de retourner à l'école. À vrai dire, il n'avait pas l'intention de faire quoi que ce soit. Il n'avait qu'une envie : rester couché et ressasser le fait qu'il avait non seulement détruit sa vie, mais aussi causé la mort de la dernière personne au monde en qui il avait une confiance absolue.

Et tout ça pour quoi ? Pour rien. Entre-temps, Pike & Dolan avait bien pu installer une dizaine de laboratoires supplémentaires. Peter avait consulté sa boîte de réception une fois, mais il n'avait trouvé aucun message de Rain, ce qui signifiait peut-être qu'ils avaient repris Noa. Elle était sans doute attachée sur une table d'opération, à présent. Et il ne pouvait rien y faire.

La porte de sa chambre s'ouvrit en grinçant.

— Laisse-moi tranquille, lâcha-t-il, sans même avoir la force de paraître agressif.

Il ferma les yeux.

— C'est la femme de ménage qui m'a laissée entrer.

Peter se retourna — geste brusque qui le faisait encore grimacer un peu. Amanda se tenait sur le seuil. Comme d'habitude, elle portait un ensemble de vêtements dépareillés : un gros chandail à manches longues coloré sur une jupe gris foncé, des collants rayés, des mitaines et un foulard qui n'avait rien à voir et parvenait pourtant à s'accorder avec le tout. Elle semblait fatiguée. Des cernes sombres marquaient ses yeux, et les cheveux dépassant de son bonnet étaient emmêlés.

Il songea néanmoins qu'il ne devait pas non plus avoir l'air très séduisant. Il n'était pas rasé et ne se souvenait pas très bien de la dernière fois qu'il avait pris une douche. Soudain gêné, il remonta la couette sur son torse nu. Comme le jour de leur première rencontre, il était à court de mots.

— Salut, finit-il par dire.

— Salut, répondit-elle avec un faible sourire. Je me suis dit que ce serait bien de bavarder un peu.

— Ouais, si tu veux, fit Peter en se redressant.

Il aurait voulu se lever, lui proposer de discuter sur le canapé, à l'autre bout de sa chambre. Mais il était en boxer et se voyait mal se balader comme ça devant elle, étant donné ce qu'était devenue leur relation.

Elle s'approcha prudemment du lit et s'installa tout au bout.

— Tu as une mine affreuse, lâcha-t-elle avec un sourire.

— Merci.

— Ta mère m'a expliqué ce qui t'était arrivé, reprit Amanda en baissant les yeux. Je suis vraiment désolée. J'ai beaucoup repensé à la dernière fois qu'on s'est vus. Tu aurais pu rester, cette nuit-là, tu sais.

— Non, c'était impossible.

Elle releva les yeux vers lui.

— Je suis désolée pour ça aussi, dit-elle. Si ça peut te consoler, je n'ai quasiment plus revu Drew, depuis.

Peter fut surpris de constater que ça ne lui faisait ni chaud ni froid. Le simple fait de revoir Amanda lui donnait l'impression de trébucher sur les vestiges d'une vie antérieure, comme quand on retombe sur de vieilles photos de vacances qu'on avait depuis longtemps oubliées. C'était presque comme si leur histoire avait été vécue par quelqu'un d'autre.

Ne sachant quoi dire, il se contenta de hausser les épaules.

Elle parut soudain plus grave.

— Je suis venu te voir parce que… eh bien… il s'est passé quelque chose.

Peter se frotta la joue. Sa barbe commençait à le gratter.

Il faudrait quand même que je me rase.

— Écoute, je suis crevé, soupira-t-il. Je n'ai pas…

— Je sais que tu m'en veux et tu en as parfaitement le droit, le coupa Amanda. Mais c'est juste que…

Sa voix se brisa et des larmes se mirent à couler sur ses joues.

— S'il te plaît, Peter, je n'ai personne d'autre à qui parler de ça…

Après tout ce qui était arrivé, il prit conscience que sa colère s'était envolée. Une semaine plus tôt, le fait de voir Amanda pleurer l'aurait sans doute agacé. Mais ce n'était pas le cas. Au contraire, sa détresse le toucha. Sans plus réfléchir, il tendit les bras vers elle.

— D'accord, dit-il. Excuse-moi. Viens là.

Elle enfouit son visage dans le creux de son épaule et continua à sangloter. Peter lui caressait doucement la tête, sentant le tissu rêche de son bonnet sous ses doigts. Il remarqua qu'elle avait posé un paquet au pied du lit et reconnut le logo à la pomme croquée.

— Tu m'as apporté un nouveau portable ?

— Quoi ? fit-elle en se redressant avant de s'essuyer les yeux. Ah, ça ? Non. C'est la femme de ménage qui l'a trouvé sur le paillasson.

— Il n'y avait pas de reçu à signer ?

— J'en sais rien, répondit Amanda, déroutée par le changement de sujet. Le livreur a dû le déposer là.

Peter se pencha et ramassa la boîte. C'était un MacBook Pro dernière génération, tout neuf, comme celui que Mason lui avait confisqué. Il examina la boîte. Il n'y avait aucun bordereau d'envoi, pas le moindre autocollant d'une compagnie de transport.

— C'est quand même bizarre, dit-il.

— Bon sang, Peter ! s'énerva Amanda. J'ai besoin de toi, là. C'est grave.

— Oui, pardon, s'excusa-t-il en reposant la boîte. Vas-y, raconte-moi.

Assis devant la fenêtre qui surplombait la piscine, Peter ruminait. Amanda était partie depuis une heure. Il lui avait proposé de rester se reposer dans l'une des chambres d'amis — ils en avaient trois. Mais après lui avoir confié ce qui lui était arrivé, elle était devenue bizarre, comme si elle regrettait finalement de lui en avoir parlé.

Évidemment, il était furieux et ne s'en était pas caché. Mason et ses sbires avaient chamboulé sa vie et probablement assassiné Cody. Et voilà qu'ils s'en prenaient à sa petite amie — ou, en tout cas, à quelqu'un à qui il tenait. Est-ce qu'ils lui avaient vraiment fait quelque chose ? Ou est-ce que c'était juste une de leurs blagues cruelles, une façon pour eux de montrer le pouvoir qu'ils avaient sur lui et sur ses proches ?

Il serra les poings en les imaginant déshabiller Amanda et écrire sur sa peau.

Si jamais je recroise Mason, je l'étrangle à mains nues. Qu'importe le nombre de brutes qui seront avec lui. Ils devront me tuer pour m'arrêter.

Ses yeux retombèrent sur l'ordinateur. C'était sans doute un cadeau de Mason, avec logiciel espion inclus, ou quelque chose dans ce goût-là. Peter n'était pas près de laisser un cheval de Troie lui empoisonner l'existence.

Il se leva et traversa sa chambre en quelques enjambées, après avoir ramassé la boîte, bien décidé à la jeter à la poubelle non sans l'avoir explosé à coups de marteau pour se défouler un peu.

C'est alors qu'il vit des lettres griffonnées à l'encre noire sur la photo du MacBook imprimée au milieu de la boîte. Elles étaient si petites qu'il avait failli ne pas les voir. Il plissa les yeux et distingua deux mots minuscules : «toast brûlée».

Noa.

Il se coupa un doigt en déchirant la boîte à la hâte et déballa l'ordinateur. Il l'observa sous toutes les coutures, mais ne remarqua rien d'inhabituel. Il étala par terre tous les documents qui se trouvaient dans la boîte — la garantie, le guide de démarrage et divers papiers — et les examina scrupuleusement sans rien trouver non plus. Il inspecta ensuite le cordon d'alimentation, les câbles USB et tout un tas d'accessoires enveloppés dans des sachets en plastique, mais sans plus de succès.

Peter brancha le portable avant de l'allumer. Au bout d'un temps qui lui parut interminable, l'écran d'accueil apparut enfin, avec, en fond, une image représentant une nuit étoilée. Il parcourut rapidement le menu des applications. Les logiciels standard y étaient préinstallés.

Au bout de quinze minutes, il repéra ce qu'il cherchait dans un fichier caché : /Bibliothèque/Caches/LaCourNekro. C'était le genre de choses qu'on ne pouvait pas trouver par hasard, un fragment de code inutile qui n'avait aucun effet sur les performances de la machine. Un arbre caché dans la forêt.

Il ressentit un mélange de soulagement et d'euphorie. Noa allait bien. Elle leur avait échappé et s'en était sortie. Peut-être qu'il restait de l'espoir, finalement.

Jugeant que ce n'était pas prudent de se connecter depuis chez lui, Peter s'habilla rapidement, puis referma le portable. En enroulant le câble d'alimentation, il repensa à Noa faisant le même geste quand ils étaient partis de chez Cody, et il eut un pincement au cœur.

Il prit un vieux sac à dos dans sa penderie et y glissa le portable, fourra son portefeuille dans la poche arrière de son jean et descendit les escaliers quatre à quatre. Les clés de sa voiture se trouvaient à leur place habituelle, pendues à un crochet dans la cuisine.

Sa mère ouvrit la porte au moment où il traversait le couloir. Elle sursauta en le voyant et faillit lâcher la pile de courrier qu'elle tenait.

— Peter! Tu es…

— Ciao, maman. Je reviens plus tard.

Il sortit en trombe sans attendre de réponse et grimpa dans sa voiture. Il y avait un supermarché à deux kilomètres de là. Peter avait besoin d'un nouveau téléphone et il n'était pas question qu'il en reprenne un qui puisse être surveillé. Il comptait acheter un appareil à carte prépayée et s'en servir comme borne wifi pour se connecter sur le réseau 3G. Ça ne serait pas aussi rapide qu'une connexion sans fil, mais ça irait.

Une demi-heure plus tard, il était dans le stationnement du supermarché. Il s'était garé loin de l'entrée, pour être à plus de dix mètres de la voiture la plus proche. Il avait gardé un œil sur le rétroviseur central pendant tout le trajet sans pouvoir être certain de ne pas être suivi. Mais au fond, ça n'avait pas d'importance. Même la NSA n'aurait pas pu savoir ce qu'il faisait si elle avait placé des agents à deux mètres de lui. En vérité, il espérait presque qu'on l'observait en se demandant ce qu'il fabriquait.

Le temps qu'il lui fallut pour relier le téléphone à son ordinateur lui parut atrocement long. Il se connecta sur La Cour et fit aussitôt défiler les noms des salles de chat, en croisant les doigts pour que celui qu'il attendait y figure.

C'était le cas. Nekro était répertorié dans la catégorie « Uniquement sur invitation » et nécessitait un mot de passe. Il tapa « toast brûlée » et fut aussitôt accepté.

Il n'y avait qu'un seul autre utilisateur avec pour pseudo « PER5EF0NE ».

Peter sourit. Noa semblait s'être approprié le nom du projet pour en faire son nouveau pseudonyme, ce qui était un joli pied de nez à ceux qui avaient mené leurs expériences sur elle.

Pourquoi as-tu volé une voiture ? demanda-t-il pour s'assurer que c'était bien elle.

Son cœur battait fort dans sa poitrine, tandis qu'il attendait la réponse.

Pour aller voir mes parents. Comment s'appelait le bébé?

Peter songea que c'était malin de la part de Noa de se montrer aussi parano que lui en lui posant une question à son tour.

Le bébé? Elle veut sûrement parler du gamin de la voisine de Cody, celui qu'on a gardé pendant dix minutes. Bon sang, comment il s'appelait, déjà?

Soudain, son prénom lui revint en mémoire. Triomphant, il tapa :

Ethan!

Au bout de quelques instants, elle écrivit :

Désolée pour Cody.

Peter sentit les larmes monter. Étrangement, il n'avait pas encore pleuré la mort de son ami, n'en avait pas été capable. Mais ces trois simples mots sur l'écran étaient en train d'ouvrir les vannes. Il s'essuya les yeux avant de répondre :

Merci. Ça va, toi?

Pour le moment.

Il pensa au risque qu'elle avait pris pour déposer l'ordinateur devant sa porte.

Il faut que tu quittes Boston illico.

Je suis déjà loin.

Très bien. Ne les laisse pas te rattraper.

Aucune chance.

Je n'arrive toujours pas à croire qu'ils ont étouffé l'affaire. Bon sang, le FBI, la NSA! Pourquoi est-ce qu'ils n'ont pas joué franc-jeu?

C'est plus gros que ce qu'on croyait. Je t'avais dit qu'on ne pouvait pas faire confiance à la police. Mais on va les arrêter.

Peter était submergé d'émotions contradictoires. Il avait envie de la croire. Mais ils étaient jeunes et tout ça n'était que des mots. Ils avaient déjà fait de leur mieux pour mettre fin à leurs agissements et ils avaient lamentablement échoué.

Comment? demanda-t-il pourtant.

Relance /ALLIANCE/, on va en avoir besoin. Et repasse ici tous les jours. T'inquiète pas, on a un plan.

«On a un plan.» Apparemment, Noa était encore avec le gars qui avait lancé le cocktail Molotov. Cette pensée agaça Peter plus qu'il n'aurait voulu l'admettre. Mais, au moins, il y avait quelqu'un pour s'occuper d'elle. Il regrettait seulement que ce ne soit pas lui.

J'espère qu'il est meilleur que le dernier.

Oui. Cette fois, la cavalerie, ce sera nous.

Et elle se déconnecta.

Peter resta un long moment à fixer l'écran. Puis il éteignit l'ordinateur et le téléphone. Tout en tapotant le volant d'un air songeur, il se demanda s'il était vraiment prêt à s'impliquer à nouveau dans tout ça, à mettre Amanda et ses parents en danger. Puis il repensa à Cody.

Oui, je suis prêt. Et je ferai tout ce qu'il faudra.

Si vous lisez ça, alors vous êtes déjà des nôtres. Il se pourrait que vous ayez du mal à suivre le fil. À cause de ceux contre qui on se bat, on est obligés d'être très prudents. On laissera toujours quelques petits cailloux derrière nous, mais peut-être qu'ils seront balayés ou trop difficiles à repérer. Mais même si vous ne trouvez que ce message, on compte sur vous pour le faire passer. Parce que notre meilleur atout, c'est le nombre. Et si on réunit nos forces, on pourra les arrêter.

Je n'aime pas parler de moi, mais je n'ai plus le choix. Alors voilà : ils m'ont enlevée, ils ont fait des expériences sur moi. Et je ne suis pas la seule. Ils s'en prennent à tous ceux qui sont en dehors du système, ceux dont personne ne se soucie.

Eh bien, moi, je me soucie d'eux. Et j'ai décidé de me battre. On est en train de constituer une armée, ici comme dans le monde réel. On va les prendre à leur propre jeu. Même si vous vous croyez en sécurité, même si vous faites partie de ceux qui ont des parents et un endroit où dormir, écoutez bien ça. Aujourd'hui, c'est nous qu'ils pourchassent. Demain, ce sera peut-être vous. On a besoin de votre aide. Alors ouvrez les yeux, dressez l'oreille. Regardez ce qui se passe dans toutes les grandes villes. Des adolescents disparaissent. Des adolescents meurent. Et la police et le gouvernement sont dans le coup.

Suivez-moi et on pourra les sauver. On va les aider à revenir dans la lumière.

Avant, j'étais Noa.
Désormais, je suis PER5EFONE.

Publié par PER5EFONE le 7 novembre
/ALLIANCE/ /NEKRO/ /#PERSEF_ARMY/

< < < < > > > >

Remerciements

Chaque livre naît d'un effort collectif, et celui-ci n'échappe pas à la règle.

Ma merveilleuse amie Lisa Brown m'a permis de rencontrer Daniel Ehrenhaft, qui m'a ensuite donné la possibilité de courir aux côtés de ces personnages et de voir où cette histoire les emmenait. J'ai eu la chance de pouvoir compter sur Barbara Lalicki et Karen Chaplin pour guider brillamment le projet à partir de là. Mon agent, Stephanie Kip Rostan, et ses collègues de Levine/Greenberg Literary Agency forment la meilleure équipe dont puisse rêver un auteur. Sans leurs efforts, ce livre ne serait pas entre vos mains aujourd'hui.

J'adresse mes plus sincères remerciements à mon groupe d'experts : le professeur Kjersti Kirkeby, qui m'a appris tout ce que j'ai toujours voulu savoir sur l'hypothalamus sans jamais oser le demander, et Jonathan Hayes, écrivain et médecin légiste formidable qui a répondu avec enthousiasme à mes questions les plus macabres. Kelli Stanley, écrivain et diplômée en lettres classiques, m'a aidée à trouver un nom latin plausible pour une maladie imaginaire. Bruce Davis, génie informatique certifié, m'a appris à pirater le site de la NSA (bon, pas vraiment, mais il a patiemment répondu à toutes les questions techniques que lui a soumises la technophobe que je suis). Je tiens également à remercier les habitants de Boston qui m'ont envoyé des photos de leur belle ville afin de me fournir des détails pour certaines scènes, et notamment Krista Clark, Andrew Hirsch et Annie Fuller.

Mes bêta-lecteurs ont pataugé courageusement dans les eaux troubles de mon premier manuscrit et ils l'ont énormément amélioré grâce à leurs remarques et suggestions. Cette fois, je suis redevable à Noah Wang, Trish Collins, Dana Kawano, Jason Starr et Chynna Starr.

Ma sœur Kate est toujours ma première lectrice et ma première éditrice. Elle a une qualité d'écoute incroyable et m'apporte toujours des critiques bienveillantes et constructives (aussi bien à l'égard de mon écriture que de ma garde-robe). Le reste de ma famille, et en particulier mes parents, m'a témoigné un soutien sans faille tout au long de ma folle carrière. Je vous aime.

Kirk Rudell a su éclairer mon chemin chaque fois que je me retrouvais dans une impasse avec l'intrigue, et il a toujours répondu présent quand j'avais besoin de lui. Merci.

L'ironie du sort a voulu que mon ordinateur portable rende l'âme durant la phase de correction et j'ai ainsi perdu plusieurs années de courriels (si seulement j'avais ne serait-ce qu'un dixième des compétences de Noa !). Du coup, il se pourrait que j'oublie involontairement certaines personnes. Si c'est votre cas, acceptez mes plus plates excuses et sachez que je vous remercierai deux fois dans le prochain livre et que je vous enverrai un gros paquet de muffins — je vous promets qu'au moins une de ces deux choses se réalisera.

Pour finir sur une note plus sérieuse, si la PEMA est une maladie fictive, en revanche la détresse des enfants dans le système de placement en famille d'accueil est une réalité. Notre société est loin de remplir sa mission vis-à-vis de ces enfants, mais il existe heureusement de nombreux organismes qui défendent leurs droits.

Michelle Gagnon

En plus d'être écrivaine, Michelle Gagnon a été danseuse (danse moderne), promeneuse de chiens, serveuse, journaliste, coach personnel et mannequin. Elle a publié plusieurs thrillers pour adultes, et la série *Expérience Noa Torson* est sa première incursion dans la littérature pour ados et jeunes adultes. Elle vit à San Francisco.

NE MANQUEZ PAS LA SUITE

CHAPITRE UN

— Il n'est pas censé faire chaud en Californie ? grommela Zeke en se frottant les bras.

Noa gardait les yeux rivés sur le minuscule appareil qu'elle tenait dans la main. C'était la première fois qu'ils se servaient de leur nouvel équipement, des talkies-walkies haut de gamme utilisés par l'armée. Ils les avaient payés cher, mais l'investissement valait le coup. Les précédents les avaient lâchés pendant leur dernière opération, ce qui leur avait fait frôler la catastrophe.

Noa serra les lèvres. Le reste de l'équipe aurait déjà dû les appeler depuis cinq minutes — et ce n'était pas dans leur habitude d'être en retard.

— On est en février, répondit-elle sans détourner le regard. En février, il fait froid partout.

— Ils auraient quand même pu installer un labo à Hawaï, pour changer, marmonna Zeke. On pourrait être en train de boire des cocktails au lieu de…

Soudain, l'appareil se mit à crépiter. Noa le porta devant sa bouche en faisant signe à Zeke de se taire.

— Alors ? demanda-t-elle.

La voix de Janiqua leur parvint, déformée par des bruits parasites :

— On l'a perdu.

— Quoi ? Mais comment ?

— Il est entré dans le métro et il a sauté dans une rame in extremis.

Noa secoua la tête d'un air agacé. Cela faisait maintenant trois jours qu'ils suivaient deux hommes de main du Projet Perséphone et épiaient leurs moindres faits et gestes. Les deux types paraissaient du même acabit — c'était vraisemblablement d'anciens militaires. L'équipe de Noa les filait depuis qu'ils avaient atterri à l'aéroport de San Francisco. Mais ce matin, quand ils étaient sortis de l'hôtel, chacun était parti dans une direction opposée. Noa et Zeke avaient suivi l'un des deux, qui buvait maintenant un café à la terrasse d'un bar. Malheureusement, les autres venaient de perdre la trace du second.

— Qu'est-ce que tu veux qu'on fasse ? demanda Janiqua.

Noa sentit que Zeke l'observait, dans l'expectative. Par moments, elle était encore désarçonnée par le fait de servir de chef à un groupe d'ados. Ils pensaient toujours qu'elle avait réponse à tout. En vérité, elle était souvent aussi perdue qu'eux.

— Prenez la prochaine rame et essayez de le retrouver, finit-elle par dire. Nous, on continue de surveiller l'autre.

— Bien reçu.

Le talkie-walkie se tut et Noa frissonna. Zeke et elle étaient dehors dans le froid depuis plus d'une heure, accroupis à l'angle d'un bâtiment. Ils n'allaient pas pouvoir rester beaucoup plus longtemps à cet endroit, car le propriétaire de l'épicerie située de l'autre côté de la rue ne cessait de leur jeter des regards méfiants.

— Tiens, on dirait que l'épicier va encore passer un coup de fil, lâcha Zeke. Je crois qu'il est temps de lui offrir un peu de spectacle.

Noa leva les yeux au ciel.

— Je vais finir par croire que c'est la partie que tu préfères, soupira-t-elle.

— Totalement, acquiesça Zeke.

Il lui sourit tandis qu'il l'adossait au mur et penchait son visage vers le sien. Ils gardèrent la pause ainsi, à quelques centimètres l'un de l'autre. Noa sentit le souffle de Zeke sur ses cils et respira son odeur, un mélange de savon, de mousse à raser et d'une pointe de musc. Par-dessus son épaule, elle aperçut l'épicier qui les fixait un téléphone à la main. Après un moment d'hésitation, il le reposa.

— C'est bon, chuchota-t-elle.

— On devrait peut-être continuer encore une minute, juste par sécurité, proposa Zeke en posant son front sur le sien.

Il était censé faire semblant de l'embrasser, mais ses lèvres effleuraient quasiment celles de Noa. Elle pouvait distinguer les pigments dorés qui mouchetaient ses yeux bruns, comme des éclats de soleil. Elle sentit un frisson lui parcourir l'échine, qui n'avait, cette fois, rien à voir avec le froid.

— Tu veux qu'on se fasse arrêter pour attentat à la pudeur ? plaisanta-t-elle en tentant de reprendre contenance.

— Je suis prêt à courir le risque, murmura Zeke en s'approchant plus près d'elle encore.

Noa eut soudain l'impression de suffoquer.

Il fait ça pour m'embêter, j'en suis sûre. On est juste amis, coéquipiers, rien de plus. Mais alors pourquoi ça me met dans un tel état?

Elle poussa doucement son épaule pour se dégager de son étreinte.

— Reste concentré, le sermonna-t-elle. Je te rappelle qu'on a un type à surveiller.

— Y a pas à dire, tu as le chic pour gâcher tout le plaisir de cette mission, lâcha-t-il en s'écartant avec un sourire en coin.

Noa ne savait pas quoi répondre. Ce n'était pas la première fois qu'ils jouaient les ados énamourés. Ce petit manège était le meilleur moyen d'éviter qu'un policier ne vienne leur demander ce qu'ils fabriquaient, postés à un angle de rue depuis plus d'une heure. Mais cette fois, les choses lui avaient paru différentes, comme si c'était plus qu'un simple stratagème. Elle jeta un regard furtif à Zeke, qui s'était remis à observer la terrasse du café. Après plusieurs mois passés à ses côtés, son visage lui était presque aussi familier que le sien : il était mince et anguleux, avec des pommettes saillantes et le teint bronzé, malgré la saison. La première fois qu'elle l'avait rencontré, elle avait été troublée, tellement elle l'avait trouvé beau. Mais depuis, il était plutôt devenu comme un frère — même si ce qu'elle venait de ressentir n'avait rien à voir avec de l'affection fraternelle.

Bon, et qui a l'esprit ailleurs, maintenant ?

— Il est toujours là ? demanda Noa en s'efforçant de se concentrer sur leur tâche.

— Ouais. Il lit le journal.

— Et si on faisait fausse route depuis le début ? Peut-être qu'ils ne sont pas ici en mission…

— Mais oui, bien sûr. D'ailleurs, il paraît que San Francisco est la destination préférée des truands pour partir en vacances, ironisa Zeke. Ils raffolent de la soupe de palourdes et des balades en tramway.

Noa ignora sa remarque et se pencha pour jeter à son tour un coup d'œil au café. Malgré le froid, l'homme s'était effectivement installé en terrasse et sirotait une grosse tasse en feuilletant un journal. Il était costaud, les cheveux courts, et portait une vareuse, un jean noir et des bottes militaires. À première vue, on aurait pu le prendre pour un simple soldat en permission. Mais Noa savait bien qu'il n'en était rien.

— Tiens-toi prêt à bouger, lança-t-elle en s'étirant pour se dégourdir les jambes.

— Je suis toujours prêt, répliqua-t-il.

— Ouais, c'est ça, dit-elle en souriant. Comme à San Diego, quand tu as failli rester dans le labo après la panne des talkies...

— Hé, c'était pas ma faute, protesta Zeke en lui donnant une petite tape sur l'épaule. Je pensais que les jeunes étaient dans une autre aile du bâtiment.

Tous deux se remémorèrent cet épisode en silence. L'opération s'était déroulée sans encombre — sauf qu'une fois qu'ils s'étaient introduits dans le complexe, il ne restait plus personne à sauver. Zeke se racla la gorge.

— Tu crois que ces deux types sont venus faire du repérage pour un autre labo? demanda-t-il d'un ton plus sérieux.

— Je ne sais pas, répondit Noa. Mais il se trame un truc pas clair.

Elle avait du mal à saisir ce qu'ils fabriquaient. Ils n'avaient pas mis le pied dans le quartier des entrepôts, ce qui était assez inhabituel. Au lieu de quoi, ils avaient passé les deux derniers jours à errer dans Mission District.

— Ça y est, il s'en va, annonça Zeke en voyant l'homme se diriger vers Valencia Street.

— OK, c'est parti, murmura-t-elle. N'oublie pas de rester à une cinquantaine de mètres derrière moi. Si je suis obligée de le doubler, tu prends le relais.

www.ada-inc.com
info@ada-inc.com

www.facebook.com/EditionsAdA

www.twitter.com/EditionsAdA